▶ 古龍生前常與本叢書策劃人陳曉林聚敘
圖為金庸訪台，古龍邀聚，左一為陳曉林，左三為台大怪才孟絕子。此為古、金同框存世極罕見攝像之一

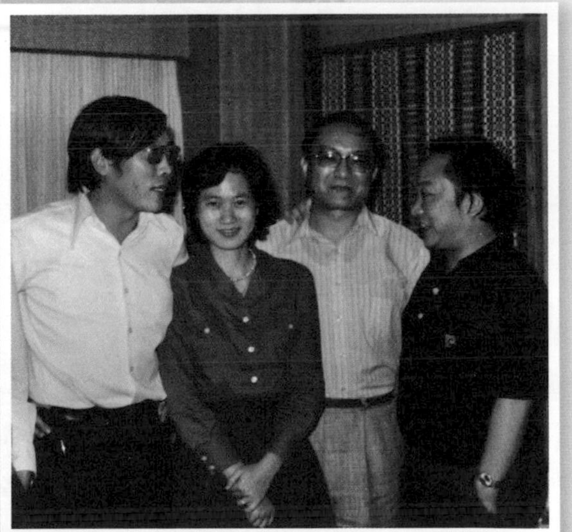

▶ 由右至左：古龍、金庸、陳怡真、陳曉林
這是金庸、古龍難得同框合影

古龍著作封面大展
台灣主要出版物

古龍早期作品展示

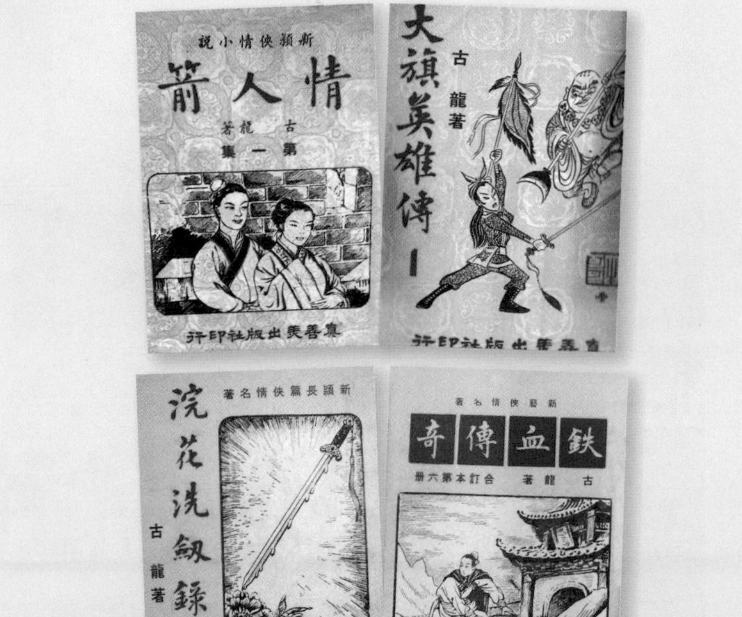

古龍在真善美出版社之作品展示

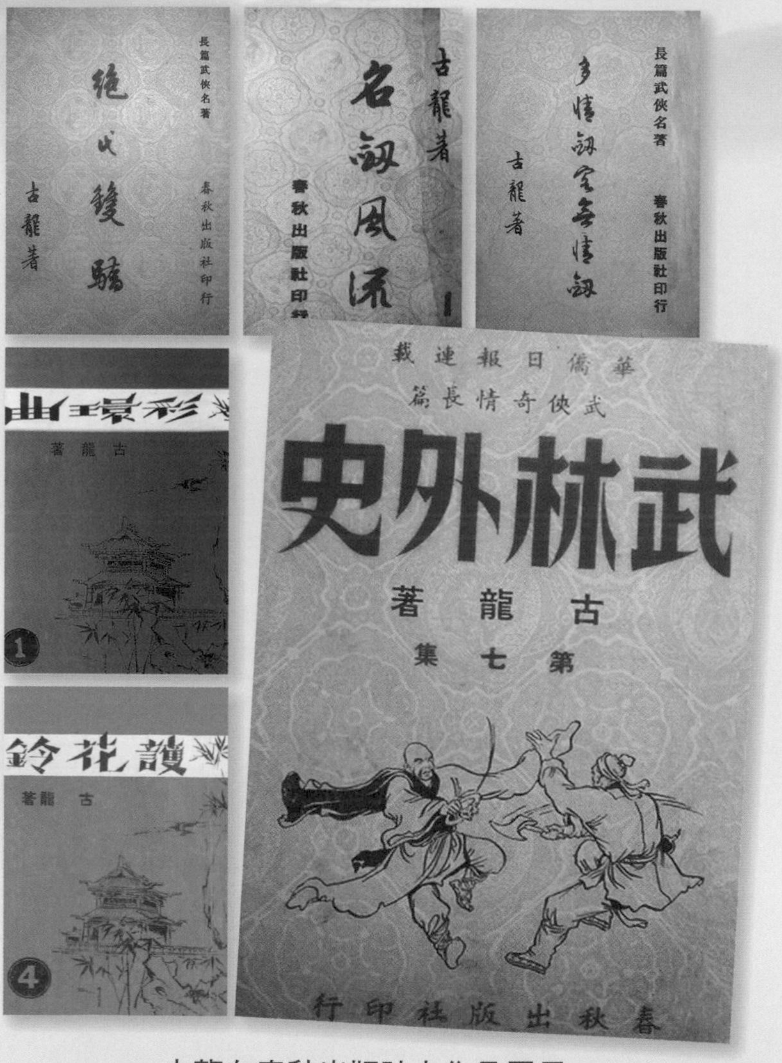

古龍在春秋出版社之作品展示

古龍在春秋出版社之作品展示

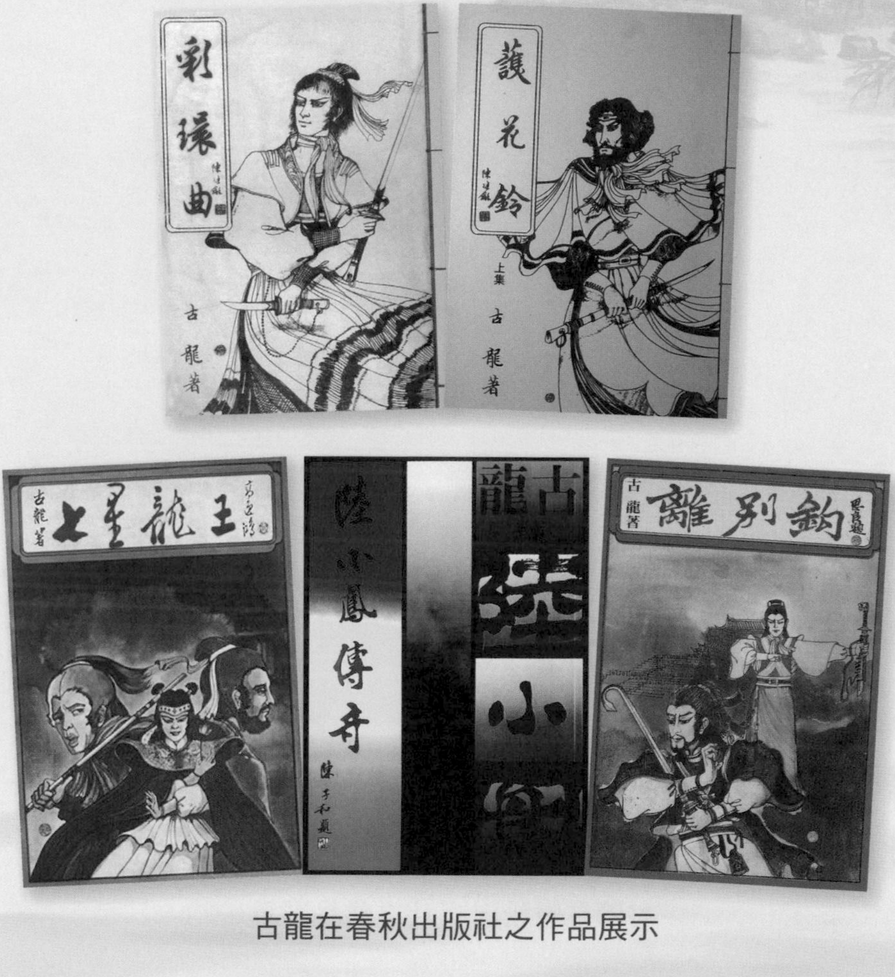

古龍在春秋出版社之作品展示

長篇武俠奇情名著
九月鷹飛
古龍著
南琪出版社印行
長篇武俠奇情名著
大遊俠
古龍著
南琪出版社印行
長篇武俠奇情名著
邊城浪子
古龍著
南琪出版社印行
長篇武俠奇情名著
火併
古龍著
南琪出版社印行
長篇武俠奇情名著
武林七靈
古龍著
南琪出版社印行
長篇武俠奇情名著
多情環
古龍著
南琪出版社印行

古龍在南琪出版社之作品展示

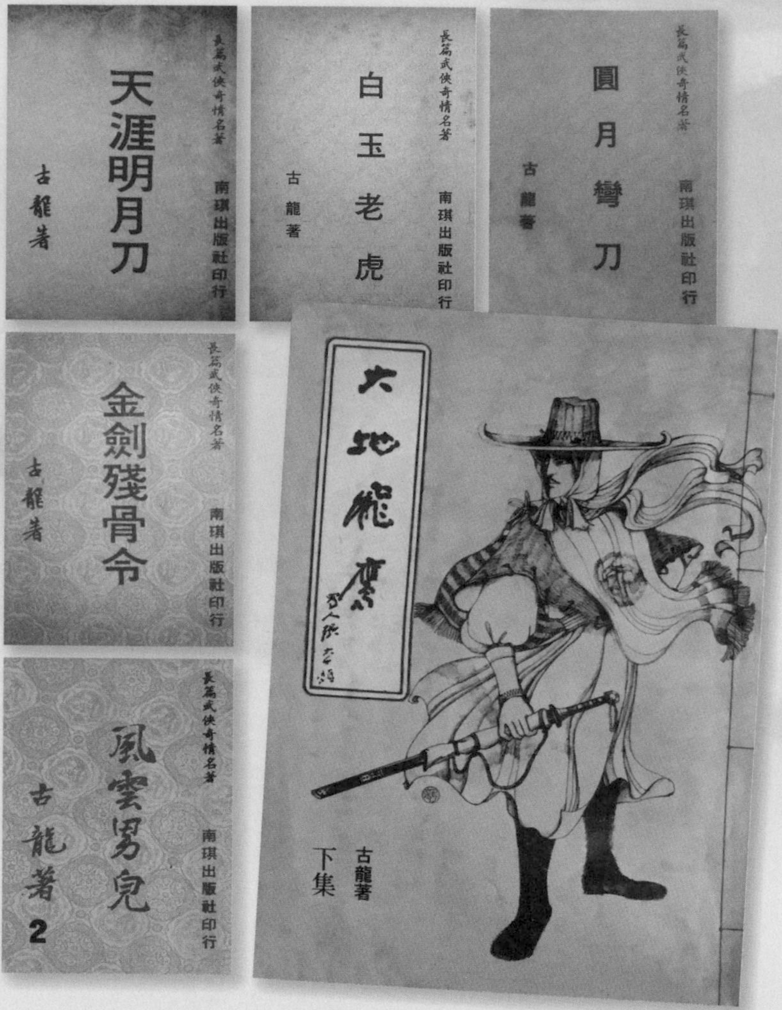

古龍在南琪出版社之作品展示

古龍在南琪出版社之作品展示

古龍在漢麟出版社之作品展示

古龍在漢麟出版社之作品展示

古龍在漢麟出版社之作品展示

古龍在萬盛出版社之作品展示

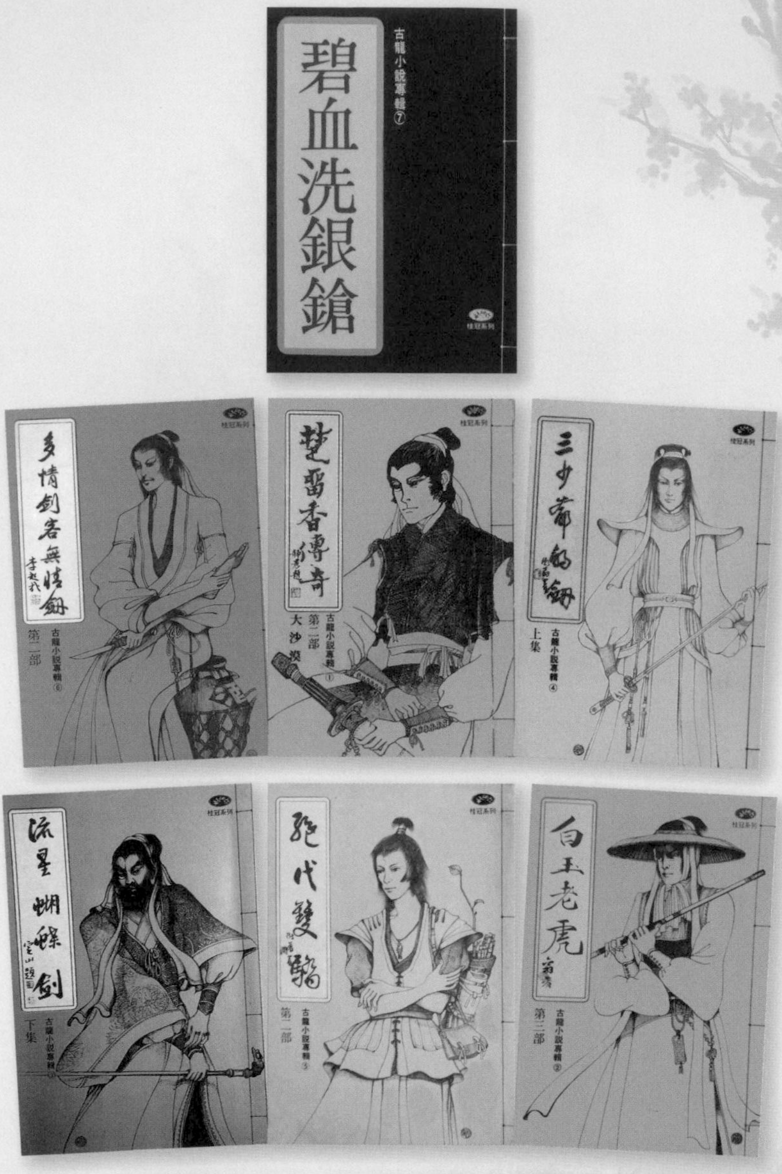

古龍在華新 桂冠出版社之作品展示

古龍在風雲時代出版社之作品展示

古龍在風雲時代出版社之作品展示

古韜龍劍論集

品鑑古龍

陳曉林 策劃・秦懷冰 主編

古龍名著 光焰萬丈

目錄

總論

分論

小李飛刀系列

楚留香傳奇／新傳系列

蕭十一郎系列

陸小鳳傳奇系列

七種武器系列

中期作品系列

驚魂六記系列

特載

序言

天涯一旦成知己：且看古龍小說的美感、俠情與魅力

資深媒體人、知名文化評論家 陳曉林

從上世紀中葉到本世紀初期，在波濤洶湧、大落大起的兩岸三地華人社會，武俠小說風靡過至少三個世代的讀者。如今，雖然由於網路的興起、動漫的普及、網遊及手遊產業的勃發、奇幻與玄幻作品的流行……種種因素交相衝擊之下，傳統意義的武俠小說，無論就市場趨勢或讀者熱度而言，均呈現大幅式微的狀態；然而，若謂武俠小說業已成為明日黃花，則分明言之過早。

事實上，儘管通俗文學及娛樂產業的多元化早已蔚為大觀，但有目共睹的現象是：在華人世界，無論影視、網遊、手遊，也無論玄幻、科幻或奇幻，題材與情節中早已都浸淫著武俠的元素。不僅如此，現在普為華人影迷追捧的西方科幻傳奇如蝙蝠俠、蜘蛛人、鋼鐵人、X戰警等出自美國好萊塢的超人形象與故事，其實儼然

都可視為類同於武俠形象與武俠想像的「漫威版」。因此，與其說武俠式微，不如說武俠的理念和元素業已融入到當代各類型小說、影視、遊戲的敘事套路之中，成為一種相當普及化、日常化的「情節要素」了。

古龍武俠作品的特色

另一方面，在通俗文學和娛樂產業多元化之後，武俠小說的市場固然被稀釋了，但真正具有鮮明風格、恆久趣味、文學魅力的優秀作品，卻因為經得起時間的考驗，已逐漸在潮流激蕩中被有識之士及廣大讀者肯定為經典或「準經典」的地位。從過去半個世紀以來的發展看，金庸與古龍被大多數評論者推尊為武俠小說的領航人，他們的作品被視為通俗文學的經典，應非過譽。當然，所謂金、古、梁、溫、黃五大名家的說法，也不失為面向廣大讀者而凸顯武俠多元風味的一種品題。

說武俠作品的理念和元素已經在人們的閱聽生活中普及化、日常化，並非誇張之言。舉例而言，隨著他們的作品深受大眾喜愛和傳誦，金庸的「為國為民，俠之大者」固然膾炙人口，古龍的「人在江湖，身不由己」也同樣引發共鳴；而且，兩者往往在無意中形成奇巧的對照。正如金庸筆下的俠客每常關涉到王朝氣運、廟堂興衰，而古龍筆下的俠者則始終聚焦於江湖風濤、浪子情懷；前者依託歷史軌跡，敷陳俠者事蹟，屬於所謂「宏大敘事」；後者則撐大虛擬空間，挖掘人性深度，正可為華文小說史、文學史的所謂「抒情傳統」別開生面，拓展出一片奇特而亮麗的風景。

許多人都感覺到，讀古龍的武俠小說，尤其讀他那些成熟時期的優秀之作，猶如喝下一杯濃冽的醇酒，其滋味難以言喻，時而令人熱血翻騰，時而令人如沐春風，時而又令人回味悠長，總之，是與閱讀其他作家的小說迥然不同的感覺經驗。而不少較資深的讀者更認為，若是細品古龍的若干名篇，自會覺得猶如面對一個意氣相投、深心相契的好友，青少年讀時有目眩神搖、嘆為觀止之感，中壯年讀之，對世態炎涼、命途悲歡會有更深一層的體認，而從壯年到暮年讀之，於繁華落盡之後回顧平生起伏升沉，對人生最重要的感性根柢，即友情、愛情、親情，更能有一番別有會心的覺悟。筆者個人認為，讀之如飲醇酒，如晤好友，正是古龍作品的流行能夠歷久不衰、受到一代又一代讀者喜愛的深層原因。

開風氣之先的古龍

當然，古龍小說之所以重要，絕非僅止於受到讀者喜愛而已，更在於他的作品在形式上和內涵上都有領先時代、帶動潮流的若干特色。筆者曾在多年前一次武俠學術研討會後公開指出，「古龍作品領先時代半世紀之久」，當時媒體多有報導，但有些執著於傳統看法的學者則不以為然；如今看來，筆者此一預言似乎已然成真。

首先，古龍以其敏銳的文學直覺，毅然採取以「短句」，乃至「極短句」為敘事主體的寫作方式。雖然海明威以簡短句型、精簡用字寫作小說在先，成名亦早於古龍，但曾獲諾貝爾文學獎的海明威被尊為純文學、現代文學的宗師，一生也只寫出不超過五本傑作，而以《老人與海》為神來之著；相形之下，古龍在華文世界首創短句敘事模式「古龍體」文章，寫下超過七十二部、二千萬字風靡讀者之作，帶動了當時華文寫作的新風尚，其對文風的敏銳直覺，儼然直接預兆了網路時代「極簡書寫」的大勢。

如今無論中西，包括臉書、推特、微信、LINE……使用者都須以極短句來表意，而古龍在半世紀前即已堅持此種精簡之風，並以此創作了偌多光焰奪目的「古龍體」精采作品，誰說不是寫作界開風氣之先的卓異人物？

猶有進者，古龍小說常見迅快的節奏、躍動的場景、緊湊的對白，以及蒙太奇的跳接、大力度的扭轉，從而使得情節的推進不時予人驚心動魄之感，但效果固力求出人意外，其實又每在情理之中。這樣的寫法，突破了既往寫實文學作品的模式與窠臼。回看過去幾十年來各有多種譯本的所謂「世界文學名著」，印刷字體既小，譯筆又常僵硬，動輒長達四五頁不分段，密密麻麻難以卒讀；有些人親歷當下的網路文學作品，回顧從前那些冗長不分段的文學名著，甚至會油然省覺到古龍的文風其實在不知不覺間帶動了某種「文學革命」。相形之下，金庸的表述固然優雅流暢，卻仍是傳統文風。

節奏、場景、對白、跳接、扭轉，是古龍作品極具「現代感」的外在表徵；但古龍作品之所以迥異流俗，而具有獨特的風格與悠遠的價值，是因為這些外在表徵於古龍的敘事結構中很自然的匯合為一個有機整體；並且，古龍從不是只以「把故事說好」為滿足，他一方面不斷要求新求變求突破，另方面又始終堅持要以被視為通俗文學的武俠小說，來發掘、呈現具有普遍意義的美感與俠情。

正因如此，用心細閱的讀者往往可以感受到，在古龍那些最具魅力的名著中往往潛伏著一種「必要的張力」（essential tension），而據當代著名科學史專家孔恩（T.Kuhn）的論述，「必要的張力」乃是科學理論上重大突破的前提，然則，古龍作品竟亦浮現「必要的張力」，可見作為古龍嘔心瀝血的成果，其創作過程之艱辛實與科學家的重大研發有異曲同工之妙。

俠義情懷與美感境界

古龍作品中揭示與呈現的美感，俯拾皆是，觸處可見，然而與一般以寫景抒情、尋章摘句來表現美感不同的是，古龍著重生動的、實感的、悠然的美姿與美境，例如《陸小鳳傳奇》中花滿樓所說的：「你有沒有聽見過雪花飄落在屋頂上的聲音？你能不能感覺到花蕾在春風裏慢慢開放時那種奇妙的生命力？你知不知道秋風中常常都帶著種從遠山上傳來的木葉清香？」

至於俠情，古龍作品除了以整體佈局和主要情節來呈現、發掘、拓深「俠義」二字的底蘊之外，還常在敘事主軸之外植入特別感人的俠義人物與事蹟，例如小李飛刀故事中，義僕鐵傳甲與中原八義的恩怨；陸小鳳故事中，山西雁與市井七俠的行徑。古龍筆下這些用以側寫江湖俠義行徑與事蹟的插曲，於他的作品中層見疊出，對西洋文學理論和作品相當熟悉的他在刻畫這類次要人物、甚或小人物的俠情俠行時，動用的是所謂「故事中包故事」的技法，看似閒閒落筆，實則刻意經營，恰恰透顯了古龍對於揄揚和闡明俠情俠行，一直念茲在茲，從不只以寫出眩目譁眾的武俠傳奇為能事。

毋庸諱言，將自己獨創的節奏、場景、對白、跳接、扭轉等敘事手法，匯合為能夠凸顯美感和俠情的故事架構之後，古龍真正想要發掘的，是與俠情有關的人性深度。從自己的生命經歷中，古龍其實冷觀過世間百態，發現許多夸夸其談的大人物動輒翻臉無情，故而他儘管對俠義事蹟一往情深，古龍筆下的某些「大俠」卻往往是言不顧行、反覆無常的人物。事實上，古龍對於俠情，關注的是飄萍無依的浪子，或飽受壓抑的武者、或含冤莫白的草民，在遭遇紛至沓來的壓迫，乃至面臨生死未卜的「極限情境」時，如何爭取人身自由、維持人性尊嚴的題旨。

一般武俠小說對行俠仗義的抒寫，通常著重在受害與報復的各種形式；但古龍很早就揚棄了「復仇模式」，而轉向自由與尊嚴的追求。在楚留香系列中，香師陷入蝙蝠公子的圈套，明明自身難保，卻為了要幫瞎眼的難女奪回一個鼻煙壺，不惜驚動強敵，冒生命危險，只因為這鼻煙壺事關那難女的最後一點人性尊嚴。在《天涯・明月・刀》中，妓女周婷明明走投無路，卻絕不肯動傳紅雪的銀子，在最後時刻，為了維持人性尊嚴，她竟不惜捨命手刃強欲以金錢壓榨她的肉舖老闆。這些敘事，乍看是閒閒一筆，其實卻是古龍對於俠義理念、人性尊嚴鍥而不捨的關注與拓展。

超人與俠客：自由與尊嚴的追求

古龍將俠義理念與人追求自由、尊嚴的願望連接在一起，當然使得原來主要建立在「報復的正義」訴求之上的俠義理念，添加了明顯的現代化意涵和動力。在這方面，古龍所強調的堅持尊嚴、絕不低頭的俠情，確實與海明威標榜的「人可以被毀滅，但不可以被打敗」是相互映照的。也可以說古龍既然以堅持人性尊嚴來詮釋俠義理念的宗旨之一，往前追溯，確實可以看出他受過以硬漢小說成名的海明威影響。

依古龍自述其受過影響的各家名著：「《戰爭與和平》寫的是一個大時代中的動亂，和人性中善與惡的衝突：《老人與海》寫的是勇氣的價值，和生命的可貴。這些偉大的作家們，用他們敏銳的觀察力，豐富的想像力，和一種悲天憫人的同情心，有力的刻畫出人性，表達出他們的主題，使讀者在悲歎感動之餘，還能對這世上的人和事，看得更深，更遠些。」「這樣的故事，這樣的寫法，武俠小說也同樣可以用，為甚麼就偏偏沒有人用過？」

古龍既發出這樣的詰問，自然就表示他對於《戰爭與和平》、《老人與海》等世界名著所呈現的大時代動盪中，人性的衝突，以及勇氣的價值、生命的可貴，感到心有戚戚，立意要在自己的武俠寫作中借鑑這些理念和價值，作為拓展俠情底蘊的資源。事實上，由於曾經身處卑下環境而心懷宏大志向，為尋求思想出路，古龍早年多方刻苦自學時，即已受到尼采哲學中「超人」理念的影響，但尼采哲學畢竟過於抽象，而經過托爾斯泰、海明威作品對於人性善惡、勇氣、尊嚴的抒寫作為中介，古龍對於超人概念與武俠理念的融合始有了自己的想像空間。他後來在成熟期寫出一連串光彩奪目的名著，證明他將俠義理念、超人境界與人性深度相銜相融的寫法，的確取得了輝煌的成功。

靈光所照，即生異彩

除了受到尼采、托爾斯泰、海明威等一流思想家、文學家的啟發和影響外，古龍自己才華橫溢、觸類旁通的天賦，更是他的作品能夠出類拔萃的主因。當年著名詩詞學者繆鉞在討論民初一代學界才人王國維時，直指「其心中如具靈光，各種學術，經此靈光所照，即生異彩。」故而繆氏認為若要研究王氏的作品，要闡明他何以在學術上、文學上能有種種非同凡響的貢獻，則對於此種能夠產生「靈光」的「超特夐異之才性」，亦應加以研究。就筆者看來，古龍在抒寫他那些充分透露出美感和魅力的主要作品時，其心中亦是「如具靈光」，他書中各種曲折離奇的情節，亦是「經此靈光所照，即生異彩」。

而除了從各個層面、各種角度抒寫俠義情懷與行徑，作為武俠小說的本務，古龍對此既屬出色當行，又常翻空出奇之外，其他無論寫友情，寫愛情，乃至寫親情，亦都是「靈光所照，即生異彩」。對於高水準文藝作品的創作，南朝藝評家謝赫在《古畫品錄》中曾提出六法，而尤以「氣韻生動」居首；王國維在其《人間詞話》中論古今詩詞之境界，以「不隔」為高；而在當代華人寫作界，作品也深受讀者喜愛的科幻名家倪匡形容古龍作品寫得活龍活現，說是「人物簡直一個個要從書中跳出來」，這其實也正是「生動」「不隔」的形象化說法。而能寫出這樣「生動」「不隔」「跳出來」的情景和人物，應即是因為古龍心中的「靈光」在創作時發揮了功能所致。

筆者曾指出：古龍作品不但造句清麗，詩意盎然，而且往往具有一股只可意會、難以言傳的靈氣拂面而來，令人眼前一亮。究其原委，或亦正是由於心中有此「靈光」之故。進而言之，古龍作品之所以不時閃現出靈光或靈氣，除了他從尼采的超人理念及海明威的冰山理論汲取了屬於生命哲學的「強力意志」作為內在憑依之外，更有他對禪宗哲理與美學的深刻體會，與之折衝融合，相輔相成。尼采的超人「遠離時代和人類八千呎」，然而畢竟總要回歸大地，回到人間；於是，從人間世的視角觀之，禪宗以超脫而又入世的美感之眼看待萬事萬物，「拈花微笑，盡得風流」的意趣，便順理成章成為古龍的詩情，持以調節超人理念或硬漢意志過於陽剛的片面性了。

禪意美感與超人理念的互補

《多情劍客無情劍》中的一幕，足以顯示古龍對禪宗理念的體會與契合：在兵器譜上排名第二的上官金虹道：「我手中雖無環，心中卻有環！」境界較他高出一籌的李尋歡懂得箇中機巧，故在上官要他出招時答以「我刀上雖無招，心中卻有招！」顯示其心靈境界高出一籌；然而，排名第一的孫老人卻明示兩人的武道境界仍未臻最高明：「要手中無環，心中也無環，到了環即是我，我即是環時，才差不多了」，他進而緩緩說到：「真正的武學巔峰，是要能妙參造化，到無環無我，環我兩忘」！

這裏可以明顯看出古龍對禪宗「見山是山，見山不是山，見山又是山」三重境界的體悟和化用。但這樣的體悟和化用，分明是對禪宗哲理作過極深入省思之後才可能達臻的心靈境界，於是，古龍作品中何以常能兼具磅礡的超人氣勢與悠遠的禪意美感，並能使兩者相輔相成，便也可想而知了。

俠情、友情、愛情、親情、畸情

或有人提出，古龍寫俠情，寫友情，誠然氣韻生動，感人至深；唯似乎不擅於或不樂於多寫愛情，美女在古龍小說中往往只居陪襯的地位，未免有些美中不足。其實，這可能是讀者粗心，或只圖看熱鬧，不求看門道的浮面觀感。但凡情節發展有必要，古龍是不吝濃墨重彩地刻畫男女愛情之悲歡離合、難分難捨的際遇，或歷經磨難、恆久相思的情節。前面提到周婷與傅紅雪的悲愴之愛，即是一例。蕭十一郎為了拯救風四娘，不惜當場解下唯一可仗以與對方廝拚的割鹿刀，等於毅然為她交出了自己的性命，又是一例。這些場景，古龍採取的是海明威「冰山理論」技法，只寫出八分之一露出表面的情節，而讓居八分之七比率的強烈而深刻的內心活動，凝而不宣。

古龍寫友情，更是他許多作品中常為人津津樂道的亮點。他筆下的一些生死之交，諸如沈浪和熊貓兒、楚留香和胡鐵花、陸小鳳和西門吹雪、高立和秋鳳梧、孟星魂和葉翔、高漸飛和朱猛、小方和卜鷹、郭大路和王動、燕七、林太平……這些人彼此間的情誼及互動，型態都各不相同，但「朋友相交，貴相知心」的寓意，都以某種沁人心脾，感人肺腑的情節呈現。即使在常以抒寫江湖兒女熱血情誼見長的俠義小說源流中，古龍這般鍥而不捨地揄揚和謳歌友情，並以細緻的情節鋪墊、高明的藝術手法來刻畫和凸顯，仍屬戛戛獨絕。

至於親情，絕代雙驕中抒寫小魚兒和花無缺的兄弟之情，歡樂英雄中抒寫燕七和其父南宮醜的父女之情，王動和其父王潛石的父子之情，林太平和其父母陸上龍王、衛夫人從誤解對立到渙然冰釋的兩代互動……縱然事例不多，卻可顯示古龍自己雖身受父子疏離、家庭崩散之苦，然而對於心所嚮往的親情，仍在不經意間寫入他的俠情故事中，而且一樣是「靈光所照，即生異彩」。

相對於西方學界人物推崇尼采作品的境界「遠離時代與人類八千呎」，筆者只稱古龍作品「領先時代半世紀」，實在已是相對保守的評估。須知，古龍作品在將俠情、美感、禪意表述得出神入化之外，對於當時人們所陌生、鄙夷或迴避的所謂畸形情慾，也作過許多出人意料的發掘和探索。古龍既明言以探索人性為他寫作的一大重點，就不可能對人性的這一側面視而不見，他必須迎難而上，正面看待。

於是，在他最受矚目的楚留香故事中，他深入抒寫了自戀狂如石觀音，並多角度鋪敘了諸般同性戀情，其中男同性戀者如黃魯直，女同性戀者如水母陰姬，雙性戀者如宮南燕，跨性戀者如雄娘子，古龍抒寫這類情節時，筆調既甚鋒銳，卻又隱含同情。甚至，在《畫眉鳥》故事的末尾，古龍竟還側寫了陋庵枯尼的人獸戀事蹟。

而在陸小鳳故事中，古龍則對男女兩性的愉虐戀（SM）均有生動的表述，尤以身為天之驕子、被眾人公認高富帥的宮九，竟以挨婢女鞭抽為樂，形象對比極強烈，後亦以此一癖好而致命，最令人感到驚心動魄。凡此種種畸情現象，在當今學術界、文化界，乃係兩性研究中前衛課題LGBT及「酷兒理論」所研討的項目，古龍竟在半個世紀前即以恰當的故事情節予以生動呈現，其感性與思維委實不能不說均是特別敏銳，而且真誠。

斷臂維納斯仍是絕美藝術品

然而，時至今日，仍有不少通俗文學評論者及武俠作品喜愛者動輒以古龍早期曾有一些不成熟、有瑕疵的作品，晚期手掌受到刀傷後有少許作品以口述完成，氣勢和力道難免相對衰頹；也有些作品，古龍寫了極佳的開篇，或眼看已將成就又一部別開生面的傑作，卻因故輟寫，由庸手續完，以致前後文的風格、境界之高下判若霄壤。這些略有瑕疵或代筆「爛尾」的作品，甚至成為一些人譏訕古龍的口實。

不過，從另個角度看，古龍早期作品雖然結構尚難稱嚴謹，主題亦不夠明朗，但其行文之優美，節奏之明快，古典今情映照之靈活，乃至個別情節構思之奇倔，其實已在當時武俠創作界諸多各家之上，不容輕估。

早年若干極為卓特的作品，如《護花鈴》、《名劍風流》，古龍分明早有通盤佈局，下筆時也煞費心力，卻只因忽遭病痛或困窘，暫時無力續稿，出版社為了自家生意，禁不住讀者催逼，遂逕自匆促找人代筆，只求迅速收結，以致成了虎頭蛇尾。古龍自己當初對出版界如此現實功利也頗多怨言，但木已成舟，他亦無可奈何。他後來聲名鼎盛、大紅大紫，但不願多談早年這些被出版界無視其一時窘境即逕自找人續寫的憾事，可見內心猶有隱痛。

值得一提的是《劍毒梅香》的事例。古龍斷稿時出版社找了年僅十八歲尚在高中的上官鼎續寫，居然前後文互相輝映，合成了一部口碑甚佳的小說，上官鼎兄弟遂從此鼓勁撰寫武俠小說，成為脫穎而出的武俠名家。日後他們以寫武俠的收益為挹注出國留學，全都成為學有專精的博士，且各有一番非同小可的事業。古龍和上官鼎接棒寫作的淵源，遂成為武俠寫作界的一段佳話。

當然，這並不是說古龍曾有不少斷稿、爛尾的紀錄，都值得諒解；而是說古龍確實並非對寫作小說缺乏責任感，相反的，他對武俠小說將會在中華文學史上佔有一席之地，始終懷持著念想，對自己的武俠創作之求新求變更是一直充滿了使命感。因此，只憑有「斷稿」之事即大肆貶抑古龍小說的地位與價值，刻意以此來和金庸一再修訂其作品的嚴謹作風相對比，而忽視了在匱乏、困窘中成長的古龍曾有某些不足為他人道的苦衷，其實並不公平。

豈不見，斷臂的維納斯雕像自愛琴海浮出，仍被舉世公認為絕美的藝術品？有些未完本的古龍作品，在既有的情節與行文中已充分展示了卓特的俠情、美感與魅力，在後世何嘗不可能被視為珍貴的文學作品？

古韜龍劍論集的定位

真正閱讀過古龍一些優質作品的讀者，通常會對古龍的才華、靈氣，以及力爭自由、堅持尊嚴的創作主題，兼具俠義理念、禪意美感的表達方式，留下極深刻的印象，自然不會信口貶抑古龍小說。然而，在繁忙而現實的當代社會，網路、動漫和遊戲成為娛樂產業的主流，閱讀書籍的人已成為小眾，其中能有機緣接受武俠作品者更是比率有限；但筆者相信，對文學、俠義、美感尚能有些許嚮往和憧憬的讀者，如果在強調「為國為民，俠之大者」的金庸作品之外，也能同樣親炙那些彰顯「為情為義，俠之醇者」的古龍作品，則對人性與俠情、自由與尊嚴、公道與正義，當會有另一番深沉的省悟。

因此，澄清對古龍小說的若干扭曲、責難與誤會，讓古龍小說受到應有的評價和品鑑，有其必要。筆者個人認為，在評價古龍作品時，不妨將多達七十餘部的古龍作品區分為三級：第一級是有資格列入中外文學名著之林的重量級作品，第二級是足以列為通俗文學類型中出類拔萃的優質傑作，第三級是武俠小說類型中自有其地位和特色的作品。而筆者自己的評鑒是：可列入第一級的至少應有三十餘部，可列第二級的應有十餘部，其餘的則均有資格列入第三級。

這樣的評鑒，容或只是筆者自己的管見，但未來的通俗文學研究者、武俠文學研究者，及至本世紀前後華文小說史、文學史撰作者，都勢必要對金庸、古龍的作品反覆進行嚴肅的賞析和評價，以期發掘新的美學意蘊，建立新的小說理論，則是筆者可以斷言的發展。

筆者策畫這一套《古韜龍劍論集》正是為廣大讀者，尤其為未來研究者提供不可或缺的資源和素材：第一冊《品鑒古龍》，由台灣知名文學評論家秦懷冰主編，是對古龍小說展開宏觀的檢視及分部的品評；第二冊《賞析古龍》，由台灣師大中文系教授、著名武俠評論家林保淳主編，是對古龍作品的某些重要理念、風格、技法進行學術性的討論與分析；第三冊《神交古龍》由大陸資深的古龍版本研究專家、「古龍武俠論壇」網站總版主程維鈞，邀集一些長年來在網路上熱切議論古龍生平、研討古龍作品的朋友們分別撰文，藉以顯示古龍及其作品受到民間各方重視與研究的概貌。

當年，為了推廣金庸作品，曾有行銷高手擬出一份精彩的文案，題為「金庸：全球華人的共同語言」，在各媒體刊出後，果然大為奏效。這些年來，關於金庸的專書、集刊、學術討論、專題研究，早已汗牛充棟，影響所及，廣大讀者對金庸其人其書其事固然相當熟悉，武俠愛好者對金庸作品尤其耳熟能詳。相形之下，水準、價值、可讀性均堪與金庸分庭抗禮，而風格、旨趣、象徵性卻恰可與金庸形成對照的古龍作品，則因種種世俗功利的緣故，並未受到本應享有的珍視和研究。其實，以作品的奇倔、優美、深刻和求新求變、多彩多姿而言，早晚會出現「古龍：全球華人的共同話題」的現象，殆是可以預見的大趨勢。

天涯一旦成知己

或許是奇妙的緣分，當年古龍與筆者初次見面，即因話語投機，傾蓋如故，後來更時常蒙邀去他府上飲酒敘談，衡文論藝；主要話題當然是談他的小說，包括構想、情節、技法等，也涉及何以有些作品未能一氣呵成，而被他人代筆續完。在微醺中，古龍輒手持筷子輕敲酒杯，漫聲吟出兩句已譯成漢文的波斯名詩：「兒須成名，酒須醉；酒後傾訴，是心言」，其聲淒清孤寂，撼人肺腑。

那時古龍小說雖已聲名鵲起，但尚未因搬上電影、電視而大紅大紫，從他鍾愛這兩句殘詩，筆者頗能察知他對寫作和發表過程中遭到許多窒礙的無奈之慼。後來他將這兩句詩援用於當時在報紙連載中的《大地飛鷹》，而且一再反覆回味，可見他內心深處對自己的創作生涯並不順遂，甚至有時遭逢橫逆，感慨是非常深沉的。

世人大多認為古龍嗜酒，常因飲酒過多而誤事，包括後來還因乘酒使氣而發生遭人刀刺手掌的「吟松閣事件」致大傷元氣，影響他後期的創作活力。談到古龍和酒的關係，至少在筆者和他意氣相契的時候，他常說：「其實，我不是很愛酒，我愛的不是酒的味道，而是喝酒時的朋友，還有喝了酒的氣氛和趣味」。那段時間，古龍常邀筆者、唐文標、唐經瀾、薛興國、高信疆、林清玄等藝文界友人喝酒，酒酣耳熱之後，古龍提出各種武俠新題材、新寫法的構想，要大家或尋找漏洞，或添補新意。由此可知，古龍在真正下筆撰寫新作品前，有時是會做足預備工夫的。

在這期間，古龍曾不止一次當著在場藝文界友人的面，鄭重建議筆者伺機設立一個出版社，主要出版有水準的武俠小說，他並承諾如果筆者出面主持出版社，他願意投資，並花時間像金庸那樣悉心修訂他的作品，而將所有代筆的贅疣全部捨去，親自將凡未完成的部分重新寫竣。為了表明他對此議的認真程度，他還一再聲稱，如果到時他真的忙不過來，便要求對其作品讀得極熟的筆者，無論如何要為他完成修訂的工程。但當時筆者因在報社工作，若辦出版社會有利益衝突，故被報社老闆否決，此議只得擱置。

可見，古龍創作小說與他飲酒之間的關係，有時很具建設性，飲酒是他醞釀寫作氣氛的一種過程，甚至一項儀式。正因如此，醇酒、靈氣和俠情烘托下的古龍作品，對於不同年齡層的朋友與讀者，才會引發不同階段的相知、相契與迴響。

「少年聽雨歌樓上，紅燭昏羅帳。壯歲聽雨客舟中，江闊雲低斷雁叫西風。而今聽雨僧廬下，鬢已星星也。悲歡離合總無情，一任階前點滴到天明！」這是宋代詞人蔣捷的「蝶戀花：聽雨」。古龍創作的靈感，是否與他酒後微醺時的心智狀態有關，現在恐已無從驗證。但古龍一次在酒後曾經提到，蔣捷寫聽雨的三個階段，固然令人神往；其實飲酒更可以清晰感知到人生的這三個階段，也即心靈的三種境界，所以詞中的「聽雨」如改換為「飲酒」，應也有其意趣。

筆者由此認為，三個不同年齡層的讀者閱覽古龍作品，居然可以感受到三種不同的心境，而且均各有「深獲我心」的契合或共鳴，的確與古龍飲酒微醺時敏銳的移情同感心理有關。

誠如前已略提：青少年讀古龍，常會有熱血沸騰，志氣凌雲的感應，對於追求公正與俠義，會有放眼天下捨我其誰的忘我情操。中壯年再讀古龍，會洞察到世途險惡、人生風霜，原來，想要堅持人的尊嚴、追求人的自由，竟然是連本領超群的俠客高人都未必能夠達到的目標。而熟年到暮年重看古龍，則又峰迴路轉，見山還是山，能將人生回味所得的智慧、情懷、洞識、俠氣、美感、寬容，與書中情節所作出的啟示徐徐對照。在理解了古龍作品是如何兼具超人理念和禪意美感的奧秘之後，便可體會到蔣捷詞中的詩境，與古龍微醺後在小說中透示的禪意，分明是殊途同歸。

滄海他年見此心

可憾的是，在與古龍相知相契，密集往來五年之後，筆者因須赴美攻讀學位，離開了台灣。回來後工作改換，不再主編報紙副刊，加以其時古龍作品在電影、電視界均大紅大紫，港台新馬各路影視界人馬包圍著他，製作人、導演、男女紅星、企業集團老闆、外圍各色幫閒：紛紛視古龍為金雞母，或出重金，或拉關係，或施人情壓力，總之，就是要古龍提供作品或劇本，讓他們去拍攝影片、連續劇。這種情境下，古龍經常忙得昏天黑地，每天都有酒宴應酬，都要喝到酩酊狀態，連寫小說都擠不出時間，又何暇再與無關影視產業、更不涉現實利益的朋友衡文論藝，從容品詩？筆者那時與古龍往來的行跡漸稀，實在是因為不忍再分割古龍的時間和精力。

一幌眼間，三十餘年過去了，古龍乘酒西去，人世物換星移，當年在古龍府上淺斟低酌、衡文論藝的友人如唐文標、高信疆、林清玄等，已紛紛提早離席，更遑論那些大言炎炎的影視老闆、當紅明星？有時午夜夢回，眼簾中兀自映現著古龍書房中那幅由藝文耆老陳定山親筆擬撰的對聯：「寶靨珠璫春試鏡，古韬龍劍夜論文」，心中總有忽忽如狂，惘惘不甘的悵憾。如今，筆者在媒體長期的政論、社論工作告一結束，對於自己於學術上、理論上可能有所創穫的奢望也已止息，且真如古龍所建議的創辦了出版社，而歲月流逝，時不我予，再不實踐當初與古龍雖未明確敲定，卻畢竟已默契於心的承諾，更待何時？

「天涯一旦成知己，滄海他年見此心」。不論有多少正人君子或功利之輩對古龍其人其書，提出過多少莫名其妙的貶抑及譏誚，筆者始終確認，古龍作品經得起時代與潮流的考驗。在推出過「古龍作品全集」、「古龍精品集」，為紀念他誕生八十週年而出版「評傳古龍、武學古龍、經典古龍」等三冊，以及「爭鋒古龍、絕響古龍、古龍散文全集」等三卷之後，今次這三冊「古韜龍劍論集」，則是壓卷之作，其出版理念，是以具體的文章、冷靜的論證和真摯的感受，試著為時潮衝激下的古龍作品作一合情合理的定位：曠代一古龍，古龍讀不盡。

現在，讓我們邀請所有對古龍其人其書感興趣的，有情有義的朋友，一起來接近古龍，感應古龍！

總論

古龍：武俠文壇的巨星

在廿一世紀展開序幕之際，我讀到了海峽兩岸文學界的有心人士精心規劃、撰述的《古龍武俠作品全集》。於是，我又有機會向本世紀武俠文壇閃爍著最明亮的巨星之一古龍走近一步。

古龍之於我，說他像頭頂上空的一顆恒星絕非妄言，因為至今他的武俠精品仍向我們輻射出精神的熱能。一遍遍閱讀的過程，也就是一次次從他的小說話語中聽到他的（也是自己的）內在深沉的心聲，感受到一種向上的意念，一種生命的熱力，領悟到悠悠天地生生不息的脈動。

事實上，多少有水準的讀者，每讀一次他的傑作，都是對人性內涵的一次重新發現，一次人格精神的重塑，當然也就是一次「自我發現」——將現有的「自我」同應該的和希望的「自我」在潛意識層中做一比較。我想，這就是古龍小說

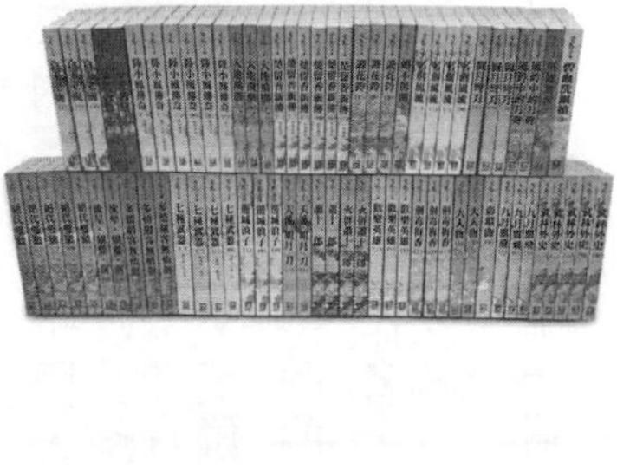

精品體現的文化哲學意味之內蘊所在吧！

古龍作品的精神價值

多年來，我讀古龍的內在感覺一再反覆告訴我：古龍作品之所以那樣激越，那樣神氣，那樣富於魅力，原在於他充滿了中國哲學家所說的「三氣」，即「一氣為天，一氣為地，一氣為人」。古龍之所以不朽，正在於他筆下俠義人物之意象符號的系列呈現，把這「三氣」傳導給了我們。我們的心靈，我們的每一根神經，每一條血管，都深深地受到了震撼。這是很多武俠小說難以企及的。

在讀古龍的武俠作品時，命運的張力常常伴隨著讀者的情緒；因為，在那豐富的武俠世界中，讀者儘可以隨自己的理解和愛好，品味其中的蘊涵。

我認為，文化哲學之於古龍的武俠作品，首先啟示我們的或許是對命運的思考。「命運」歷來都是個嚴峻的詞眼，人們對它的思索和抗爭的歷史幾乎與人類自身一樣悠久與古老，一樣的神秘莫測。然而，每個人對命運的理解和採取的行動是截然不同的。英雄和懦夫的分界線，往往就表現在各自對命運的態度上。英雄的信條是：沒有宿命，你要成為什麼人，全在於你自己的選擇。而一個心靈堅強的人即使跌倒了，也比一個站著但軟弱無能的人要崇高些。古龍小說中堪稱傑作者，正是鼓舞人在困境中站起來拚搏的一支響亮號角。

我們眼中的理想英雄之所以偉岸，那是因為我們自己甘於平庸。「站起來吧！」這便是我們從古龍精品傑作和他的小說美學中，感受到的最本質的意蘊。正因如此，讀古龍的小說文本，總是使我們聯想到世界上眾多名著，在一貫的狂放和恣縱中總有著一貫的人性溫情和美感風韻。而這正是古龍在用自己的語言系統向我們揭示靈魂受到壓抑和發生衝突時的境況。它令我們驚愕，也迫使我們領略到人生宇宙的神秘。它們的共同特點都是表述人與命運永遠處於矛盾和衝突之中。

例如，《天涯・明月・刀》中的傅紅雪，就是一位始終和命運抗爭的人物。他雖然生活在恒長的痛苦與寂寞中，但生命的意志與韌性使他在面對彌天蓋地的邪惡勢力時，仍然充滿戰勝黑暗的理想與精神信念。《多情劍客無情劍》中，李尋歡最終戰勝上官金虹，也是貫注著古龍這一貫的思想主旨。

是的，人是需要不斷用自己所創造的理想世界來推動、激勵和改善現實世界的。富有智慧和浪漫氣質的古龍所建構的武俠世界，最大功能正在於推動、激勵和改善。所以我讀古龍愈久，愈能逐漸體味出他的傑作乃是對荒誕命運的挑戰、報復和抗爭。

事實上，多少讀者，只要一聽到：「天涯遠不遠？」「人就在天涯」；「明月在哪裏？」「就在他心裏，他的心就是明月。」「那是柄什麼樣的刀？」「他的刀如天涯般遼闊寂寞，如明月般皎潔憂鬱，有時一刀揮出，又彷佛是空的！」……真的，我們一旦聽到這些聲音，我們內心就會不由自主地為之顫動、為之共鳴，進而會因為受到一種崇高審美力量的猛然襲擊，而產生心靈的「清滌」與「昇華」。人們讀古龍作品經常出現的情形是：在淚花閃爍中意識到了人的價值、人的尊嚴和人與命運抗爭的意志力。我想，這就是讀者和古龍的生命意識的溝通吧！因此，我們可以設想，古龍地下有知，當會感到幸福的。

我讀古龍作品是由領略其文進而認識其人的。古龍善於用細緻入微的筆調描摹各色人等的心態，又用纏綿細膩的情感去牽引整部小說。而人性關懷則瀰漫在古龍的小說中；他不時通過他的人物，表達人與人之間相知相惜的感情。我想，這應和他的內心體驗有著密切的聯繫。

創造性的、超時代的先行者

事實也正是這樣，如以人生旅途作為比喻，古龍乃是一個創造性的、超時代的孤獨者。古龍至今也沒能完全逃脫世俗之見的褒貶；至於簡單化地把他列入一般通俗文學作者的行列之輩，也是到處可見。但是，當人們面對他的武俠精品文本時，便可看出：他確實是精神現象史上的俊傑之士。

作為一種獨自屹立的心靈文本，它們明晰地體現了古龍這位「紅塵浪子」頑強而又猛烈的自我意識，也體現了他孤寂的悲劇情懷。在他的生存環境中，作為一個獨有的生命意識，古龍面對的只能是永恒的孤寂，和孤寂的永恒。作為一個思想者，酒與色對他來說都只是表像的。為了打破這個不堪忍受的悲劇命運框架，他只有既歡樂而又悲愴地縱酒高歌。武俠文學之於他，就是超脫，就是創造，就是靈魂的自由和歸宿。他筆下最成功的典型「小李探花」李尋歡和第一快刀傅紅雪，以及構成系列傳奇的楚留香、陸小鳳，在他們的遭遇中所展示的人性光輝，以及那永難言詮的人生隱痛，我幾乎把這些理解為作者的自陳。

古龍的傑出之所在，是他把自己身上揮之不去的煩憂、痛苦、壓抑、搏擊和孤獨感，都轉化成了生命的戲劇、審美的人生，轉化成了小說本體意象，轉化成了內省意象符號與情感空間。正如眾多讀者與研究者早就意識到的：古龍的武俠作品都是沒有具體歷史背景，卻直探人性底蘊的故事，不僅它的內容不包括歷史的背景和線索，而且在形式上也不再拘泥於原先那些武俠文學的敘事模式和約定俗成的文類風格。

從小說美學層次來觀照，古龍應屬於那種用自己的心靈回答人生根源，直探靈魂世界之重要問題的作家。因此，古龍其實是用他的生命創構了一種既是歷史的、又是現代的，但本質上又屬於中國武俠世界的獨特「詩學體系」。它猶如一面鏡子，照鑒出的乃是當今時代的面影和精神。古龍以有情勝無情（有情之人必定戰勝無情之劍）的信念，就是人性尊嚴、人性光輝得以貫通古今的表徵；古龍不斷在作品中凸顯對人性的信念，這是一般平庸的小說無法達到的境界。

如果說梁羽生、金庸和古龍是當代武俠文壇的三大盟主，並且他們的小說又都表現出人性透視下的東方倫理；那麼，筆者以為，古龍異於梁、金兩位巨擘之處，還在於他的作品更著意於以詩意與美感的文字，抒發江湖人物心靈世界和心靈處境，從而締造了「另類」的小說藝術。古龍的作品有時幾乎直接針對靈魂，它那些能夠直接打動我們的情節，往往是訴諸我們自身最內在的精神生活。

其實，古龍一生四十八個年頭的精神進展，他的內在生活，他的心路歷程，其中包括由他的各時期作品劃出的曲線，本身就是一部雄渾、偉岸和悲壯的交響詩。古龍的小說詩學的曲線，只不過是他的靈魂、他的心路歷程曲線的回聲、映象和投影折射罷了。我們這些當代人的靈魂和內心世界與古龍的武俠世界及其詩思能夠發生如此強烈的共鳴，其實也是兩條曲線的共振和美感意識的重疊。換而言之，古龍用他那千變萬化的小說思維、小說美學及心靈律動，在廣闊的中華文化背景上，為現代讀者開拓了一片壯美的、浩瀚的想像空間與文學世界。

另一方面，古龍的魅力，是與他的現代意識分不開的。如果說歷史意識是指尊重歷史的真實，且具有厚重歷史感的話；那麼現代意識實質上是作家具有的當代批判精神、悟性和思辯力，包含了對生命的感悟與追求，以及作為一個作家所應有的獨特風格和人文尊嚴。現代意識是那種消除今人與古人之間距離的心理取向。古龍明快地坦言：「武俠小說寫的雖然是古代的事，也未嘗不可注入作者自己的新觀念。」而古龍的小說正是把「古人」的詩情和自己的激情融為一體，於是讀者的心情，隨著作者一起激蕩，一起進入那自由、開朗、奔放的意境中去，而歷史與現實各以其本交相呈示。

例如《楚留香傳奇》中，當無花敗於他手下時，楚留香說：「我只能揭穿你的秘密，並不能制裁你，因為我既不是法律，也不是神，我並沒有制裁你的權力！」又說：「等到許多年以後，這樣想的人自然會一天天多起來。以後人們自然會知道武功並不能解決一切，世上沒有一個人有權利奪去別人的生命！」這種觀念，對於傳統的江湖世界簡直是不可思議的，然而這卻是古龍的現代闡釋。因為只有在今天，即具有當代法律意識並身體力行者才能這樣思考。

發掘不盡的心靈花園

武俠小說在古龍的手中，不僅僅是一個個發生在江湖中的傳奇事件，也不僅僅是武林人物和歷史場景的虛擬表述。我所認識的古龍，以及我對他的武俠文學的解讀，乃是著眼於作家的風格、才華、境界和學識的結合，是他跋涉在人生旅途中對現實與歷史，以及貫穿其中的人情美、人性美的省思與陳述；質言之，是他借現實考驗而變得深邃的目光，對逝去了的日子，所作的藝術性、美學性掃描。沒有現實性的滲透，無所謂武俠文學的精神價值；沒有現實的靈性感悟，無所謂武俠小說家的深度和氣韻生動。

人生，是古今中外的文學家、藝術家永恒的創作素材和靈感來源。從生到死，中間的那一片開闊地，往往叢生著令人困惑的荊棘。其實，我們無須驚詫於古龍生前曾面對過的困頓和孤獨；用今天的話來說，古龍活得還是蠻瀟灑的，而且有聲有色。他在當時實際上是比別人更早越過了那片困惑之地，到人間走了那麼一遭，玩過了，累了，如鳥雀倦而知返，歸去來兮，何其快哉！

古龍的武俠作品已經矗立為一座紀念碑，一座武俠小說史、乃至中國小說藝術發展史上的里程碑。人們已經而且將不斷地從中得到更多的審美認知和生命體驗；而對它所包孕的文化意蘊，文學評論界至今也未能說盡。其實，隨著人們體驗和感受的加深，審美能力的提高，古龍精神與風格是永遠也說不盡的。如同歌德所說：「人們已經說了那麼多的話，以致看來好像再沒有什麼可說的了，可是精神有一個特性，就是永遠對精神起著推動的作用。」作為這個時代中優秀精神產品的古龍武俠作品，也必將對我們的精神境界和思維空間起著拓展的作用。我深信，古龍的作品是說不盡的！

當然，讀古龍的小說也有好幾種讀法：竟夜廢寢忘食手不釋卷，一氣呵成地讀，是一種讀法；細細品味，「不忍卒讀」也是一種讀法；至於喝一口茶，回味一下，再拿出來細細品味，又是一種讀法。然而，我們也發現，對於古龍的小說，已經有了不少儼然像是予以「定位」、「定性」的評論。比如，一般地說，他是新派武俠小說的革新者；比如，對他的武俠意象世界、特異的結構佈局，還有那獨創性極強的對話藝術的稱道等等。可是，如何另闢蹊徑地解讀古龍的小說文本，則仍是一項為人祈望的學術性和審美性大工程。

無須迴避，在「知人論世」的前提下，我是一個「作品本位」的主張者。在我看來，無論古今，從事各種小說類型的作家，得以表明自己對社會、人生、心靈和文學的理解的主要手段，就表現在作品文本之中；這同時也是他們可以從社會、人生、心靈和文學中得到最高報償的手段。因此，我認為，只有從作家創造的藝術世界來認識作家，從作家對人類情感世界帶來的藝術展示和貢獻，去評定作家的藝術、文化地位，才是恰當的切入角度。

另外，我不滿足「文學是人學」的命題或界定，而更看重文學實質上是人的心靈學、性格學，是人的精神活動的主體學。我認為，是心靈世界的誕生，使人類告別了茹毛飲血的生存方式，是心靈使人懂得了創造、美感、理想和價值觀，也是心靈才使人學會區分愛與恨、崇高與卑瑣、獨立與盲從。而一切可以稱之為作家的人物，其最終的關懷，亦無非是人類的心靈自由。作家的歸依往往也是回歸心靈，走向清潔的、盡美盡善的心靈。所以，對一位真正的作家來說，他必定是用心來寫作的，即「我心」的故事。

如果這一觀點得到認同，我們就可以指出：古龍創造的武俠世界，若從整體意識來觀照，就是一個心靈文本的世界；或者說，古龍為我們建構的乃是一個精神與心靈的花園。人們在遊覽和欣賞這一獨特的「心靈花園」時，所獲得的將是最大程度的藝術享受。現在，兩岸文化評論界的同道們，相約對古龍建構的心靈花園進行了一次系統的、完整及深入的導遊。這是一個非常了不起的大工程，成果令人讚歎。

表述不盡的古龍風格

古龍的小說已經歷經歲月滄桑，穿透兩岸壁壘，走進千家萬戶。但是，大眾的文化品味仍需培養和引導。因此，為名著作嫁，是每位從事名著研究的專家學者義不容辭的責任。

為了使名著（包括古龍的精品）之樹常青，任何導讀都是廣大讀者需要的。無論是傳統的評點，還是現在的章評、回評，都是解讀與導讀的一種形式。而解讀就有了重讀的意味。解讀與導讀者的重讀，意味著不斷的遭遇和對話，視域的不斷融合，以及美感效果的不斷深化；這是避免誤讀和成見的有效手段。當然，名家的解讀、評析和解構、闡釋，也可能出現某些片面性，但若是「深刻的片面」，也許同樣可以給我們以難能可貴的啟示。因為，既然深刻，就在某種程度上意味著突破和創新，就是尋求意義的實驗，就是對以往的解釋系統的合理延伸和校正。所謂「放言無憚，言前人不敢言」（魯迅語），其是之謂乎？

需要補充的意見是：古龍的武俠精品早已深入人心，與讀者們形成了一種互動的、對話的關係；每一個讀者都可能根據自己的生活經驗、審美感覺，思考古龍的每一部書的問題，並會得出完全屬於自己的結論。在這個意義上，正如先哲所言：「趣味無爭辯」。回過頭來說，古龍作品中存的多義性和多層次意旨，乃是名著的常態；而單一性的文本，在今天倒反而被認為是內涵薄弱了。古人有言：「言有盡而意無窮。」對於名著的解讀和評析愈富有多義性，便愈是閱讀空間拓寬的表徵。

而導讀與評析如能引致讀者的積極性思考，就是成功。

進一步說，任何解讀、詮釋和闡明，其所運用的方法都應是開放的、有機的、多種多樣的。但我認為，將心比心、以心會心，或更準確地說，以心靈誠摯地讀解心靈，殆是一個最重要、也最普通的方式。這是因為對他人的理解，往往來自對自己的理解，心理的洞察往往緣於自我意識。解讀者的功力體現在透過字裏行間，穿透紙背去體驗、把握作家的強悍和脆弱，憤激與孤獨，真誠與虛偽，愛與恨。將心比心，以心靈解讀心靈，是一種真切的體驗，是一種平等的對話關係。它既能貼著自己的人物，逼真地復述出他們的心理流程，又始終與他們保持著根本的距離。這就是中華傳統審美學中的「靜觀」的審視態度。

我希望於讀者的是：當您打開古龍小說精品集時，您將開始的，是一次愉快而又神聖的閱讀經驗。

文學專家、資深教授　甯宗一

試論武俠小說的「解構功能」：以金庸、古龍、梁羽生爲例

在海峽兩岸的通俗文化交流領域中，武俠小說的普及與影響，是不容低估的。但何以兩岸的知識分子及自命具有「現代意識」的年輕讀者，大多能接受武俠小說中若干重要的作者和作品？本文試圖對此現象尋求一項可能的詮釋。

關於「現代社會」與「後現代社會」在概念上應如何區分，持不同立場的文化批評家、趨勢預言家、社會思想家或藝術評論家往往有不同的主張。甚至，當今世界在現實上究竟有無相應於「後現代主義」（Postmodernism）或「後現代狀況」（post-modern condition）之類理論所描繪的「後現代社會」存在，也是一個人言言殊的問題。

現代思潮與解構傾向

以研究後現代主義的文化理論而在當代人文思想界享有盛名的學者詹明信（F. Jameson），雖也曾含混地將「媒體社會」、「大眾消費社會」、「後工業社會」、「混合型社會」等名目刻意加以堆砌，而試圖呈現出「後現代社會」的景象[1]；然而，最終也仍承認「後現代主義」不過是從「現代主義」中衍生，並對比於「現代主義」而凸顯的文化理念而已[2]。

事實上，「後現代主義」較接近於一種反思與批判的理念，是現代人在深入體認到理性與科技的極限之後，對於人類生存處境的重新評估、詮釋與表達。因此，「後現代不再藉完美形式所帶來的慰藉、或藉文化品味上的共識，去達成對永遠無法企及的事物之鄉愁情懷。後現代尋求新的表現方式，不是為了從中獲得享受，而是為了加強我們對那『不可呈現之物』的認識。」[3]

可是，無論當代學術界有關「後現代」理念的陳述如何紛紜歧異，對現代社會的合法性、正當性或合理性加以「解構」（de-construction），卻是眾所公認的「後現代」主流趨向之一。在文學批評領域內大力推動後現代理念的名家哈山（I hab Hassan）指出：後現代主義有兩個中心構成原則，一是「不確定性」，包括模稜、

1 F. Jameson, Forword to Jeam-Framcois Lyotard, The Postmodern Condition: A Report on Knowledge, tr. by G. Bennington and B. Massumi, p.VII

2 F. Jameson，《後現代主義與文化理論》〈引論：文化與文化分期〉，唐小兵譯，頁一至六（陝西師範大學出版社）

3 J-F Lyotard, The Postmodern Condition, p.81.

斷裂、異端、多元、散亂、叛逆、扭曲、變形、解構、分解、去中心、去主體、不連續、反整體、反諷、脫裂、無言等內涵。另一是「普遍內存性」，包括心智活動的幻構、蔓延、流衍、律動、交互運作、相互溝通、相互依賴等。[4]而對「解構」理論（或「後結構主義」理論）稍曾涉獵者應可清楚地看出：這兩個原則，實際上與德希達（Derrida）、德婁攴（Deleuze）、羅蘭巴特（Roland Barth）、乃至傅科（Foucault）等解構思想家所提出的基本理念，幾乎是完全脗合一致的。而依照這兩個原則來觀照人類的「論述」（dis-course）活動，則一切「論述」都不外乎是建構－解構－重組－再解構的過程而已。

當代世界的「解構」現象

因此，若將「解構」與「重組」視為現代人在洞明了理性與科技的限度，而從自理性萬能的迷思中「解魅」而出，並質疑一切既成的體制；那麼，「現代」與「後現代」的分別，即是前者猶能在一定程度內，肯定既存的社會體制及這體制所由來的歷史傳統，有其環境相扣的合理性，亦有邁向未來的進步性，值得寄以信賴。[5]而後者卻逕自將歷史與現實均視為並無必然意義的積澱或雜湊，大可作為自由

4 Ihab Hassan, "The Postmodern Turn", Essays in Postmodern Theory and Culture (Ohio State University Press, 1987)

5 因此，黑格爾是現代主義的思想導師，他的著名命題：「凡存在即為合理，凡合理即會存在」，正是現代西方思想的哲學歸宿。

的現代人不斷「解構」（或遊戲）的對象。

本來，「解構」主要是一九六〇年代歐美社會普遍發生民間抗議運動之後，由一些思想敏銳、態度前衛的學術界及藝文界人物所揭櫫的激進理念。其影響面充其量只及於學院派知識分子，與當代世界的政治、經濟或社會體制的演變，並不直接相干。然而，值得注意的是：恰當「解構」思潮逐漸流行和延伸的時候，整個世界亦正在現實上見證了一幕又一幕波瀾壯闊的「解構」運動。

隨著前蘇聯領袖戈巴契夫所倡導的開放與重建政策在世界政治舞台上的拙劣演出，冷戰體制終結，東歐各國轉向，蘇聯陷於分崩離析，曾經宰制了半個世界的那個統治制度與意識形態本身成為其人民「解構」的目標。另一方面，「解構」之後的東歐與俄境諸國，並未能順利展開向市場經濟與民主政體轉型及重組的歷程，反而陷入種族、宗教、派系、地域、權力的混亂與鬥爭之中。

從「解構」理論的角度來看，當前東歐與俄境諸國的巨變，正是一步步「去中心」、「去主體」的結果。然而，如果蘇俄政權及其體制是一個已經僵化的烏托邦社會；那麼，將這個龐大的烏托邦「解構」的結果，顯然已滋生出許多始料所未及的難題與困結，卻並未為生活在其中的人們直接帶來新的秩序與希望。或許，這亦正是「解構」理論先天上的侷限。

站在虛無主義的邊緣

其實，歐美文化思想界中服膺「解構」理念的先進人物，心目中主要的「解構」對象是現代資本主義、科技官僚體制、商業操控系統，以及無所不在的權力制約與權力滲透狀態。換言之，他們所要「解構」的，正是以美國與西歐為代表的工業先進國家所建構的社會體制。然而，從蘇聯政治體制「解構」的經驗看來，倘若資本主義體制一旦也告「解構」，而沒有任何可資取代的社會型態及人性目標存在，也不能朝向任何新的社會秩序或文明層級，進行轉型和重組的努力；那麼，徹底「解構」的結果勢必是整個人類面臨虛無主義的深淵。

雖然如此，作為一種亟欲從理性束縛、政商結構與權力規劃中求得人性解放的思潮，「解構」理論所強調的，畢竟是一種「衝決網羅」式的激進批判與否定意識。

歸納「解構」理論的各項主張，包括：批判西方形上學傳統，認為形上學企圖藉對客觀和理性的確信，來恢復人類對世界秩序的認識；強調「理性中心主義」的傲慢與虛謬，而凸顯非理性、倫理性意識與抉擇的優先地位；貶抑形式邏輯在語言、文學、甚至認識論中的重要性，而探究語言和文學在本質上的「無底性」、「無定性」；不再關注事物的普遍結構，而強調各個特殊文本和閱讀過程中的異質現象；否定系統化知識的可能性，而強調知識演化歷程中的斷裂部份；反對從整體性的立場來看待事物與知識，而強調變異與流衍的傾向。

在文學上，解構理論有一個近乎共識的主張，即：「文學作品並沒有一個內在的中心或結構，也沒有決定作品終極意義的絕對真理。文學作品只是一個『無中心的系統』，而詮釋過程一層層不斷地展開，嚴格說來，詮釋過程是一個無窮無盡的過程。」[6]「解構」理論與在其之前的西方結構主義思潮之間，形成鮮明的對比，是一目了然的。事實上，許多「後結構主義」思想家本就是就結構主義思潮中的健將，再轉而對結構主義進行批判，終於走上了「解構」的道路。

但從現代西方思想發展史的深層轉折脈絡來看，自從德國存在主義哲學宗師海德格（M.Heidgger）詳析了現代人所面臨的「存有遺忘」與「意義喪失」的處境之後，即已預示了徹底解消一切具有「終極」或「確定」意涵的系統與事理。而海德格對「存有遺忘」與「意義喪失」的論述，又係承襲與深化尼采的思路而作進一步發揮者。因此，「解構」理論與尼采思想之間實有明晰可考的血緣關係。[7] 而後期尼采思想與虛無主義之間，只有一線之隔；於是，「解構」理論迄未擺脫虛無主義的糾纏與威脅，應也是不足為奇的現象。

6 Derrida, Of Grammartology, pp.158-159.

7 海德格論「存有遺忘」與「意義喪失」，參海氏 Sein und Zeit，此書現已有桂冠圖書公司中譯本《存在與時間》，另見海氏的《人文主義書簡》(Uder den-Humamismus)。

「解構」意念與近代中國

近代中國思想界，從康有為在〈大同書〉中宣稱「欲救生民之慘禍，其必自破國界始矣」，譚嗣同在〈仁學〉中明示「衝決一切網羅」、「摧破一切畛域」，到章太炎在〈五無論〉中倡言：「個體為真，團體為幻」，到胡適的「全盤西化」、吳虞的「隻手打倒孔家店」，直迄毛澤東時代的「破四舊」、「文化大革命」，其實流動著一股明顯而強烈的「解構」意志。所要「解構」的對象，當然是傳統中國社會的體制、規範、思想意識與生活方式。

但歷史的弔詭之處卻在於：「解構」了舊社會之後所建立的那個新的烏托邦體制，不但有它本身的特殊治理模式；而且舊社會中積澱的封建流弊，透過這一治理模式，而呈現出變本加厲的禍害。時至今日，人們不免開始懷疑：對歷史與現實進行徹底的「解構」，何以非但未能使人獲得理想中的解放與自由，反而會導致一個更加可怖的烏托邦世界之產生？

或許只是巧合，但值得注意的是；在現代中國武俠小說的創作與發展過程中，有少數幾位才華特別敏銳的作家，如金庸、古龍、梁羽生等，在自覺或不自覺間，將前輩武俠作家所建構的想像世界（江湖、武林）加以改造、顛覆、反諷，從而發揮了「解構」的功能。或許，這些作家在「解構」武俠世界的新式創作中，無意間也為解答上述這個充滿了歷史弔詭的重要問題，提供了一些值得玩味的線索。

武俠小說的幻構與「解構」

武俠小說作家通常都受過《水滸傳》的影響。而若將《水滸傳》的內容解讀為梁山泊這個「江湖強人的烏托邦」締造與幻滅的過程；那麼，書中明顯地有兩股意志、兩種傾向在發生交互運作的力量。其一，是指向於建構一個反抗朝廷體制，追求「替天行道」的意志與力量，而以梁山水泊內「忠義堂」建成，一百零八名好漢排定坐次，作為新世界秩序成立的象徵性高潮。其二，則是指向於爭取朝廷招安、皈依正常世界的意志與力量，結果終於導致梁山泊理想的悲劇性幻滅。[8]因此，一個烏托邦世界的「建構」與「解構」，在《水滸傳》中本已是呼之欲出的主題。近代中國的武俠小說若確實在一定程度上拓深了「解構」的意涵，《水滸傳》的潛在引導應是不可忽視的因素。

然而，近代中國的武俠小說畢竟是先從在想像中建構一個與現實充分隔離的江湖世界，而展開其創作歷程的。以分別代表近世武俠小說領域內「入世」與「出世」兩大走向的平江不肖生和還珠樓主而言：前者摭拾民間械鬥、幫會傳說、鏢局滄桑、遊俠軼事、少林掌故、江湖奇談等各項傳聞，抒寫了一個游移在社會邊緣處的武林世界，雖然並未完全脫離現實，但內容畢竟以幻構的成分為多。後者則逕自在想像中組合劍俠飛仙、靈禽怪獸、山精海魅、神兵利器、天府冥城、奇珍異寶等神話傳說中的意象，主觀地創構了一個與現實社會渺不相干的劍俠世界。

8 請參樂蘅軍：〈梁山伯的締造與幻滅——論水滸的悲劇嘲弄〉，收在《古典文學散論》（純文學出版）書中。

值得注意的是，這些早期武俠創作的代表人物雖也常在作品中提到：「朝廷昏庸，生民倒懸」之類的感慨，因此，其所幻構的武俠世界不無否定或批判現實世界的寓意。但就整體情節而言，「解構」現實世界的意念潛而未顯，反倒著重於遺忘現實世界，而另行在想像中鋪陳一個自給自足的烏托邦世界。

但這樣的烏托邦世界仍有它的秩序、體制、等級、階層。在武林中，門派有門派的傳統，幫會有幫會的規制，長幼尊卑，井然有序。尤其，武俠世界的道德規範，顯然較現實世界更為嚴明，正派與邪派勢不兩立，白道與黑道涇渭分明。一切江湖恩怨中所涉及的是非善惡，最終總有清楚的了斷，而正義的道德秩序必定戰勝邪惡的顛覆力量。

就這個意義而言，早期武俠小說的「解構」色彩十分稀薄，但利用傳奇性的素材另行建構一個理想世界的意念，卻十分強烈。其後，雖然鄭證因、白羽、朱貞木等作者將武術技擊及幫派恩怨帶入到接近寫實的境界，王度盧更將細膩的兒女戀情注入了想像中的武俠世界，但並未改變武俠世界強調道德秩序的基本格局。

金庸筆下的武俠世界

武俠小說的「解構」傾向由隱而顯，甚至逐步發展至將正邪對立、黑白分明的武俠世界本身，自覺地予以「解構」，是金庸、古龍、梁羽生等新派武俠作者出現之後的事。因此，如果將「解構」理念的凸顯，視為由現代意識向「後現代」意識演進的一種轉折性標示；那麼，從新派武俠作品的發展歷程中，人們似乎也可以看到這種轉折性的標示逐漸趨於清晰。

早期的金庸作品雖也具有「解構」傾向，但「解構」的對象只是歷史上的正統皇朝與非人性的政治秩序。在他最初的作品《書劍恩仇錄》中，主角陳家洛領導紅花會群豪與漢州的乾隆皇帝作對，並協助弱勢的回族部落反抗清軍侵併。雖然故事中鋪述了陳家洛與乾隆之間的兄弟情仇，但基本格局仍是漢滿互抗的奪權鬥爭。

結果，「解構」以乾隆為代表的滿清皇朝雖告失敗，紅花會群豪在陳家洛率領下遠遁天山，仍維持了有形的抗爭組織與反清意志。陳家洛在現實的權力鬥爭中失敗了，然而在香香公主殉情與會眾誓願追隨的慰藉下，陳家洛所代表的正義理念仍獲得了完整的肯定。當然，身為紅花會的領袖，以陳家洛為中心的江湖勢力也構成了一個自給自足的化外世界。

在稍後的《碧血劍》中，主角袁承志為含冤慘死的父親袁崇煥復仇，領導江湖群雄誓欲攻入北京，手刃崇禎皇帝。結果，他雖不曾親自達成復仇的目標；但在他的協助下，闖王李自成擁兵長驅直入，崇禎被迫自縊於煤山，大明皇朝落得徹底「解構」的命運。

當金庸寫到李自成入京稱帝之後，義軍內部爭權奪利、自相殘殺的情節之時，其實已逼近對理想中的正義力量、革命道德也加以「解構」的地步。然而，筆鋒一轉，袁承志在心灰意冷之餘，率徒眾回歸江湖，隨後更揚帆海外。因此，以袁承志為代表的正義理想與不屈意志，雖不能立足於中土的現實社會，卻仍在想像中的另一世界內維繫於不墜，並未遭到「解構」。

金庸以武俠英雄的道德形象，在混亂污濁的現實世界裏撐起一個理想中的道德秩序，到寫《射鵰英雄傳》中的郭靖時，已臻於堅不可破的境界。郭靖自幼是非分明，堅守原則，他的成長、挫折、煎熬與奮鬥歷程，充分體現了一個道德英雄自我淬礪與外向投射的精神力量。

所以，當郭靖說出：「為國為民，俠之大者」的名言時，金庸武俠世界中的「大俠」終於刻畫成型。雖然，《射鵰英雄傳》末尾特藉成吉思汗臨終前的慨嘆，對歷史世界中的「英雄」理念及事蹟給予「解構」式的反諷；然而，「大俠」的光輝形象卻足以補償現實世界中「英雄」的失落。

金庸作品的「解構」走向

但在隨後的《神鵰俠侶》中，身世慘痛、性格強烈、處世行事率真不羈的楊過，卻以生死無悔、我行我素的血性與純情，逼使正邪、黑白、是非、善惡判然分明的武俠世界，發生了內在的衝擊與矛盾。

楊過認邪派宗師歐陽鋒為義父，公然反叛正派全真教，甚至不惜勾結蒙古金輪法王等異族高手，圖謀對付「大俠」郭靖。但是楊過的每一項抉擇都自有他的理由；在武俠世界中，為報父仇而不擇手段，亦絕非違反倫理原則的行為。何況他在感受到郭靖的俠義志業之後，竟捨死忘生地營救郭靖脫險。

而楊過苦候摯愛的小龍女十六年，最後仍一往無悔，跳崖相隨，更說明楊過是以一種單純而熾烈的主體情懷，來面對外在世界的一切。然而，很明顯的是：在《神鵰俠侶》中，楊過的生命光輝已然壓倒了郭靖的「大俠」形象。實質上，是非善惡判然分明的武俠世界，在郭靖的大俠形象躍現之時，即已達到最高潮；此後，金庸便走向一步一步「解構」武俠世界的寫作方向。

緊接著，《倚天屠龍記》藉由主角張無忌的父母與義父的悲慘命運，深入描述了是非善惡難以分明的情境。張無忌歷經九死一生，終於成為反抗元朝暴政的武林領袖。然而，他一方面與蒙古權臣之女趙敏產生真情；另一方面，他畢生所遇合的師友、朋儕、乃至異性知己，又往往發生善惡顛倒的情況。最後，連他統率的明教也被野心家所篡奪，以致遭到「解構」。張無忌的入世奮鬥，到頭來只成為一場反諷，所謂的俠義精神，至此也面臨了全面「解構」的危機。

在《天龍八部》中，金庸以胡漢恩仇為主線，來「解構」武俠世界的倫理原則。契丹英雄蕭峰是頂天立地的俠義人物，但他卻被逐出丐幫，進而被迫與中原群豪為敵，沾下無數血腥，連唯一的愛侶都死在他的掌下。其命運之可怖可嘆，令人怵目驚心。然而，蕭峰的命運豈不正是對原先肯定道德秩序的武俠世界最大的反諷？「王霸雄圖，血海深恨，盡歸塵土」，在蕭峰昂然自裁之後，理想中的武俠世界其實已經無聲地「解構」了。

完成了對武俠世界的「解構」

到了《笑傲江湖》，正邪顛倒、善惡混淆的情境，已經成為武俠世界中的常態。東方不敗、岳不群、林平之為練「葵花寶典」，而成為陰陽逆轉的變性人，是深具象徵意義的「解構」情節。

主角令狐沖本身是一個亦正亦邪、狂歌當哭的人物，他唯一值得肯定的長處，是始終保持率真的性情。然而，像令狐沖這樣並不介意於正邪是非的灑脫人物，卻無法生存在瞬息萬變的江湖世界中。最終，他只能與愛侶任盈盈在隱跡山林之後，自行彈奏他們的「笑傲江湖之曲」。江湖恩怨永無休止，所謂「笑傲」只是徹底退出而毫不沾染。至此，武林世界作為一個寄託正義理想的烏托邦，已經沒有任何意義可言。

終於，在《鹿鼎記》中，金庸藉由一個出身市井妓院、毫無道德觀念的憊懶人物韋小寶，對幻構已久的武俠世界，包括武俠小說本身，進行了徹底的「解構」與反諷。韋小寶雖是個不學無術、亦談不上武功的丑角或幫閒，但卻是個活生生的、有血有肉的人物。相形之下，武俠世界中代表名門正派的天地會總舵主陳近南、少林派方丈晦聰大師、白衣尼九難，以及代表邪惡勢力的神龍教主洪安通、桑結喇嘛等人，反而顯得虛渺蒼白，黯然失色。《鹿鼎記》將武俠世界與現實世界揉合為一的手法，與塞凡提在《唐·吉訶德》中將騎士世界與現實世界揉合為一的風格，實有異曲同工之妙。《唐·吉訶德》是以最具文學地位的騎士小說「解構」了騎士世界；同樣的，《鹿鼎記》作為金庸最後一部武俠小說，既將武俠小說的文學價值推到一個難以企及的高峰，卻也自覺而技巧地完成對整個武俠世界的「解構」。

梁羽生筆下的俠義系譜

然而，金庸雖將武俠小說的「解構」功能發揮到充量至極的地步，卻仍為武俠世界留下了一片可以寄託想像的空間。故事終結時，楊過雖然隱遁自閉於「活死人墓」，身畔畢竟還有平生愛侶小龍女相隨。張無忌在權力鬥爭中出局，卻可以與美麗而慧黠的趙敏長享畫眉之樂。蕭峰雖含冤負謗，飲恨自戕；但在他生前，阿朱心甘情願為他而死；在他死後，阿紫更不惜立即追隨於地下。令狐沖雖失去師妹岳靈珊的愛情，卻有任盈盈伴他諧奏「笑傲江湖之曲」。韋小寶更娶得多位如花美眷，在他辭官出局之時，陪他同赴雲南大理隱居。

可見金庸雖「解構」了武俠世界的基本結構與道德秩序，但並不準備否定愛情在烏托邦世界中的意義。甚至，金庸刻意讓愛情成為已被「解構」的武俠世界中，唯一尚值得人們馳情想像的浪漫題材。

另一位新派武俠名家梁羽生在早期作品中的「解構」傾向，主要也是針對批判正統皇朝與現實政權而施展者，一時並未轉向到對武俠世界本身加以「解構」，在他的《七劍下天山》、《江湖三女俠》等書中，正邪、黑白、善惡、是非的二元對立與反覆鬥爭，仍構成了推展整個故事情節的主線，顯示梁羽生有其承襲傳統武俠小說架構的一面。

事實上，梁羽生的作品若是串連起來，大致形成一個與正統歷史發展相平行的草野俠義系譜。從這個草野俠義系譜回看權慾糾結的正統皇朝，當然構成了對中國歷史的另一種詮釋和反諷。所以，他想要「解構」正統歷史的企圖，是顯而易見的。在這一點上，梁羽生與金庸殊途同歸，兩人都締造了一個自給自足的想像世界，以這個想像世界來回照真實的中國歷史，無限的辛酸血淚便自然透顯在字裏行間及作品背後。

梁羽生作品的「解構」表現

也與金庸一樣，隨著創作時間的延伸，梁羽生作品對武俠世界本身施予「解構」的傾向逐漸趨於強烈。典型的例證，是《萍踪俠影錄》系列作品與梁羽生的早期作品之問，在風格上發生了明顯的變化。《萍踪俠影錄》可視為對武俠世界中的「正義」理念，加以反思與「解構」的代表作。在梁羽生筆下，《萍踪》主角張丹楓身負宿命深仇與復國重任，因為他是元末群雄中，最有完成王霸大業之望的張士誠的後裔。張士誠與朱元璋爭奪江山，不幸兵敗長江，飲恨受戮。忠心於張士誠的武林豪傑甘冒萬難，茹苦含辛，將張氏嫡子遠攜漠北，寄身韃靼，逐漸在異族取得權力，意圖捲土重來，與朱元璋的子孫再爭天下。

然而，來到中土的張丹楓所面對的卻是正邪、善惡、恩怨均難以釐清的悲劇困境：他心靈深處的中原祖國，是他仇家的天下；撫育他成長的漠北瓦剌部落，卻又志在侵吞中華河山。加以他與明室忠臣雲靖的孫女又有愛恨交織的情感衝突，而張士誠舊部的後裔，則無不期盼這位「少主」登高一呼，湔雪當年長江一戰的沉冤與恥辱。

隨著書中情節的推展，張丹楓對所謂「正義」與「俠義」理念的質疑與困惑，愈益深刻。最後，張丹楓毅然放棄了唾手可得的王霸之業，也淨化了深銘心中的血仇宿孽，甘冒萬險，重返漠北，救出在「土木堡之變」中被俘的、累世宿仇朱元璋的後代明英宗朱祁鎮，使明朝不致覆滅於一旦。

然而，張丹楓的俠士人格固然在千錘百煉之中趨於成熟，他拋卻家世深仇卻是對正義原則的明顯背離。在同一系列的《散花女俠》、《聯劍風雲錄》等作品中，復辟後的明英宗殘殺忠臣于謙，使張丹楓陷入「我雖不殺伯仁，伯仁卻因我而死」的罪戾之中，不得不再入江湖，與正統皇朝誓死周旋。然則，透過張丹楓迷失在何去何從之抉擇中的生命困境，梁羽生其實已將武俠世界裏本來明朗而素樸的正義理念與道德秩序，一舉加以「解構」，只留下了無窮無盡的悵惘與悲情。

猶有甚者，梁羽生進而將武俠世界最後所殘存的一點浪漫慰藉，也在必要時從人性的深度出發，無情地加以「解構」。在《聯劍風雲錄》中，一對歷盡磨難、卻堅貞不移的俠侶霍天都與凌雲鳳，終因性格不諧而勞燕分飛。在《白髮魔女傳》中，男女主角卓一航與玉羅剎自始相愛不渝，卻在一切誤會均告冰釋之後，仍然咫尺天涯，永不相見。

而在《雲海玉弓緣》中，金世遺與谷之華雖然兩心相印，然因另一女性厲勝男的介入，而不得結合。結果，厲死谷去，金世遺卻頓悟到：其實他真正愛上的，卻是有「魔女」之稱的厲勝男。然則，愛情已非但不再是這些充滿幻滅之感的武俠人物最後的浪漫慰藉，反而成為他們內心深處最致命的隱痛。對武俠世界「解構」至此，實已逼近「落了片白茫茫大地真乾淨」的地步。

古龍作品對權力的「解構」

風格與境界令人耳目一新的新派武俠作家古龍也表現了強烈的「解構」傾向，當然，在古龍早期的代表作，如《大旗英雄傳》、《浣花洗劍錄》、《孤星傳》、《湘妃劍》、《情人箭》等作品中，他筆下幻構的武俠世界不僅洋溢著浪漫傳奇的色彩，而且正邪善惡之間也有相當明晰的區隔。然而，到了成熟期的古龍，從《武林外史》開始，一連串的作品都著意於質疑和顛覆正邪善惡的刻板觀念；而以不斷的奇詭譎變，來揭露各種出人意外的情境。《武林外史》中的沈浪、玉憐花、白飛飛均是亦正亦邪的人物，反派角色如快活王、雲夢仙子卻在性格與行為上大有令人折服之處，已預示了後來古龍逕自漠視一切刻板的正邪之別的創作取向。

古龍並未著意於對武俠世界中的愛情加以「解構」，但這是因為他隱蓄地在作品中賦予愛情以特殊的、超然的意義。古龍的武俠小說刻意將「解構」的目標指向於權力，從而反諷地呈示：一般所謂的名門正派、俠客高士，往往只是在權力結構中佔有宰制地位的人物。

在《蕭十一郎》中，幾乎所有的名門俠士全屬卑鄙無恥之徒，「大盜」蕭十一郎反是形象最為光明俊偉的人物。然而，最終蕭十一郎卻仍昂然走上絕路，將世界留給那些互稱大俠的既得利益者。《多情劍客無情劍》中的李尋歡，面對正派俠客的誣枉與侮辱，根本不屑置辯，卻以一己之力挽救了整個武林的命運。可是，在事成之後，他與阿飛同時隱遁，武林仍然屬於那些自命俠義的可笑人物。

顯然，古龍已意識到權力關係是無所不在的，他對權力的「解構」，最終只落實到為對真正俠氣人物的志業之「解構」。所以，他在後期的《七種武器》中，將代表權力之網的青龍會描寫為具有三百六十五個分舵、卻永不知主控者為誰的奇異集團。即使有不為強權所屈的俠氣人物起而反擊；但是，既然一年三百六十五天均有青龍會的陰影，一兩個分舵遭到突破，顯然搖撼不了龐大的權力之網。

權力之網顯然難以「解構」，這是當代西方的解構理論家所公認的人間情境；[9]尤其是傅科在《性慾史》及《知識／權力》等著作中一再指述、敷陳的事理。古龍在作品中「解構」武俠世界的權力關係，結果卻逼顯了權力之網無所不在的事實，與傅科的理論頗相接近，當然只是純粹的巧合。但是，或亦可於此看出古龍的作品

9 M. Foucault, Knowledge/Power, pp.95-96,或參 Hubert L. Dreyfus and Paul Painbow, Michel Foucault, Beyond Structuralicm and Hermeneutics, pp.208-226.

中，不時隱含著一股追求心靈之徹底解放卻不可得的掙扎與張力，而這種掙扎與張力，正是「後現代」文學理論相當重視的問題。

武俠世界的內在反挫

除了在「解構」權力之網的過程中，古龍的作品呈現了具有後現代意涵的極限情境之外，他對武俠世界中其他構成要素的「解構」，則已達到淋漓盡致的地步。在《邊城浪子》中，傅紅雪跋涉天涯，誓報父仇，最終卻發現自己並不是被害的大俠之子，心目中的仇人與自己也全無關係可言；甚至，被害的大俠是否有其自取其咎之處，也茫然難言。而理應為父報仇的葉開，到頭來卻以開朗的情操寬恕了本來苦苦追蹤的仇人。這是對武俠世界中「恩仇」觀念及由此衍生而來的正義準則，所施行的徹底解構與反諷。

在《白玉老虎》中，殺害主角趙無忌父親的惡魔上官刃，竟正是苦心維護其父畢生志業的志士仁人；將趙父的首級奉獻給仇家，卻正是上官刃為己方陣營所作最艱苦卓絕的自我犧牲。於是，一切正邪、黑白、善惡、是非的判分或抉擇，均已顯得毫無意義。趙無忌面對的是一個全然「解構」了的現實世界（以及內心世界），但這卻是他根本無可迴避的生命真相。

若將古龍在作品中的表現的其他「解構」傾向，包括在《三少爺的劍》中，藉燕十三的自殺「解構」了對上乘劍術的迷思；在《英雄無淚》中，藉「雄獅」

朱猛與「大鏢局」總鏢頭司馬超群同時面臨窮途末路的情節，「解構」了與英雄氣質、英雄崇拜相關的理念，合併來看：武俠小說傳統中長期建構與因襲而成的「武俠世界」，實已面臨意義喪失、內在反挫的局面。

武俠小說的現代意義

因此，近代中國的武俠小說發展史大略呈現了一個從「建構」到「解構」的歷程。早期武俠作家著意於刻畫、渲染一個幻想的烏托邦世界；而新派武俠作家如金庸、梁羽生、古龍，則在利用文學技法將這個幻構烏托邦世界提昇到更高遠的境域之後，又開始自覺地「解構」這個已有其內在邏輯、倫理結構及道德秩序的烏托邦世界，從而勾消了幻構世界與現實世界之間的區隔，也解除了烏托邦世界的魅力。

就這個角度而言，武俠小說有其鮮明真切的現代意義。因為它以雙向「解構」的形式，為人們展演了烏托邦世界從締造到幻滅的歷程與情節。而在真實的近現代歷史中，這種歷程與情節，卻是以億萬現代人的生命與理想為代價，而以權力鬥爭或戰爭流血的方式，在進行的——雖然，時至今日，這個烏托邦的締造與幻滅歷程，也已漸接近尾聲。

資深媒體人、知名文化評論家 陳曉林

泛論古龍的武俠小說：隱然尼采之風

武俠精神與武俠小說

武俠小說承繼著悠久的傳統，它的根，深深扎在我國歷來的武俠精神中。遠在先秦，武士俠客輩出，如毀軀報故君的豫讓，千里救宋急的墨子，犯險赴友難的信陵君，悲歌入強秦的荊軻……千載之下，我們仍可以在他們的俠蹟中感到一股凜然氣概。

遊俠因「不愛其軀，赴士之阨困，既已存亡生死矣，而不矜其能，羞伐其德。」故《史記》載《刺客列傳》、《遊俠列傳》。

「國家重於生命，朋友重於生命，職守重於生命，然諾重於生命，恩仇重於生命，名譽重於生命，道義重於生命，是即我先民意識中最高尚純粹之理想，而當時社會上普遍之習性也。」

這種武俠精神，其實表現了我國傳統的理想人格：澹泊明志，重義尚勇；唯其明志，所以遊心於大，居天下之廣居，立天下之正位，行天下之大道，而不沉溺於卑陋凡下處；唯其澹泊，所以，得志能與民由之，不得志能獨行其道；唯其重義，所以富貴不能淫，貧賤不能移；唯其尚勇，所以威武不能屈——大丈夫習文者為儒，習武則為俠，古書常儒俠並稱。

武俠精神就是武俠小說的靈魂氣質。其實我國文學描頌武俠精神有很長歷史，武俠小說是最近代的而已。

社會上有不平而後有俠。俠以磊落豪情、滿腔熱血管天下不平事，雖不免觸犯政府禁令，但使千里之外，聞風而悅，所以雖然漢景帝、漢武帝大誅遊俠，正史自《後漢書》以降不載遊俠列傳，但民間文學卻不斷揚揄武俠。陶潛「少年壯且厲，撫劍獨行遊」。李白「十五好劍術，徧干諸侯」，「三杯吐然諾，五嶽倒為輕」，「呼盧百萬終不惜，報讎千里如咫尺。」唐、宋傳奇裏，已有不少像虯髯客、紅線、崑崙奴、空空兒等典型武俠人物。

宋朝話本、明代白話小說裏，瓦崗三十六將，多出身綠林，水滸一百八人皆寄身江湖，即使《三國演義》的諸葛亮、關羽亦以義氣相感召，《西遊記》的孫行者更喜路見不平，掣棒相助。這些小說深得廣大民眾喜愛，歷久不衰。

到了清代，更有讚美忠義、俠勇的俠義小說如《七俠五義》、《兒女英雄傳》

等，「是俠義小說之在清，正接宋人話本正脈，固平民文學之歷七百餘年而再興者也」。俠義小說一再演變而成武俠小說。

早期的武俠小說，如平江不肖生的《江湖奇俠傳》，還珠樓主的《蜀山劍俠傳》，寫劍俠仙法術，已在大眾心目中具莫大吸引力。

以金庸《射鵰英雄傳》為代表作的新派武俠小說，據說在全盛時期作者多達三百，其中粗劣濫作的固然不少，但獨具風格的幾家如梁羽生、金庸、獨孤紅、古龍等，在中文造詣及文字運用技巧方面，卻是很少現代作家所能夠企及的。

新派武俠小說的特色在奇情詭異，如神功怪招，劇毒仙丹、秘笈寶藏、異人靈鳥等層出不窮，幾成公式。較好的還只用這些作為點綴，低劣的則光靠花招媚俗取寵，很多這等小說稱作打鬥小說更為合適。

約從一九六九年開始，古龍一連幾部作品又把武俠小說帶入一新境界。本文討論的就是古龍這時期的小說。

與一般新派武俠小說比較，古龍這時期的作品在內容上由武返俠，重振武俠精神；在意境上一洗靡靡浮陷的風氣，轉為清勁秀拔，從蒼鬱中見生機，如《蕭十一郎》便是一部份量很重的悲劇；在結構上力挽橋段生動但通篇散漫的弊病，特別注重節奏明快，輻輳謹嚴；在人物上捨棄除武功天下第一外毫無性格的大英雄形象，改寫有血有淚的江湖人：如蕭十一郎是個聲名狼藉的大盜，孟星魂是個不見天日的刺客，傅紅雪是個沉默孤獨的跛子，王動是個終日不動的懶鬼，但這些不算英雄的人，卻常更能表現出真正的俠氣。

依尼采的區別來衡量文學價值：「我每次都問：它是創自枯竭的命泉，抑橫溢的生機？」我們可以發現古龍六九至七九年間的作品的確靈氣流轉，生機橫溢。放在時下一些東施捧心式的文藝小說中，古龍剛勁高暢的武俠小說就像爛泥沼中一塊硬的土地；與台灣很多淺薄矯扭的現代文學比較，古龍若不經意的創作就像陰溝旁的長江大河。

然而，不論它有何深度，武俠小說終屬傳奇小說一類，因而被許多職業文人譏為只可消遣，不可登大雅之堂。

我認為這種歧視實在是一種偏見。不錯，膚淺無聊的傳奇小說很多，就像膚淺無聊的「嚴肅文學」一樣多。但不深入觀察，單憑粗略的文體劃分來判定小說優劣，不但迂腐，而且不負責任。

古今中外，傳奇文學都極受歡迎。好的傳奇有時像神話、像夢幻，在怪幻不經中顯露人類最秘密的思慮；有時傳奇又像戲劇、像寓言，運用象徵的手法，借一個簡化的世界來集中筆力，深刻反映出人心底某些最原始的渴望、恐懼和掙扎。

傳奇文學通俗，但不必流俗，故能雅俗共賞。以今天為例，從大學生到小學童，從工人小販到大學教授，都欣賞武俠小說。傳奇又不像一些自命高級小說枯澀沉悶，它能在奇情中寓深意，在懸疑中露真情，在消遣中撼人心，在娛樂中化氣質。三百多年前，王陽明的三傳弟子李贄已指出：「孰謂傳奇不可興、不可觀、不可以群、不可以怨乎？飲食宴樂之間，起義動慨多矣。」

古龍的武俠小說

古龍寫了約二十年武俠小說，作品多不勝舉。

早期的《飄香劍雨》、《月異星邪》、《殘金缺玉》等，尚顯青澀。

其他如《浣花洗劍錄》、《名劍風流》、《護花鈴》、《孤星傳》等連串作品，都屬過得去的武俠小說，而且每見進步。

到《大旗英雄傳》、《武林外史》、《絕代雙驕》等，已可與港台任何一位武俠小說家的作品並列比較了。

大約在一九六九年前後，古龍不論在意境或風格上均有大突破，從此他的小說進入了一個新境界。我要討論的只是古龍近八九年的作品，這期間他共作了三十多部，字數幾達一千萬。以下開列他這時期的作品及約莫著作年代：

《多情劍客無情劍》（六九—七〇）

《蕭十一郎》（六九）

楚留香的故事——《血海飄香》、《大沙漠》、《畫眉鳥》、《借屍還魂》、《蝙蝠傳奇》、《桃花傳奇》（六九—七二）

《流星‧蝴蝶‧劍》（七〇）

《歡樂英雄》、《大人物》（七一）

《邊城浪子》、《絕不低頭》（七二）

七種武器——《長生劍》、《孔雀翎》、《碧玉刀》、《多情環》、《霸王槍》（七二—七三）

《狼山》、《火併蕭十一郎》、《劍・花・煙雨江南》、《七殺手》、《九月鷹飛》（七三）

陸小鳳的故事——《金鵬王朝》、《繡花大盜》、《決戰前後》、《銀鉤賭坊》、《幽靈山莊》、《隱形的人》（中斷）（七二—七四）

《天涯・明月・刀》（七四）

驚魂六記——《血鸚鵡》、《吸血蛾》（極似黃鷹代筆）（七四—七五）

《三少爺的劍》（七五）

《白玉老虎》（七六、未完）

《大地飛鷹》、《碧血洗銀槍》

有些武俠小說家認為「武俠小說畢竟沒有多大藝術價值」，「最好不要與正式文學相提並論」。

古龍並不這樣想：

「我總希望能創造一種武俠小說的新意境。」

「武俠小說寫的雖然是古代的事，也未嘗不可注入作者自己的新觀念。」

「因為小說本就是虛構的。」

「為什麼不改變一下，寫人類的感情、人性的衝突，由感情的衝突中，製造高潮和動作。」

「總有一天，我們也能為武俠小說創造出一種新的風格，獨立的風格！讓武俠小說也能在文學的領域中佔一席地，讓別人不能否認它的價值。」

古龍的武俠世界

郭大路做鏢師，將鏢銀分給一班想劫他鏢的窮賊，但卻並非因為「仗義疏財是大俠本色」——他散鏢銀，只因他是郭大路。(《歡樂英雄》)

孫玉伯非但放過要殺他的高老大，還把她一心想奪取的地契送給她，但他卻絕非「愛他的仇敵」——他拉高老大一把，只因他是孫玉伯。(《流星‧蝴蝶‧劍》)

古龍筆下很多人物的處事言行，均發乎他們內在的性情，如莊子般清越灑脫，而不拘泥於一套外在格律。他們唯求能明其本心，盡其本性，至於別人把他們看作聖人或呆子、兇手或大俠，他們根本不放在心上。

古龍寫的不是「好人」，更不是「善人」，他寫的是大丈夫。

大丈夫頂天立地，不曲從權威或任何形式格律。孟子曰：「必敬必戒，無違夫子，以順為正者，妾婦之道也」，「大人者，言不必信，行不必果，惟義所在。」

尼采探道德泉源，發現人有自主性及奴性之分，而大丈夫所表現的，正是明心盡性、從心所欲不逾矩的自主道德（master morality）。

在古龍的小說裏，我們可以發現尼采所推揚的那種豪雄自強的意志，堅毅勇猛的精神，冰清深遠的孤寂，橫絕六合的活力，甚至乎對女人的那些偏見。然而古龍的修養還未到家，所以他雖然寫出很多確能舒展無畏、自盡其意的人物，但當他刻意去塑造一些大英雄形象時，便似力有不逮而要借外在形式來支撐這些英雄的「偉大」，結果弄巧反拙，流入了不自然的公式大俠。

以下乙、丙兩小節所討論的孤寂和友情，是古龍小說裏兩大要素，但既是武俠小說，便先由俠談起。

甲、由仁義行，非行仁義也

石觀音謀奪龜茲王位，胡鐵花、姬冰雁明知絕非敵手，仍奮力一拚。他們敗了。石觀音問他們為何要自取其辱。

胡鐵花咬著牙，厲聲道：「大丈夫有所不為，有所必為！有些事明知不能做，還是非做不可。」（《楚留香傳奇》）

古龍道：「要做到『武』字並非難事，只要有兩膀力氣，幾手工夫，也就是了。但……一個人若只知道以武逞強，白刃殺人，那就簡直和野獸相差無幾了，又怎配來說這『俠』字。」（《楚留香傳奇》）

俠有武功，有能力為所欲為，所以他們的自制更難得，更可貴：「讓你最終的自制發自你的仁心吧，正因為你有能力作最凶殘的事，我才要你行好。說真的，我

常嘲笑那些只因自己沒有利爪，便自謂善良的鼠輩。」（尼采）

很多武功高強的人都不挾技胡為，但他們的自制卻並不一定發自他們的仁心，因為他們可以凡事依著「江湖道義」去做，就如古龍在《邊城浪子》所輕蔑的易大經：「我天性也許有些狡猾，但卻一心想成為個真正的君子，有時我做事雖然虛偽，但無論如何，我總是照著君子樣子做了出來。」

一般江湖道義認為除強扶弱、除暴安良等是「善事」，至於「為別人犧牲」更被公認為偉大兼神聖。假如一個人總是揀擇道德格律稱「善」的事，照著樣子做出來，就像易大經一般，他是否便可算是俠？

小孩子還未有能力判別事理，所以要遵守一套外在的規矩。但成人必須要自己去判斷是非，唯求循規蹈矩的人，不過像從未成人的孩子罷了。真正成長了的人，不會受世俗禮法所拘，但是他們會時常檢討自己，務使一言一行都發自內心的真誠，像蕭十一郎、胡鐵花、郭大路……從表面看，他們的行為和擇善固執的易大經之流相似，但這兩種人到底有什麼不同？

你看到一個絕色佳人，愛慕之心油然而生，這與你因別人說她是美女而立志去喜歡她是否不同？你走過糞坑，自動皺眉掩鼻，這與你知道糞坑是臭的而決定去厭惡它是否有分別？你有沒有因好色而覺得自己偉大？你會不會因惡臭而感到自己清高？若你不會，是不是因為你的好惡發乎自然？

你喜歡吃魚，也喜歡吃熊掌，不能兩樣都得到時，你捨魚而取熊掌，你會不會因這選擇而覺得自己作了偉大的犧牲？若你不會，是不是因為這本出自你自己的取捨，因為你根本欲吃熊掌多於吃魚？

胡鐵花與石觀音拚命，他絲毫沒有感到自己偉大，更沒有覺得自己捨己為人，有所犧牲；他只是不希望這女魔頭橫行下去，即灑熱血也在所不計，如此而已，就像好好色惡惡臭一樣，有何偉大可言？他做他自己要做的事，又有什麼捨己為人？從基本來說，他走的是自己為自己選擇的道路，捨生取義，就像捨魚取熊掌一樣，又有何偉大犧牲可言。

胡鐵花、姬冰雁的字典裏沒有「捨己」、「犧牲」、「偉大」等字眼，因為他們行為的最後出發點都在他們自己的真正好惡。假如他們拚鬥石觀音並非發自誠心的激憤，而是循著「俠應為江湖除害」的道德格律而行，那麼他們的行徑雖然不變，但他們的心境便會大不一樣了。

行事遵從外在格律的人，不免會覺得委屈了自己，覺得自己有所犧牲，覺得自己捨己為人，簡直偉大極了！

捨己為人，抑或是購買自我優越感？捨己為人，抑或是往自己臉上貼金？捨己為人，抑或是捨身而求名？這與人見孺子將入於井，因鄉黨宗族朋友皆曰善而去拉他一把有何分別？這不是易大經？難道這就是俠？

胡鐵花與易大經兩人不同之處，正在孔孟所謂：「人能弘道，非道弘人」，「由仁義行，非行仁義也。」

一般武俠小說的大俠所行無非「大仁大義」的事，但莫現乎隱，莫顯乎微，從小說的骨肉細節上，我們可以看出他們其實並非由仁義行的真俠，不過是行仁義的公式大俠而已——人又怎能避免性情的流露。古龍能寫出集義所生、浩氣沛然的人物，這是他的一個特色，但他的小說裏也有幾個儼然符合公式格律的公式大俠。且從細微處比較一下《歡樂英雄》的郭大路和《邊城浪子》、《九月鷹飛》的葉開吧！

葉開是武俠小說中的典型大俠，武功絕頂，機智過人，認為人應該愛不應恨，寬恕是對的，復仇是錯的，武功的價值在救人，不在殺人。

郭大路武功不差，卻非無敵，他為人大路，什麼都不在乎，有時還有點糊塗。

葉開認為俠應救人，事實上他最後也從傅紅雪刀下救出他積心追尋的殺父仇人，而且一番嚴詞正理，聽者動容，使他成為「邊城浪子」。但丁求在他面前殺樂樂山，他看不見；傅紅雪當著他錯殺袁秋雲，他看不見；丁靈琳倚在他身邊殺白健，他看不見——郭大路一聽見棍子殺人，馬上跳起來衝出去搭救，快得連「俠應救人」這念頭都不曾起過。

葉開認為人應相愛，他也諄諄善導小虎子應有愛心。但他一走入蕭別離的館子便把裏面所有武功不及他的人都當狗般戲弄一番——郭大路對著一班小毛賊，也沒有忽視他們的尊嚴和良知。

葉開認為人應為別人著想，他也真的處處維護著傅紅雪。但他明知馬芳鈴是殺父仇人的女兒仍去挑逗她，待她心動後很嚴肅地拒絕她，使她性情大變，然後以「她是這樣的女人」去摒棄她——郭大路受朱珠騙得很厲害，但當他見到朱珠落魄貧賤時，既沒有譏諷之心，也沒有鄙夷之意，只伸出了援助之手。

公式大俠自身的內在缺陷，終不能靠公式改變過來。

乙、鷙鳥之不群兮，自前世而固然

隨便翻開古龍一部小說，至少有一半機會發現其主角極其孤寂——阿飛、蕭十一郎、孟星魂、傅紅雪、謝曉峰，甚至好事風流的楚留香、胡鐵花、陸小鳳。

他們感到孤寂的痛苦，但他們忍受孤寂，因為他們需要孤寂——

水太淺則承不起大船，下雨大街上積水，放放紙船還可以，弄隻真船來怎會不擱淺？

障礙太多則伸展不開大翼，所以翼若垂天之雲的大鵬要飛，便不得不直上九萬里，絕雲氣，負青天，然後可以毫無阻滯，自由翱翔——但高處豈不勝寂寞？

孤寂不深則承不起獨立的人格，假如人連一點寂寞都忍受不了，時時要朋黨互慰，又怎可能養成獨立的人格？

尼采在論「何謂崇高」時，把孤獨（solitude）與勇、智、仁（courage, insight, sympathy）並列為四大美德：「對我們來說，孤獨實是一件美德，是對高潔的渴望和追求。」

「我需要孤獨——那是說，我要復元，我要返回自己，我要呼吸自由、清新、活潑的空氣。」

我需要孤獨，因為只有在孤寂中我才能明察我的本心——所以，王動寧可一個人躺在空房子裏餓得半死，也不肯去和紅娘子他們過花天酒地的日子。（《歡樂英雄》）

我需要孤獨，因為只有在孤獨中我才不必呼吸別人吐出來的渾濁空氣——所以阿飛寧願為武林摒棄，也不肯去和趙正義等君子大俠合群。（《多情劍客無情劍》）

我需要孤獨，因為我的人格只有我自己才能建立，因為我生命的極峰只有我一個人可以攀登——這是古龍小說主題之一，他的主角不斷流浪，不斷反省，不斷超越自己，就像一把劍，在苦難中磨煉，在鮮血中成長。

九萬里上的大鵬雖然寂寞，但他背負蒼天，莫之夭閼，這逍遙遼闊的情趣又豈是在蓬草間糾合相娛的蜩與鳩所能領略？

古龍的小說充滿了秋的氣息——如中秋般清亢，如殘秋般肅殺，如秋菊般孤傲，如秋陽般熾艷。

「其容清明，天高日晶；其氣凜冽，砭人肌骨；其意蕭條，山川寂寥，故其為聲也，淒淒切切，呼號奮發。」

秋，田隴麥熟，甘果結實，明知嚴冬已近，明知萬物將凋，但仍對生命無限熱愛，仍注人間以無限深情，這生機在古龍的小說裏跳躍著。

古龍喜用秋天來烘托氣氛：蕭十一郎相遇沈璧君於初秋，傅紅雪在暮秋中走入萬馬堂，孫玉伯在菊花盛放時向萬鵬王挑戰，燕十三與謝曉峰在殷紅的楓林裏決鬥。

人間萬事，到秋來都搖落，剩下是一片無邊的寂寞。然而，古龍的世界雖蒼涼，卻絕不冷酷，因為這世界裏有朋友。古龍的人物雖然孤寂，但並非與別人絕緣，他們的孤寂正是真摯友情的基礎。友情，就像金色的陽光，普照著古龍的世界，使肅殺的秋天充滿了溫暖。

丙、嚶其鳴矣，求其友聲

兩個絕峰之間的最短距離是一條直線，但你必須有長腿才能跨越。高處空氣稀薄，聲音不易傳播，唯一可以溝通兩顆絕峰上的心靈是友情，真正的友情。

尼采道：「古人認為友情是最崇高的情操，甚至比聖人最受讚美的性足自雄更為崇高。」

古龍道：「朋友就是朋友，絕沒有任何事能代替，絕沒有任何話能形容——就是世上所有的玫瑰，再加上世上所有的花朵，也不能比擬友情的芬芳與美麗。」

古龍不是不能寫愛情，但他更重友情、男子漢之間的友情。尼采說：「只有男子漢才能與男子漢並肩而立，沒有一個女人可以在男子漢心目中佔最親密或最崇高的地位。」就如楚留香所謂：「世上沒有一個女人值得我為她冒生命之險……為了自己的好朋友，大多男人都會冒生命之險。」古龍寫出很多莫逆之交，如「楚留香故事」的楚留香、胡鐵花、姬冰雁、張三；如《流星‧蝴蝶‧劍》的葉翔、孟星魂、石群；如《歡樂英雄》的郭大路、王動、燕七、林太平；如「陸小鳳故事」的陸小鳳、花滿樓、西門吹雪——這些相與為友的都是大丈夫。古龍的小說，就像一片古森林，但見參天喬木，並肩矗立，蒼勁雄偉，甚少籐蘿攀纏。

哲人亞里斯多德說：「種種不同的友誼決定於我們對別人的態度，而這態度又似基於我們對自己的態度。……小人之心中充滿了悔恨，我們由此可以看出小人甚至對自己都不友好，因為他發現自己並無可愛之處。」

有些人不能忍受寂寞，因為他受不了他自己，他的人生價值，來自別人的讚許，這些人當然會群結依偎，互相標榜。

古龍寫的絕不是這等朋黨，他寫的是摯友——他們性足，他們自雄，他們能忍受孤獨，他們的友情是內心發出的陽光，除了使他們心靈溝通外，沒有任何其他目的或要求。

大丈夫可以赴湯蹈火去救朋友，但不會覺得自己在為朋友犧牲，也不會使受援的朋友覺得受了恩而有欠債之感，就像阿飛幾次冒生命之險去救李尋歡，還不惜擔負「梅花盜」的惡名，但他從未令李尋歡感到要謝他（《多情劍客無情劍》），這種友情充滿了古龍的小說。

以心交、以血交的朋友，並非一味縱容、憐慰，在適當的時候拒絕對方的要求，正是真正友情的流露。西門吹雪在決鬥之前求陸小鳳為他料理身後事，陸小鳳一口拒絕：「我不肯，只因你現在已變得不像是我的朋友了，我的朋友都是男子漢，絕不會未求生，先求死的。」（《決戰前後》）——不用說，若西門吹雪有不測，陸小鳳定會照顧他的妻兒，他開口相求，只顯出他心怯志衰，對自己失去了信心，陸小鳳若不設法助他恢復信心鬥志，難道真希望為朋友收屍？

好朋友也是好醫生，不是同病相憐的夥伴。大丈夫發現朋友有缺點，會直接指出，不稍隱瞞，因為他對自己的弱點，也不會隱瞞，因為他尊敬朋友，認為朋友也像自己一般堅強，能夠承當得任何真相，能夠不斷改進自己。

但好朋友更尊重彼此的自主，他只會指出朋友臉上的污點，讓朋友自己去解決，他不會越俎代庖，擅自動手替朋友去抹掉它。古龍常不經意地，描劃出極真摯的友情，但他刻意求工時，也會寫出病態的朋友，如《多情劍客無情劍》的李尋歡。

李尋歡是個偉大的鐵膽大俠，他偉大得把真心相愛的未婚妻子林詩音讓給了朋友龍嘯雲，使三個人都活在痛苦裏。他這樣做，不但侮辱了林詩音，侮辱了他自己，更侮辱了朋友——他根本看不起龍嘯雲，認為他不配接受事實，只配接受施捨。結果龍嘯雲當然明白了妻子原來是別人讓給他的，但米已成炊，他只有活在李尋歡偉大的陰影裏，一輩子抬不起頭來。

李尋歡待阿飛也不見得比龍嘯雲好。阿飛受林仙兒欺騙，李尋歡不設法讓阿飛看清林仙兒的真面目，讓阿飛自定行止，卻很偉大地，犧牲自己去求呂鳳先，要他背著阿飛去殺了林仙兒。假如他偉大的計劃成功，阿飛便會像龍嘯雲般悔恨一生了。幸而林仙兒尚能自衛，而阿飛也非龍嘯雲可比——

阿飛是李尋歡的好朋友，但李尋歡一涉犯他的自主，他馬上警覺：「你以為你是什麼人？一定要左右我的思想，主宰我的命運？」李尋歡若再走一步，必會濺血，「無論是你的血，還是我的血，都得用血洗清！」（《多情劍客無情劍》）

與李尋歡相交真是非常危險，因為他走火入魔，雖是好意，卻忽略了朋友的自主和尊嚴，以為只要一味委屈自己、犧牲自己去干涉朋友的行徑，便偉大啊偉大！性格弱一點的人如龍嘯雲遇上了他，被他毀了一生還得感激他偉大的恩惠，真倒了八輩子的窮楣。阿飛脫穎而出，不止在他能擺脫林仙兒，還在他接近李尋歡的同時，阻遏了李尋歡的侵蝕，這才是阿飛最堅強之處。

拾絮

一、文體風格——袁宏道曰：「畫有工似，有工意，工似者親而近俗，工意者遠而近雅。」若文章也可以這樣分，古龍用的是工意之筆。他不會用三頁紙來描寫一個人的鼻子，但他能用寥寥數筆勾出一個人的神韻。他運用古詩的手法，二十個字使人看到一幅圖畫，然後用這圖畫製造氣氛，烘托情節。

古龍分段極多，一句一段，一個字也可以一段，這正是他寫意的手法，在適當的地方，一個字往往比一百個字更有力、更傳神。

古龍時常運用電影手法：鏡頭剪接，畫面運用，觀點轉移等。例如他常數十行一頓，用「×××」分開，再起時鏡頭觀點已變，手法經濟俐落，緊湊活潑，現代文學所罕見。

古龍運字造句別開一面，簡潔直截，很多小說家、散文家都爭相倣效——古龍為白話文學創立了一種新手法、新文體、新風格。

二、武功——古龍的武功與一般武俠小說不同，他捨棄奇招怪式，而著重出手的快、穩、狠、準，更著重武士的鬥志、氣勢、定力、心力。他的「七種武器」其實就是種種精神力量：「孔雀翎」寫自信，「碧玉刀」寫誠實，「多情環」寫仇恨，「霸王槍」寫愛情，「長生劍」寫在逆境中仍能笑的勇氣。

古龍能寫出比武場合的神髓，高手對峙，凝如河嶽，發若雷霆，一招判生死，有點像日本武士片中的比劍，不像我們的武打片，砰砰澎澎，過千招而毫無損傷，簡直是鬧著玩。

還有如上官金虹之敗呂鳳先，傅紅雪之敗公子羽，根本不動手便已徹底摧毀了對方鬥志，不戰而能屈敵之兵，此乃兵法中最高境界。

三、勇氣——有些人根本不知道處境危險，只是盲目去幹，這不需要勇氣。古龍的人物，對處境看得很透徹，不會低估危險，但危險當前，他們仍行其所必行，「自反而縮，雖千萬人，吾往矣。」

有些武打片寫大英雄身上插了十七八把刀仍若無其事，紅著眼盤腸大戰。古龍不寫這種橡皮茄汁造的蠻牛，他的人物乃血肉之軀，深刻感受到痛苦，不過痛苦並不足以阻嚇他們的行動而已。就像秦歌上虎丘鬥江南七虎，挨了刀之後爬著出去，半夜醒來疼得滿地打滾，哭著叫救命。人當然不免有弱點，而秦歌之所以為秦歌，就在他嚐透痛苦滋味後，第二年還有勇氣重上虎丘。（《大人物》）

四、對手——古龍很少寫「好人」，也很少寫「壞人」，像上官金虹、荊無命、孫玉伯、燕南飛這些人，你縱然不贊同他們的行徑，也很難把他們當作「壞人」，至少他們並不是小人，因為小人根本不配作為對手：「你應只有可恨的對手，不應有可鄙的對手，你應能為你的對手驕傲。」

古龍寫出很多肝膽相照的敵手，如楚留香與薛衣人、李尋歡與郭嵩陽、謝曉峰與燕十三，他們縱然決戰在即，生死立判，但仍惺惺相惜，互相敬重。古龍道：「自敵人處得到的敬意，永遠比自朋友處得來的更難能可貴，也更令人感動。」（《借屍還魂》）

五、生活——一般武俠小說寫的人物總有大把銀子往外花，但很少涉及他們的銀子從哪裏來的，古龍是例外。他很注重遊俠何以維生這問題，在很多部小說裏都提到，尤其《歡樂英雄》更有長篇幅的描寫。他的人物可以很窮，可以挨餓，可以上當舖，但他們只當物，絕不當人，就像田大小姐可以趕車掙一碟客飯，謝三少爺可以挑糞擔換幾個饅頭，但他們不會仗恃武功去偷、去搶。

六、女人——在古龍的世界裏，除了極少數的例外，女人就是女人，不可以與男人相提並論。女人當然都極美麗，也可能武功很高，但她們終較像物多於像人，所以李尋歡才可以因把未婚妻子讓給朋友而被稱為偉大。

古龍道：「白馬非馬。女朋友不是朋友。女朋友的意思通常就是情人，情人之間，只有愛情，沒有友情。」

尼采道：「你是一個奴隸？那你不能成為朋友。你是一個暴君？那你不能有朋友。奴隸及暴君的質素在女人中潛伏得太久了，所以女人還未能有友情：她只會戀愛。……」

「女人仍像貓或雀。」

古龍道：「我問你：貓像什麼？你若說貓像女人，你就錯了。其實貓並不像女人，只不過有很多女人的確很像貓。」（《歡樂英雄》）

尼采道：「你到女人那兒去？別忘了帶鞭子！」

古龍道：「女人就像是核桃，每個女人外面都有層硬殼，你若能一下將她的硬殼擊碎，她就絕不會走了，趕也趕不走。」（《流星・蝴蝶・劍》）

他倆可以一直說到天亮。

七、追求——武俠小說寫男女關係，幾乎是清一色的女人追男人。男主角總像女人磁石，一出場便使得一堆美麗、聰明的女子昏頭轉向，窮追不捨，古龍在這方面也很少例外。本來，時下的文藝小說寫男男女女追來追去當是愛情，已經幼稚得很了，武俠小說一面倒，男人像香花般吸引一群彩蝶，不但幼稚，而且可笑。

八、情節——古龍常以情節詭異見稱，可惜他的劇情在有時候發展得太驚人了，以致前後矛盾，好像作者寫小說前並沒有立好大綱，寫了一半忽然改變主意似的。這是古龍小說的一大弊病，需要狠狠地修改。

九、中斷——古龍有時很不負責任，中斷了小說算數，就如《隱形的人》。還有《白玉老虎》，他明言「我一定會寫下去，再過幾期後，我一定會讓每個人滿意。」現在已過了幾十期，他在「武俠世界」已開始了另一篇新稿，但《白玉老虎》呢？

十、太長——仔細研究一下，可以發現古龍最好的小說寫於六九到七二年間，那時他的小說節奏明快，並無拖泥帶水。但七三年以後他開始露出疲態，常似敷衍塞責：《火併蕭十一郎》狗尾續貂，破壞了《蕭十一郎》整部小說；《白玉老虎》只寫了個開局，已有六十萬言，不但在拖，而且以前清爽之氣大為減退，幾乎打回《絕代雙驕》的水平。

十一、求庇——古龍有時會忍不住跳出來對小說人物大加評價。有時他的描寫也稍嫌過火，譬如他的人物很多都有鋼線般的神經，怎麼會動輒作嘔、動輒全身抽緊？有時他也會越過寫作觀點的限度，強去作小說人物肚裏的蛔蟲，以致弄出不少矛盾。不過這些都是技巧小節上的瑕疵，應很容易刪正。

不論在意境神韻，或在文體風格上，我認為當代港台及僑居海外的小說家沒有一個及得上古龍——文藝小說、現代小說、武俠小說家包括在內。

但古龍的小說終是連載作品，所以每一部都有不少瑕疵，不少贅言，每一部都需要修改。

不是像修訂《絕代雙驕》般不關痛癢的刪潤，而是狠狠地刪，大刀闊斧的改，把現存小說當作初稿，重新寫過。

古龍說過：「武俠小說最大的通病就是：廢話太多，枝節太多，人物太多，情節也太多。」

他自己的小說雖相當緊湊明快，但仍多少沾上了這些通病。花的枝葉太多會妨礙生長，所以雖然可惜，也不得不忍痛把一些很好看的枝葉剪掉。

小說也一樣。只要不斷向上，不斷成長，無論去掉什麼都是值得的。

謝曉峰不是為求盡我而自斷雙手拇指？

希望古龍能追上他自己的理想。

女，美國MIT物理學博士。近年轉治文史

歐陽瑩之

古龍早期作品綜論：筆底驚濤，出手不凡

古龍的崛起、茁壯、成熟與突破、掙扎、再突破、再掙扎……堪稱是台港武俠小說創作高潮時期的一大「奇蹟」。就作品的數量而言，他在二十餘年的創作期間總共留下了七十二部，約兩千五百餘萬字的心血成績，平均每年的創作量不下於一百萬字；就作品的質量而言，幾乎每一部都有可觀之處，成熟時期的作品尤其往往生機盎然，靈光四射，堪與金庸作品分庭抗禮，而毫不遜色。

才華橫溢的古龍

古龍的創作生涯與創作表現，有不少值得注意的地方，其中之一，是他的才華在相當年輕的時期即已光芒四射。他從十八歲寫作第一部武俠作品《蒼穹神劍》

開始，即與武俠小說的創作結下了不解之緣；到三十一歲時，他已完成《武林外史》、《名劍風流》、《絕代雙驕》、《楚留香傳奇》等膾炙人口的名作。而金庸則在三十一歲時，才開始撰寫他的首部武俠作品《書劍恩仇錄》；相形之下，古龍的「早慧」是十分明顯的。

金庸在四十七歲時完成了他總計十五部武俠作品的撰作，而開始進行逐步的修訂工作；而古龍卻在四十八歲那年猝然逝世，留下了一個甫在進行嘗試的寫作計劃，即：以一系列短篇武俠作品，串連成長篇巨帙的「大武俠時代」。

而在三十一歲至四十七歲之間，諸如《蕭十一郎》、《流星・蝴蝶・劍》、《天涯・明月・刀》、《多情劍客無情劍》、《邊城浪子》、《陸小鳳傳奇系列》、《七種武器》、《大地飛鷹》、《英雄無淚》等風格驚絕、生面別開的力作逐一問世，真令讀者有置身山陰道上，目不暇給的驚喜。時值金庸停筆之後，唯古龍以一支生花妙筆獨撐武俠文壇；於今想來，若是古龍也有機會修訂他的全部作品，則他的文學地位必較目前大為提升，殆可斷言。

苦悶時代的閃光

依照古龍自己的說法，沒有寫武俠小說之前，他本身就是個武俠迷，而且是從被稱為「小人書」的連環圖畫看起的。古龍曾回憶道：「那時候的小學生書包裏，如果沒有幾本這樣的小人書，簡直是件不可思議的事。可是，不知不覺小學生都已經長大了，小人書已經不能再滿足我們，我們崇拜的偶像就轉移到鄭證因、朱貞木、白羽、王度廬和還珠樓主，在當時的武俠小說作者中，最受一般人喜愛的大概就是這五位。然後就是金庸。於是我也開始寫了。引起我寫武俠小說最原始的動機並沒有什麼冠冕堂皇的理由，而是為了賺錢吃飯。」——見古龍：「不唱悲歌」

其實，古龍在此處的陳述顯得過於簡略。一九五〇至一九六〇年的台灣，在物質生活上確然相當匱乏，古龍隨其家人從香港到台灣時年方十三歲，對世間當充滿憧憬；但由於家庭變故，父母仳離，他在上大學時的第一年即已面臨生計的煎熬，亦是事實。

然而，一個必須正視的因素是當時的大環境、大氣候十分苦悶，整個台灣在戒嚴令的威權統治下，有一種近乎窒息的感覺；知識分子不敢議論時政，庶民大眾當然更噤若寒蟬。但嚮往公平正義，尋求超現實的理想境界，是源自人性深處的強烈需求；即使在當時的苦悶氛圍下，這種人性需求也仍須覓致其表達或渲泄的形式。然則，武俠小說在當時的台灣應運而生，原有不可漠視的社會基礎。

五十年代到六十年代是台灣武俠創作的極盛時期，作者多為移遷到台的流亡學生、國軍將士、基層公務員；既然時代與社會對幻想式的武俠作品有其需求，而一旦有出版社願予印行，寫作這類作品又確能賺錢吃飯貼補家用，於是，一時之間武俠作者多如過江之鯽，武俠小說儼然成為紓解時代苦悶的主要消閒讀物。

但也正因如此，絕大多數作者都並不將寫作武俠小說視為一種長久的職志，或視為在文學上、藝術上有其獨特意義的事業；於是，正邪對立、善惡分明、陳陳相因、交互模仿的武俠刻板窠臼逐漸形成，嗜血的、粗糙的、抄襲的、胡編的末俗濫惡之作，開始充斥於當時的市井書坊。恰在此時，古龍以其清新的筆觸、流利的文采、典雅的敘事，以及天風海雨般的想像力與創作力，崛起於武俠文壇，確予人以耳目一新的驚豔之感！

一出手令人驚豔

即使在二十多年後被他自評為「內容支離破碎、寫得殘缺不全」的少年期初作《蒼穹神劍》中，古龍也展現了他獨具韻味的文字功能。他起筆即寫道：「江南春早，草長鶯飛，斜陽三月，夜間仍有蕭索之意。秣陵城郊，由四橫街到太平門的大路上，行人早渺，樹梢搖曳，微風颼然，寂靜已極。」像這樣優美、浪漫而富於古典詩意的文字，豈像是出於一個未滿十八歲的少年之手？更何況，他在書中所抒寫的秦淮風月、少豪意氣、英雄志業、兒女情懷，以及情節中的悲劇性衝突、傳奇性事蹟，實已預示了日後一連串作品的基調與特色。即使只就這部十八歲的少作而言，古龍筆下所抒寫的悲劇俠情與悲劇美感，較之他所推崇的前輩武俠名家王度廬的作品，也已不遑多讓。

在古龍的心目中，王度廬的作品「不但風格清新，自成一派，而且寫情細膩，結構嚴密，每一部書都非常完整」。以王度廬著名的「鶴—鐵五部曲」為例，古龍即推崇其「雖然是同一系統的故事，但每一個故事都是獨立的，都結束得非常巧妙」（古龍：「關於武俠」）。所以，古龍對自己早年的作品結構不夠嚴密、系統不夠完整，一直耿耿於懷。

然而，以當時台灣的出版環境而言，為了適應租書店的需要，武俠小說的寫作本是片段進行、分冊付梓的；加以古龍當時因創作力旺盛，往往同時展開數個故事，而非集中心力於單一的、長篇的武俠作品之構作；所以，古龍的〈早期名作系列〉以文筆、氣力與瑰麗的想像力擅場，而非以嚴密的結構見長，完全是可以理解的現象。

（關於古龍的所謂〈早期名作系列〉，一般是指他在一九六三年首次有意識地改變寫作風格，將日本戰前名家如吉古川英治、小山勝清等人有關宮本武藏及幕府時代一系列忍者、劍客、武士的作品，加以消化吸收，而寫出《浣花洗劍錄》之前的全部作品而言。）

古龍本人在生前也認可這樣的分期方式，他認為一九六三年之前的作品中，《湘妃劍》、《孤星傳》頗有嘗試「文藝武俠」新寫作路線的用意，因此，〈早期名作系列〉主要涵括了《彩環曲》、《護花鈴》、《失魂引》、《遊俠錄》、《蒼穹神劍》、《月異星邪》、《殘金缺玉》、《飄香劍雨》、《劍毒梅香》等九部作品。

超越了俗套模式

這九部作品，都是古龍從十八歲至二十三歲的五年之間，在大時代苦悶與青春期苦悶交互導引，亟待有所清洗和昇華的情況下，所完成的嶄露頭角之作。然而，縱使在這些初試啼聲的青春期作品中，除了文字的清新流利、構思的浩瀚恣肆之外，古龍對於當時所流行於武俠文壇的末俗濫惡的風氣，已蓄意要有所扭轉；故而一再尋求理念上、技法上及題材上的突破。

這個時候，古龍當然尚未體認到武俠小說可以根本不以武功、武打、武技來吸引讀者，而逕自以氣氛的營造、情節的鋪陳、人物性格的刻畫，以及人性深度的發掘與試煉，作為作品展開的主體；然而，為了向當時流行於武俠文壇的刻板窠臼之作明示區隔，以建立自己的風格和特色，古龍揚棄了正邪對立、善惡分明的武俠敘事模式，而著意於抒寫正邪、善惡、是非、黑白往往相互糾纏，而無法明晰劃分的情境與人物。換句話說，古龍的早期作品即已超越了陳陳相因的武俠寫作模式，而呈現他自己獨特的認知與理念。

以處女作《蒼穹神劍》為例，「蒼穹十三式」的傳人「星月雙劍」雖然死在「寶馬神鞭」薩天驥的鏢局，且薩天驥與他們的冤死也確實脫不了干係，以致「星月雙劍」的隔世傳人熊倜將他視為不共戴天的仇人；但在當時的慘劇情節中，薩天驥畢竟只是誤殺，而非有意謀害，因此，其間的是非曲直並非判然分明。及至熊倜歷經艱苦，長大成人，卻因機緣巧合，與被薩天驥撫養長大的夏芸相戀至深，以致陷入情仇糾結的困境之中。

最終，熊倜在擊殺薩天驥之時，夏芸卻為維護義父而挺身受劍，香消玉殞；熊倜萬念俱灰，揮劍自戕，「蒼穹十三式」從此永絕於人間。然則「星月雙劍」與「寶馬神鞭」之間，又豈有明確的正邪、善惡之類分野？

再以《遊俠錄》為例，遊俠謝鏗為報父仇，浪跡天涯，追蹤仇家，過程中到處行俠仗義，出生入死，贏得無數江湖好漢的稱道。然而，他的仇人「黑鐵手」童瞳卻因當年一時意氣用事殺死了他的父親，內心深感不安，久已改過向善。及至謝鏗在黃土高原上與童瞳狹路相逢，明知童瞳已懺悔前非，閉門潛隱，試問：素負俠義之名的謝鏗是否仍非搏殺童瞳不可？古龍在此書中雖將主要的情節置於後一輩英俠如「雲龍」白非、「無影女」石慧與天龍門之間的恩怨事端，而以側寫的方式讓謝鏗淡出於故事的主軸之外；然而，混沌糾結的是非恩怨，最終畢竟仍須有一了斷。《遊俠錄》的情節行將收束之前，謝鏗毅然自斷雙臂，宣佈退出江湖，來交代他對童瞳之死的歉疚，不失為光明磊落的豪俠行徑。

初試懸疑與推理

至於《殘金缺玉》，古龍的本意雖然是要抒寫「殘金掌」傳人古濁飄和「玉劍門」女傳人蕭凌之間的愛恨情仇，以及由前代宿怨所衍生出來的悲劇情境。然而，身負血海深仇的古濁飄可以戲弄一干徒負虛名的仇家於股掌之間，面對天真無邪、嬌憨刁蠻的「玉劍」蕭凌，卻實在無法將她也視為仇敵，更不忍陰謀加害。然則，當年「殘金掌」與各大門派之間的仇怨，如今由古濁飄以不擇手段的方式展開報復，是否符合正義的原則，是否為另一形態的以暴易暴，本身便成為須得反思的問題。

在《失魂引》中，古龍首次凸顯詭秘的氣氛與懸疑的情節，「四明山莊」的慘禍，「翠袖黃衫」的華麗、「如意青錢」的秘辛，「西門一白」的下落，在在扣人心弦；及至謎底揭開，一切情況又回歸到原點。敘事手法之巧妙，充分反映了古龍在營造推理情節方面的才華。而《飄香劍雨》中，古龍安排男主角「鐵戟溫侯」呂南人詐死避仇，改名換姓，所要避開的仇家卻是奪去他妻子的「天爭教」教主蕭無；其人之懦怯自私，趨利避害，不言可喻。

但隨著情節的展開，呂南人的真性情逐漸顯現，終於完全逆轉了、也顛覆了原先的故事格局，顯示古龍已走向「性格帶動情節的相對化、多元化敘事模式」。《月異星邪》則抒寫身遭慘變的卓長卿在步步驚險、事事奇譎的江湖路上脫穎而出，其間的諸般遇合與變幻，應可稱為相對化、多元化敘事模式的進一步發揮。

在古龍的早期作品之中，《護花鈴》與《彩環曲》的份量較為特殊，是最具有創意，結構也最嚴密的精心傑構。事實上，古龍在成熟期所撰許多膾炙人口的代表作中，有若干迴異流俗的情節、匪夷所思的橋段、戛戛獨絕中的人物典型，以及絲絲入扣的心理刻畫，在這兩部早期名作的表述中，已可看出端倪。

當然，由於這些吉光片羽式的靈感與巧思，尚未被整合到充分系統化、節奏化的敘事模式之中；所以，往往予人以「七寶樓台，炫人眼目，拆散下來，不成片段」之感。儘管如此，配上了古龍那滙集浪漫才情與古典素養於一體的文字魅力之後，這些吉光片羽式的靈感與巧思，仍使得《護花鈴》與《彩環曲》展現出晶瑩剔透的風貌，並為六十年代初期的台灣武俠文壇注入了一股清新的氣息。

「啟蒙」與「浪漫」的張力

《護花鈴》的故事情節，若加以充分的鋪陳與推展，大可以成為一部高潮迭起、驚心動魄的長篇巨著。事實上，像「諸神殿」與「群魔島」的對峙、「不死神龍」龍布詩與「不老丹鳳」葉秋白的比鬥、「風塵三友」與南宮世家的秘辛等，上一輩絕頂高手之間的恩怨情仇，既複雜萬端，又交互牽纏，只消稍予點染，無一不可以發展成大開大闔的傳奇故事。

然而，古龍卻以舉重若輕的敘事筆法，將這些確然深具戲劇張力的前代軼事一一推向背景，而突出了少年英傑南宮平的入世奮鬥事蹟，細述他的成長、磨煉、迷惘、自我克制、自我提升的歷程，並以他的江湖遇合來弭平或化解上一輩絕頂高手之間的恩怨情仇。很顯然的，古龍將西方現代小說的敘事模式中，頗具普遍意義的「啟蒙」情節引進了《護花鈴》之中；所以，「諸神殿」、「群魔島」的神話式對立，及其最終的結局，反而成為次要。

既引入了「啟蒙」的概念，則南宮平居然與上一輩武林美人梅吟雪相戀，歷經波折，九死未悔，便成為不難理解的情節。因為，唯有通過了感情或愛情領域的考驗，南宮平才能成長為一個真正堅強的男人；而梅吟雪最終為了成全南宮平維護武林正義的聲譽，悄然離他而去，委身下嫁「群魔島」的少島主，使得「群魔島」轉而力助南宮平，便成為南宮平的「啟蒙」所必須付出的代價。至於南宮世家所珍藏的「護花鈴」，照古龍的說法，本是三對可以發生「共振」的金鈴，由相戀的情侶們各執一對，一人遇險，只消搖動金鈴，另一人立可往援，這當然是一種浪漫的想像；最終，梅吟雪黯然遠行，「護花鈴」並不能助使南宮平找到她，安慰她，則隱隱反映了「啟蒙」與「浪漫」之間的永恒矛盾。

自我突破的契機

至於《彩環曲》，規模上雖只是中篇的格局，內容之豐富卻儼然超過了長篇武俠的承載。古龍曾一再表示《彩環曲》是他早期作品中最重要的「明珠」，因為日後許多情節發展於此，良有以也。

《彩環曲》的行文之優美、落筆之精確、佈局之奇詭、節奏之明快，以及劇情轉折之搖曳生姿，在在顯示古龍於創作生涯中已瀕臨突破自我、更上層樓的契機。在本書中，他首次將以罌粟花提煉的「花粉」作為控制他人意志的有效工具一事，引入到武俠小說的主要情節之中，使得「意志」這個因素成為武俠小說的關鍵要素。

事實上，本書中所抒寫的「石觀音」以罌粟花粉控制烏衣神魔的情節，正是日後古龍在「楚留香傳奇系列」中進一步發展相關故事的張本，連「石觀音」這個名稱，在後來的故事中也予以援用；足見古龍對《彩環曲》中創構的若干情節設計與人物典型，是相當滿意的。

不但如此，在《彩環曲》中，古龍也首次將「真正的劍客，必是以生命忠於劍、也癡於劍」這個理念，以具體的人物形象與情節推演，作了栩栩如生的表述。《彩環曲》中衣白如雪、一塵不染的白衣人，既是古龍中期作品《浣花洗劍錄》所凸顯的東瀛白衣人的前身，也是「陸小鳳傳奇系列」所刻畫的一代劍神西門吹雪的雛型。

而《彩環曲》中，柳鶴亭與白衣人的一戰，將天候、地形、氣氛、心情、膽色，全都融入到一瞬間生死對搏的「極限情境」，也為古龍日後揚棄具體武功招式，著意營造決鬥氣氛的敘事技巧，作了動人心弦的展示。就這個意義而言，《彩環曲》其實是古龍擺脫傳統武俠敘事模式，銳意走向自闢新境之途的轉折點。

為了突破傳統武俠小說的刻板敘事模式，古龍在《彩環曲》中，還藉由對武林秘笈「天武神經」爭奪與血拚過程的描述，而提供了一個強烈反諷的觀點。古龍如此寫道：在傳說中，每隔若干年，江湖上便總有一本「真經」、「神經」之類的武學秘笈出現，而江湖中人一定將之說得活龍活現，以為誰要是得到了那本「真經」、「神經」，便可以練成天下無敵的武功。而在《彩環曲》中，為了爭奪「天武神經」而殞命的武林高手不計其數，但在武當掌門將它刻印了三十六部隨緣贈送之後，武林人士終於發覺，原來「天武神經」有其致命的缺點，往往使得習練之人在緊要關頭走火入魔，失去對外來侵襲的抵抗能力。

這種對武學秘笈的反諷式描述，甚至已超出了金庸在《笑傲江湖》中對「葵花寶典」的傳奇式揶揄；當然，更超脫了金庸對「九陰真經」、「九陽真經」之神奇功能的執著；而這時的古龍在武俠文壇雖已嶄露頭角，卻年甫二十三歲，正是旭日初升的時節。

劍毒梅香的因緣

《劍毒梅香》在古龍武俠著作中，是頗為特殊的一部。雖然，它是古龍極早期的作品，在結構、意蘊、技巧等方面，與他成熟時期膾炙人口的諸多代表作自不能相提並論；但古龍在此書開筆布局的諸各章節中，所展示的文字之典雅、思緒之奇倔，乃至人物情感關係之錯綜複雜，均已隱隱然有大家之風。

更特殊的是，古龍因當時生活顛沛流離、且為少男青澀的早熟戀情所苦之故，未能及時交出續稿，出版社臨時商請更年輕的上官鼎（時為大二學生）代筆。結果上官鼎依古龍留下的伏筆娓娓寫來，竟也一炮而紅，從此自行創作，亦為眾所周知的武俠名家。古龍與上官鼎交織於《劍毒梅香》書中的文字因緣，遂成為台灣武俠小說演進史上的一段佳話。

而天才橫溢的古龍不願掠人之美，後來又另撰中篇《神君別傳》以銜接《劍毒梅香》的情節，舉重若輕，戛然而止，為武俠界平添話題。

古龍在《劍毒梅香》中刻畫江湖風波之詭譎莫測，而以「七妙神君」梅山民與其愛徒「梅香神劍」辛捷這兩代英豪的遭際為貫穿全書的主軸。一開場，胸襟超逸、名震武林的梅山民即遭到暗算，失去一身功力，且永不能復元；而辛捷則父母慘亡，身負血海深仇。於是，故事似乎順理成章地循著典型的「復仇」模式而推衍，但這其實只是表象。

顛覆正邪的理念

正如古龍日後在反思武俠小說的文章中指出，武俠的通行形式之一就是：一個有志氣而「天賦異秉」的少年，如何去刻苦學武，學成後如何去揚眉吐氣，出人頭地。這般歷程中當然包括了無數次神話般的巧合與奇遇，當然，也包括了一段仇恨，一段愛情，最後是報仇雪恨，有情人終成了眷屬。古龍特地點破：「這種形式並不壞，只可惜寫得太多了些，已成了俗套，成了公式」。辛捷進入江湖，為父母和師父梅山民報仇，當然不能落入俗套；所以，古龍作出了顛覆性的布局。

正是在《劍毒梅香》中，古龍首次將像「七妙神君」這樣被武林各名門大派視為邪魔的人物，抒寫為主導全書精神氣質的特立獨行之士，自幼受其薰陶的辛捷，則終於成長為足以體現此種精神氣質的一代英俠。同時，藉由開場時關於四大門派掌門人公然以卑鄙手段暗算梅山民的情節描繪，古龍首次以濃墨重彩反諷了名門正派的道德形象。後來，在古龍成熟時期的代表作如《蕭十一郎》、《多情劍客無情劍》、《陸小鳳傳奇》中，更以多層次、多角度的技法發揮了這一主旨。

留下豐富的伏筆

「關中霸九豪，河洛唯一劍，海內尊七妙，世外有三仙」，這是古龍在本書起筆之初所設定的絕頂高手名人榜，乃至毒君金一鵬、梅香神劍辛捷、天魔金欹等，都是性格鮮明生動、潛力大可發揮的精彩人物。後來上官鼎即按圖索驥，藉由對這些絕頂高手名人之間的愛恨情仇，以及辛捷分別與這些特異人物的衝撞及互動，而展開了環環相扣的緊湊情節。而由於整個故事的框架與伏筆均已敷設周致，無怪乎雖由上官鼎續筆完成，一般仍認為《劍毒梅香》是古龍早期作品的佳構之一。

「內行看門道，外行看熱鬧」，即使不去細探從古龍到上官鼎，在本書中藉著武俠小說的敘事模式所想表述的新穎理念或曲折情思，只就不斷予人高潮迭起的閱讀快感而言，這兩位執筆者都不失為極會說故事的作家。

無論是因為默契，抑出於巧合，上官鼎續寫的《劍毒梅香》，在突破和超越武俠敘事已嫌俗套的「復仇」模式上，居然和古龍本人的理念如出一轍。辛捷終於擊敗四大門派首腦，為梅山民湔雪了因遭暗算而身敗名裂的恥辱；然而，面對當初曾在內心中天人交戰、終在生死壓力下選擇了暗算梅山民，如今則已愧悔交加的點蒼派年輕一代掌門謝長卿，梅山民和辛捷都選擇了寬恕。驚濤裂岸，至此迴轉，洵為大家手筆！正因上官鼎接寫《劍毒梅香》成功，在讀者期待下，他又寫出了《長干行》，作為《劍毒梅香》的續集，也引起熱烈迴響。

交會互放的光亮

不過，上官鼎與古龍畢竟亦有風格上各自畸重畸輕的出入。「世外三仙」的出現是意料中事，因為古龍設定的名人榜中本以三仙為武道巔峰；但上官鼎接手後，另起爐灶，鋪陳天竺外道高手「婆羅五奇」、「恆河三佛」入侵中土，釀成華夷大戰，中土由辛捷、吳凌風等年輕一代奮起抗爭，捍衛少林寺、挽救丐幫等驚險情節，亦自有奇峰突起之趣。

但上官鼎著墨較多的，仍是武俠小說發展史中較屬「悲劇俠情」典範的情節。梅山民的「七妙」之一乃是「色」，他本人確也曾遊戲人間，風流倜儻，但與真愛的意中人卻是磨難重重，終至天人永隔。他生平唯一的摯友「河洛一劍」吳詔雲在四大門派合擊下英年早殞，其子吳凌風人如玉樹臨風，卓爾不群，與辛捷結為義兄弟，方期攜手同心，再起風雲；卻因愛侶含怨而逝，吳凌風拯救不得，為之終身鬱鬱。而美麗佳人金梅齡、方少堃與辛捷間從情孽牽纏到心悴神傷，亦無不是「悲劇俠情」的呈現。因此，《劍毒梅香》寫情的比例極為可觀。

無論如何，《劍毒梅香》這部既突破傳統武俠的復仇模式，又另闢悲劇俠情之揮灑空間的作品，是武俠寫作界兩大天才型作家「交會的光亮」。後來，古龍繼續往武俠創作之途深入、創新，寫出無數撼動人心的名著，管領一代風騷，成為新派武俠的巔峰；上官鼎則往學術及政治之途發展，迭任清大、東吳等名校的校長，更曾擔任台灣二次政黨輪替後的行政院長。

清新的古龍式武俠

綜看古龍的〈早期名作系列〉，主要特色是結合了浪漫的文學想像與古典的文學素養，而藉由對傳統武俠敘事模式的消化、吸納、突破、轉型與揚棄，而逐漸建立令人耳目一新的優美風格。起初，由於受到王度廬作品中那種沁人心脾的悲劇俠情、悲劇美感的影響，古龍的作品也隱隱沾染著耽美的悲情色彩；又由於受到金庸作品中某些結構佈局經營、人物性格發展、情節遞嬗轉折的影響，古龍的早期作品力求在浪漫的抒情與嚴密的結構之間，尋求平衡。

但無論如何，即使在早期作品中，古龍對於傳統武俠敘事模式中約定俗成的正邪、善惡、是非、黑白較易判然區分的那個武俠世界，即已在行文落筆之間，有意無意地予以揚棄；而展現出自創一個「古龍式武俠世界」的企圖心與創作力。

近來重新受到舉世矚目的現代德國文藝批評界英才班雅明（W. Benjamin）在其《天鵝之歌——歷史哲學論綱》中，曾引述「起源就是目標」的格言，論述許多文學作家的思想發展。對於古龍而言，這句格言實有歷久彌新的意義，因為，古龍畢生創作的起源與目標，均在於以清新脫俗的文學表述，寫出石破天驚的武俠作品！

資深媒體人、知名文化評論家 **陳曉林**

古龍中期作品述評：開始邁向輝煌

古龍是武俠文壇上一顆耀眼的流星，極盡輝煌，卻轉瞬即逝。他在短短四十八春秋的歲月裏，有廿五年的生命是在武俠小說創作中「闖蕩江湖」的，他為後人留下了七十二種小說，兩千多萬字的作品。

縱觀古龍的創作生涯，分析他七十二部作品的風格變化，我們可以將他的創作分為三個時期。

第一個時期，從一九六〇年到一九六三年，是他創作的成長期，共創作了九部（如含代筆，則有十四部）作品。這一時期的古龍小說，自也有閃光之處，但模仿痕跡較重，情節佈局還沒有擺脫俗套，語言也欠老練，總體水平不夠拔尖，只能歸入青澀期作品。

第二時期是古龍創作的中期，也是他創作上的成熟期，從一九六四年到一九六七年，共創作了六部作品。雖然作品不多，但小說的技巧已經圓熟了很多，小說風格也逐漸形成，而且，六部作品全是大部頭，每一部都有一些創新，每一部都有其獨到之處，與早期的創作已經不可同日而語。

將要脫穎而出

一九六八年以後的古龍，終於在武俠世界裏殺出一片新天地，創造了奇蹟，創造了輝煌，迎來了他創作中的輝煌時期。這個時期，古龍創作數量之多，質量之高，皆甚驚人。這個時期，古龍小說從語言、境界、佈局、敘述技巧、武打場面設計等方面，都突破了傳統武俠小說框架，形成了自己獨特的風格。這一時期，古龍的「內功修為」已爐火純青，他獨創一派，卓然成家，傲視群雄，笑看江湖，他已不僅僅是名家，而是獨樹一幟的武俠小說大宗師了。

一九六四年至一九六七年，這是古龍創作生涯中最重要、最關鍵的時期，也是古龍「內功修習」最勤奮、最緊要的時期。這一時期，古龍不安於武俠文壇的現狀，他求新、求變、求突破，標新立異的「古龍風格」逐漸成型並形成氣候，古龍若沒有這個階段的努力和創新，就不會有第三個階段的耀眼閃爍，極盡光華。

這一時期，古龍全部的身心都投入了創作。他此時的創作熱情極高，想像力也極為豐富，他不願意再走老路，不願意再模仿別人，他要披荊斬棘，另闢蹊徑，走自己的路。他衝破一切教條和束縛，追求作品的新內容、新形式、新情趣、新境界。他百無顧忌，一往直前地投入創作，因而獲得了自由自在的創作心態，逐漸找到了最能發揮自己才華和特色的創作時空。古龍回顧這段創作時光，是充滿了留戀和感情的：

我毫無怨尤。

因為我現在已經發現那段時候確實是我創作力最旺盛、想像力最豐富、膽子也最大的時候。

那時候，我什麼都能寫，也什麼都敢寫。尤其是在寫「大旗」、「情人」、「浣花」、「絕代」的時候。

那些小說雖然沒有十分完整的故事，也缺乏縝密的邏輯與思想，雖然荒誕，卻多少有一點趣味。

那時候寫武俠小說本來就是這樣子的，寫到哪裏算哪裏，為了故作驚人之筆，為了造成種種自己認為別人想不到的懸疑，往往會故意扭曲故事中人物的性格，使得故事本身也脫離了它的範圍。

……

但以前那連我自己都認為有些荒誕離譜的故事，至今我還是覺得多少總有一點可以讓人覺得緊張、刺激、興奮、愉快的趣味。

上面這段話，是古龍在《一個作家的成長與轉變》一文中說的，它表現出古龍內心世界中的文學情結：一定要把武俠小說寫得更好，寫得更絕，寫得十分文學化，讓人們都願意去讀武俠小說。同時，這段話也向人們展示了古龍身上所具有的內在氣質：一種不滿足於現狀的，勇於探索和創新的氣質。

從一九六四年到一九六七年，古龍共創作六部小說，它們依次出版的順序：《浣花洗劍錄》、《情人箭》、《大旗英雄傳》、《武林外史》、《名劍風流》和《絕代雙驕》。

《浣花洗劍錄》是作者第一部自覺地摒棄模仿，力求有所創新的武俠小說，小說描寫一位日本劍客飄洋過海到中國來印證武道的高潮迭起的經歷，書中引入「迎風一刀斬」的招式，為武俠小說的打鬥場面描寫注入了新鮮的活力，而書中通過人物之口闡釋的「無招勝有招」的劍道理論，也表現了禪意和哲理，闡發人們以劍道來參悟人生真諦。

《情人箭》創作於一九六四年，小說以禍害武林的死神帖和情人箭為線索，引出了一連串多姿多彩的故事和有血有肉的人物形象。展夢白是作者全力塑造的人物典型，他歷盡磨難，百折不撓，疾惡如仇，慈悲為懷，然易衝動，吃軟不吃硬，這種性格讓他受盡冤曲，吃盡了苦頭，但也得到武林宗師的首肯，贏得了心上人的愛慕。展夢白的經歷與其性格有極大的關係，這說明作者已將人物的性格與命運結合起來加以描寫。

寫於一九六五年的《大旗英雄傳》，是古龍武俠小說創作中的一個重要轉捩點，也是古龍走向成熟的一個標誌。

多處令人驚豔

《大旗英雄傳》氣勢宏偉，場面廣闊，情節緊湊，氣氛悲涼、壯烈，人物形象鮮明生動，整部小說脈絡貫通，是一部充滿著陽剛之氣的男性英雄傳奇，其文筆、氣勢直追《水滸》。此書的缺點是故事細節還有疏漏，語言文字也欠圓熟，陽剛有餘，陰柔不足，在文勢和氣氛上不免顯得有點陰陽失調。

與《大旗英雄傳》寫於同年的《武林外史》，是一部近百萬字的長篇鉅作，它有栩栩如生的人物刻劃，有曲折起伏的情節敘述，有驚心動魄的場面描寫，也有細膩精致的細節處理，是古龍中期作品中極成熟可喜的小說。雖這部小說在意境上沒有太大的突破，行文風格也較平直，人物描寫沒有超過《大旗英雄傳》的水準，卻因情節起伏跌宕，是古龍作品中廣受讀者和文評家喜愛的一部。

《名劍風流》的問世，使古龍小說前進了一大步。古龍是以「怪招」取勝的，而《名劍風流》正是他劍走偏鋒的「古派武功」的先聲。

古龍從《名劍風流》開始，真正推動了他的「新」和「變」。他在這部小說中採用了推理手法，佈局詭異，注重懸念，渲染氣氛，並於情節進展中塑造人物，藝術境界高過以前的任何一部作品。

《名劍風流》雖然顯露出古龍獨特的創作才華和精巧的情節構思，但其瑕疵也比較明顯。首先是語言風格不夠突出；其次，作者過於追求「驚人之筆」，以期讓別人想像不到，結果有些情節過於離奇，難以自圓其說，經不起細緻地推敲，總之，它還缺乏一種大師級作品的深刻、優雅、幽默和從容。

一九六七年《絕代雙驕》的面世，標誌著古龍武俠小說創作的巨大成功，也是他中期創作的壓卷之作。

《絕代雙驕》的成功，首先表現在作品的結構和場面上。作為一部鴻篇巨制，《絕代雙驕》結構完整、謹嚴，場面宏大、廣闊，撲朔迷離的情節，複雜變幻的事態，作者均能一一道來，完整組合，體現出作者出色的藝術匠心和藝術功力。

其次，在人物塑造上，《絕代雙驕》刻畫出許多栩栩如生的人物形象。江魚兒、花無缺、燕南天、江別鶴、江玉郎、「十大惡人」、「十二生肖」、鐵心蘭、黑蜘蛛、蘇櫻……這些人物，無論是主角還是配角，都神態逼真，給人留下深刻的印象。在這些人物形象描寫中，我們如細心閱讀，便能深深體會到作者對人性的思考，對人性中非理性的病態心理和行為的探幽發微，對人類高尚情感和偉大人格的深深讚美，對生命的意義和人生的真諦所做的可貴探討。

不過，《絕代雙驕》還不能完全代表古龍的風格和水平，因為古龍不斷在創新、突破中。

其一，這部小說的語言風格還不鮮明超逸，還沒有真正形成古龍式的語言文字的風格。

其二，這部書的武打場面設計，也沒有完全的不折不扣的「古派武功」特色，那種簡潔明快而充滿禪意玄機的武打模式還沒有充分形成。

古龍中期階段從創作《浣花洗劍錄》，到寫《大旗英雄傳》，再到寫《名劍風流》和《絕代雙驕》，他正在以自己的勇氣和創造力，去身體力行地為武俠文學界開創一種新的典範——古龍風格。

古龍在這一時期正一層一層地擺脫束縛，一遍一遍地演練「新招」，一步一步地踏入輝煌！

中國武俠文學會副會長、暨南大學教授　羅立群

分論

小李飛刀系列

劃破黑暗的小李飛刀：《多情劍客無情劍》

一、劍本無情

人多情，劍卻無情。這種對比關係，正是古龍《多情劍客無情劍》這部小說的基本結構。在人物方面，李尋歡、阿飛是一組；上官金虹、荊無命是相對比的另一組。李尋歡跟阿飛多情，上官金虹和荊無命無情。

李尋歡與阿飛是朋友，但關係如父子。阿飛沒有父親，他心目中只記得母親，母親對他有深刻的意義與影響，但「他這一生受李尋歡的影響實在太多，甚至比他母親還多」，所以最後孫小紅發現阿飛已變得跟李尋歡幾乎完全一樣了（八九章）。

荊無命與上官金虹也不是父子，但其關係，卻連上官金虹的兒子都要誤會荊無命可能是上官金虹的私生子。荊無命沒有生命，他的命是上官金虹的，他只是上官

金虹的影子。可是，他們關係雖然如此密切，卻絕不是朋友。

李尋歡和阿飛，會犧牲自己來成全對方；上官金虹與荊無命，則會殺掉對方來保全自己。所以他們這四個人，是兩組奇特的對比。

四個人中，上官金虹與李尋歡又是一組，荊無命與阿飛是另一組。

李尋歡當然與上官金虹不同，他是真君子，上官金虹是真小人；他是英雄，上官金虹是梟雄；他具有偉大的同情，處處為他人著想，上官金虹絕對無情，只為自己考慮；他蕭然一身，上官金虹卻經營龐大的金錢幫；他對金錢與權勢俱無執念，上官則正好相反。他們的對比，在每個地方都是極為明顯的。

但李尋歡幾乎也就是上官金虹。七十章敘述見過這兩個人的人議論紛紛：「我總覺得這兩個人像是有些相同的地方」、「李尋歡若不是李尋歡，也許就是另一個上官金虹」。七三章孫小紅也對李尋歡說：「他覺得你也和他一樣——和他是同樣的人，所以才佩服你、欣賞你。一個人最欣賞的人，本就必定是和他自己同樣的人」。

李是孤獨的，上官也是；上官手上無環，環在心中，李也是手上無招，招在心上，兩人武功之高明處均在心上；李與龍嘯雲結拜，龍嘯雲也來找上官結拜；林仙兒媚惑了天下所有的男人，也只有對李尋歡與上官金虹是無力控制的。

阿飛與荊無命，也是這樣的相似的對照組：「這也許是世上最相像的兩個人！現在兩人終於相遇了。」都是身世如謎、都堅毅剽悍、都使快劍。而那兩柄劍，「也許是世上最相同的兩柄劍」。不過，「荊無命臉上，就像戴著個面具，永遠沒有任何表情變化。阿飛的臉雖也是沉靜的、冷酷的，但目光卻隨時都可能像火焰般燃燒起來，就算將自己的生命和靈魂都燒毀也在所不惜。而荊無命的整個人卻已是一堆死灰」（五七章）。所以阿飛要靠愛來獲得新生的力量，荊無命則要靠恨。

這就是「相似的對比」關係，對比本來就有許多種。相反之物形成對比，例如善與惡、仙佛與妖魔，是最尋常、且易為人所理解的。但那只是相異之對比，古龍在《多情劍客無情劍》中所要經營的，卻是一種相似的對比關係。

二、劍亦有情

相似的對比，遠比相異之對比複雜，而也建立在相異對比的關係上。例如林仙兒，名為仙兒，卻非仙女，而是專門帶男人下地獄的魔女；趙正義，名為正義，卻非主持正義之俠士，而是顛倒是非、毫不公道之輩。他們姓名與實質之矛盾，就是一種相異的對比。其次，林仙兒與藍蠍子相比，同樣喜歡布施色相、媚惑男人，但藍蠍子是有情義的，與林仙兒不同，這也仍是相異性的對比。可是若說林仙兒與林詩音，那就是相似的對比了。

林詩音善良、懦弱、只顧著自己的家和孩子；林仙兒野心勃勃，她與阿飛的「家」只是一種偽裝。林詩音不擅武功，林仙兒則相反。在許多地方，她們確實是相異且足資對比的兩位女性。但林仙兒號稱武林第一美人，孫小紅卻認為林詩音才是（八四章）；她們是「姐妹」；也都以不同的方式在折磨著人。林詩音讓林仙兒搬入李尋歡的舊居「冷香小築」，又希望李尋歡不要再去「害她」，其實已隱隱然把這位少女當成是另一個年輕的自己了。所以最後她感傷命運，也仍是拿林仙兒跟自己做比較，說：「現在我什麼都沒有得到，什麼都是空的，正和林仙兒一樣」（八四章）。因此，林詩音和林仙兒並非相異的善惡兩極對比，她們之間，有極親近、極相似的地方。她們，就像荊無命和阿飛，如此相似，卻又截然互異，足堪對比。

《多情劍客無情劍》裏，多的是這樣的關係。以情和劍來說吧，劍客多情，劍卻無情，固然昭昭見於書名，書中甚至還極力刻畫一柄「奪情劍」。然而，劍真無情嗎？六二章描述李尋歡向阿飛分析他與荊無命的不同：

李尋歡道：「……你有感情，你的劍術雖精，人卻有情。」

阿飛道：「所以我就永遠無法勝過他？」

李尋歡搖了搖頭，道：「錯了，你必能勝過他。」

阿飛沒有問，只是在聽。

李尋歡接著說了下去，道：「有感情，才有生命，有生命才有靈氣，才有變化。」

所以，劍也像人一樣，其實也是多情的。書中種種，力陳其異，但凡此迥然異趣者，深一層看，往往相似或相通，正是這部小說最迷人的地方。

可不是嗎？君子與小人、正派與旁門、英雄與奸邪、美人與妖姬、好人與壞人，這樣黑白分明的對比，太簡單了。江湖之所以詭譎、世途之所以險惡、人生之所以難以理解，不但在於君子可能反而是小人、英雄反而可能是姦邪、美人反而是妖姬、好人反而是壞人；更在於好人與壞人也可能本是一樣的。

六九章〈神魔之間〉，七十章〈是真君子〉，七三章〈人性無善惡〉，都是在談這個問題。七十章論李尋歡與上官金虹相同，「只不過，一個是仙佛，一個卻是惡魔。善惡本在一念之間，仙佛和惡魔的距離也正是如此」。七三章，孫小紅撇了撇嘴，道：「但你真的和他是同樣的人嗎？」李尋歡沉吟著，緩緩道：「在某些方面說，是的。只不過因為我們生長的環境不同，遇著的人和事也不同，所以才會造成完全不同的兩個人。」

後天影響說，在人性論上當然有其缺點，但古龍採用這套講法其實只是想說明神魔既非本性互異，善惡亦非判然分疆。他有時也會換個方式說，例如〈神魔之間〉那一章，談的其實是武功，藉用禪宗語，評騭上官金虹與李尋歡的造詣，說「手中無環，心中有環」須進至「環即是我，我即是環」，再進至「無環無我，物我兩忘」，才算是仙佛境界。用其說以論人性，同樣也可說神魔一如、善惡兩忘，才是究竟實說。分判神魔、區別善惡，畢竟仍落下乘。

三、人在江湖

古龍經營這一大堆「相似的對比」的狀況，真正想要追問的，恐怕就是這一個關於人性或人生的答案。

故事當然是非常曲折、非常好看的。名俠小李探花，傷心人別有懷抱，重入江湖，誤傷故人之子，捲入梅花盜奇案；卻被誤會為梅花盜，且為故人所害，遭押送少林寺。迭經波瀾，終得證明清白，逆徒授首，但友人阿飛卻陷身溫柔陷阱之中。而群豪奪寶，又起風波，金錢幫為禍武林，終於逼得小李飛刀不能不與上官金虹一決死生；阿飛則幡然改悟，打破了愛的迷執。小李探花也漸因孫小紅的愛，轉移了對林詩音的刻骨相思，也解下了心中的枷鎖。

這其中，神奇的飛刀、閃電般的快劍、《兵器譜》上排名群豪的爭霸、中原八義淒厲的恩怨、以及妖異的人物（例如冷酷的荊無命、胖得離奇的大歡喜女菩薩、仙魔合體的林仙兒），無論兵器、人物、情節，莫不動人。鐵傳甲、孫二駝子的義氣；李尋歡、阿飛的友情；李尋歡對林詩音、阿飛對林仙兒的癡情，也都是非常感人的。

但古龍想寫的，主要似乎不是這些。

在整體結構上，它當然仍是一般武俠小說正邪對比對抗的型態。但是，我們前面說過，分判神魔、區別善惡，只是下乘。古龍在這裏所描述的，是另一個層次的問題。以李尋歡來說，他是個「吃喝嫖賭，樣樣精通」、「不喜歡做官，反而喜歡做強盜」（二章）、「殺手無情的李探花」（七章）、「無可救藥的浪子」（十二章）。因此他是正派大俠嗎？若非許多人本已認為他是個惡魔，趙正義等人誣陷他，說他是梅花盜，怎能立刻取信於眾？在李尋歡所愛的林詩音眼中，他更常像是個惡魔：

林詩音瞪著他，咬著嘴唇道：「很好，很好，我早就知道你不會讓我快快樂樂的活著，你連我最後剩下的一點幸福都要剝奪，你……」（八章）

林詩音的手握得更緊，顫聲道：「你既然走了，為什麼又要回來？我們本來生活得很平靜，你……你為什麼又要來擾亂我們？」……林詩音忽然嘎聲道：「你害了我的孩子還不夠？還要去害她？」（十三章）

李尋歡這種情況，亦如其僕鐵傳甲。鐵傳甲是義薄雲天的，可是他出賣了翁天傑，逼得「中原八義」苦苦追殺他。但翁天傑暗中做強盜，鐵傳甲協助官府查案，又不能不予舉發；舉發以致翁被殺，卻又不忍說出翁的穢行，只好逃亡；逃至無可再逃，只好賠上一命。

李尋歡本來也在逃。因為龍嘯雲救過他，他知龍嘯雲愛上了林詩音，只好疏遠林女，讓林詩音嫁給龍嘯雲，然後將莊宅相贈，隻身逃走。可是義舉與割愛卻成了雙方的魔魘。林詩音把他當成惡魔、龍嘯雲深感痛苦、龍小雲更是恨他。

於是，為了消除這個魔魘，龍嘯雲想盡辦法要殺他，龍小雲也是。這對父子做出了許多令胡不歸這樣老江湖都看不下去的醜行，最後龍嘯雲亦喪命於金錢幫之手。

從他們傾陷李尋歡、以怨報德的行徑來看，這對父子確是「壞人」無疑。但他們的幸福，不也斷送在李尋歡手裏嗎？李尋歡的義舉，是他們痛苦的來源；他們的報復，卻又蒙上不義的污名。他們的悲哀，難道不值得同情嗎？可是，他們越悲哀，李尋歡的痛悔就越甚。因為，他們的悲哀，正加在李尋歡的身上。李尋歡只有更加悲哀，更要咳個不停，咳出血來了。

但李尋歡錯了嗎？義舉與割愛似乎不能算錯。龍嘯雲錯了嗎？他想保有尊嚴、保有家、保有妻子，也不能說是錯的。八六章：

龍嘯雲淒然笑道：「也許我們都沒有錯，那麼，錯的是誰呢？」

林詩音目光茫然遙視著窗外的風雨，喃喃道：「錯的是誰呢？錯的是誰呢？」

他無法回答。

沒有人能回答。

其實，這就是回答了。李尋歡在本書中一出場，講的第一句話就是：「人生本來就充滿著矛盾，任何人都無可奈何」，然後嘆了一口氣，自馬車角落中摸出一瓶酒來喝。在第五三章，李尋歡與龍嘯雲對談時，他又「長長嘆了一口氣，道：『人生本來有些事是誰也無可奈何的。』」他講的就都是這個道理。這個道理，在希臘悲劇中叫做命運，在武俠文學中則或稱為「人在江湖，身不由己」。

由於造化弄人、由於人生之不得已，遂有了李尋歡這樣帶給龍家不幸的英雄，也有了龍嘯雲這樣的壞人。但李尋歡就是善，龍嘯雲就是惡嗎？

詰問至此，只有善惡兩忘了。但如此善惡兩忘，得到的，並不是禪家的空明澄靜，而是在命運之前，深刻的悲憫。

四、友情長存

除了命運、人性之外，古龍在此書中恐怕還想談談「情」的問題。

情有許多種，父子、母子之情為其中之一。書中有許多對父子，龍嘯雲與龍小雲、伊哭與丘獨、上官金虹與上官飛，還有兩對擬父子：上官金虹與荊無命、李尋歡與阿飛。一對祖孫：天機老人和孫小紅。每一對都不一樣，但情感都是極深的，連上官金虹也深愛著上官飛（雖然愛他的結果卻害死了他）。

書中也有許多對母子，林詩音與龍小雲、阿飛和他媽媽，以及一對擬母子關係：阿飛和林仙兒。

阿飛醒來時就看見林仙兒的臉。「這張臉溫柔美麗得幾乎就像是他的母親。他記得在小時生病的時候，他的母親也是這麼樣坐在他身邊，也是這麼樣溫柔的看守著他」（十七章）。林仙兒當然是他的愛人，但也是他的媽、他的神。林仙兒每天像哄小孩一樣哄著他喝湯，也絕不跟他發生性關係。阿飛從迷戀她到脫離她，正像他逐漸掙脫母親的教誨（絕不要信任何人，也絕對不要受任何人的好處）而轉向李尋歡。阿飛所掙脫的，同時也是個愛情的枷鎖。多情劍客之多情，主要也是指愛情。

李尋歡苦戀林詩音，日久成癡，又一心一意想把阿飛從林仙兒的癡情中拉轉出來，這本來就近乎癡想。他知道自己不能不思念林詩音，所以也就明白阿飛為何不能不癡情於林仙兒。這種感情的執著，也是無可奈何的。七四章：

孫老先生嘆息著道：「他這麼做，只因為他已不能自主。」

孫小紅道：「為什麼不能自主？又沒有人用刀逼住他、用鎖鎖住他。」

孫老先生道：「雖然沒有別人逼他，他自己卻已將自己鎖住。」

他嘆息著接道：「其實，不只是他，世上每個人都有自己的枷鎖，也有自己的蒸籠。」

人孰無情，誰能遣此？這就是不由自主，無可奈何。只能期待忽然夢醒，或有所移轉。在尚未醒來或移轉替代之前，愛也和命運一樣，會不斷折磨人的。

愛情之外，另一種值得重視的，便是友情。江湖人所說的義氣，本來就是針對朋友情誼而說。愛情不論如何刻骨銘心，在武俠世界中，大概仍要讓位給友情，古龍尤其看重這一點。

《多情劍客無情劍》自「飛刀與快劍」，李尋歡和阿飛的相遇寫起，寫到李尋歡以友情的力量幫助阿飛掙脫了對林仙兒的執迷為止。它事實上是一則友情的故事，友情也是整個小說中唯一的光，像李尋歡的飛刀一樣。只有友情，能劃破無邊的黑暗，讓人在命運的無可奈何之中，還能看見一點希望。

這也許就是唯一能驅走人間寂寞與黑暗的光輝。

這是永遠的光輝。只要人性不滅，就永遠有友情存在（六十章）。如果說愛情常如枷鎖，那麼古龍會說友情是蒸籠，可以把人的潛力都蒸發出來。

李尋歡所尋之歡，其實就是在尋覓友情的歡樂。早年他為了成全友情，而割捨了愛情；現在，他成就了友情，也獲得了愛情，所以「他驟然覺得自己又年輕了起來，對自己又充滿了勇氣和信心，對人生又充滿了希望」（九十章）。

尋歡之旅，屆此方始終結。古龍對人生的希望，大抵也寄託於此。

佛光大學創校校長、中華武俠文學學會會長 龔鵬程

小李飛刀系列

小李飛刀的眞正傳人：《邊城浪子》

在古龍作品中，《小李飛刀》當是很受讀者青睞的一種；在古龍作品的兵器譜中，「小李飛刀」更有著別樣的神韻；在古龍作品中所塑造的藝術形象中，小李探花最令人心嚮往之。

《邊城浪子》是「小李飛刀系列」中的一種，是古大俠著作中的上品。

邊城，荒遠極邊之城；浪子，浪跡天涯的遊子。拈出這樣的題目，古大俠也就選定了一種極寫筆墨；霜天遼闊的草原，草原上如泣如訴的歌咒，歌咒中隱藏的血腥往事，往事所牽涉的「梅花故人」與故人之子，故人之子間的愛恨、善惡、犧牲與殺戮……

真佩服古大俠手中的魔筆，其能在寫出李尋歡之後，又流淌出一個葉開。「木

葉的葉，開朗的開。」他是李尋歡精神和武功團凝出的一個新的精靈，他以寬容稀釋仇恨，以理解溶化誤會，以關愛善待他人，以純真明朗的襟懷去驅除陰暗，他是已毀滅的神刀堂主白天羽的血胤，然則，他更是李尋歡精神的傳人。

於是，小李探花的飛刀歷數十年後仍在飛動，如電光石火，攜帶著詩情和愛意，仍然是「小李飛刀，例不虛發」！

小李飛刀的每一次飛動，都不在取人性命——哪怕是十惡不赦者或確有大罪者的性命，而在於阻止流血和罪惡。仍是「例不虛發」，仍然閃動著攝人弧光，其境界則更高遠。

《邊城浪子》的主人公，不是那黑衣黑刀、一意復仇的傅紅雪，而是落拓不羈的葉開；全書表面上是一個為父復仇的故事，其實卻是以鮮活的事實證明冤冤相報之不可取。此書情節緊張綿密，環環相扣，但讀者若把目光多關注外示以暇的葉開，便不會將作者的本意放過，便不會把該書仍入「小李飛刀」系列的立意放過。

那天晚上的雪真大……

讀了司馬遷《史記》中的「遊俠列傳」，便知曉在中國這塊土地上出現俠客，本是很古遠的事情了。後來陸續便有了武林，有了武林門派如少林、武當，有了俠義道，也有了黑道或邪魔外道，有了武林格範與江湖規矩，也有了對俠義精神的守護、張揚和背叛。

武林，龍蛇雜居的武林，善惡並生的武林，崇尚公正與好勇擅殺的武林，永遠離不開恩恩怨怨的武林，這也正是古龍筆下的武林。

本書貫穿的是一個慣常的武林故事，一個遺孤為父尋仇的故事，唯作者以至情運筆，以理性佈局，有一番出奇料理，結果便與舊武俠之套路迴異，便成別開生面的佳構。

十九年前一個大雪的夜晚，本應是一個普通且充滿生活親情的冬夜，神刀堂白天羽堂主與其兄弟、親眷、摯友在落霞山下的梅花庵飲宴賞雪，如花美眷，似水流年，瑞雪紅梅，談笑晏晏。這同時，一場劫殺（或曰謀殺）亦佈置停當，三十多名一流高手早等得焦灼不安。當殺戮終於開始，當血泊與白雪混凝在一起，當慘絕人寰的捕殺由激烈漸趨平靜，當一代大俠白天羽奮起反擊，迤邐二三里冰途終於倒下，陰謀者戰戰兢兢地迎來了勝利，這勝利也只能是「慘勝」：三十多人只剩得七八之數，且多數重傷。

被伏擊的一方更其慘烈，大老闆白天羽夫婦死了，同時被殺的還有他們四歲的兒子。二老闆白天勇夫婦也死了，同哥嫂一樣，他們的屍骨殘缺，身首異處。神刀堂只剩下一位三老闆馬空群，他收拾起白氏一家屍骨，立下為之報仇的血誓，豎起「關東萬馬堂」的大旗，開始再創業。當時又有誰能猜出：馬空群正是這場大劫殺的首謀！

真佩服這位馬空群，他有這等綿密的機心，有這等周嚴的組織力，有這等狠辣的手段，他能在一個大陰謀發生的事前和事後，把自己包裹得這般嚴密。

十九年過去了。

歲華有情，關東萬馬堂在馬空群的經營下日益壯大，人多地廣，威名遠揚；歲華亦無情，馬空群殺兄弒嫂、主謀劫殺的本來面目不脛而走，盡人皆知。陰謀者只能沽名逞詭計於一時，不能掩蓋真相於久遠，不是嗎？

馬空群誠然是一位奸雄，奸者多智，然終有一失。奸人多智，且江湖中不奸的多智之人亦自有之。馬空群殺了白氏一家，連四齡孩童都不放過，可謂斬草除根。他自然也想到了白的外室花白鳳，千里迢迢派員追殺，然花氏躲起來了，帶著為白天羽生出的稚子。於是在萬馬堂日益昌盛的同時，一顆復仇的幼苗也在仇恨的滋養下成長。

十九年過去了。當年的「梅花故人」零落天涯，卻都沒有忘記那個多雪的夜晚，沒忘記那場驚心動魄的劫殺或曰殺劫。尤其是馬空群，這位梅花庵血案的最大受益者常常受著恐怖的煎熬，年年月月，月月年年，並未隨時序遷轉而稍減。其深心中的恐懼雖亦交織著良心的自責、精神的痛疚，但更多的，則仍是對報復即來的驚恐。耿夜難眠之時，他戒惕著身側嬌柔的女人，他知道這女人是花白鳳派來臥底的，他設計著用間諜偵敵之謀，但愈是這樣，就愈使他心驚肉跳，度日如年。

有冤報冤，有仇報仇，是江湖和武林的法則，其間也寫出一份天意和公道。馬空群是一個惡人，惡人造惡時固然暢快，但暢快之後隨之而至的則是憂懼。「善惡到頭終須報，只爭來早與來遲。」十九年之後才來了尋仇報復之人，是遲了些，然這「遲」對於馬空群來說，不也正是一種精神折磨嗎？

梅花故人

因為白天羽有了後人，因為這白氏之後突現江湖的尋仇之舉，本來零落天涯的「梅花故人」也不得不再有一番遇合。虧古大俠想出這樣一個奇妙絕倫的名目，「梅花故人」四字，多像文人雅集的詩社或詞社之稱，哪裏有半點血腥與血痕？梅花故人本來有三十餘人，經白天羽殊死反撲，剩餘的便只有七八個人。這些人本是災難的製造者，卻更像劫後餘生的受苦人，其受到的震撼和創傷，亦經久不癒。實則若非白天羽刀下留情，伏擊者死傷還要慘重。毋怪經十九載後憶起那場血戰，蕭別離的目中仍「露出一種說不出的恐懼之色」，易大經的臉仍會「因痛苦和恐懼而抽搐」。

殘留的「梅花故人」中，幾乎每人都有一份梅花庵劫殺的紀念：馬空群的左手只剩下一根拇指，蕭別離失卻了雙腿，桃花娘子貫穿肩脅的刀疤……在在證明了血戰的慘烈。白氏兄弟兩家十一人全部死去，三十名伏襲的第一流高手只剩得七人。正是這七人之一日後天良發現，將這場浩劫告知了白鳳夫人，他是誰？白天羽兩位昔日的情人必不肯，劫殺的首謀馬空群必不肯，當是其餘四人中的一個。

「梅花故人」同時也是白天羽的故人，多是其武林摯友或情侶。以朋友和情人行此惡謀，以設定牢籠之人經此大險，其間的體驗和回味是複雜的。然絕非所有的人都感到不安和愧悔，並不是所有的人都躲躲藏藏：柳東來的挺身直斥白天羽，薛斌與老家人自盡前的嘲罵，郭威一家視死如歸的當街叫陣，都反過來令傅紅雪震動和疑惑，動搖了他復仇的決絕。

更決絕的是桃花娘子與白雲仙子，她倆都曾是白天羽情史短暫的情人，都曾對白天羽產生過濃重的愛意，被拋棄後都對白天羽動了殺心，是最堅定的謀殺參與者。不唯如此，在十九年後，桃花娘子仍守候在庵內，一心要襲殺白天羽的遺孤；白雲仙子生下了白天羽的孩子，卻要他恨其生父，殺其兄弟。這是怎樣強烈且變態的恨意！

然則當白雲仙子割去白天羽的頭顱，燒成灰又和酒飲下之後，當她決心與負心情郎混成一體告別人世之時，我們又難以判別愛恨與恨愛，難以論說今是或昨非。愛情是纏綿熾熱的，桃花娘子、白雲仙子與白天羽也都經歷過纏綿熾熱的愛情，然此處，古大俠卻給我們描繪了一幅可悲可怖的愛情長卷，讓人慘不忍睹。

死者長已矣，生者誠可哀。十九年了，她們仍拂不去負心郎的身影，日日被失戀和嫉妒的尖喙噬咬，這是怎樣一種日子？

「仇恨」首先是一種折磨

與桃花娘子、白雲仙子同樣受折磨的，還有白天羽的另一位情人——花白鳳。

作者未去書寫這位魔教教主之女與白天羽的愛情之旅，卻用極簡之筆勾畫出她一意為「夫」（甚至連名義都沒有）復仇的決絕。這固是一種愛的轉化，卻也是失卻愛之後的一種折磨。花白鳳以仇恨自淬自勵，更以仇恨來鍛鑄「自己的孩子」——傅紅雪。傅紅雪是「仇恨」之樹上結出的果子，是用「仇恨」浸泡出的苗與芽，他是個不世出的武林高手，更是一個苦孩子。

《詩・小雅・蓼莪》有句曰：「無父何怙？無母何恃？」用之於傅紅雪，最是妥貼。怙恃，即依靠，亦即指稱父母。天下怎會有無父無母的孩子？天下卻就是會有這樣的孤兒，傅紅雪就是一例。作者開篇即渲染了一個孤兒寡母的世界：「屋子裏沒有別的顏色，只有黑！」黑色的神龕，黑色的蒲團，黑色的神幔，黑色的神案上漆黑的刀鞘和刀柄，黑紗黑袍的女人，黑裳黑褲的少年，這個以黑為專色的世界之核心似乎是那漆黑的鐵匣，是鐵匣中「一堆赤紅色的粉末」。這就是梅花庵劫殺後血與雪融合後的粉末，是傅紅雪這個名字的由來，是仇恨，也是詛咒！

雪竟會有紅色的？被血染的雪便成了紅雪；雪竟會有粉末？而血與雪混凝在一起便留下粉末。

這不是雪末，而是血末。傅紅雪生下來就是無父的，鐵匣中暗紅色的血末就是他的父親，他自己的名字就在紀念著他的父親。當花白鳳積十八年歲月將兒子鍛鑄成一個「復仇的神」時，傅紅雪的魂靈、思想、語言和行為也同時經歷了一個非人化的過程。這是一種折磨，是一種殘忍無比的折磨，被恨意煎灼的當事人花白鳳不會覺得，從來沒有其他生活體味的傅紅雪或也不會覺得，但讀者會感受到這種折磨。

《詩・蓼莪》充滿悲憫，然比照之下，傅紅雪的命運更令人悲憫。他是「有母」的，作為母親的花白鳳心心念念的是要為夫復仇，是極其嚴厲的課子習武，是以父仇母愛雙逼交迫的純復仇化教育，我們看不到慈母情懷，有母何恃？古龍在作品中寫了傅紅雪那「牛虻」式的癲癇，或取材於外國名著，卻顯得真切可信，是這種畸零的母愛與畸型的教育，造成了傅紅雪心理和生理的變異。

人的軀體畢竟是生情萌欲的，人的情感畢竟是色彩豐富的。傅紅雪復仇的旅程，正是他發現到外邊的世界很精彩的過程，是他在不斷殺人後不斷反思的過程，是他原本善良的心靈漸生疑竇，備受折磨的過程。作者寫他儼然帶有魔法的武功、寫那拔刀殺人的一霎那往往極簡，而寫其拔刀前的遲疑、殺人後的痛苦則極詳極細，正是記述著這一折磨。這時的傅紅雪已時時能感受到心的折磨。

更有意思的是全書到了最後一回，到了復仇之曲的尾聲，卻由葉開告知傅紅雪：他其實不是白天羽的骨血，他僅是一個換去了太子的「狸貓」，充其量是花白鳳的養子。於是，他與生活的最後一條絲線也被剪斷，真正成了一個隨風飄逝的風箏，成為一個無父無母全無怙恃的孤兒，他的復仇之旅也就平添了一份滑稽。

然則，傅紅雪長大了，長大了的人就不再是孤兒。他日後的故事，古龍在《天涯・明月・刀》中還有極其精彩的表述。

萬馬堂中沈三娘

作者在描繪關東萬馬堂的遼闊曠遠的同時，著重描寫了一支歌：一支如泣如訴的歌，一支如詩如咒的歌，一支充滿血腥和神秘的歌。

這支歌的最初唱起，是在萬馬堂宴客的前夜，雲在天正在與葉開交談，荒原上歌聲驟起：

天皇皇，地皇皇。眼流血，月無光。一入萬馬堂，刀斷刃，人斷腸！

天皇皇，地皇皇。淚如血，人斷腸。一入萬馬堂，休想回故鄉。

皇皇，美感寬廣之貌也。皇皇天地之間，呈現的卻是「眼流血」、「人斷腸」的人間恐怖，卻是對雄居一方的萬馬堂必將毀滅的預言。這支隱含讖語的草原小夜曲，試想：誰是其作詞者？

或是沈三娘。

沈三娘是古龍在本書中最傾注創作熱情的一個女性，一個善良又複雜、堅定決絕又猶疑纏綿、賢淑又深沉的女性。在某種意義上說，沈三娘是關東萬馬堂的「結」，是事實上的女主人，是一個靈魂。馬空群曾對她說過一段話：「這地方本是一片荒漠，沒有你，我也許根本就不能將這地方改變得如此美麗，沒有人知道你對我的幫助有多大。」這話中絲毫沒有虛假的成份。

這是馬空群的真心話，卻是在其揭穿沈三娘本來面目時講的。沈三娘的真實身分是花白鳳派入的臥底，在她到萬馬堂不久，馬空群就知道了其底細，卻不揭破。於是七年來沈三娘忍受著馬空群的撫摸與汗臭，所有的舉動都在馬空群監視之下，自己卻渾然不覺。這是怎樣的一種悲哀？

草原之曲還有一位作詞者，他就是葉開。「開心的」葉開把這支恐怖之曲改寫得明麗輕快：

> 天皇皇，地皇皇。人如玉，玉生香，萬馬堂中沈三娘。

沈三娘是草原上的明珠，是一幫粗豪漢子夢中的情人，是萬馬堂的靈魂。馬空群明知她是個間諜，留下她開始時只是為了尋找花白鳳母子，卻不能避免地愛上了她，在最後關頭也不肯殺她。比較他殺雲在天與花滿天時的絕情，真是難以設想。更難以設想的是在馬空群落魄逃亡時，陪同他的竟是沈三娘！潛伏臥底的是她，通風報信的是她，接應傅紅雪的是她，聯絡葉開的是她，而最後，當萬馬堂土崩瓦解，當馬空群置兒女於不顧倉皇逃亡時，唯一作陪伴的竟還是她！

其間有怎樣的思維聯繫？有怎樣的行為軌跡？

這裏正顯現出作者的精彩筆致：沈三娘是花白鳳為復仇而派出的先遣者，又是輔佐馬空群創業的女主人；作為復仇者她竭盡其偵伺顛覆之力，作為女主人她又深愛上這塊流淌過汗水的土地，並對馬空群漸漸產生了愛與憐憫。當她已盡了復仇的職責，便轉向另一個職責：去愛和撫慰馬空群。

在文學作品中，愛與恨、忠誠與背叛、善良與邪惡，常被描繪得涇渭分明。而在現實生活中，這些對立的情感或品質卻常又轉換變化，常常打混成一片，古龍筆下的沈三娘，是更貼近生活的真實的形象。

古龍在同時也提出告誡：千萬別派女性向男性尋仇，更不要用美人計，她會愛上他的。

浪子葉開

本書中浪子也多：手拈花生米、當街洗浴的路小佳是浪子，風流倜儻、袖藏飛刀的丁靈中是浪子，拖著略嫌笨拙的腿追蹤仇人的傅紅雪也是浪子。漂泊無定、浪跡江湖，是浪子的特徵。

「路歧歧路兩悠悠，不到天涯未肯休。」中國歷史上一個格外活躍的種群，就是浪子。

然則細按全書，細味全書，最能表達「浪子」的內蘊和外延的，只能是葉開。

葉開似乎具有著浪子的一切特徵：衣襟上的破洞，破洞中隨意插上的殘菊；磨出洞來的硝皮靴子，靴子裏的黃沙；隨和的性情和隨意的搭訕，還有那迅捷俐落的出手……

沒有人知道葉開是從哪裏來的，他彷彿來自天邊。

葉開是白天羽和花白鳳真正的兒子，父親與白氏家族被劫殺的仇恨，他並非沒有。在他的內心中當也湧騰著復仇的火焰。他幾乎與傅紅雪同時來到邊城，來到關東萬馬堂的老營，傅紅雪是一意復仇，葉開則更想弄清有關的一切。第四章，他用最明白的語言詢問馬空群：「為何不說是劍斷刃，偏偏要說刀斷刃呢？」

這是挑釁，也是較量。他用坦然回敬馬空群的逼視，他從馬空群笑容裏硬要擠榨出殺機，他於看似平淡的問話中環環相扣，步步進逼，並觀察著在座的每一個人。應該說，落拓不羈只是他的外貌。

或也正因為此，馬空群將葉開視為最大可能的尋仇者，他引領葉開到長滿青草的山坡，那裏有一座大墳，有九尺高的墓碑，碑上題刻著白天羽、白天勇的名字。葉開靜穆地肅立著，不動聲色。南朝宋鮑照《松柏篇》：

孝子撫墳號，父兮知來不？

葉開沒有淚水，沒有哭號，父墳在前，仇人在側，他卻顯得波瀾不驚，一派平靜。只有在馬空群要把女兒嫁給他，並命他遠走的時候，他才明確地告訴他：我的家鄉就在這裏。

這更是一種明白無誤的宣戰。

教育和環境的影響是巨大的。傅紅雪本非花白鳳之子，只有葉開的血液流淌著魔教大公主的精髓，又由於在仁厚老誠的葉鏢師家，因小李探花的調教而宅心良善。父母之仇，不共戴天。仇人相見，分外眼紅。葉開卻能始終控制住自己的感情，對每一個劫殺的參與者都細細考量。他不止一次地阻止了傅紅雪的擅殺，揭穿了馬空群等人的陰謀；他寬恕了馬空群的同謀蕭別離，甚至在最後寬恕了裝傻賣呆的馬空群。葉開，是小李探花的真正傳人。他從李尋歡那裏不獨學到了飛刀絕技，更學會了「如何去愛人」。

故事的結局是出人意料的，這是古龍小說中最意味深長的結尾之一。老一輩的「俠」或「非俠」們不去管他了。年輕一代則令人推想：失卻了復仇包袱的傅紅雪會有些心態和行為的失重，但年輕的他儘可以在生活中調整；野心勃勃且出手狠辣的丁靈中明白了自己的身世，也會有較長時間的神思恍惚；路小佳傷好後必還會拈吃花生米，卻不知是否改從丁姓？南宮青之類世家名門子弟還會不斷地現身江湖，或會在此後多幾分穩重……

葉開呢？他與丁靈琳的愛情花似乎已該當結果，還會是一個四海為家的浪子？他的故事，要在《九月鷹飛》中再見分曉了。

中國武俠文學會副會長、南京大學教授　卜鍵

小李飛刀系列

多變的懸念，人性的寓言：《九月鷹飛》

風雲第一刀，絕技驚天下！

「小李飛刀，例不虛發」，更難得，「劍無情，人卻有情」！小李探花李尋歡，成了一代大俠，儼然人格神。

只可惜天下無不散的宴席，餘音尚嫋嫋，曲終人不見。

「後來呢？」

——無數的讀者，都想知道「後事如何」。

——想必當年定有不少讀者（當然也少不了書商）為此對古龍窮追猛催、死纏不休。

——而古龍從來不會拒絕讀者的期望。更何況當年的古龍正處於創作的高峰期，才華橫溢、文思如湧，正如小李飛刀，例不虛發！

於是就有了《多情劍客無情劍》（以及《邊城浪子》）的後傳：《九月鷹飛》！

於是「小李飛刀」終於有了傳人：——「想不出名都不成」的葉開。

——「木葉的葉，開心的開」。

於是我們又可以再一次驚奇、再一次迷醉。

這是一部寓言小說

九月飛鷹，秋高氣爽，正是狩獵的最佳季節，哪裏有狐狸，那裏就有飛鷹；哪裏有飛鷹，那裏就有狐狸。狐狸和獵鷹、獵人和獵物，正如俠與盜、正與邪，是永恒的對立與永恒的衝突，當然也就有無窮無盡的故事。

這就是《九月鷹飛》的主題。

當然，這只是個寓言。

——這部小說名為《九月鷹飛》，書中所寫的故事卻並非發生在九月；我們當然也看不到天上的飛鷹。

書中的故事，發生在遙遠的北方，在寒冷的季節。古龍喜歡寫北方，寫北方的冬天，寫北方冬天的寒風、冰雪、大地蕭瑟的情景。

《多情劍客無情劍》的開頭也是這樣。

也許這與浪子的情懷有關。只有經過冰霜風雪錘煉過的浪子，才懂得家的溫暖；而沒有家的浪子，又何日不在風霜冰雪中？更何況，寒冬臘月，臨近新年，該是回家團圓的時候；倘若有家難回或是無家可歸，那就不僅是要面對「枯滕、老樹、昏鴉」了。

也許北方的冬雪對古龍而言，是一種刺激想像與創造的興奮劑。正因為生長於南方的古龍難得見雪，才對漫天飛雪、天寒地凍的北方的冬季充滿詩意想像，並且一往情深。想一想「西門吹雪」的瀟灑，以及「傅紅雪」的意象，足以讓人心醉神迷。

也許這只不過是一種純粹的巧合。但我要說，沒怎麼經歷北方嚴冬的古龍，對冰雪的描寫不僅投入了他天才的想像，更溶進了他無比熾熱的情感，和他對人生的深切體驗，從而創造出無比動人而又充滿哲理的美麗詩篇。

「屋簷下的冰柱如狼牙交錯，彷佛正等待著擇人而噬」；「密雲低壓，天地間竟似充滿了一種足以凍結一切生命的殺氣」。

——這樣的句子和段落，不再是通常的「環境」的描寫，而是主客交融、天人合一的「情境」的創造。這樣的段落就不僅是小說，而是散文，或是詩。

如是，我們就要涉及古龍小說的一種讀法：不僅要看，而且要品；不僅要品，而且要想；不僅要想，而且要體驗；不僅要體驗，而且要交流。——讀古龍的小說不能完全被動，更需要主動。

只有主動，才能與小說「互動」，才能與古龍「對話」。

因為古龍不僅是用他的聰明腦袋進行創作，更是用他赤誠的心在與讀者交流。他不僅在寫故事，而且在寫他的情感，還在不斷地寫自己對生活與人生的感悟。

因為古龍的小說創作中充滿了感性、流動性、悟性及才智的鮮活火花。預先的設計在古龍只是一個大致的構想，甚至只是一個影子；古龍小說的寫作過程可以說是對這一影子的追逐過程。各種奇思妙想都在這一過程中生發而出，因而：「美在過程中」。

情節出奇，充滿懸念

誰是狐狸？誰是獵鷹？

這又是一個問題。

古龍的小說融武俠、言情、偵探、推理和神秘等諸種小說元素於一體，獨具一格，形式出新，情節出奇，充滿懸念，更充滿變數。《九月鷹飛》將這一變數進一步加以發揮，幾乎到了隨心所欲的地步，從而鬼神莫測。要猜測這部小說的情節發展？想都不要想！僅就這一點，它就與其他武俠小說作家的那種看頭知尾的作品分出了高下。

我們不妨舉幾個例子。

一是小說的開頭，我們以為能看到一場童銅山與杜大眼兩方的決鬥——因為書的開頭說的就是這個；結果呢？半路殺出程咬金。我們看到的只是「青城死士」

的勸和——第一章的名目就是這個。這勸和有文勸又有武勸，文勸短，武勸長；不靠權威蓋世，也不靠武功超人；靠的是「我讓你殺，然後我也殺你」！兩場卜來，人們不僅驚異這種邪門的武功，更驚異這種邪門的「勸架」方式——由這種邪門的武功和邪門的勸架方式組成的情節，誰能想到？然而「你殺人，你也必將被人所殺」這一寓言，你又不能不懂：不懂的人都被殺死了。

再一個例子，是魔教的鐵姑與心姑要利用「丁麟」扮成丁靈琳去殺葉開，結果那「葉開」恰恰是丁靈琳，而那扮成丁靈琳的「丁麟」又恰恰是真正的葉開！誰能想到？——我們以為丁靈琳因為嫉妒而對葉開恨得要死，但她其實與葉開兩心相通並愛得要命；——我們以為丁靈琳與葉開之間再也不會有任何大衝突，但丁靈琳偏偏又被魔教所俘並真的刺了葉開一刀！

總之，你能想到的它偏偏不會發生，而你想不到的時候它卻又真的發生了。如此情節設計，足見古龍的想像力之豐富、驚人。

更多的例子，不妨讓讀者自己去看。

舉例太多反而會煞風景。

誰是狐狸？誰是獵鷹？只有看到最後我們才會真的知道。因為狐狸未必在地，而獵鷹亦未必在天，他們都在同一個江湖世界中。

小李飛刀的傳人

從情節上說，古龍有意讓我們摸不著頭腦，我們以為是狐狸的，或許正是獵鷹；我們以為是獵鷹的，有可能是不折不扣的狐狸。我們若「相反猜」，卻又說不定狐狸還是狐狸，獵鷹也還是獵鷹！

從寓言層面看——我們說過「九月鷹飛」是個寓言——狐狸與獵鷹，有時並不像我們想像的那樣黑白分明。古龍所展示的不是一種簡單的道德童話遊戲，而是對人性深入的體察和描寫。

人的性格和人性本身都充滿變數，人生的處境更是充滿變數，古龍正是要寫出這種變數。有時人們在不知不覺中充當了狐狸，引得飛鷹追趕；而有時又會變成飛鷹，去追趕別的狐狸。

對此具體的情境，切不能進行簡單的道德判斷。這也正是古龍小說的難能可貴處，讀者朋友千萬不可輕易放過。

需要說明的是，古龍在描述人性的複雜面的時候，並沒有故意模糊正與邪之間的界線，更沒有泯滅大義。無論有多大的變數，也還有一個主導方向。

有些人物雖經歷了許多挫折，甚至犯過很多難以挽回的錯誤，他們的俠義與忠貞並沒有改變；而另一些人物雖有其真情可愛的一面，有時對人也似有情有義，但這畢竟不能改變他們的邪惡本性。

小說的結局，就是最好的說明：狐狸與獵鷹之寓喻說到底只不過是一個比喻而已，人的性格和命運比之要複雜得多。

古龍在其小說《天涯・明月・刀》中藉人物燕南飛之口說：「（武林）第一個十年是沈浪的時代，第二個十年小李飛刀縱橫天下，第三個十年屬於葉開」（見該書《黑手的拇指》第一節）。可見古龍本人對葉開這一人物的重視態度。

首先當然因為葉開是大俠李尋歡的傳人。葉開不僅學會了例無虛發的小李飛刀，也學會了李尋歡用飛刀救人勝於用飛刀殺人的真正大俠精神。

其次也因為古龍對這一人物格外的偏愛。葉開的個性氣質比李尋歡更加灑脫不羈，更加開朗快樂──「木葉的葉，開心的開」最能說明問題──這實際上也正是古龍人生觀念的一種體現。

再次則是古龍在葉開形象的「求新求變」上花了很大的心血。

求新求變的寫法

在《多情劍客無情劍》中，李尋歡一開頭就出現了；而在《九月鷹飛》中，葉開卻等到情節展開後很長的時間才出乎意料地出現。李尋歡的出現雖帶有許多個人的秘密，但他的身世背景卻還是清楚明白的；葉開的出現本身就是一個謎，而他的身世背景是另一個謎──葉開的身世有許多難與人言的悲苦，這與作者的身世感懷有極密切的關係，作者的情感不自覺地在葉開身上流露。

李尋歡就是李尋歡，而葉開的第一次出現卻有兩個別名：林挺（這是他與西門十三交往時用的名字）和丁麟（外號「風郎君」，這是他闖江湖時所用的化名之一）。直到很久以後，我們才知道丁麟就是葉開。

這不僅是「名」的不同，也包括實的不同。「實」的不同是，葉開用化名混跡江湖，是更徹底的浪子。有趣的是，葉開無論用什麼樣的化名，那個化名也會迅速地變得很出名。這裏固然有葉開（或古龍）的一種不自覺的自豪感在，更有一種深刻的「名實之辨」的道理。葉開之出名是實至而名歸，實有武功或德行，無論叫林挺、叫丁麟、叫葉開或叫其他的名字，當然都會出名。這對世界上的那些喜歡沽名釣譽者應是一個很好的警示：若無其實而空有其名，怎能長久、何益之有？

李尋歡的家世，「一門七進士，父子三探花」，是不折不扣的貴族，心靈高貴，行為也有貴族氣質；葉開心靈高貴，行為上卻要平民化得多。他可以醉酒、可以與土流氓打架、可以睡垃圾堆；可以穿戴整潔、也可以破衣爛衫；可以為他人仗義、也可以將人生苦惱拋之腦後；可以痛苦，但更喜歡快樂；可以大義凜然，但也不時來一點陰謀詭計。魔教的鐵姑與心姑將他扮成丁靈琳，他居然將計就計，這是李尋歡做不到的，而葉開這麼幹卻似乎很正常。

李尋歡的人品、武功、德行與經歷都不知不覺地被神化了。不僅被作者所神化，而且也被讀者所神化。葉開的形象卻並非如此。至少是作者有意將他「人化」，將他寫成一個典型的浪子。葉開的登場就是一個例證：他與西門十三的結交是在歡場上，一出場就搶來一對姊妹花，其中固然有其隱秘的目的，但他不拘小節的作風卻一目了然。李尋歡為林詩音痛苦得不能自拔，而葉開對丁靈琳卻要灑脫得多。

葉開的武功與智計在書中並沒有無往而不勝；他雖才智超群，卻也經常上當受騙並處於被動的地位，甚至被他人當成木偶。這不僅增加了小說情節的曲折性，也增加了人物形象的可信度。他畢竟不是神仙，只是一個有才華的年輕人，因而仍需要在險惡的江湖人生中歷練，積累經驗，豐富自己。《九月鷹飛》寫的也正是他的歷練和成長的過程。

對人性的深刻揭示

對作者與讀者而言，最重要的也許是，葉開比李尋歡活得要開心得多。葉開之名為「開心的開」，這是作者精心設計的，讀者當然也覺得格外的親切，會自然而然地接受他、喜歡他、欣賞他。

除了葉開之外，《九月鷹飛》中還寫到了一大批形象鮮明的人物，如丁靈琳、上官小仙、飛狐楊天、錐子韓貞、郭定、呂迪以及衛天鵬（衛八太爺）等人。就連出場不多的一些次要人物如西門十三、崔玉真等人，往往也能給人留下深刻的印象。這些人物的特徵首先當然是非常奇特，因為奇特才會給人留下印象；但在這奇特的背後，卻又有古龍對人性的深刻的挖掘，往往能對讀者產生強烈的衝擊力。

如上官小仙的出場方式，肯定會將所有的讀者都震撼了。誰也不會想到古人的

「大智若愚」會這樣演變成「扮豬吃老虎」的奇蹟，但這就是上官小仙！丁靈琳的一日兩嫁，看起來是那樣的不可思議，但這正是丁靈琳的獨特性格表現。

不過，在我們使用「性格」這個記號語時，希望不要用常規的概念來套古龍的筆下人物。古龍筆下的人物大都是鮮活的、充滿偶然性與多變性的；而不是某種死板的、靜態的性格理念的演繹。

這又牽涉到對古龍小說的讀法問題。古龍小說中當然有人物形象，但古龍小說創作的重點卻不在這裏，尤其不在於對人物性格進行傳統式的刻劃。——對人物形象和人物性格這兩個概念要作適當的區分，這在閱讀古龍小說過程中是很重要的。

古龍小說不太在意人物性格的設計與刻劃，退一步說，是因為他的小說十分注重情節的發展變化，有時難以顧及人物性格的完整性、系統性及其深化描寫。這可以說是一個缺陷。但在另一方面又可以進一步說，人物性格這個概念本身弄不好就會有些老化過時——至少對於古龍小說來說是如此。古龍的小說是在不斷發展變化的情節中，揭示人物的形象、氣質和心理的變數，他重視的是人物心理的多變性、可能性及其出人意料的藝術效果。

再進一步，古龍所追求的是對人性的深刻揭示。其方法是在對人物氣質的多變性及心理的可能性的描寫中，表現人性的複雜性和深刻性。人物性格是一個理性的概念，是老一代作家把握人物的一種有效的方式。但將人物用某種或某些固定的理性特徵概括出來，是否真的能夠解釋人性的豐富性與複雜性呢？對於古龍來說，這至少是一個問題。在這一點上，古龍的小說具有現代性的特徵，即打破傳統的理性主義的認知結構，並打破相對簡單化的性格描寫的文學傳統，在多變的假定情境中描寫人物形象及心理的多變性與豐富性。

嶄新的衡量標準

古龍筆下的人物，固然也有某種相對穩定的個性氣質，但他不願將這種個性氣質固定下來並當成一個僵化的模式。他更喜歡在具體的情境中描寫人物的不可揣測、也不可重複的心理或情感表現。人物的這種表現，不僅要以作家的想像力與創造性作為動力，同時還要以作家對人性的認知作為最根本的依據。有此動力和依據，古龍小說創作的「求新求變」的目標才能實現。

這一目標應決定我們的讀法：我們不應該將古龍筆下的人物當成一種「固體」（固定的性格）來讀，而應該將他們當成一種「流體」（一種可變並且多變的心理、情緒、氣質反映）來讀；即我們不應該將其人物當成一種「靜態」的對象來讀，而應該當成一種「動態」的對象來讀。——古龍筆下的人物往往會隨具體情境的發展變化，而具有不同的表現形態。

舉一個例子，小說中的一個次要人物西門十三，如果沒出師門，他的「性格」可能是一種樣子；出了師門而且認識到他的武功成就遠不像他所想像或希望的那樣突出，他的「性格」又會是另一種樣子。因為他的心理發生了強烈的變化，從而在新的情境中，他的情緒與行為品質都會發生極大的變化。所以他會以佔有他的朋友「丁麟」的情人的方式來自我平衡。這一細節不僅對我們理解西門十三這一人物十分重要，同時還有普遍的人性意義。

總之，古龍小說人物描寫的成就應當用新的標準來衡量，首先要用新的眼光來打量。具體成就如何，可以另當別論。

古龍的小說就像他筆下的許多人物，優點明顯，缺點也明顯。《九月鷹飛》當然也不例外。往往是優點與缺點密不可分。

小說中出現了一大批「熟悉的陌生人」，如上官小仙、郭定、呂迪、尹夜哭等，這使讀者感到很親切。但作者對這批人的處理卻又太簡單化了一點，使他們變成了「陌生的熟人」——除上官小仙稍有變化外，郭定與前傳中的郭嵩陽、呂迪與呂鳳先、尹夜哭與尹哭怎麼看來都是大同小異。似乎「龍生龍、鳳生鳳」，多少有些概念化了。

小說一開頭對「青城死士」的描寫可謂神來之筆，將「墨家之俠」引入小說這一構想非常具有匠心。可是到後來卻有些虎頭蛇尾，墨家之俠不見了。墨五星（或墨九星）徒具其名，只是上官小仙的一個詭計。這一人物本應該真的出現，理由是他們既然能為一場小規模的幫派之爭不惜以死相勸，那麼對於金錢幫、魔教的崛起並想吞併武林這樣的大事，又怎能袖手旁觀？

更何況墨白已經被殘酷地殺害，臨死前還說「我的主人決不會饒過你們的」，但他的主人在哪裏呢？

小說的結尾將上官小仙寫成是魔教的四大天王之「孤峰天王」，這一筆確實出乎意料，令人稱絕。因為大家都以為呂迪是「孤峰天王」，誰也猜不到上官小仙頭上去。但這樣一來，不僅將紛紜複雜的江湖情勢簡單化了，甚至有將前面的整個情節解構的危險。

古龍畢竟是古龍

小說書名及其開頭將「九月鷹飛」這一巨大的審美意象鋪展開來，具有何等恢宏的氣勢與何等開闊的視野！但結尾時，青城死士白死，魔教一蹶不振，天下武林似乎都在沉睡，任憑上官小仙興風作浪、恣意妄為，看似精妙，實則弄巧成拙、虎頭蛇尾了。

葉開沒有李尋歡那麼有名，《九月鷹飛》的成就也遠遠沒有《多情劍客無情劍》那樣突出，當然也是情有可原。這是因為，後傳與續書往往總是無法與前書或正文相比。

這甚至是世界文學史上一個普遍性的現象，也可以說是一個普遍性的難題。前書或正傳之所以難以企及，是因為它的原創性。作者在寫作時情感充沛，將想像力與創造性發揮到能力的極限，而且不受任何約束，可以天馬行空，自由馳騁。而讀者對原書的閱讀新鮮和驚奇印象也是不可重複的。

相比之下，後傳的寫作卻猶如「帶著鐐銬跳舞」：既要與前書的情節、人物、風格等有所關聯（不然就不叫後傳了），又要在前書的基礎上出新與出奇（不然還有誰會看），這就讓人進退兩難。如此束縛之下，再加上又缺乏原創性的新鮮感和創作動力，作者的寫作在很大程度上技術操練的成分大於藝術創作的成分，又怎能創造出勝過原著的新作來呢？

因而，世界上的大多數文學名著的續書與後傳都難逃狗尾續貂之譏。

若這麼看，古龍的這部《九月鷹飛》就還算是秀出群倫的了。

這是因為一九七三－一九七四年的古龍，正處於小說創作的巔峰期，大有小李飛刀的氣勢。雖後傳難為，他仍能別開生面，寫出葉開這個人物、寫出《九月鷹飛》這樣精彩的故事、寫出「九月鷹飛」這樣的意境來，應該說成績不少。

更何況，別人寫後傳是吃力不討好，古龍卻是不太吃力而很能討好。

這不光是運氣問題。

而是因為：古龍畢竟是古龍。

著名小說評論家及電影研究專家

陳墨

小李飛刀系列

古龍以詩的心靈寫出高峰之作：《天涯・明月・刀》

古龍的小說，有很多很好的書名。

其中最好的書名是以下兩部：

——《流星・蝴蝶・劍》，

——《天涯・明月・刀》！

這兩個書名不僅字面形式對仗工整，堪稱佳對；而且二者的意境也形成了極其有趣的對比。

流星閃耀、蝴蝶飛過、劍光電火，都是瞬間的美麗、剎那的輝煌。人的欲望、功利、歡樂甚至人的生命本身，難道不也是如此？

天涯在地、明月在天、刀痕在意，則是永恒的惆悵、不朽的銘記。人的情感、精神、痛苦以及人的生命價值，難道不應是如此？

——這兩個書名幾乎概括了古龍小說的全部精神實質：短暫與長久、剎那與永恒，本就是對人生的最凝練的概括；是對人生的悲歡離合、生老病死的最大的覺悟；也是人生的歡樂與悲傷、痛苦與追求的最深的動機與根源。

好書經歷的滄桑

人生混沌如太極，剎那與永恒就是它的兩儀。太極生兩儀、兩儀生四象、四象生八卦、八卦生萬物，古龍的人生感悟與其創作動力正是由此而來——

對流星、蝴蝶、劍的體驗與感悟；

對天涯、明月、刀的想像與思索。

然後情動於心、發而為文，寫出精彩的武俠小說來。

在《流星・蝴蝶・劍》和《天涯・明月・刀》這兩部書中，我當然更喜歡後者。這不僅因為《流星・蝴蝶・劍》有美國小說《教父》的影子在，也因為這部小說寫得太輕盈、太輕巧了。

《天涯・明月・刀》卻絕非如此。

古龍說：「一部在我一生中使我覺得最痛苦、受挫折最大的便是《天涯・明月・刀》」（見《古龍散文全集》，風雲時代二〇一九年初版）！

《天涯・明月・刀》是古龍的一部刻意求新、嘔心瀝血之作。

然而這部小說的出版非但沒有給古龍帶來新的榮譽、新的讚譽和新的鼓舞，卻反而給他帶來了批評、壓力、乃至沉痛的打擊！——當時有不少人不喜歡這部小說，甚至也不喜歡古龍的求變與求新，而「不喜歡」的理由主要是——

「看不懂」！

人們理直氣壯地認為，「看不懂」的小說就一定不是好小說，卻很少有人問自己是如何看、以及應該「如何看」。

實際上，有很多讀者都只想看、也只能看那些童話式的故事，那些他們熟悉的、習慣的、老一套的故事；而對那些他們不熟悉、不習慣的求新求變的小說自然就看不懂、也看不慣。

於是，對那些人而言，「看不懂」就等於「不好看」。

而「不好看」自然就是「不好」！

甚至有人認為，《天涯・明月・刀》這部小說是古龍的小說創作從高峰期走向衰落期的標誌，理由是，此後的小說雖然還有不少，但極少有傑作——古龍小說的名作大多是在此以前的作品。

這話當然太過武斷。

問題是，《天涯・明月・刀》這部小說本身是「高峰」還是「衰退」？

肯定有人認為是衰退的標誌。

而我卻認為，這部小說是古龍小說創作的最高峰。

其後若有所謂衰退與下坡，正是相對於這一高峰而言。

正是因為古龍為這部小說花費了太多太多的心血，從而「內力」大損。

正是因為古龍的這部小說沒有得到應有的公正準確的評價，從而使古龍從此意興闌珊，求新求變成了他的一杯喝來十分苦澀的酒！

說《天涯・明月・刀》是古龍小說創作的最高峰，當然不是隨便說的。我有很好的理由。

理由是：這部小說求新出新、求變有變。

即在形式上將電影的畫面、小說的情節、詩歌的語言真正地熔於一爐，並且將詩化敘述的「古龍文體」發揮到最新最純；而在內容上將人物的個性、人生的體驗、人性的探索真正地融會貫通，並且將人我合一的「古龍風格」發揮到最精最深。

小說的「楔子」的這種寫法，絕對為古龍所獨創：沒有故事、沒有情節，甚至也沒有人物出現；有的只是一段對話，而且還不知道是誰的對話。這是採取了電影的「旁白」的形式，說的是人物的心理和精神、人生的寓言和哲理，卻又是小說的情節與主題——關於天涯、關於明月、關於刀和刀手的命運——

天涯不遠。

明月在心。

歸程在即。

——人的生命本就是一段歷程，生命的意義在於這一歷程本身。

只要你去找，你就一定能夠找到。

古龍的無雙絕技

「他的刀如天涯般遼闊寂寞，如明月般皎潔憂鬱，有時一刀揮出，又彷彿是空的」——這樣的話當然是說傅紅雪，當然也只有古龍才能說出。

這樣的「楔子」看起來似乎很玄，但我們真的看完了這部小說，就不會這麼覺得了。

關於這部小說的語言，我想我不必舉很多的例子，讀者隨時都能看到——

它的特點是簡潔而又充滿感性，彷彿都可以觸摸。

另一個特點是生動而又充滿智性，隨時都能使人受觸動。

可貴的是，這部小說的語言較少那種為幽默而幽默、為機智而機智的造句，一切都是圍繞小說的人物、情節、環境本身而寫。自然而然，彷彿是從心裏直接流出來的。

更值得注意的是，小說語言中的詩意與哲理的含量極其豐富，處處充滿作者對人生的慨歎與感悟，卻又都是因境而生、緣情而發。似乎這些語言都是從小說中自己生發出來的。

古龍小說中的人物對話的精彩，一向為人所稱道。

這部小說當然也不例外。

對話很多、或常以對話推動情節，是古龍小說的一個特點。這一特點是從電影劇本的寫法中學來的，電影的情節需要很多的對話。不僅交流人物之間的感情、傳達必要的資訊、刻畫人物的性格，而且還能通過對話來交代情節背景、參與小說的敘事。

所以，古龍小說的對話藝術，可謂無雙絕技。

當然也有人說，古龍濫用對話。這種情況容或也是有的，但「濫用」與不濫用的標準卻不大好定。一種是根據書中的人物是否有可能說那麼多，還有一種是根據讀者是否感到太多太濫，這兩種標準就不大好統一。

我們不用說別的，只說這部小說，我以為對話雖然很多，但絕不能說它太濫。因為這已是古龍小說的一種敘事風格，是其敘事方法的一個重要組成部分。

更重要的是，文學是語言的藝術。

對話是一種語言操練的手段。

古龍從對話的敘事選擇中學習了很多的技巧與藝術，甚至因此而悟了道：古龍小說從根本上來說就是「對話的藝術」。

——他用這種方法與形式來與讀者進行交流。

——他把敘事的藝術改造成為「交流的藝術」！

所以，在古龍的小說中，不僅作者與人物同在；而且作者也與讀者同在。

——古龍小說的作者、人物同時在等待讀者加入對話與交流。

如果明白這一點，我們就不會覺得古龍的小說對話太多太濫、更不會覺得它難讀難懂。

可以說，這是一種新的語言藝術，新的小說形式。

生命的尊嚴與淬煉

古龍有一句名言：「誰規定武俠小說一定要怎麼寫？」

那麼，古龍這麼寫，又有什麼不好？

《天涯・明月・刀》之與眾不同，當然不僅是它的創造性的語言形式，及通過其語言形式所傳達出的新穎獨特的敘事內容，和生動可感的思想主題。

小說的主人公傅紅雪是古龍筆下最獨特的人物形象。他雖可以說是沈浪、李尋歡、葉開等人組成的「浪子」系列中的一個，但卻與上述人物迥然不同。

他不是「小李飛刀」的傳人，他的刀法自成體系。

他也不是「愛之刀」的傳人，他學的是「仇恨之刀」。

他的人就像他的刀，刀在人在、刀亡人亡，真正是人刀合一。

他的人就像他的刀，不僅鋒利而且脆弱。鋒利時只要刀光一現就會有人喪命；脆弱時人刀同抖、一觸即折。

他的人就像他的刀，不僅神秘而且痛苦。他的身世就像他的刀那樣從不給人看；他的痛苦也像他的刀那樣只有自己默默消受。

他的人就像他的刀，不僅殺人而且剜割自己。有形的刀用以殺人；無形的刀卻在同時剜割自己。

他是一個跛子，卻有走不盡的復仇之旅、生命長途。

為了保持清醒，他幾乎從不喝酒，但卻偏偏有要命的羊癲瘋。

為了記住仇恨，他幾乎從不愛人，但卻又偏偏為了愛而受到了最大的傷害。快樂與他無緣，痛苦才是他的標誌。

因為他的名字「紅雪」——紅色的雪、血染的紅雪——本身就是殘酷、痛苦、仇恨的銘記。

——在這部書中，我們能看到他的這些特徵；在古龍另外寫的這部書的「前傳」《邊城浪子》中，我們更能看到這些特徵。

然而《天涯．明月．刀》並不僅僅是要刻畫這樣的傅紅雪的形象。而是要寫，在人生的長旅中，傅紅雪的性格變化和變化中的傅紅雪。寫他如何從仇恨走向寬容；如何從脆弱變為堅韌；如何從痛苦之中悟出人生的真諦；如何在絕望中樹立新的人生信念；如何從漫漫長旅之中散播愛與寬容的種子。

燕南飛要殺他，他卻非但不殺燕南飛，反而一直保護對方，並多次救了燕南飛的性命。

蕭四無與他為敵，三次向他偷襲，他三次都放過了對手，直到他自己已無法控制自己時。

雖然他不愛卓玉貞，但當卓玉貞在困境中要他當她孩子的父親時，他毫不猶豫地答應了；後來他發現卓玉貞是個騙子、殺害了他的朋友並要殺害他而且侮辱他時，他還是沒有殺她。

他早知道明月心是個神秘人物，而且發現她欺騙他，但他並沒有想到要向她討回公道。

他知道公子羽是他最大的敵人，是他痛苦的來源，甚至幾乎摧毀了他的身體和精神；但在他可以殺掉公子羽時，他非但沒有殺他，反而使公子羽迷途知返、頓悟人生。

周婷是一個卑賤的妓女，傅紅雪以其人格力量喚醒了她的愛與尊嚴；周婷的愛與自尊又深深地打動了傅紅雪，從而使他找到愛的寄託與人生的歸宿。

從卑污處找到了潔淨，從痛苦中找到了幸福。

傅紅雪的存在，已變成了一種巨大的精神力量。

他不僅是人生路上的悟道者，同時也以自己的行為，成了一個偉大的傳道者。

他珍惜自己的生命，也珍惜他人的生命。

不僅珍惜生命本身，更重視和珍惜生命存在的價值。

最可貴的是，傅紅雪的傳道，沒有說教。

輝煌背後的虛假

燕南飛與傅紅雪是一種鮮明的對比。

他不僅身體健康、武功一流，壓根就沒有傅紅雪那種病痛與不幸。所到之處，總有鮮花、好酒、音樂、美人相伴；他似乎就是幸福與快樂的象徵。

然而，既生瑜、何生亮，自從傅紅雪崛起江湖，燕南飛的厄運便由此開始。他必須戰勝傅紅雪才能保住自己的幸福與快樂；否則，他就只有死路一條。因為保持武功第一，乃是他的幸福與快樂的必要條件。因為他的幸福快樂必須建立在維護公子羽的榮譽與尊嚴的基礎上。

因為他只是公子羽的替身。

他的身體在享受著無盡的快樂，但他卻根本無法主宰自己的命運。

他的精神世界只是一個空殼。

他偏偏無法戰勝傅紅雪。

傅紅雪偏偏又不殺他。

不僅不殺他，而且還保護他。

不僅不將他當成敵人，反而將他當成朋友。

戰勝不了傅紅雪，他就只有死。

常年受死亡的恐懼，他當然不會感到幸福。

在最後的決鬥中傅紅雪還是沒有殺他，而他卻自己選擇了死亡。

這是因為他已明白，與其那樣虛假的活著，還不如死去。

他還明白，即使他戰勝了傅紅雪，他也沒有真正的幸福。

真正的幸福要自己去尋找、自己去體驗，而不能靠別人賜予、更不是為別人而活著。

真正的幸福或許正在生活的痛苦之中，要靠自己去提煉。

——傅紅雪沒殺他，只是使他明白了這些。使他明白了人生的真諦。

——所以他選擇了死。

選擇死亡，才能證明他自己曾經真正地活過。

死亡是生命存活過的最後的證明。

獨創的藝術形象

公子羽絕對是古龍獨創的一個藝術形象。

就算是在古龍的小說中，公子羽的形象也絕對是獨一無二的。

他是當時武林中最有名的名人，也是最有權勢的人。他本應是這部「小李飛刀系列」作品的絕對的正面主人公；然而古龍偏偏大變奇招，讓這一人物走向他的反面，成為一個可怕的「影子武士」。

公子羽與燕南飛互為表裏。他是權力、財富、榮耀的象徵。然而他也是權力、財富、榮耀的奴隸。

他用權力與財富去引誘燕南飛、收買燕南飛，讓燕南飛為他去拚命，也讓燕南飛代他享受自己的人生。看起來是那麼聰明的辦法，卻不知喪失了自己的生活樂趣和生命滋味。

他讓燕南飛維護了「公子羽」的空名，卻自己丟掉了公子羽的生命意義與真正的價值。

所以他雖與傅紅雪同為三十七歲，但傅紅雪還是一個青年，而公子羽卻像是一個不折不扣的老人。

所以他只能成天生活在沒有生命的算計之中，未老先衰、了無生趣。他第一次露面時是在一個鐵櫃子裏面；第二次是在鏡子後面，這正是他的生活和生命的最好的象徵——「鐵櫃中」、「鏡子後」！

——這還算是個真正的人嗎？

傅紅雪拒絕當他的替身，因為傅紅雪已經看透，他雖有權力卻沒有生趣；雖有財富卻沒有生活；雖有武功卻沒有鬥志；雖有智慧卻沒有靈性；雖有名聲卻沒有生命自我。

所以他最後宣佈：「公子羽」已死！

「名」死了，人還活著。

只有「名」死了，人才能真正地活著。

有人為「名」而生，自然就有人為「名」而死。

小說中的苗天王就是典型的一例。他是一個只有三尺八寸的侏儒，這本是他的不幸；更不幸的是，他硬要將他自己想像成一個身材偉岸的大丈夫，而且還要天下人都這麼認為。

於是他找了一個替身，一個真正的魁偉身材的人當「苗天王」。而他自己卻躲在大個子的背後殺人，並以此享受「苗天王」的虛假的快樂和榮耀。他不知道以他的武功完全可以換得世人的尊敬，換得真正的榮譽和快樂。

為此他心理膨脹而至變態。為此他的「天王斬鬼刀」最後斬斷了自己可憐的身體，更斬斷了可能屬於他的真正榮耀與幸福。

他想欺騙天下的人，卻沒有發現，他的幻想只能欺騙他自己。

他與公子羽一樣，走進了生命或人生的誤區。

小說中還有許多人都像公子羽、苗天王一樣，不知不覺地走進了人生與生命的誤區。

小說中的女主人公明月心就是一例。

然而這又不過是一種假相：因為「明月無心」，明月心並不存在。明月心只是一個化名。就像卓夫人、卓子、甚至唐藍，也都是、或可能是她的化名一樣。

她是誰？

她到底想要甚麼？

我們不知道。

更要命的是，她自己也未必真的知道。

她像這個世界上千千萬萬渾渾噩噩的人一樣，自以為得意，自以為自己知道自己是誰、自己要甚麼，風風火火、機關算盡，到頭來還是不知道自己是誰、自己到底要甚麼。

她只不過是「永遠的卓夫人」。

一個高級妓女。

一個工具。

善良的古龍，最後給了她一條出路，說她最愛的是公子羽——那位將她製造成工具的人。

尋找生命的真諦

這部小說的真意與深意，就是要揭露這一生命的誤區。

通過傅紅雪與燕南飛的對比；通過傅紅雪與公子羽的對比；通過傅紅雪與苗天王的對比；以及傅紅雪與其他人的對比。還通過傅紅雪與周婷的對比；再通過周婷與明月心（卓夫人）的對比。

小說的主題是讓人尋找人生的價值，尋找生命的真諦。

首先則是要尋找人的自我。

自己的人生路是要自己走的，喪失了自我，就喪失了一切。

痛苦與幸福都要自己去品嘗，他人無法取代。

名聲、榮譽、財富、權力都不代表幸福，不代表生命的價值。

欲望、幻想、欺騙或自欺欺人當然更不能代表。

天涯不遠。

明月有心。

刀能殺人，也能救人。

水能載舟，也能覆舟。

幸福需要自己去尋找，人生的價值需要自己去建立。

傅紅雪雖然是一個跛子，但他站得穩、行得遠。

他能，別的人為什麼不能？

詩的心靈與意境

《天涯・明月・刀》的故事情節，是寫傅紅雪與一個「看不見的影子」——公子羽及其龐大勢力——之間的錯綜複雜的矛盾衝突及生死較量。這不僅使小說情節緊張激烈，而且使之神秘離奇，使小說具有極大的可讀性。

古龍的想像力與創造性在此發揮到了極大的限度。

因為這部小說不是按通常的武俠小說的敘事模式，講述一個老套的故事。不是復仇、也不是奪寶；不是推理、也不是偵探；而是在「寫作藝術」上只此一家的全新的故事。

古龍創造了一個全新的故事模式。我們誰也沒見過公子羽這樣的人，當然也就沒見過公子羽一手「導演」的這種離奇的故事。如此神秘曲折、懸念四起、精彩紛呈的故事，當然是一個好故事。

這不僅是一個好故事，而且還是一個好寓言。由許多小些的寓言組成的大寓言，關於痛苦與歡樂、仇恨與寬容、幸福與不幸、人生和生命、價值與真諦。而且這一寓言還是「開放式的」：讀者可與之對話、與之交流。寓言的深意，還要讀者自己去挖掘。

實際上，這不僅是一個好故事、好寓言，而且還可以說是一部美麗的詩篇。

——它不僅是用詩的語言寫出來的，更是用詩的心靈寫出來的。

——它不僅具有詩的形式，更具有詩的意境。

因此，小說《天涯‧明月‧刀》是古龍的高峰之作。

著名小說評論家及電影研究專家 陳墨

小李飛刀系列

飛刀的神話：《飛刀・又見飛刀》

對所有「刀迷」而言，《飛刀・又見飛刀》是一個激動人心的題目：「又見飛刀」，是大家的心願！

「小李飛刀」不僅是一種兵器，而且已是一個神話。

「小李飛刀」也成了古龍小說的一個著名品牌。

所以在《多情劍客無情劍》之後，又有《邊城浪子》、《九月鷹飛》、《天涯・明月・刀》等「飛刀系列」。

《飛刀・又見飛刀》當然也是這一系列的作品。

與前述作品不同的是，這部作品先有電影、後有小說。

如同古龍的另一部作品《蕭十一郎》。

嚴格地說，這樣的小說應該叫做「電影武俠小說」。

因為它實際上是由電影「改編」成小說，看似很討巧，其實要受更大的限制。首先是它的篇幅與容量不能太長、太大；其次是它的結構形式也必須精煉，人物不能太多，情節也不能太複雜，當然還必須符合電影蒙太奇的要求；再次是它的敘事要有畫面感，要形象化而不能太「寫意」。

古龍在寫作這部小說的時候，還受到另一種制約，那就是他的腕傷未癒，還不能寫太多的字，因而只能由他口述，請人代筆記錄。

這種寫作方式的變化，對小說當然會有不小的影響。

更需要說明的是，古龍在寫作這部小說時，身病心亦病，腕傷神更傷。妻子離去、朋友傷和、電影投資失利、小說創作力衰，有一段時間，古龍的日子過得很灰暗，心境當然更加灰暗。由是當然會更多地想到人生的不如意事以及生命的悲劇。這些在小說中都有或深或淺的反映。

這部小說雖然不是古龍的自傳，卻是他的一種心境的寫照。因而這部作品在古龍小說創作史和生命史上，都有重要的意義。

說罷背景，就該說這部小說本身了。

古龍為這部電影和由此而來的小說，花了不少的心思。因為愈是名牌系列，就愈需要別出心裁。

小說名為《飛刀．又見飛刀》，我們在小說的開頭也果然見到了飛刀。但此飛刀非彼飛刀，不是我們想像或希望的那柄「小李飛刀」，小說中出現的是另一把飛刀：「月神飛刀」。

「小李飛刀」的傳人當然也出現了，但他的飛刀卻沒有出手、也難以出手。這不僅出人意料，而且意味深長。該出現的偏偏不出現，不該出現的倒是出現了，這正是傳奇小說或電影的慣用手法。

小李飛刀無論在李尋歡手裏，或是在葉開手裏，都是救人多而殺人少，正像小說開頭所說的那樣：「它已經不僅是一種可以鎮暴的武器，而是一種正義和尊嚴的象徵」。

但在這部小說中出現的這把月神之刀卻是復仇與殺手之刀，成了一種痛苦與死亡的象徵。

這部小說講述的當然還是「小李飛刀」的傳人的故事，本書的主人公李壞是《多情劍客無情劍》中主人公李尋歡的孫子，同時又還是上官金虹的外孫。正因為這樣，李壞的父親與母親雖然相愛卻不能真正地結合——他們之間有「殺父之仇」——李壞的不幸的浪子命運也就由此注定了。

李尋歡的一生都在追求以愛心消泯仇恨的目標，而他的兒子與其戀人卻被仇恨壓倒了愛情。

李尋歡的飛刀是不到萬不得已時不出手，而且總是救人多於殺人；李尋歡創出的「小李飛刀」的名聲固然在其飛刀本身的例不虛發，同時還在於他這個人的偉大人格與俠義心腸。而他的兒子李曼青、孫子李正，都無一例外地拿著這一飛刀到江湖上去找人挑戰，試圖闖出自己的名聲來；結果李曼青誤殺薛青碧於傷痛中，以至引起薛家後人的復仇；李正卻因自我膨脹而被人削掉手指、成為殘廢。

李尋歡的「小李飛刀」之名是實至名歸，李曼青、李正父子卻是為名而戰，最後為守空名而終身不歡。

李尋歡的飛刀戰無不勝，是因為他有俠義在心；李曼青怯於一戰、李正更被人傷殘，是因為他們已不再有其父祖的精神力量。

從而，這部小說不僅有一個好的故事，更有一個很深的主題。

小說的主人公李壞，若單獨來看似乎並無什麼特別之處，他無非是古龍筆下的又一個浪子形象而已。但若將他放在武林世家李氏家族的譜系中看，那就很有意思了。在李氏家族的譜系中，他的名字不應是李壞，而是李善。可是他不認李善這個名字，偏要自稱李壞。

這裏有很多微妙之處。

李壞不願叫李善這個名字，首先是有怨氣。因為他是被李家拋棄的，他甚至一度不知道自己姓甚名誰。其次是有些自卑，覺得自己已經很難再去做一個世家公子「李善」了。再次是因為他有自知之明以及一種人生直覺：李壞這個名字有什麼不好？進而，李壞雖然不願叫李善，但卻沒有連姓「李」的權利也放棄或拒絕——這不僅是因為他對李氏家族還沒有怨恨到不願姓其姓的程度，更主要的還是因為每一個浪子其實都不願沒有根、都希望能找到自己的根。

這就為小說最後的情節埋下了伏筆，也找到了充分的心理依據。

最後，李壞之所以願意叫李壞而不願叫李善，是因為他明白叫李善的人未必就真「善」；正如叫李壞也未必就真「壞」。

——一個人的名字無非是一個符號而已。

——李壞不壞，正如李善未必善。

李壞的流浪經歷養成了他獨特的性格，他能忍受饑餓痛苦，能刻苦磨練自己；更能我行我素，做事不依常規。他未必喜歡流浪漂泊，但卻又不能忍受世家生活中那種冷淡的尊敬和莊嚴的約束。

為了自由，他寧肯忍受浪子漂泊的痛苦。所以他從李家的深宅大院裏逃了出來。他的「我做我喜歡做的，不在乎別人說什麼」的人生追求，使他父親受到了深深的震動。

因為這是他老人家想做而做不到的。甚至連想也不敢想。

李壞真正的與眾不同之處或許還在於，當李家召喚他時，他又毅然前去；而且表示，不論他的父親叫他做什麼，他都會做。雖然他有怨有恨，而且也公開的發泄了這種怨與恨；雖然他已知道李家要他去與自己的愛人決鬥；雖然他也想逃避，但這一次他卻沒有逃避。

他嚮往自由，但卻並不逃避責任。

他有怨恨，但卻有更深的愛心。

流浪的生活使他的行為不守規矩，卻使他保留了自己的真性情。

當然，李壞的行為並非無懈可擊，他對方可可的利用與離棄就是一例。他並非不知道方可可對他的情意，但卻還是將自己的利益建立在方可可的痛苦之上。儘管方可可未必是一個多麼可愛的人，但她至少並不是一個可恨或可惡的人。李壞對她的行為，雖然可以用「浪子行徑」來解釋，不過這種行為總是一種不好的行為。作者這樣寫李壞，正寫出了他的「不善」的一面，可以說是活化和豐富了浪子的形象。只不過，作者這樣寫李壞對可可的行為，是一種反思、懺悔，還是一種發泄、報復，就只能由讀者自己去判斷了。

小說中寫到李曼青的「可以死，但不能敗」（因為他是「小李飛刀」的後代），是非常精彩的一筆。

李曼青這一人物形象也就有了深刻性。

他放任自己的情感，與上官金虹的女兒相愛，但又不能超越仇恨、擺脫世俗，我行我素；怕負責任，結果始亂終棄，使李壞母子不知受到了多少情感煎熬和生活艱辛。

他放任自己的欲望，要與薛青碧決鬥並終於使之喪命，雖有所悔恨，但卻又不能直面這一自己種下的惡果；反要李壞去代他決鬥，從而再一次將李壞拴進不幸命運的鎖鏈。

他並不老，但卻老態龍鍾，而且心灰意懶；他是「小李飛刀」的嫡傳，卻已不敢再舉起飛刀！

他的理由是「小李飛刀」只能勝、不能敗；但他自己為什麼不能去爭勝？

——是不是因為他的膽氣不壯，只有飛刀之形、而無飛刀之神？

有形的飛刀可以傳代，無形的飛刀之神卻只有每一個後人自己去修煉才能獲得。

李尋歡是一個人格神，他的兒子卻只是一個普通的人。

一個普通的人卻要繼續書寫「小李飛刀」的神話，這種責任和使命對李曼青來說雖然是一種巨大的榮耀，卻又無疑是一種壓力和痛苦。

這就是李曼青性格之謎。也是小說情節的內在推動因素。

「又見飛刀」，但卻不是「小李飛刀」。

小說的結尾也很巧妙：李壞與月神飛刀的一戰如何了結、能不能避免，作者居然不作交代。

——作者將這一懸案留給了讀者去完成。

這不禁讓人想到金庸小說《雪山飛狐》的結尾處，胡斐對苗人鳳的那一刀到底是否砍下去？

所不同的是，胡斐面對的是愛侶苗若蘭的父親；而李壞卻要面對愛侶薛小姐本人。胡斐與苗人鳳之間的決鬥原不過是出於苗人鳳的誤會；而薛小姐與李壞之間卻有實實在在的殺父之仇。

李壞的父母之間正是因為這種殺父之仇，而至於有情人不能成為眷屬；現在李壞也有了兒子（只不過他自己還不知道而已），這種惡性循環是否還會繼續下去？是情愛戰勝仇恨，還是仇恨戰勝情愛？

這是一個問題。

是對父親家族的愛戰勝對情人愛侶之愛，還是情人之愛戰勝父親家族之愛？

這又是一個問題。

為什麼人類總要面對這種情與仇、甚至情與情之間的矛盾衝突？

這當然更是一個問題。

這些問題都是人類常常要面對的。

它的答案要每個人自己去尋找。

所以小說的結尾就很有意思了：言已盡、意未終；引人深思、發人深省。

然而這部小說並非古龍的傑作。

原因之一是它的故事比較老套，復仇加情侶或情侶與仇家，這樣的故事從莎士比亞的《羅密歐與朱麗葉》之前就已有了，而當代的武俠小說中更是多得數不勝數。古龍雖然寫得很具匠心，但又受到電影篇幅的限制，不能展開；更受到電影表現形式的限制，只能以畫面敘事、以人物的行動來推動情節的發展，而不能對李曼青、李壞等主要人物的內心進行深入的挖掘。從而小說對人性的表現，無論是深度方面還是在細節方面都無法與古龍最好的小說相比。

古龍是一位語言天才，然在這部小說中，古龍的天才卻未能得到最佳發揮。原因之一是他當時不能用手寫、而只能以口述，從而寫不出那種天馬行空、行雲流水的感覺；原因之二則是他在發掘人的情感及心靈世界時受到限制，從而其「內力」得不到充分的發揮，他的（語言）「招式」也就受到極大的影響。據古龍在《關於飛刀》一文中說，這種影響包括：一是會忽略文字和故事的一些細節；二是對人性的刻畫及其情感的表達也不會有自己用筆去寫出來那種感覺；三是文字的精巧和細膩方面也會有一些欠缺；四是──好的一方面──一定不會有生澀苦悶冗長的毛病。

我們可以清楚地看到，許多地方古龍都只是點到為止。

還有許多地方甚至連「點」都沒到。

這部小說的語言，很像小說中李曼青等人手中的「小李飛刀」，其形雖似，其神卻有很大欠缺。

──當然這是與古龍自己創造的作品相比。

──不管怎樣，「又見飛刀」總是我們「刀迷」的一件樂事！

著名小說評論家及電影研究專家　陳墨

楚留香傳奇／新傳系列

從技法的突破到意境的躍升：《楚留香傳奇：血海飄香、大沙漠、畫眉鳥》

「楚留香傳奇系列」是古龍邁向創作成熟期的主要里程碑之一。透過這一系列膾炙人口的故事，古龍展示了與其他武俠作家迥然有異的風格與意境，從而完成了他自己在寫作生涯中的一次「躍升」。

在此之前，古龍已於《大旗英雄傳》、《情人箭》、《浣花洗劍錄》、《絕代雙驕》等轉型期作品中，以優雅洗練的文字、曲折離奇的情節、大開大闔的氣勢，與軒昂高遠的意境，逐漸凝塑出屬於他自己所獨具的特色與魅力；到了寫作「楚留香傳奇系列」的時期，這種古龍所獨具的特色與魅力更為鮮明浮凸，從而使他筆下的那個想像中心——江湖世界，有了它自己的生命活力與發展理路。

可以這麼說：在創作了「楚留香傳奇系列」之後，古龍不啻正式取得了武俠文學領域內的一派宗師地位，而不讓金庸、梁羽生專美於前。事實上，古龍在創作成熟期的多部名著後，足堪與金庸的主要作品分庭抗禮，且浸浸然有後來居上、青出於藍之勢。

即使只從形式與技巧的角度來看，「楚留香傳奇系列」以主角楚留香貫穿全部的故事，但每一個故事仍具有獨立自足內涵的敘事結構，這種敘事模式，在近代西方的偵探小說或中國古典的公案小說中，雖屬常見；但在從平江不肖生直到金庸以降的現代武俠小說中，卻仍屬罕見。因此，古龍創作「楚留香傳奇系列」後，又另撰了「陸小鳳傳奇系列」，特意將各篇故事獨立、但人物前後串連的敘事結構引進到武俠文學的領域之中，應可視為在形式與技巧上的一種「尋求突破」的表現。

而值得指出的是，這種「尋求突破」的強烈企圖心與意志力，貫穿了古龍的整個創作生涯。

當然，他不僅在形式與技巧上「尋求突破」，在內涵與境界上也同樣「尋求突破」；「楚留香傳奇系列」可視為古龍在「尋求突破」過程中的成功之作，在這部系列作品中，內涵與形式取得了微妙的、動態的均衡。

分析「楚留香傳奇系列」之所以凸顯了古龍獨具的特色與魅力，從而產生了雅俗共賞的閱讀趣味與社會效應，大抵可以看出：這是由於古龍頗為慧黠而成功地運用了將武俠結合偵探或推理的要素，並將兩者都轉化為人性探索的題材，從而在其中展現出突破與超越的理念內涵之故。因此，「結合」、「轉化」、「突破」、「超越」四者，是解讀「楚留香傳奇系列」的關鍵所在；擴而言之，在「楚留香傳奇系列」之後，古龍所創作的每一部重要作品，也都涵括了這四項要諦。

就「結合」而言，古龍創作「楚留香傳奇系列」的最初靈感，是來自於他閱讀英國間諜小說名家弗萊明（I. Fleming）的《〇〇七情報員》系列，並觀賞了由這些作品改編的電影，對於這些作品的主角詹姆士・龐德所展現的既優雅又矯健，既冷酷又多情的特異風格，深有所感，因而起意將武俠小說的佈局和情節，與間諜小說、偵探小說的相關題材「結合」。換言之，楚留香的「原型」乃是性格倜儻風流、喜好冒險生涯的詹姆士・龐德。

但在「結合」了間諜小說、偵探小說的題材與旨趣之後，古龍的高明之處：在於他立即以深具中國風味的禪理與禪意，將層層轉折的故事情節加以「轉化」，而不使之只停留在推理、解謎與緝凶、破案的境地。禪理與禪意所表達的美感，深具中國古典色彩；而從間諜小說、偵探小說中攝取的題材與情節，經過這樣巧妙的「轉化」之後，已極自然地融入到武俠文學的敘事結構裏，更無絲毫斧鑿痕跡。

以古龍的才華與眼界，當然不會僅以「結合」與「轉化」為滿足，而必須尋求一次又一次、一層又一層的「突破」。因此，「楚留香傳奇系列」的每個故事非但各自獨立，絕無重覆冗贅的情節，而且每個故事都展示出新的視域、新的體悟，或新的境界，從而反映了不斷在文學表達、也在人性探索尋求「突破」的心智欲求。

而在故事情節、敘事技巧與表達形式上都不斷取得「突破」的成績之後，古龍於「楚留香傳奇系列」的每個故事結束之際，都有意無意地展現了一種「超越」的情懷：超越了江湖的恩怨、超越了名利的爭逐、超越了紅塵的羈絆，甚至超越了正邪善惡的畛域，超越了人性本然的侷限。不妨就「楚留香傳奇系列」所涵括的三個獨立成篇、各有意旨的故事，來一一尋繹「結合」、「轉化」、「突破」與「超越」這四項要諦，在古龍的敘事藝術中所發揮的功能。

以《血海飄香》為例，故事結構的主體當然是行俠仗義與破案解謎的「結合」。一具具海上浮屍不斷漂來，迫使浮宅海上的楚留香及他的三位紅粉知己中止了悠遊歲月的閑逸，而面對逐漸成型的武林風暴。表面看來，楚留香所要追究的是案情真相，目標則指向著殺戳了眾多武林雄豪，並從武林禁地神水宮中偷盜了「天一神水」的神秘兇手；但深一層看，神秘兇手甘冒天下大不韙而施展的種種暴戾、詭異的行徑，絕非無因而發；然則，如何詮釋神秘兇手的動機，才是情節佈局是否高明、周延的判準所在。因此，古龍在結合了武俠與推理這兩大文類各自的要素之後，再以畫龍點睛之筆予以「轉化」，使得這篇故事得以超邁流俗，耐人尋味。

「最陰險的敵人往往即是最親近的朋友」，這是古龍的武俠作品較常見的題旨之一；在《血海飄香》中，尤其發揮得令人驚心動魄。不過，在楚留香抽絲剝繭的追查下，即使真相終於水落石出，證明了風標高華、一絲不染的「妙僧」無花及英姿颯爽、行事明快的丐幫新任幫主南宮靈，亦即曾與楚留香惺惺相惜、交稱莫逆的二位親近友人，正是本案中辣手無情、弒師奪權的神秘兇手；但涉及三人之間友誼的情節，仍然生動真切，鮮明感人。

古龍將一個破案、解謎的故事「轉化」為一個以友情的奠立、考驗、變質與幻滅為主軸的故事，添加了心理的深度與人性的弔詭；所以，《血海飄香》遠不止是將推理模式引入武俠情節而已。

僅從對權力及名利的貪慾，顯然不足以解釋南宮靈與無花的所作所為；尤其丐幫老幫主任慈將南宮靈自幼撫養成人，莆田少林寺主持天峰大師亦視無花為衣缽傳人，若無非常特殊的原因，無花冷血的反噬行徑當然會欠缺說服力，從而使整個故事的戲劇張力無從彰顯。正是在這個關鍵問題上，古龍展示了攸關全局的設計性「突破」：他將整個弒師奪權事件的因由，上溯到南宮靈、無花的父母所經歷的悲劇命運。

他們的母親本為華山劍派女劍客李琦，身負血仇，在嫁給東瀛劍士天楓十四郎之後，另有奇遇，留下在襁褓中的兩個幼兒不告而別。天楓十四郎傷心之餘，渡海來到中土，向名高藝強的丐幫幫主及南少林主持挑戰，其實早已暗蓄死志，只希望兩個幼兒得到丐幫、少林的妥善照顧，未來得以成為一代高手。殊不料，天楓十四郎託孤身亡之後，李琦教唆南宮靈、無花奪取掌門權力；於是，他們一步步走向血腥作孽之路，終於與鍥而不捨追究兇手的楚留香反目成仇。

以天楓十四郎身為東瀛高手劍士的背景，「妙僧」無花在石樑上向楚留香施展詭異絕倫、驚心動魄的「迎風一刀斬」，自屬順理成章之舉。這一幕，已成武俠小說中援引和陳示日本劍道的經典表述，也是古龍在本系列中所展露的技法「突破」之一。

友情的掙扎、前代的恩怨、一連串的血債、宿命式的衝突……形成了難分難解的糾結；但是，當真相充分呈現之後，楚留香與「妙僧」無花畢竟必須面對現實，作一了斷。在這個關鍵時刻，古龍藉由天峰大師與楚留香之間寥寥數語充滿禪意的對答，展現了一種以睿智與慈悲來「超越」塵世恩仇、宿命糾結的心靈境界。古龍是如此表述這種「超越」的：——

楚留香再次奉上一盞茶，道：「大師所知道的，現在只怕也全都知道了。」

天峰大師只是點了點頭，不再說話。

楚留香喟然站定，道：「不知大師能不能讓晚輩和無花師兄說幾句話？」

天峰大師緩緩道：「該說的話，總是要說的，你們去吧！」

無花這時才站起身來，他神情看來仍是那麼悠閒而瀟灑，尊敬地向天峰大師行過禮，悄然退了出去。

他沒有說話。等他身子已將退出簾外，天峰大師忽然張開眼睛瞧了他一眼，這一眼中的含意似乎很複雜。但他也沒有說話。

表述出這樣「超越」而無言的境界，古龍不啻展現了化腐朽為神奇的文學魅力。《血海飄香》所飄之香，正是這種深具「超越」意味的禪理與禪意。

再看《大沙漠》。它的故事結構也展現了古龍擅於將不同類型與性質的事件加以「結合」的特色。起初，楚留香以為「大漠之王」札木合的「兒子」黑珍珠劫持了蘇蓉蓉等三位女伴，所以決心深入戈壁，救回她們；其間當然驚險百出，撲朔迷離——這是典型的「英雄救美」模式。

另一方面，楚留香遇到摯友胡鐵花，又拉來另一位老搭檔姬冰雁，正準備犁庭掃穴之時，卻捲入到大漠上的龜茲王朝篡位與復辟的風波之中，不得不出手援救已被黜廢的龜茲國王——這是典型的「寶座爭奪」模式。

通篇敘事，乍看之下奇變百出，高潮疊起，令人有匪夷所思之感；但整體佈局的層次井然，首尾呼應，又儼然有一氣呵成之妙；究其原委，即在於古龍將這兩種浪漫傳奇所常見的故事模式「結合」得天衣無縫，絲絲入扣。

著意刻畫楚留香、胡鐵花、姬冰雁之間的友情與默契，以及楚、胡與美麗的琵琶公主間微妙而敏感的異國戀情，則是古龍得以將這個原本肅殺之氣濃冽、陰謀詭計叢集的血腥奪權故事，「轉化」為也反映了人間真情與人性溫暖的浪漫抒情故事，所運用的巧妙技法。

躲在暗處的敵人、不斷擴大的陰霾、紛至沓來的危機……在在都構成了對楚留香一行的強大壓力與威脅。可是，楚留香等人的鬥志反而更為高昂，信心也更為堅定。在保護龜茲國王及琵琶公主的過程中，他們發現：諸多線索指向於同一的根源：篡奪了龜茲王朝的外來勢力，事實上也正是想要置他們於死地的同一批人物。於是，沙漠上一個王朝的興廢滄桑，在頃刻間「轉化」為江湖中人與人之間的恩怨情仇，也就自有其互相對映的內在思路可循了。

循著這條互相對映的內在理路追索下去，整個故事在構思與佈局上的「突破」性樞紐也就呼之欲出。女兒之身的黑珍珠邀約蘇蓉蓉等進入大漠，只為了讓楚留香著急（更重要的當然是引楚留香來見她），毫無惡意；一直躲在暗處對付楚留香等人的那股勢力，根本與黑珍珠無關，而是「妙僧」無花與南宮靈的生母，華山劍派的一代女劍客李琦；如今她不但早已化名為「石觀音」，而且一面以龜茲王妃的身分與楚留香等人周旋，一面則暗中操縱了龜茲王國的政變。

於是，詐死逃生、潛入沙漠的「妙僧」無花一心一意要對付楚留香，石觀音也將楚留香視為心腹大患的原因，不言可喻。天楓十四郎與李琦的一段悲劇戀情，後遺影響竟然一至於斯。

到了圖窮匕現的時刻，楚留香不得不與石觀音放手一搏。耽溺於自戀情結的石觀音武功之高，迥非楚留香可以匹敵；然而，楚留香在千鈞一髮之際，猝然出招擊碎了石觀音日日持以自照容顏、自映絕色的銅鏡，使得石觀音在「形象」破滅之餘，憤而吞藥，奄然物化。古龍藉由這一幕石觀音從自戀到自絕的場景，表述了一種紅顏已逝、恩仇俱泯的悲憫情愫，從而使得整個故事「超越」了權位爭奪、反覆尋仇及正邪對立的格局，而隱隱點出與前一個故事交互呼應的禪理與禪意。

當光復故土的龜茲國王邀楚留香等人以貴賓身分到該國一遊時，楚留香婉言辭謝，自是意料中事；可是，對美麗嬌柔的琵琶公主，也採取「唯恐情多誤美人」的割捨態度，便與楚留香一向倜儻瀟灑的作風不符了。或許，一個合理的解釋是：在目睹了石觀音殞亡時，紅顏頃刻變為白骨的景象之後，楚留香在心靈中也「超越」了對男女情戀隨時躍躍欲試的躁動性格。

於是，當大沙漠上一連串怵目驚心的鬥智鬥力事件終告結束，楚留香、胡鐵花、姬冰雁踏上歸程之際，他們不啻已親歷了王位虛幻、紅顏易逝的塵世煙雲與人生試煉，而使自己的心靈境界較前提昇了一層。

當然，由於黑珍珠與蘇蓉蓉、李紅袖、宋甜兒始終未曾現身，楚留香還必須繼續追尋她們的下落。又由於在與石觀音鬥爭的過程中，「畫眉鳥」公開市恩協助，但既不願露面，其身分也諱莫如深，儼然給楚留香等人留下了一個啞謎；所以，回程中的楚留香在心靈境界上雖大有提昇，在現實處境上卻分明面臨著另一波挑戰。

本系列的第三部作品《畫眉鳥》，主要的內容即是建構在楚留香對這一波挑戰的回應，以及由此而衍發的諸般恩怨情仇之上。「畫眉鳥」的身分固然是一懸疑，而縱使柳無眉即是「畫眉鳥」的事實已經昭然若揭；但她與身為武林第一世家少主人的夫婿李玉函何以非置楚留香於死地不可，亦仍是深具戲劇張力的另一懸疑。

而真相逐漸呈現之後，楚留香卻又不得不為她而與神水宮的「水母」陰姬正面對敵，從而將神水宮中的種種詭異情事，包括倫常的慘變、畸戀的殺機，乃至同性戀、雙性戀的糾結，亦引入到故事結構之中。

因此，將懸疑小說、驚悚小說、言情小說的基本要素，與武俠小說的敘事模式加以「結合」，作為這部作品的主軸；古龍以行雲流水般的語調娓娓道來，跌宕有致，收放自如，表現出他在創作成熟期左右逢源、觸處成趣的姿采與魅力。將懸疑、驚悚、言情、武俠的要素結合之後，古龍再透過敘事技巧的連綴與點染使之一一「轉化」為故事情節的有機組成部分。

從李玉函、柳無眉以陰毒絕倫的「暴雨梨花釘」暗算楚留香，胡鐵花不慎中毒之後反持「暴雨梨花釘」嚇退來犯的黑衣人，直到李玉函在地室中再以這套暗器對準蘇蓉蓉她們來威脅楚留香，而楚留香在談笑間解除了這項威脅……，僅以與「暴雨梨花釘」有關的情節，便可看出古龍將這些要素予以巧妙的「轉化」，使其滋生新意、且為己所用的才華與功力。

楚留香與帥一帆在「陸羽茶井」畔的劍道之搏，以及在「擁翠山莊」中陷身七大劍客的劍陣，卻能屢屢出奇致勝；相關的描述，雖是承襲武林小說的普遍敘事模式而來，但經古龍的「轉化」處理，也均已脫出刻板窠臼，令人興味盎然。

這部作品在情節推演上的「突破」之處，則主要表現於楚留香與各相關對手的互動方面。楚留香一再對李玉函手下留情，乃至在劍陣中反遭李玉函擊傷，已無力抵擋七大高手的狙殺之際，憤然出面阻止者，竟是眾人以為必欲取楚留香性命的「擁翠山莊」老主人李觀魚。

及至楚留香已掌握全局，李玉函、柳無眉俯首認罪，此時願為柳無眉出頭向號稱天下第一高手的「水母」陰姬力爭者，竟是一再遭到他夫婦二人陷害、栽誣與暗殺的楚留香。顯然，以弔詭的、辯證的方式抒寫江湖道義的本質及人性向善的潛能，是古龍透過這部作品所展示的「突破」。

當然，環繞著神水宮的種種神秘傳聞與詭異情事，乍看之下似屬荒誕不經，但隨著情節的推展，卻又逐一豁然開朗，予人以合情合理之感，實也展示了古龍在敘事風格上的一項突破。

不但如此，在這部作品中，古龍還一再在情節轉折的重要關頭，以楚留香所表現的悲憫情懷，來隱喻人性具有不斷自我提昇、自我完善的「超越」意向。對於柳無眉的悲憫固然如此；即使在察知「水母」陰姬與其情人「雄娘子」的畸戀，與其女弟子宮南燕的同性戀，以及由此而衍生的一連串對陰姬極為不利的悲劇事件之後，楚留香非但未利用來對付陰姬，反而一再設法安撫她的情緒。

明知陰姬的神智恢復冷靜之後，其累積數十年的絕世神功實非自己所能抗衡，楚留香仍只視她為一個值得悲憫的女性，而不願乘虛進擊。甚至，在最後決戰時刻，楚留香已以「死亡之吻」迫使陰姬窒息，眼看勝利在即，只因不忍見陰姬垂死落淚的悲哀神情，而寧可網開一面，不惜自陷危境。這種在生死交關的「極限情境」中，兀自心存仁善的情節刻畫，深刻地彰顯了古龍對於江湖血腥、紅塵情孽的冷靜觀照，以及觀照之後的超越與悲憫。

但江湖血腥、紅塵情孽畢竟無所不在。「水母」陰姬自戕之後，苦苦追擊「中原一點紅」夫婦的殺手集團首領現身，若非蘇蓉蓉臨機應變，楚留香、胡鐵花幾乎遭到不測。而當楚留香等人趕去告知李玉函，「水母」陰姬確認柳無眉並未中毒之時，卻赫然發現柳無眉已然身亡，李玉函也因過於癡情而神智失常……。然則，超越與悲憫畢竟只反映了心靈境界的昇華，瞬息萬變的江湖世界仍在演出一齣又一齣的人間喜劇或悲劇。於是，在《畫眉鳥》的結尾，楚留香、胡鐵花似又回到了一連串事件開端時的情境：胡鐵花癡癡地注視酒店中的一個青衣少女；楚留香看到他失魂落魄的模樣，不禁啞然失笑。

綜合而言，「楚留香傳奇系列」是古龍有意識地揚棄傳統武俠小說的窠臼，開始創立自己獨特風格與意境的力作。就風格而言，從這一系列作品起，古龍正式將現代文學的理念精神與技法，注入武俠文本的書寫之中，使其與古典的敘事模式、浪漫的故事情節融為一體，進而綻現出一種別開生面的文字魅力。因此，將「楚留香傳奇系列」視作古龍邁向創作成熟期的主要里程碑，殆不為過。

就意境而言，則古龍汲引禪理、禪機的神髓，來提昇武俠作品的層次與深度，也是從這一系列作品起，始取得了文學表述上的巧妙均衡，而綻現出令人耳目一新的光芒。古龍的高明之處尤在於：他雖藉由「妙僧」無花這樣瀟灑可親、一塵不染的佛門人物，作為在故事中引進禪理、禪機的媒介，卻又能以反諷式的情節與筆法，顛覆了無花所營造於外的禪境。換言之，古龍致力於開拓武俠小說的意蘊，提升武俠小說的境界，但並不耽溺或黏滯於意境的追求；正因如此，遂展現出一種空靈的美感。

金庸、梁羽生的武俠作品通常有明確的歷史背景，並刻意以草野的俠義譜系與正統的王朝譜系對映，從而呈現一種反諷的張力。後起的古龍不再著意於歷史背景的借取，甚至也完全揚棄了將武俠小說與歷史演義相即相融的敘事模式，而逕自將武俠文學當做一種「傳奇」來經營與表述。

由於「傳奇」不受歷史時空及寫實原則的框限，故而，可以馳騁想像，無入而不自得；還珠樓主的作品，氣勢猶如天風海雨，情節猶如魚龍曼衍，便是深得「傳奇」之真諦者；當然，古龍未走還珠樓主的路子，而是將古典詩詞的意境，現代文學的技法，透過敘事藝術的轉化，融入到「傳奇」之中，從而在武俠創作的領域內獨闢蹊徑，自成局面。猶如張大千以濃綠亮青的潑彩筆法，為中國水墨畫開一新境那般；古龍將意境融入「傳奇」的敘事藝術，也為武俠文學開一新境。論者將古龍與金庸並提，認為當代武俠文學界其實是雙峰並峙，二水分流，古、金二位分別代表了武俠領域內「奇與正」的極致，殊非過譽。

尤其值得注意的是：古龍的作品深富華麗感、動態感與節奏感，非但為具文學素養者所激賞，也極受現代年輕讀者喜愛。他的創作理念與表述策略又處處暗合「後設」小說、乃至「後現代」文學所強調的路數，「楚留香傳奇系列」的每一個故事到收尾時都留下了懸疑，也預設了進一步發展與變化的可能性，即是有目共睹的例證。

在為武俠「傳奇」賦予了古色古香、禪理禪機的意境之後，「高處不勝寒」的傳奇英雄終究需要回到人間世，重新面對動蕩的江湖、紛擾的紅塵。浮宅海上、遠離塵囂的楚留香一旦中止了悠遊歲月的愜意生涯，而走向情孽糾結、恩怨夾纏的人間大地，就再也沒有機會享受無憂無慮的歲月與心境了。他雖已克服了南宮靈、無花、石觀音、畫眉鳥、水母陰姬等高強對手的挑戰；但江湖永遠不會平靜，新的挑戰、新的對手早已在等著他了。所以，古龍寫完了「楚留香傳奇系列」，當然要另起爐灶，繼續寫他的「楚留香新傳系列」。

於是，從這個系列開始，古龍不但一步步走向創作生涯的成熟期與高峰期，而且，作品中所展現的風格與意境也愈來愈引人矚目。事實上，古龍在嗣後的作品中雖仍不斷有令人驚豔的新創意、新突破，但「楚留香傳奇系列」確是一次重要的「躍升」。

然而，弔詭的是，按照當代神話學巨擘坎伯（Joseph Campbell）的研究，以「結合」、「轉化」、「突破」、「超越」為主調的敘事結構，正是遠古神話的基本特徵，而神話之所以能夠歷久彌新，則可歸因於它其實乃是人類心靈深處，亙古迄今始終嚮往與記憶的歷險、追求模式。於是，古龍成熟時期的武俠作品，儼然展現出神話之深層結構與禪境之空靈意象的投影，而為武俠寫作的後現代意涵開拓了一個新的向度。

專研古典文學而卓有慧見的樂蘅軍教授指出：「如何在寫實的途中，突然躍進神話情境，無疑的是非常耐人尋味的心理運作；對作者和作品而言，只要這神話不是搬演故說，那麼這情境堪稱藝術的情境，而它是可驚可羨的。

至於對我們讀者而言，投入神話情節，所引起的一連串反應，是從直感的荒謬到神悟的超越⋯荒謬和超越是神話情節最初的和最後的涵意，荒謬引領我們自現實世界進入幻覺世界，然後使我們的精神獲得崇高的釋放，而表現了極致的超越與追求。」

從本文的觀點看，古龍成熟時期的作品，所營造的情境「堪稱為藝術的情境」，且表現了「極致的超越與追求」，讀之可使人們的精神獲得崇高的釋放；而這正是他在完成從技法的突破到意境的躍升後，為當代武俠小說創作所開拓的新向度與新視角。

資深媒體人、知名文化評論家 陳曉林

楚留香傳奇／新傳系列

喜劇與悲劇相疊的名作：《楚留香新傳：借屍還魂》

活在別人的陰影下，是一種痛苦至極的人生。那種痛苦，很少人知道。

因此，芮克（Theodor Reik）在《歌德的心理分析》一書裏，特別提到歌德兒子悲傷的一生。

他活在父親偉大的陰影下，認為自己無論做什麼，都不可能有任何意義。於是他遂酗酒、墮落、糜爛，最後則淒慘而終。他活得卑微，死得蕭索，而留給老父的，則是永遠的自咎與悔恨。大人物的陰影下，人生變得很難過。除了經典性的學術研究外，平常的例子也不少。

以美國為例，前總統卡特的那個弟弟，就是這麼一個寶貝。哥哥是總統的心理壓力，使得他過的生活常混亂不堪。

而這種例子對好萊塢那些超級明星尤然。他們的子女活在父母的明星光環下，許多人都因此而吸毒或住進了精神病院。這固然與好萊塢的環境有關，但父母太耀眼，雙親才是更重要的因素。對此，外國的雜誌上有過許多深刻的討論。

人必須活出他自己，無論好或壞，自己的一生才是完美的人生。偉大的父母兄長固然會造成壓力，扭曲人生，有時連姓名也都會對人的一生造成可怕的影響。

美國作家夫婦卡普蘭（Justin Kaplan）及芭奈絲（Anne Barnays）曾著《姓名語言學》新著，書中即指出，像梵谷、達利這兩個大畫家，他們所使用的都是早死哥哥的名字。這使得他們出現了所謂的「代替小孩症候群」，他們一生都抗拒自己的名字，生活得非常狂亂而痛苦，這種痛苦雖然表現為藝術創造力，但他們真實的生活中的確過得異常混亂。

另外還發現，西方豪門世家替小孩命名。經常使用顯赫祖先或父親的名字，但加上「小」（Jr）「一世或二世」等記號。這種小孩由於活在別人的陰影下，許多人的人生也同樣亂七八糟，有這種名字的人，他們看精神醫師的機會是正常人的許多倍。

因此，無論活在別人陰影下或「代替小孩症候群」，都是學理上有依據的人生扭曲。這種人，也就因而注定了有極大的悲劇性。

古龍的《借屍還魂》裏，有一大半的篇幅，就是在展示這樣的問題。古龍說起來頭頭是道，不容人不對他的心理學知識和想像能力表示激賞。

《借屍還魂》說的是個包含了驚悚及推理學成份的武俠故事。它由兩個一而二，二而一的單元所組成。

其一是左明珠因病而死，死後復活，但卻自認是施茵的借屍還魂；由於左施兩家形同陌路，宿有怨仇，因此，仇家女兒的魂到了自己女兒身上，對左家而言，這豈能忍受？於是，適逢其會的楚留香，遂一步步查明，終於解開了這個錯綜複雜的「白色謊言劇」：原來，四個當事的青年男女，各有苦衷，而且居心也都不壞。他們合演的這齣荒誕戲，在被揭穿之後，終於能夠美滿解決。

其二，則是楚留香一路追查的殺手集團首領案。這是楚留香專程到松江府來的原因，並因此而介入了借屍還魂案。於是，他遂兩案併一案，繼續查訪。他懷疑那個黑衣蒙面的使劍高手與薛家莊的薛衣人有關，最後終於發現，該黑衣蒙面首領乃是薛衣人的弟弟——那個假裝白癡，被稱為「薛寶寶」的薛笑人，最後是薛笑人在真相被揭穿後，自裁了斷，成了一部倫理悲劇。它的整個過程，真可謂高潮迭起，令人歎為觀止。

兩個單元，喜劇與悲劇相疊，古龍寫來妙筆生輝。其中當然有些小破綻，例如，黑衣殺手突襲楚留香，一劍刺入背部，受傷極重。小說裏寫道，如果這時殺手繼續攻擊，楚留香必無生理，顯示楚留香實際受了重傷。然而，他只不過略事療傷，第二天卻能立刻和薛衣人進行另一場較量，並生龍活虎、宛若先前毫無事情發生一樣。這就未免太違常理了。

但小破綻僅屬小瑕疵。薛笑人這個角色的刻畫可謂相當成功。從楚留香初逢薛笑人起，他一直是以白癡天才兒童的面目出現。武功奇高，但言語、行為都幼稚顛倒。

薛笑人的瘋癲，楚留香從他侄女兒薛紅紅口中套出了一些話，顯示出他在家裏是被人這樣看待的：

薛紅紅說：「我二叔除了吃飯之外，就會使劍，他瘋病剛發作的時候，硬逼著我爹爹和他動手，連爹爹都幾乎被他刺了一劍。他劍法本來就不錯，但比起我爹來自然還差得遠，所以就拚命練劍，一心想勝過我爹爹，練得飯也不吃，覺也不睡。但無論他怎麼練，還是比不上爹爹。有一天晚上他忽將二嬸殺了，說是二嬸總是擾亂他練劍，但殺了二嬸後，他自己也變得瘋瘋癲癲，老說自己只有十歲，就因為年紀小，所以劍法才不如爹爹。」

另外，則是薛衣人的親家母花金弓也如此說道：「他從小就受哥哥的氣，他哥哥總是罵他沒出息，別人都說他是練武練瘋的，我看他簡直是被氣瘋的。」

由薛笑人在家裏被家人如此看待，除了顯示出他裝瘋極為成功外，也顯示出他的人生實在活得非常痛苦。他活在大人物哥哥的陰影下，而他的哥哥又不能以親密如弟的態度對待他，於是，裝瘋遂成了一種背叛與逃避的方式。有了這種背叛與逃避之後，接下來，他當然更企圖創造出認為是屬於自己的人生。於是，裝瘋後，家人不再理他，遂使他有了足夠的空間來進行自己的活動。他就住在薛家莊，哥哥屋室隔壁的園子裏，但這個園子卻落葉堆積，無人理會，足見做哥哥的薛衣人對這個瘋弟弟的確缺乏關心。

最後，當一切真相皆已揭開，弟弟說：「我四歲的時候，你教我認字。六歲的時候，教我學劍，無論什麼事，都是你教我的。我這一生雖已被你壓得透个過氣來！但我還是感激你，算來還是欠你很多。現在你又要替我受過，你永遠是有情有義的大哥，我永遠是不知好歹的弟弟。……」弟弟說出這樣的話，他這一生沽得如何痛苦，可想而知。

而哥哥薛衣人最後也沉痛的啞聲說道：「這全是我的錯，我的確對你做得太過份了，也逼得你太緊！香帥，真正的罪魁禍首是我，你殺了我吧」。薛衣人的歉咎感沉痛無比，有弟堪憐，弟弟在被自己疏忽下做錯了事，而哥哥卻居然一無所知。就另一種因果而論，薛衣人當然必須為自己弟弟的一生，以及他所犯的罪惡負起最大的責任。但這一罪孽既已造成，就再也不可能補償。

因此，古龍寫薛衣人和薛笑人，挖掘到人間最重要的親情巨變和天倫法網，可謂相當成功，其過程也符合這類問題的理論探討。大眾小說能有如此的深度，而不再只是漫畫或卡通式平面人物的複雜故事，實屬不易。足見大眾小說在人物性格的塑造上，也是可以寫得出血與肉的。

當我們說「豪門多孽子」時，這是一種平面的說法。如果能進入孽子的心理世界，一切就變成了立體。

古龍的小說裏，經常有變態心理的描述，但以薛笑人的這個角色塑造最為成功，也最讓人產生同情的理解。

《借屍還魂》是個與家庭有關的武俠驚悚推理故事，有喜劇，也有悲劇。兩個相互對應的故事，兩種不同的結局。這是部極為優秀的大眾小說，與古龍的其他作品都大大的不同。因此，讓我們正式進入小說的世界裏，去體會其中的悲與喜吧！

著名文化評論家、政論家 南方朔

楚留香傳奇／新傳系列

視覺影像的高峰之作：《楚留香新傳：蝙蝠傳奇》

古龍的楚留香故事，有兩個系列。一個是「楚留香傳奇系列」，一個是「楚留香新傳系列」。

「楚留香傳奇系列」由《血海飄香》、《大沙漠》、《畫眉鳥》三部組成。依序完成在一九六八、一九六九及一九七〇這三年。這三部作品創造出了楚留香這個人的基本性格，人際關係網絡，以及整個楚留香故事的敘述模式。由於完成的時間相近，每部作品除了各自詭譎奇幻的情節外，風格卻有著極高的統一性。

而「楚留香新傳系列」則否。它由五個單元故事組成，作品完成的時間則從一九七〇年橫跨到一九七九年。整整十年的時間落差，遂使得五部作品出現明顯的風格差異。這五部作品及其完成年份依序：《借屍還魂》（一九七〇）、《蝙蝠傳

奇》（一九七一）、《桃花傳奇》（一九七二）、《新月傳奇》（一九七八）、《午夜蘭花》（一九七九）。

《借屍還魂》、《蝙蝠傳奇》、《桃花傳奇》這三部作品的完成時間緊隨著「楚留香傳奇系列」之後。因而風格也延續著從前，只是在故事本身求變化。《借屍還魂》相當於一個高複雜度的武俠偵探推理小說，不但情節跌宕有致，更涉及畸型的心理犯罪。《蝙蝠傳奇》則將蝙蝠擬人化，並將人物蝙蝠化，在楚留香故事裏，可算是相當奇幻有趣的一部。至於《桃花傳奇》則寫楚留香的浪漫愛情故事，可算是把這個傳奇人物往縱深發展的一次人性實驗。

不過，這三部小說雖然情節生動，但可以說都是「楚留香傳奇系列」的新篇，它們都一仍舊貫地保有獨特的「古龍風格」，所謂「古龍風格」乃是他所創造出來的武俠小說新文體。中國的武俠故事，從唐代傳奇、宋明清的話本以迄公案、俠義小說，那是老傳統；而近代由平江不肖生的《江湖奇俠傳》開始，以迄金庸，可謂業已數變。到了古龍則又是一變。古龍在自述「我對武俠小說的理念」時，曾指出武俠小說「要求變，就得求新，就得突破那些陳舊的固定形式，嘗試去吸收」。

他並說：

武俠小說既然也有自己悠久的傳奇和獨特的趣味，若能再儘量吸收其他文學作品的精華，豈非也同樣能創造出一種新的風格，獨立的風格，讓武俠小說也能在文學的領域中占一席之地，讓別人不能否認它的價值，讓不看武俠小說的人也來看武俠小說！

而古龍的確創造出了一種新的風格。他將傳統第三人稱，寫實的武俠敘述型態，轉變成新式的武俠大眾小說。古龍的小說不再有特殊的時間與地點，也不再有複雜的招式名稱，更改變了以前那種半文半白的文體。這是武俠小說的「脫傳統化」，因而能替小說釋放出更大的想像空間，並在情節的奇幻詭譎上更加著力。他的武俠經常能揉合武打、俠情、推理、言情等於一爐，創意之複雜開武俠有史以來的高峰。

而更值得注意的，乃是他小說裏已完全使用新的口語，並刻意在語言上耍酷弄帥。這種「古龍腔」的語言風格，使得它不但更有大眾親和力，甚至還造成了流行。古龍的貢獻是他讓武俠小說也變成了流行文化的重要成份。合理的推測是：他的小說敘事及語言風格，肯定與他長期以來都和青少年及成人幫派走得相當親近有關。那個圈子裏耍四海，玩道義，扮性格，以及語言滑溜機智等特性，都以一種扭變過來的方式進入他的小說中，這也使得筆下的江湖不再是以前的江湖。他創造出了一種「新江湖」。

古龍的小說以情節和對白取勝。傳統武俠那種過度的描述都被精簡，因而他的小說遂有較高的視覺影像效果，適於搬上銀幕或螢幕。自一九七六年香港導演楚原將《流星・蝴蝶・劍》拍成電影，並轟動一時後，再加上港劇《楚留香》跟上，遂使得他快速達到生涯的高峰。

「楚留香新傳系列」裏，以《蝙蝠傳奇》的規模最大，情節最奇幻，結局也最出人意料之外。但除了這些以外，這部小說的視覺效果亦最獨特。小說的場景變化頻仍，高山、江河、大海、孤島、懸崖，這些地形不斷交相出現；另外，則是澡堂、酒樓、艙房、山洞、大船、小舟、棺材，也快速易動。至於人物，則僧尼、官差、盜賊、漁夫、俊男、美女等一個個彷彿走馬燈；甚至武俠小說罕有的大火及大爆炸都出現過好幾次。所有的這些，堆疊出一個個彷彿好萊塢電影的畫面。只可惜華人的電影工業在影像科技上仍然極為落後，否則《蝙蝠傳奇》必可拍出高度娛樂效果的影片或電視劇。

《蝙蝠傳奇》是部在視覺影像效果上發揮到淋漓盡致的代表作。而視覺影像也正是古龍小說的最大特性。大眾小說的視覺影像化，乃是當代的新趨勢。抒情式的描寫被行為、動作、簡化的語言等取代，故事的發展則著重場景的變化。大眾小說的這種發展，亦被稱為「小說的圖像化」，它顯露在二戰後流行的「驚悚小說」、「諜報行動小說」、「科幻小說」等方面。

眾所周知，第二次大戰後，由於電視電影等的發達，「文字文明與影像文明」的對峙和交互影響日益顯著，文字敘述在這種壓力下，遂日益開始圖像化，細緻複雜的說理及抒情開始荒廢，畫面型的敘述則逐漸成為主流。一個成功的大眾小說作者，其作品予人的視感即彷彿在看一場用文字表達的紙上電影。這類小說在改編時，原著與改編劇本間的差異極微，難度則集中在特殊畫面的呈現上。

而古龍即是親炙這種「圖像文明」的第一代，並很自覺的理解到大眾小說的此種變化。於是，強調視覺影像和懸疑驚悚的古龍新派武俠遂告出現。以前的武俠小說，經常以很多篇幅敘述招式的名稱，而對新讀者而言，這些已毫無意義，新讀者需要的是「效果」，新武俠是一種著重「效果」的小說。

以《蝙蝠傳奇》為例。它以作風及表情嚴峻的「華山派」掌門人枯梅大師，拋棄尼服，改著俗裝出場，而後藉著一個個線索，終於讓小說裏的陰謀被揭開。小說裏雙眼失明，但無論風度與武功皆出類拔萃的原隨雲，終於露出真面目。小說到了最後，才將枯梅大師的真正角色寫了出來，出乎人們意料之外。《蝙蝠傳奇》裏強調驚悚，主要的角色都不是人們以為的那樣，因此它有極大的驚奇之感；而小說過程中則步步險戲，引人入勝。這是一種懸疑的營造。

但《蝙蝠傳奇》裏真正讓人興味十足的，卻是它的視覺影像。以枯梅大師的出場為例，一個矮小而銳利的老婦人，臉上刻著疤痕，拄著龍頭拐杖，身邊則有兩個美女陪侍，她們在大江裏的一艘新船上。單單這樣的畫面，就已十分詭異而搶眼，除了對比的搶眼外，小說無論地點、情節、動作，也都變化快速。在小說和劇本的研究裏，經常根據時間與張力關係而給出示意圖，這種圖形有許多類型。

古龍的類型是：故事進行時，經常都是一個畫面、一個畫面的鑲嵌進故事架構中，每組畫面都是新增的線索，將故事一步步的推向高潮，而後即以補述的方式將故事的因果重組，作為總結，即戛然而終。鋪陳畫面，塑造脈絡愈來愈清楚的拼圖，乃是古龍小說的特點，也是讀者始終對他的作品感到興趣的原因。

《蝙蝠傳奇》有許多情節的設計都可堪討論，例如枯梅大師和金靈芝對原隨雲的感情，原隨雲的變態心理；但除了這些之外，視覺影像應最為可觀。對於視覺影像的論證是：當我們看完全部，合起書本，而後回頭想一想，我最記得的是些甚麼？

如果有一天，華人的商業電影發展到能夠拍攝出像「黃金眼」、「割喉島」、「侏羅紀公園」這種電影的科技程度時，《蝙蝠傳奇》一定可以拍得十分好看而有趣味！

著名文化評論家、政論家 南方朔

楚留香傳奇／新傳系列

浪漫傳奇的示範之作：《楚留香新傳：桃花傳奇》

不同的時代，會有不同的心理集體渴求。

於是，每個時代遂有了大家共認的通俗英雄。這種情況在武俠小說裏亦不例外。

因此，通俗英雄反映著時代。《魯賓遜飄流記》是那個「經濟人」概念加上重商擴張主義時代的產物。《福爾摩斯探案》則代表了科學理性主義的高峰。而《〇〇七系列》則是冷戰加上繁榮這兩重因素的結合體。有關冷戰部分姑不討論，但〇〇七故事真正能夠獲得讀者大眾喜愛的原因，乃是它為當時以迄現在的人提供了新的閱讀娛樂。有很多位評論家講到了要點：

例如，蓋斯吉爾（Hugh Gajtskell）說：「它將性、暴力、飲酒混合到了一起，而

在間隔裏，則又都是名牌衣物和各種美食，這使得我們這種生活受限的凡夫俗子很難抗拒。」

例如，評論家貝爾（A. Bear）指出，〇〇七以一種「情色娛樂的技巧」寫作，它將「每一種感官的娛樂放進了故事的脈絡中」。

例如，英國著名作家艾密斯（Kinsley Amis）說道：「我們不想和〇〇七共進晚餐，也不想和他打高爾夫，或與他談話。我們每個人都想變成〇〇七！」

因此，〇〇七的成功，乃因他是一種風格型的人物，除了工作外，總是能夠享有繁榮時代一切的好處。有漂亮女人陪伴，有美食，好運動，他連喝酒都很寫意，譬如他喝伏特加與馬丁尼雞尾酒，就不用攪拌，而是搖晃式的調酒。繁榮時代一切風格式的生活好處都被他享受光了。

於是，〇〇七之所以成為通俗英雄，一點也不讓人驚訝。從〇〇七出版到一九七七年，單單英國，普及版的小說即印了兩千七百八十萬冊；〇〇七電影到一九七五年，觀眾已超過十億人次。到了今天，新版的〇〇七電影又告復活，每一部依然在全球大爆賣。

談楚留香而扯到〇〇七，看起來離題，事實卻密切相關。當年〇〇七出現時，受到最大刺激的乃是古龍：人家間諜小說可以寫成那樣，為什麼我們的武俠小說不可以變個花樣？正因有了〇〇七，於是遂有了古龍與眾不同的武俠小說，當然也就有了那個風靡所有華人社會的楚留香。

楚留香吸引著男讀者，如同西方男子迷戀著〇〇七。楚留香有本領，有女人緣，風流而不下流；同時，他又講義氣，還聰明絕頂。這樣的角色最能產生移情式的認同，每個男人都想變成楚留香。這「留香」兩字，不知勾起多少男人的嚮往。它分明有東方式的慾望想像。

楚留香也同樣吸引著女讀者和女觀眾。女人一生，所癡心妄想的，不就是能夠有個像楚留香這樣的情人嗎？他體貼，有趣，又讓人有安全感，當年鄭少秋以「楚留香」一劇而走紅，傾倒了多少女性觀眾！

楚留香，處處留香處處香。這一次，古龍卻讓他談了一次真正的大戀愛，不但戀愛，甚至還結了婚，可能還有了後代。這真是非常的武俠而兼言情，古龍寫來，不僅傳神，而且纏綿，足見他的才華之多面。

這部小說即是《桃花傳奇》。桃花是愛情的寓意，楚留香這次經歷了一次愛情的「地震」。他和張潔潔的這場戀愛，很有迴腸蕩氣的況味，縱使一般愛情小說作者，大概也到不了古龍這樣的水平。

《桃花傳奇》是精彩的武俠愛情小說，它之所以精彩，最重要的，仍在於它的語言。

研究近代大眾文化的學者早已發現到，近代的日常語言，早已隨著戰後大眾文化的形成而起了革命性的改變。以往，由於成人占據了較重要的地位，因而日常語言變化的主要發動者多半是成人，成人的市語和行話、隱語等影響著一般大眾，士大夫階級則以他們的語言教育著子女。但到了近代，語言變化的發動者已開始轉向為青少年。他們使用著他們自己的新口語，這種青少年語言經常反過來影響一般成人大眾。它具有滑溜、靈活、逗趣等特性，寫作者若能將這種新口語的內在精神反映在作品中，他的作品就能掌握住上述特性，不僅可看性更高，而且也更為生動流暢。

而古龍的小說，即是這種新口語的產物。他脫離了以往那種武俠式半文半白的表達方式，使用新的口語來寫作，在對白部份尤其如此。這遂使得他的作品裏充滿了那種青少年的機智與靈活。

《桃花傳奇》裏，楚留香和張潔潔的戀愛場景非常的青少年化。他們喜歡打情罵俏，喜歡做小兒女態，甚至皺鼻子、咬耳朵之類的愛昵動作也不時出現。所有的這些語言及動作，將他們的愛情故事鋪陳得非常具體而生動，甚至還相當的溫馨可愛。讀者如果細心體會故事裏的對白，甚至還會發現，儘管該書寫作於一九七二年，但事隔卅多年，那種語言縱使到了今天，還依然很流行。

細心敘述的愛情故事，兩個藉著語言互激而相知相戀的情人，這次楚留香已真的戀愛而不再能只是留香而已了。於是，遂有了他在愛情驚變後的萬里情牽，尋找張潔潔的後話。

原來，張潔潔竟然是某個神秘宗教團體的聖女，她不忍羈絆楚留香，而楚留香卻也不能沒有張潔潔，這場愛情驚變在楚留香真心追尋後終於解決。問題是，他們怎麼可能在洞窟裏終其一生？於是，張潔潔遂鼓勵楚留香離去。整個愛情故事也因此以懸疑結尾。他們愛過，而且彼此擁有，縱使離去，仍彼此留存在對方心中，而楚留香的故事也可以繼續下去。

這是不怎麼悲劇的悲劇，張潔潔這個角色在小說裏搶足了楚留香的戲。任何一個人看了這本小說，都不可能不對張潔潔這個角色鮮活的「女英雄」留下最佳印象。一個不凡的愛情故事，最後變成了一則愛情傳奇。能剛能柔，既有丈夫氣，又是小女子的張潔潔，成了傳奇的核心。

《桃花傳奇》的桃花，指的是笑容燦爛如桃花的張潔潔，同時又隱喻著楚留香的桃花運，以及他們的戀愛故事這場桃花劫。三個層次的桃花意象在小說裏依序展開，寫到楚留香為情憔悴，以及兩人最後生離死別時分別達到兩個高潮，古龍如果改行寫愛情小說，大概也會很有成就。可惜的是，他的武俠愛情就此一部，否則就可以在武俠小說這個類型裏另立一個武俠愛情的次類了。

由《〇〇七系列》，講到古龍，以及古龍的武俠愛情小說，就必須一提古龍對武俠小說的基本見解。古龍乃是〇〇七電影及小說所影響的第一代，在西方，間諜偵探小說寫得好像案例解析的那種類型已走到下坡。戰前派的中產階級讀者，以前將很有推理性的小說當成頭腦體操，用以訓練自己的科學推理性。這些讀者在戰後的繁榮中漸漸消失，而新一代的讀者則有新的需求。《〇〇七系列》的出現，由於它的時代性，因而滿足了讀者的需要而爆紅，顯示大眾小說已必須更有故事性。除此以外，日本的戰後大眾小說也告改變，許多日本武俠小說也很有愛情小說的痕跡，所有的這些外在因素，遂使得古龍的武俠小說開始另闢蹊徑。

他的楚留香故事系列，名為武俠，其實已多有混合，《桃花傳奇》名為武俠，但愛情的成份更多；《借屍還魂》名為武俠，其實則是偵探推理的成份更大。武俠不必拘泥在那種門派爭霸，國仇家恨，鋤強濟弱，江湖恩怨等窠臼；武俠這個類型，其實是很可以自由自在與別的小說類型婚配的，而古龍藉著這種婚配，的確生下了好多不同類型的優秀武俠小說。當我們想到這裏時，的確不得不對他有所推崇。大匠運斧，根據木石自然肌理而走，自然變化多端，如果一切都有窠臼，故事有習慣性，無非等於任何木石都雕成一樣的東西，那還有什麼看頭？

《桃花傳奇》是個動人的武俠愛情故事，但願喜歡讀愛情小說的人，也來品嘗這本小說裏愛情的喜悅與悲愁！

著名文化評論家、政論家 南方朔

楚留香傳奇／新傳系列

俠情與友情的淬煉：《楚留香新傳：新月傳奇》

紅花需要綠葉。

因此，福爾摩斯需要華生醫師，宮本武藏需要阿通姑娘和伊織，少年金田一需要七瀨美雪，而楚留香則需要胡鐵花。

將來如果有人研究古龍的作品及其寫作策略，胡鐵花必然會成為一個主要的話題。沒有胡鐵花，整個楚留香的故事都將大為失色。沒有了胡鐵花，甚至於連楚留香的故事都不可能紅起來。在胡鐵花的搭配下，楚留香這朵紅花，才像真正的紅花。

這就是「系列小說」裏那個固定的配角搭檔之重要。這個主要的配角，日的是在於襯托，無論是用哪一種方式來襯托，主角的個性與特點始可呼之而出。襯托是

一種對照、一種掩飾、一種補充。他們做球讓主角打出漂亮的一擊。

福爾摩斯的探案裏，如果沒有華生醫師出現，全部的故事簡直就無法繼續下去。老實而又經常有點笨拙，每次研究案情都會搞錯的華生，他襯托出了福爾摩斯的精明。而最重要的，則是由於有了他，對於案情的推理敘述，始可能自然而然地展開。華生是小說敘述裏的主要仲介者。

而在日本的武俠小說裏，主角按例必有配角，或為苦命之女子、或為樸拙的笨漢、或為忠厚老實的徒弟跟班。苦命女子的作用，多半是襯托出主角那種孤絕男子漢的風格；而樸拙的笨漢，則用來當做甘草人物，一方面襯托主角，另方面可以製造出串場的小故事，增加敘述和閱讀的樂趣。在新派的推理漫畫及小說「金田一少年之事件簿」系列裏，七瀨美雪這個角色即把主角襯托成一個既平凡，但又卓越的少年偵探，而將主角與讀者間的距離拉近。高高在雲端的偉大人物，在目前這種時代已難討得讀者歡心，主角必須有其平凡如一般人的一面，七瀨美雪即發揮了這種配角功能。

而這也是胡鐵花的重要作用。胡鐵花是個浪子型的人物，好酒、性情率真、經常像普通人那麼糊塗，不斷會出各種短路的狀況，又喜歡鬧情緒，但他是楚留香的好朋友，可以一起鬥嘴，彼此消遣，但又相互真誠以待。胡鐵花在全部楚留香的故事裏，幾乎從來就未曾做出一件有功勞的事情，但他依然受人喜歡，原因即在於他恰如其份地發揮了他應有的角色功能。古龍創造出胡鐵花這樣的角色，在大眾小說裏的確有其不凡的意義。胡鐵花的配角特性極為成功，原因是：

他是一種襯托。經由胡鐵花，楚留香那種具有江湖義氣男子漢的一面始可能凸顯。沒有這一部份，楚留香就會變得更像個紈絝型的風流英雄，其魅力就會大減。

他是一種對比。胡鐵花是個腦袋大而化之的人物，對各種狀況總是無法掌握，而且還經常鬧意氣、使性子，但這卻正好襯托出了楚留香的精明、細心等好的品質。他的形象是站在胡鐵花的肩膀上而造就的。

他有戲劇裏甘草人物的特性。他和楚留香鬥嘴、相互出糗，或者偶而出些小狀況，這些雖然和故事主軸沒有關係，但在情節一個個銜接而來的緊湊過程中，卻有舒緩之效，並讓小說得以增加許多小趣味。如果沒有了胡鐵花，小說就會變得異常貧薄乏味。

他也有類似於福爾摩斯與華生醫師那樣的關係；許多時候，當小說必須交代情節，但又找不到恰當的敘述方式時，即可聽著楚留香與胡鐵花的對話，而將情節的原委與因果說出來。這種以對話來交代故事的方法，幾乎每一部小說都經常可見。胡鐵花也扮演著「敘述仲介者」的重要角色。在小說的故事敘述中，有許多不同的表達方式，讓客觀的故事說它自己是一種；藉獨白、對話，甚至旁白等形式來表達，則是另一種。具有推理性的大眾小說，從福爾摩斯探案到克麗絲蒂探案，主角和一個固定的配角討論，藉以讓故事和推理並進，早已成為最有力的敘述方式之一。胡鐵花的這種角色功能也同樣的重要。

因此，胡鐵花值得特別討論。問題是胡鐵花的角色出現在每一部楚留香故事裏，而且他的角色比重大體相當，很難將其視為任何一部作品的重點來做特別討論。但若對胡鐵花不做討論，則不僅對胡鐵花難謂公平，亦對古龍創造出胡鐵花這樣的角色彷彿視若無睹。所幸，有了《新月傳奇》這部作品。在這部小說裏，雖然胡鐵花仍然著墨不多，但也不太少，他第一次扮演了與楚留香無關的角色，但兩人間卻也一仍舊貫地有著密集的互動。因而遂可以藉此機會，將胡鐵花列為重點。

《新月傳奇》的故事是這樣的：朝廷任用一名號稱「杜先生」的中年婦人清剿水匪，但湖寇江賊等被平定後，一個更厲害的海盜史天王卻告崛起，朝廷拿他無可奈何，「杜先生」遂設下一計，要將她那個被御賜「玉劍公主」封號的女兒「新月」下嫁，而後伺機對史天王行刺。楚留香由於偶然的機會搭救了「新月」的生父，而介入此事。而「杜先生」這邊，則指定要胡鐵花護衛「新月」公主到賊窟。對於這起婚姻，遂出現多方勢力的爭戰，由於史天王奪走了日本忍者大老石田齋彥左衛門的愛妾豹姬將軍，因而忍者介入，企圖行刺史天王；而豹姬不願失寵，則企圖對「新月」不利。楚留香後來邂逅「新月」，被獻上初愛。最後是「新月」順利下嫁，並在新婚之夜，將那一個武功高強，並有多個分身的史天王刺殺。

《新月傳奇》極有可看性，而且引入日本忍者，幾場比武亦復可圈可點，而在說到史天王及其分身時，簡直神乎其技。但除了這些有趣的段落外，楚留香和胡鐵花之間的關係亦多有著墨。例如，楚留香與胡鐵花之間有相互傳話的暗號，當他得知胡鐵花遭遇危險，遂立即奔赴搭救；他們兩人像每部作品那樣的嘻嘻哈哈，相互消遣。不過，也不能完全疏忽了胡鐵花對楚留香的影響。例如，由於楚留香知道「新月」——即玉劍公主的身世，「杜先生」擔心楚留香洩漏出去，壞了她的大事，因而想將他置之死地；而玉劍公主在母命難違，且顧全大局之下，決定犧牲自己，因而趕楚留香走。處於這種尷尬的情況下，他著實有點泄氣。這時，胡鐵花就有這樣的鼓勵：

你這個人實在愈來愈不好玩了，以前你不是這樣的。不管遇到多困難的事，你都不會退縮，不管遇到多可怕的對手，你都會去拚一拚。想不到現在你居然變成了個縮頭烏龜。

除了對楚留香鼓勵之外，他們兩人其實也有相知的一面。例如，楚留香就這樣說道：

其實你對我比我對你好得多。你處處都在讓我，有好酒好菜好看的女人，你絕不會跟我爭。我們一起去做了一件轟轟烈烈的大事，成名露臉的總是我，其實你也跟我一樣是去拚了命的。只不過拚完命之後，你就溜了，溜到一家沒人知道的小酒鋪去，隨便找一個女人，還要強迫自己承認你愛她愛得要死。

這些話，大概是兩人「坦白交心」最徹底的一次，也將兩人的江湖之義做了最好的傍注。

《新月傳奇》裏，前半部寫胡鐵花較多。他受困被楚留香搭救，他和楚留香的吵鬧對話也最幽默有趣，至於他和花姑媽之間的那幾個段落，更令人為之噴飯，這些都是胡鐵花以前風格的延伸。比較特殊的，乃是這次又進一步有了更坦誠對待的機會。經由這樣的「坦白交心」，胡鐵花這個平面型的人物，也彷彿有了更多的深度。唯一可惜的，乃是到了後半部，胡鐵花護衛玉劍公主這部份幾乎全未敘述，只集中到楚留香一個人身上。

胡鐵花是個有趣的角色，他平凡，有浪子的心情，包括對事情比較疏狂，比較無爭。由於有浪子的心情，因而他會追不喜歡他的女人，但若女人喜歡他之後，他又變得不再喜歡對方，這乃是一種對感情的畏懼。疏狂使他比較缺乏分析事物的興趣和能力，但在真性情上卻反而更加淋漓充沛。他的性格類型極為特殊，只是他經常被人忽略了。因此，當閱讀楚留香時，不妨對胡鐵花也多做一些「愛的鼓勵」！

著名文化評論家、政論家 南方朔

楚留香傳奇／新傳系列

一部非常獨特的作品：《楚留香新傳：午夜蘭花》

古龍的小說裏，《午夜蘭花》是最讓人惋惜的一部，既惋惜一個傑出作家命運的多乖，又慨嘆他創作生涯另一個高峰的不再。

《午夜蘭花》的寫作時間，乃是古龍生命歷程漸趨暗淡的時刻。

當時的港台、北美及東南亞華人社會，早已隨著《流星・蝴蝶・劍》的電影，以及《楚留香》電視劇，而出現「古龍熱」及「楚留香熱」，但就在大家爭相搶用「楚留香」這個符號時，卻都未徵詢過古龍這個原創者的同意，因而使得他為了收益受損而暗自生氣。

其次，則是當時發生了報紙喧騰的「吟松閣風波」，古龍被砍一刀，受傷極重，身體大受影響。再加上，他的妻子和情人都相繼離他而去，他自己拍攝的電影

《劍神一笑》和《再世英雄》也都賣座不佳。而更重要的，則是他體力與心情兩不佳，卻仍好酒如故，因而有了酒精中毒之跡象。在這樣的時刻裏，他執筆再寫楚留香，儘管有心再求突破，但客觀條件卻已不可能，於是遂留下了這部令人惋惜但卻也高度實驗性之作。

《午夜蘭花》以「楚留香死了」做為主題，其原因不難理解。自「楚留香熱」出現後，人人竊用借用「楚留香」這個符號，似乎鄭少秋也儼然被認為生來就是楚留香，而忘了古龍才是「楚留香」這個虛構人物的發明者。於是，在這種鬱鬱的心情下，古龍遂以「楚留香死了」當做《午夜蘭花》的主題，用以顯示他才是「楚留香」的主宰，只有他可以任意處置這個符號，包括它的生或死。

但他當然不會讓楚留香真的死掉。這只是古龍的一種寓意。他用這樣的寓意寫《午夜蘭花》，並在《午夜蘭花》裏顛覆楚留香系列故事裏原有那些角色。於是《午夜蘭花》遂成了一部非常獨特的小說：

它是一本以楚留香為主角的小說，但從頭到尾，楚留香只出場很短的時間，其實只不過是個配角或側影。

胡鐵花以往都是窮噹噹的浪子，但現在卻變成了富可敵國的鉅商。除了只在一個場景和楚留香出現過一次之外，即再也沒有露過臉。

一向溫柔討喜的蘇蓉蓉，在《午夜蘭花》裏被暗示性的描寫成書裏的頭號陰謀家，冷面無情，機關算盡。

楚留香的紅粉知己，如蘇蓉蓉、李紅袖，每一個又都再造了一個同質但角色相反的親友，變成一種鏡像的配對。

因此，《午夜蘭花》可以說乃是一部打著楚留香旗號，事實上則是顛覆掉原有楚留香故事的大膽嘗試。由古龍寫出這樣的作品，已不難看出他對整個「楚留香熱」的愛恨交織了。他是要寫一本這樣的小說，來向那些在「楚留香熱」裏占盡好處的人開一個大玩笑。他要證明，造神的是他，能夠毀神的也是他。他能替楚留香造出留下鬱金香味這種形象，他也能在《午夜蘭花》裏另造一個人有蘭花香！

因此，《午夜蘭花》乃是古龍對自己創造出來的角色之顛覆，也是一種他對自己作品的「戲擬」（Parody）。古龍在無意中已碰觸到了當代文學的一個有趣課題。

《午夜蘭花》的故事是這樣的：江湖傳言楚留香已經死了，但有一個小說裏並未講明，然而讀者卻可以看出乃是蘇蓉蓉喬扮的陰謀家蒙面客，此人並不相信這種傳言，於是，他遂設計了一場大陰謀，以幾個楚留香必然要挺身來相救的人出來演一場大血鬥，欲將楚留香誘出而後伺機殺害。最後，這個陰謀卻被楚留香識破，此書中並未交代清楚的方式解決。

坦白而論，《午夜蘭花》以這樣的故事為其架構，的確有點荒唐離譜，因而讀來異常吃力，也反襯出古龍寫作這本小說時的吃力。除了故事本身太過虛構之外，故事裏許多角色的安排也都斧鑿味太重，缺乏了他以往作品裏那種渾然天成的才氣。整部作品予人的感覺，乃是它從主題設定開始，即蹊蹺頻露，並且枝蔓葉亂，顯示出當時的古龍已無法駕御整個故事的進行。正因無法駕御，小說到了最後，遂只得以一種不算結尾的方式結束，讓讀者滿頭霧水。

《午夜蘭花》可以說失敗了。古龍作為一代武俠小說奇才，替武俠小說開闢出了一片新天新地，但到了晚期卻出現這樣的作品，怎不使人感傷？

不過，儘管這本小說難謂成功，但閱讀《午夜蘭花》卻也可發現：它其實也充滿了許多可貴的實驗性。除了前述的自我顛覆與自我戲擬外，最值得討論的，乃是小說裏敘述主體的問題。

古龍的小說從他早期作品開始，其敘述就和一般武俠小說有異。其他作家一般均信守傳統那種第三人稱的敘述方式，但古龍卻喜歡在字裏行間讓作者也插入講話，讓作者做故事及角色的提示與注解。這種敘述方式，在《午夜蘭花》裏更進一層，除了這種客觀夾雜主觀的敘述方式外，作者自己的旁白也更加擴大，甚至還加上一老一小兩個後來的人，以未來者的身分對故事加以批評、討論或解釋。

整部小說就在這種「多重敘述」的方式下推進，而小說裏的時間也就因此而現在與未來交錯，故事的動機、表象、評斷等也一併同時被顯現，武俠小說不曾有人以如此的方式而撰寫過。古龍在這本小說裏做了首次演練，某些段落因而變得很有一點「後設」的況味。

問題是這種「多重敘述」的寫作方式乃是複雜度較高，難度亦較大的技巧。稍有處理欠佳，反而形同作者隨時在對讀者做著打斷與干擾。《午夜蘭花》的情節本身即已相當蕪蔓，再加上這些由於敘述方式的複雜而造成的干擾，不免使得這本作品更顯得混亂，並予人作者對小說已失控的印象。

《午夜蘭花》是一部無論旨趣和技巧都值得探討的作品；也是一部作者本身的意志太強，時時無法忘記自己而要向讀者提醒他的存在的作品。這部作品有顛覆、戲擬、多重敘述等純文字技巧的展示。它是古龍被「楚留香熱」刺痛後所激發的求變之作，可惜的是此時的古龍無論體力和創造力都已不足以承擔這般求變的企圖，才使得人們對這部小說充滿了惋惜。古龍的嘗試，讓人想到發生在米蘭・昆德拉身上的類似故事。

米蘭・昆德拉自從因為《生命中不能承受之輕》而聲譽鵲起後，這本小說立即被改編成電影。但該電影卻無疑的是一部欠佳的電影，它絲毫也沒有掌握到原著的深刻內涵，於是米蘭・昆德拉在受刺激之餘，遂決定寫一部無法被改編為電影的小說，這本小說即是《不朽》。它刻意揚棄情節故事，而將小說變成是一種論述及雜想。它當然不能改編成電影，但就在這種刻意拒絕被改編的心情下寫作，它最後固然達成了目標，但卻也一不小心，甚至連讀者也被拒絕掉了。

《午夜蘭花》令人惋惜，但儘管如此，它卻也等於是替武俠小說打開了一扇窗口。它顯示，人們不僅可以用研究經典小說那樣的方法來研究武俠作品與作者，而武俠作品也應當可以用比較前衛的方式來寫作，甚至也不妨用非常後設的方式。《午夜蘭花》已接近這道門檻，只是它的作者因為健康及環境的問題，使他無法從這個門坎跨出去。否則，以其才情，誰又敢說他不會再替武俠小說開創一個典型？

古龍的小說，最大的特點，乃是他的想像力異常獨特，不僅題材奇特，武術與兵器更是經常匪夷所思。這種特點在《午夜蘭花》裏更發展到另一種程度，例如殺手可以躲藏在馬桶裏，可以躲藏在火焰裏，烏金絲所做的兵器使人變得像蜘蛛一樣可以虛懸在半空中，甚至還跑出來一個專割人頭的小孩。這是想像力的更進一步發揮，或是想像力的走火入魔？我可不敢說。然而有一點可以肯定的。那就是《午夜蘭花》這部作品，從未來的角度看，必將被後來的研究者認為是古龍晚期最重要的一本著作，可以藉著這本小說的主題、結構以及散發出來的資訊，推測他的心情、企圖與限制。

創作者的一切都是有意義的，就意義的角度而言，《午夜蘭花》的重要性還超過其他作品！

著名文化評論家、政論家 南方朔

蕭十一郎系列

求新求變話古龍：論《蕭十一郎》兼及《火併蕭十一郎》

許多談武論俠的朋友都知道，某平生嗜讀古今名著，卻不甚喜歡古龍小說。這或許是因個人的審美經驗及習性使然，總覺得他創作手法太新潮，故事變化太突兀，人物描寫太現代！而他對於若干事物的看法及其處理方式，又多半流於絕對化、簡單化——如人性衝突論、社會價值觀、快刀斬亂麻之武打招式等等，皆過猶不及；進而乃形成推理、敘事上的某種固定模式。特別是古龍喜用敘事詩體或散文詩體分行、分段，其文情跌宕，固美不勝收；但割裂文句，卻多不合文法之則。因而毀譽參半，頗遭時人詬病。

儘管如此，但我們不能不承認：他這位改革傳統武俠小說的急先鋒、「新派」掌門人卓爾不群，獨樹一幟，確有非凡的藝術成就；是當代武俠王國中唯一能跟金庸分庭抗禮的巨擘，是一條破壁飛天、求新求變的神龍！這樣論定，乍看似與上述說法互相矛盾，實則不然。因為每一位小說家都有屬於他自己的特殊風格，即使你「不喜歡」，亦無礙其生龍活虎、風靡世人的存在事實。況且分段問題亦不難解決，只要出版商肯做，找一能文之士略加調整段落，將其不當割裂的複合句或條件子句予以整合即可。而更重要的論據是：古龍傾力創作的《楚留香》系列等武俠名著，大放異彩，已奠定了他在中國武俠小說發展史上的不朽地位，絕不讓金庸專美於前！

試看他那流暢的文筆、生活化的小說語言；他那飛躍似的思想、高遠的人生意境；他那奇詭的故事情節、變化無方的人物關係；他那講求速度與力道的武打藝術，一心擺脫「過招」窠臼；以及彰顯江湖兒女的友情與愛情，生死不悔，一往無前等，終構成其作品的四大特色，卒能獨步一時。

就個人淺見，古龍小說中《多情劍客無情劍》與《蕭十一郎》統稱雙璧，相互輝映，秋色平分！而後者由劇本「還原」成小說，更是一部糅合新舊思想、反諷社會現實、謳歌至情至性、鼓舞生命意志的超卓傑作，具有永恒的文學價值。因此樂於為文評介，作一導讀，供傳閱者玩索參考。

在劇本與小說之間

誠如西諺所云：「羅馬不是一天造成的」。而《蕭十一郎》這部武俠奇書亦非僅僅由劇本「還原」成小說這麼簡單。它也有一個披荊斬棘的發展過程。

據古龍在一九七三年春秋版原刊本《蕭十一郎》扉頁所作「寫在《蕭十一郎》之前」一文的說法：寫劇本和寫小說，在基本上的原則是相同的，但在技巧上卻不一樣。小說可以用文字來表達思想，劇本的表達卻只能限於言語、動作和畫面，一定會受到很多限制。通常都是先有小說，然後再改編為劇本；但《蕭十一郎》卻是一個特例——是先有劇本，在電影開拍後才有小說。

古龍指出：「寫武俠小說最大的通病就是：廢話太多，枝節太多，人物太多，情節太多。……就因為先有了劇本，所以在寫《蕭十一郎》這部小說的時候，多多少少總難免要受些影響；所以這部小說我相信不會有太多的枝節、太多的廢話。」

其實從一九六四年古龍寫《浣花洗劍錄》的後半部起，他就已開始嘗試以簡潔的語句創作小說。我們只要隨意流覽一下其全盛期走紅的名著如《鐵血傳奇》（一九六七年）、《多情劍客無情劍》（一九六九年）、《流星・蝴蝶・劍》（一九七三年）等寫在《蕭十一郎》之前或同時期的作品，便可發現：這些小說幾乎很少有超過三行的段落；這些小說亦很少廢話；這些小說強調「肢體語言」（動作）和場景，更具有劇本明快的特性，至於其後諸作受此書「敘事詩體」的分段影響，更毋論矣。

關於古龍有志革新武俠小說的看法，最早見之於一九七一年春秋版《歡樂英雄》卷首的「說說武俠小說」一文。重溫他在廿多年前寫的這番「求變」論，對我們理解其同一時期作品《蕭十一郎》的優劣得失，頗多可予印證之處。他說：

在很多人心目中，武俠小說非但不是文學，甚至也不能算是小說；正如蚯蚓雖然也會動，卻很少有人將它當作動物。造成這種看法的固然是因為某些人的偏見，但我們自己也不能完全推卸責任。武俠小說有時的確寫得太荒唐無稽、太鮮血淋漓；卻忘了只有「人性」才是每本小說中都不能缺少的。人性並不僅是憤怒、仇恨、悲哀、恐懼，其中也包括了愛與友情，慷慨與俠義，幽默與同情的。我們為什麼要特別看重其中醜惡的一面呢？……

所以，武俠小說若想提高自己的地位，就得變；若想提高讀者的興趣，也得變！不但應該變，而且是非變不可！怎麼變呢？有人說，應該從「武」變到「俠」，若將這句話說得更明白些，也就是武俠小說中應該多寫些光明，少寫些黑暗；多寫些人性，少寫些血！也有人說，這樣一變，武俠小說就根本變了質，就不是正宗的武俠小說了。有的讀者根本就不願接受、不能接受。這兩種說法也許都不錯，所以我們只有嘗試，不斷的嘗試。我們不敢奢望別人將我們的武俠小說看成文學，至少，總希望別人能將它看成「小說」；也和別的小說有同等的地位，同樣能振奮人心，同樣能激起人心的共鳴。

對照《蕭十一郎》來看，此書寫蕭十一郎與沈璧君的愛情衝突，寫蕭十一郎與風四娘的真摯友情，在在煥發出人性光輝。全篇故事固極盡曲折離奇之能事，但前後照應，環環相扣，皆在「情理之中，意料之外」！絕不「荒唐無稽」，也不「鮮血淋漓」。書中雖有小公子、連城璧這些「反面教員」存在，但黑暗永不能戰勝光明！

最妙的是，一個原係「邪不勝正」的主題卻偏偏是由一個「聲名狼藉」而被眾口鑠金成「大盜」的蕭十一郎來執行，這豈不是奇絕武林？

《蕭十一郎》的故事人物雙絕

《蕭十一郎》主要是敘述江湖浪子蕭十一郎因特立獨行不苟合於當世，乃為一大陰謀家逍遙侯設計成為武林公敵，人人得而誅之。唯有奇女子風四娘與他交厚，亦友亦姊，還雜有一絲男女之情。不意蕭十一郎寂寞半生，卻因仗義救助有夫之婦沈璧君，而與沈女產生了奇妙的愛情。其間幾經周折，沈女始認清其夫連城璧「偽君子」的真面目，而蕭十一郎才是一條鐵錚錚的好漢，值得傾心相愛。然蕭十一郎卻已為了替沈女報仇並剷除武林公害，決計與萬惡的逍遙侯決一死戰而走上茫茫不歸路……故事沒有結局，餘意不盡，予人以無窮想像的空間。但因其後傳《火併》（原著書名，今本改為《火併蕭十一郎》）在相隔三年才出版，吾人方知蕭十一郎不但沒死，而連城璧更已取代了逍遙侯的地位，成為「天宗」接班人；然後是一連串的鬥智、鬥力。終場沒見血，卻將「俠義無雙」四字反諷無遺。

初步比較《蕭十一郎》的本傳與後傳可知，本傳是有奇有正，曲盡名實之辨，合情合理；而後傳則奇中逞奇，險中見險，難以自圓其說。故本文只著重談《蕭十一郎》本傳的故事與人物。

作者先以風四娘「美人出浴」弄引（出手便奇），輾轉將「聲名狼藉」、「無惡不作」（皆江湖傳言）的「大盜」蕭十一郎引出來，目的是聯手劫奪天下第一利器「割鹿刀」。於焉展開一連串曲折離奇卻又肌理綿密的故事情節。全書文情跌宕起伏，張弛不定。特別是寫小公子（逍遙侯弟子兼姬妾）的連環毒計，層出不窮；寫蕭十一郎重傷後，分別用聲東擊西計、苦肉計、空城計與美人計將來犯高手一一殲滅或驚退；以及寫逍遙侯「玩偶山莊」的玄妙佈置，奇幻人間，均匪夷所思，但卻入情入理，令人叫絕！

本傳人物依出場序來看，計有風四娘、蕭十一郎、獨臂鷹王司空曙、楊開泰、小公子、沈璧君、連城璧等人，個個表現精彩，栩栩如生，值得擇要細論。

先看風四娘。書中說此女江湖人稱「女妖怪」，其實卻是個爽朗明快、敢愛敢恨、如行雲流水般的女中豪傑。她善飲，好說大話，口頭禪是：「放你的屁！」平生眼高於頂，唯一看上的男人就是蕭十一郎。但因芳華蹉跎，已成為卅三歲的「女光棍」，是故自傷老大，不願向蕭十一郎剖心示愛，也最怕別人說她「老」。表面上，她「從來沒有將自己當作女人」，浪蕩江湖，潑辣任性，似乎快意恩仇，無掛無礙；實則芳心寂寞，強顏歡笑，只有把蕭十一郎當「弟弟」或知交好友看待，慰情聊勝於無！

這位小說裏的「主中之賓」，最精彩的表現不是「美人出浴」時光著身子發暗器打窺浴者，而是在答應下嫁「鐵君子」楊開泰的迎親途中，忽然從花轎裏「飛」出來和蕭十一郎「打招呼」！其對白聲口之佳，不作第二人想。

小公子也是天下一絕，無名無姓，卻是蓋世魔頭逍遙侯的愛妾；武功既高，心計手段更毒。

一出場她就割下獨臂鷹王的腦袋，以「證明」人確實死了，同時嫁禍到蕭十一郎頭上，並「指鹿為馬」，誘導左右賣身投靠的武林高手皆欽服其妙計之高。作者曲曲寫來，令人膽戰心寒，目瞪口呆！及其扮闊少爺攔截沈璧君，詭謀層出不窮；對蕭十一郎則「口蜜腹劍」，翻臉如翻書！更是精彩絕倫，歎為觀止。

這位小說裏的「主中之賓」，堪稱是連城璧的「知己」。她會對左右說：「像連城璧這種人若是為聲名地位，連自己性命都可以不要，妻子更早就被放到一邊了。」（見第八章）果然看得不差！後來連城璧為了維護虛名面子，竟在「醉」中閃電出手，將狡毒無比的小公子刺於「袖中劍」下（見第廿五章）。作者此一神來之筆，實有旋乾轉坤之妙。若非如此，沈璧君與風四娘只有眼睜睜任人宰割了。

連城璧在書中是江南第一世家「無垢山莊」主人，才貌雙全，已娶得武林第一美人沈璧君為妻，理應滿足。但因名心作祟，忙於開展「人脈」，以致冷落嬌妻

——不！他對沈璧君毫無真情，娶的只是「武林第一美人」六個字！作者從頭到尾都沒有正面說過連城璧一句壞話，但論其心機之深，用意之惡，則較金庸《笑傲江湖》之寫「君子劍」岳不群實有過之而無不及。這位小說裏的「主中之賓」，為了保持名門正派形象，曾多次「借刀殺人」；只有兩回例外：一是殺「穩如泰山」司徒中平，二是殺小公子。皆因其「偽君子」的真面目被人揭穿，非親自下手泄憤不可。當他殺死老狐狸司徒中平的時候，還留下一句耐人咀嚼的話：「沒有人真能『穩如泰山』的，也許只有死人！」（見第十八章）作者此書窮「名實之辨」，對連城璧全用「背面敷粉法」，極為高明！

至於本書另外幾位「賓中之主」，如寫獨臂鷹王司空曙之出場氣派奇大，其造型、癖性彷彿是還珠《蜀山》中的綠袍老祖；又如寫「鐵君子」楊開泰之老實巴交，情有獨鍾，卻反遭風四娘戲弄；再如寫「見色不亂真君子」厲剛之無人則「亂」，寫「關東大俠」屠嘯天之甘為虎倀等等，均有可觀。

「患難見真情」的生死愛侶

《蕭十一郎》的「主中之主」，自然是蕭十一郎本人與沈璧君了。作者寫這兩名男女主角，全從「患難見真情」著眼，層層轉進，頗費匠心。而連用虛、實、伏、映對比之妙，亦為古龍其他作品所罕見，寫情堪稱第一！

書中說，蕭十一郎浪蕩江湖，瀟灑自如，原是「什麼都不在乎」的鐵漢，「永遠是個局外人」（第七章）。他初見沈璧君時，並未愛其美色，完全是急人之難，義所當為！然而三番兩次的援手，不禁使蕭十一郎對這朵溫室裏的嬌花心生憐惜，遂日久生情。但蕭知沈已是有夫之婦，只能暗戀在心，不能表白。無如沈女涉世未深，一次又一次地對他表示「不信任」；蕭十一郎痛苦之餘，只好借酒澆愁，「覺得自己好像已變了一個人……變得有些婆婆媽媽，彆彆扭扭，變得很可笑」（第十三章）。

嗣後，逍遙侯派小公子等毀滅沈家莊，又栽到蕭十一郎頭上；沈璧君誤信奸人之言，竟不由分說，一刀刺向蕭十一郎。他一動不動，任刀刺入——「這一刀就像是刺進了他的心」（第十四章）！直到沈女發覺事有蹊蹺，在群匪圍殺中替他擋了一刀，他才由「絕望」中恢復生機。

當蕭十一郎為救沈璧君二進「玩偶山莊」，小公子以沈的下落要脅他磕個頭，他二話不說，立刻就下跪磕頭；當面對武功絕世的逍遙侯時，他明知不敵，也要為保護沈女而與逍遙侯決一死戰。

——蕭十一郎就是這樣一個為其所愛而寧捨生命、尊嚴的至性中人。

相對來看沈璧君，作者描寫她那種柔弱無力而掙扎在一處（連城璧）、一實（蕭十一郎）兩個男人感情之間的心理狀態，更是刻畫入微，曲盡其致。沈初見蕭時，只覺得他「全身都充滿了野獸般的活力」。蕭要給她治腳傷，她卻又羞又怒，因為「她的腳就連她的丈夫都沒有真正看到過」（第十一章），實已暗透其中消息。

由於蕭十一郎起先並未說明來歷，又一再引起她的誤會，於是在返家途中「她夢見那眼睛大大的年輕人正在對著她哭，又對著她笑；笑得那麼可恨，她恨透了！恨不得一刀刺入他的胸膛。等她一刀刺進去之後，這人竟忽然變成了連城璧！」（第十三章）待誤會冰釋，真相大白，沈璧君想到蕭十一郎對她的種種好處——「只恨不得半空中忽然打下個霹靂，將她打成粉碎」（第十五章）……像這樣細入毫芒般描寫沈璧君潛意識活動的動人筆墨，散見全篇，不一而足。

持平而論，作者一層一層地打開沈璧君的感情之門，讓蕭十一郎一寸一寸地蹭進，又讓連城璧這個「太虛假人」十丈百丈地退出。雖然蕭、沈的生死之態宛如「神龍見首不見尾」，在本傳中沒有結局，但其寫情之深，足可與王度廬媲美而無愧。

值得留意的是，在本傳第十五章有一段人、狼對比的奇文，是透過「正、反、合」的辯證法說明「善良的人永遠比惡人多」，為古龍小說絕無僅有之作。正是：

> 暮春三月，羊歡草長；天寒地凍，問誰飼狼？
> 人心憐羊，狼心獨愴；天心難測，世情如霜！

蕭十一郎的身世如謎，莫非是劫後孑遺的狼孩子？

此外，必須指出，本書第十八章寫雷雨之夜眾人在酒店中摸黑打鬥；電光六閃，就產生六種人、時、地的互動變化，堪稱「新派武俠」分段樣板，妙不可言！因為作者唯有如此處理，方能營造出特殊效果，方能充分表現出文字的力道。故值得高度評價，大書特書！

（按：電光六閃奇文起自「霹靂一聲，暴雨傾盆」，止於「電光再閃，正好映在厲剛臉上」。因受篇幅所限，引文從略。）

著名武俠評論家 葉洪生

蕭十一郎系列

蕭十一郎的原型：《劍・花・煙雨江南》

在古龍的創作成果中，《蕭十一郎》是非常特殊的一部。因為，《蕭十一郎》本是當初古龍應香港邵氏影業公司之邀而撰寫的電影劇本，而當電影開拍時，古龍又依照劇本的情節重新鋪陳，寫成了這部奇峰突起、元氣淋漓的武俠經典之作。

無論中外，在小說文本和影視作品的互動關係上，通常都是先有精采的文本，然後被影視製作機構買下改編權，將其中主要情節搬上大銀幕或小螢幕；當然，也有因影視作品轟動一時，為了擴大市場效應，故由專人再據以寫成小說者，但那樣的小說往往徒具形式，缺乏靈氣。

而《蕭十一郎》卻是例外，電影固然膾炙人口，在當年的港台及海外市場捲起千堆雪；小說尤其沁人心脾，豁人耳目，被公認為古龍的成熟期傑作。所以，古

龍在與友人談及《蕭十一郎》時，常會高興得舉杯浮一大白。他後來續寫《火併蕭十一郎》，亦仍是翻空出奇，彩筆紛披，其布局之詭譎、轉折之驚悚、寫情之深刻，在在令人有目不暇給之感。

但蕭十一郎這個常被俗世庸眾誤解、敵視，被名門大派鄙視、打壓，但內心其實善良、熱情的年輕人，古龍並非信手拈來即抒寫成如此這般的故事情節；而是經過一長段時間的醞釀、沉澱與試煉，才凝塑出這樣的「孤狼浪子」典型。古龍生前即曾向筆者提及，他的早期作品《劍・花・煙雨江南》的主角小雷，便是蕭十一郎的原型。（雖然《劍・花・煙雨江南》正式出版日期在《蕭十一郎》之後，但撰稿時間卻遠遠在前）。

確實，小雷那寧折不撓的個性、深情無悔的堅持，那對世態炎涼的透悟、對權威世家的藐視，均與蕭十一郎如出一轍。甚至，他在愛侶失蹤、忽忽若狂時又遇強悍的敵人圍攻，竟不惜以血肉之軀逕自迎向利刃的那股蠻勁，亦與蕭十一郎為沈璧君而遭受名門大派勢力圍殲的愴烈場面，足可前後對映。

所以，這次出版古龍精品集《蕭十一郎》時，特將可視作其前身和原型的《劍・花・煙雨江南》收錄：一方面是讓讀者與研究者得以清晰地觀察古龍作品中浪子典型及俠義理念的演進軌跡；另一方面，則因若不作此安排，《劍・花・煙雨江南》這部值得賞味的小品將不再有出版的機會，這對喜愛收藏古龍作品的讀者而言，將是遺珠之憾。

當然，古龍作品中孤狼浪子的形象一直在深化，《多情劍客無情劍》中的阿飛，何嘗不是蕭十一郎這個「孤狼浪子」典型之再現？

資深媒體人、知名文化評論家 **陳曉林**

陸小鳳傳奇系列

王朝之謎，江湖之險：《陸小鳳傳奇：金鵬王朝》

陸小鳳系列的故事，是古龍一九七六至一九八一年創作的系列作品，總共包括了《陸小鳳傳奇》、《繡花大盜》、《決戰前後》、《銀鉤賭坊》、《幽靈山莊》、《鳳舞九天》（港版題為《隱形的人》）、《劍神一笑》等七部，屬於古龍成熟期的作品。在此系列中，古龍設計了一個極富傳奇意味的英雄人物——四道眉毛的陸小鳳。

短幅的故事，單一英雄的傳奇，是古龍後期小說最喜愛的模式，也是一種創意，因為短幅故事不僅迅起迅結，擺脫了舊式武俠小說動輒數十萬言的長篇壓力，足以在節奏迅速的現代社會中爭取到多數的讀者；同時，精簡而緊湊的情節張力，也最適於表現他奇詭、多變的風格；更重要的是，藉單一故事的烘托，英雄得以

在情節中崛起，展現不凡的風采——而陸小鳳與楚留香又在一系列的故事中嶄露頭角，因此成為古龍小說中最具知名度的人物。[1]

在短幅的系列故事中，楚留香營造了胡鐵花這一相當成功的第二男主角。胡鐵花的粗率、直爽，與楚留香的風流蘊藉，正好相得益彰，在此，古龍充分擷取了傳統小說中的人物對襯手法，相信《水滸傳》中的宋江與李逵、《說岳全傳》中的岳飛與牛皋，皆是他取法的模範。

在陸小鳳系列中，古龍刻意塑造第二男主角，不但人數、份量遠較楚留香為多，就是作用也完全不同。我們可以說，在陸小鳳故事中，古龍掌握了更重要的人物技巧，賦予了人物更多樣化的性格特徵。在陸小鳳故事中，古龍開宗明義提到了熊姥姥、老實和尚、西門吹雪和花滿樓四人[2]，此外，還有「偷王之王」司空摘星與「大老闆」朱停。這幾個人的出場次與作用不一，其中尤以老實和尚、西門吹雪、花滿樓與司空摘星最為重要，屢次在幾個故事中佔有關鍵的地位。

老實和尚名為「老實」，但究竟是否「真老實」，古龍刻意留下了想像的空

1 古龍小說中的知名人物相當多，如《絕代雙驕》中的江小魚、花無缺，《武林外史》中的沈浪、王憐花，《多情劍客無情劍》中的李尋歡、阿飛，皆是讀者耳熟能詳的。不過，他們的知名程度，往往得力於後來小說中的推介。古龍對他筆下的英雄呵護備至，經常不忘在後期小說中隨處提及他們的豐功偉業（如《多情劍客無情劍》中提及沈浪與王憐花），這也是古龍擅長為人物造勢的手法。

2 這四人在後來的故事發展中都有一定的重要性，可惜的是，熊姥姥此人明顯被忽略了。熊姥姥在《繡花大盜》中有相當傑出的表現，她是「紅鞋子」組織的大姐，精擅易容，能化身千萬，公孫大娘才是她的真正身分，而一手遠紹自唐代公孫大娘的劍器，更是出神入化，無人能敵；但是，在《決戰前後》中，卻未曾正面露身，就死得不明不白了。古龍小說「重男輕女」，人所共知，可是居然「遺棄」此一如此具有特色的女性，卻也讓人不解。

間，藉他幾樁未必老實（如歐陽情、小豆子）的事件，增強故事的懸疑性（如懷疑他是「白襪子」組織的首腦）；西門吹雪孤傲絕俗，一生以追求劍道為命，是古龍內心世界的另一側面，而在故事中則往往充當正義的裁判者與執行者；花滿樓是個「眼盲而心不盲」的世家子弟，積極樂觀，心胸開朗，古龍藉他強調人生光明喜樂的一面；司空摘星無論輕功、易容術都是天下第一，妙的是語言之幽默犀利也是天下第一，他是故事趣味性的甘草人物，有時候也藉他的易容術製造懸疑。這四個人性格互異，行事也各有獨立的風格，陪襯著陸小鳳，可謂紅花綠葉，相得益彰。

陸小鳳當然是故事中最重要的人物，古龍曾將陸小鳳與楚留香作了個對照：

> 楚留香風流蘊藉，陸小鳳飛揚跳脫，兩個人的性格在基本上就是不同的，做事的方法當然也完全不同。
>
> 他們兩個人只有一點完全相同之處。
>
> ——他們都是有理性的人，從不揭人隱私，從不妄下判斷，從不冤枉無辜。

不僅性格不同，就是形貌的摹寫也頗有出入，楚留香「雙眉濃而長，充滿粗獷的男性魅力，但那雙清澈的眼睛，卻又是那麼秀逸，他鼻子挺直，象徵著堅強、決斷的鐵石心腸，他那薄薄的，嘴角上翹的嘴，看來也有些冷酷」（真善美版，《楚留香傳奇》第一部，頁八）。塑造楚香帥，古龍已力圖擺脫武俠小說中「俊男」的造型，但用語及形容，還是不免有幾分「帥哥」意味，而且，楚留香永遠文質彬彬，不曾狼狽出糗，就是連他「摸鼻子」的習慣性動作，也頗為「風流蘊藉」。陸小鳳則不同，他的形貌，只有「眉很濃，睫毛很長，嘴上留著兩撇鬍子，修剪得很整齊」（春秋版《陸小鳳傳奇》，頁二十八），古龍捨棄了一切俊美的形容詞，只為陸小鳳留下了他的註冊商標——「四道眉毛」。簡潔有力，讀者於想像中自不難捕捉到其神貌。陸小鳳經常出糗，不但擁有「陸三蛋」、「陸小雞」、「陸笨豬」等不雅的綽號（楚留香則是「老臭蟲」），而且在語言上也常吃虧露醜（尤其碰到司空摘星）。更重要的是，陸小鳳雖然武功深不可測，拿手絕技「靈犀一指」總是「來得正是時候」，卻不如楚留香的萬能；如果沒有周遭的朋友相助，陸小鳳不可能完成任何「事業」。換句話說，陸小鳳比楚留香多了一分「平凡」之氣，更易使人覺得分外親切，而「平凡」二字，正是古龍晚期小說刻意塑造的。

儘管如此，楚留香和陸小鳳系列還是有相同點，那就是以「破案」貫穿整體故事。陸小鳳與楚留香，在某種程度上都可以說是「神探」的化身，專門負責破解各種迷離詭異的案件，因此，古龍膾炙人口的詭奇風格，也在此系列中表現無遺。《陸小鳳傳奇》是陸小鳳系列的第一部，一開始，就展示了古龍不凡的情節營造功力。

這個故事以「復仇」為主要線索，以大金鵬王委託陸小鳳搜尋三個叛臣「討回公道」為經緯。「復仇」是武俠小說慣見的情節模式，在此模式中，「仇家」通常採「隱蔽」（即隱蔽身分，以騰挪出「搜尋」的空間）的塑型方式，以製造情節的波瀾起伏。但古龍在此別闢蹊徑，三個叛臣（珠光寶氣閣主人閻鐵珊、峨嵋掌門獨孤一鶴、青衣樓主人霍休）一開始就目標顯朗，無須陸小鳳「搜尋」。儉省下來的「搜尋」空間，古龍轉而將之致力於「陰謀」的設計。陰謀是個「局」，「局」的真相須加以戳破，一切才能水落石出。因此，整個故事充滿了「偵探推理」的氣息，這是很典型的古龍後期小說風格。

「局」就是「騙」，其間含藏著許多亟待破解的隱秘。古龍在此書中設計了兩個「局」，一個是青衣樓主人之謎，一是大金鵬王之謎。此二謎交互穿插、影響，又形成了第三個「局」，使得全書波詭雲譎，張力極強。

青衣樓的設計，有一百零八座分壇，是江湖上的神秘黑道幫會，主持人是誰，一直是個秘密，這與古龍另外一個「青龍會」組織的設計頗為類似。

古龍在全書中，非常巧妙的利用了獨孤一鶴與霍天青為障眼法，極力掩飾霍休的真實身分。尤其是霍天青的障眼，運用得非常成功。他最先以珠光寶氣閣的總管出現，但武林輩份極高，居然願意屈身低就，本就令人懷疑；但古龍卻以「市井七俠」的義氣，加以消解；然後導出對獨孤一鶴的懷疑。當獨孤一鶴受到懷疑之時，霍天青又適時出現，藉故消耗了獨孤一鶴的武功，使西門吹雪一戰而勝，因而再度遭到質疑。

二度遭到質疑的霍天青，原已堂皇出現，預備直接加以揭穿時，卻又因其死亡而消解；最後才由霍休現形，澄清一切疑點。古龍刻意以一連串的「質疑／消解」過程安排此「局」，一張一弛之際，無疑是很能掌控讀者心弦的。

大金鵬王之「局」，安排得更是巧妙，其中，大金鵬王的真假是一關鍵。

大金鵬王原是委託陸小鳳復仇的人，委託人居然是「假」的，這使得「復仇」行動顯得荒謬異常。實際上，這也是古龍此書的主題之一——對「復仇」的質疑。大金鵬王朝的藏金，為三個叛臣私吞，陸小鳳執行復仇行動，就是在討回藏金，以供王朝復位；孰料真的大金鵬王安於逸樂，根本不想復國，其間的諷刺意味，頗耐人尋思。

更出人意料之外的是，委託者居然是假的大金鵬王，不但金鵬王為假，連丹鳳公主也是假的。書中安排了「上官飛燕／上官丹鳳」此一真假莫名的角色，又設計了一個言詞識實不一的上官雪兒，使得真相撲朔迷離，令讀者在真假之間徘徊猶疑，極盡迂迴曲折之能事。最後以「六根腳趾頭」為線索，才算揭穿了一切的真相。

這兩個「局」彼此之間互有關聯，古龍將假金鵬王的幕後操縱者與神秘的青衣樓主合而為一，而使霍休成為最後的線索，又是第三「局」。除了叛臣是真外，復仇是假，上官丹鳳是假，霍天青是假……，幾乎無一不假，只有霍休幕後操縱是真；而最後真相顯朗時，陸小鳳卻受困於機關中，完全沒有「破解」的能力。眼看著大勢已定，古龍別出一筆，使劇情直轉急下，冒出公孫大娘「破壞機關」，全案才算終結。

三局交錯為一局，構成了此書全部的情節；但古龍在〈前言〉中刻意點出的幾個人，雖全數皆已出場，但著墨有限，西門吹雪在與獨孤一鶴的交鋒中，初步展現了他「劍神」的鋒芒；花滿樓也以他充滿靈性的胸懷，在與上官飛燕的對手戲中，略有表現；但公孫大娘，古龍毫不說破，只是輕筆一點，有如神龍乍現；而老實和尚，則有如曇花一現，根本來不及發揮。

古龍在寫陸小鳳故事的時候，事實上已經構思了好幾個相關故事，預備一一敘寫，在初集的牛刀小試下，已可以想見未來幾個故事的精彩程度了。

著名武俠研究與評論家、中華武俠文學學會會長 林保淳

陸小鳳傳奇系列

美人如玉，險劫如濤：《陸小鳳傳奇：繡花大盜》

《繡花大盜》是陸小鳳系列的第二個的故事。在這個故事中，陸小鳳半正式地成為了「神探」的角色——一時受激，說溜了嘴，在眾人的笑聲中承擔了破案的任務。

既是「神探」，所破的自當是非同小可、內情複雜的「大案」，古龍拿手的「離奇」風格，在此不但獲得了極度的發揮，而且與讀者鬥智，考驗了讀者的智慧。

眾所皆知，古龍小說的一大特色是包融了「偵探推理」的特色，案件愈是離奇，推理方才愈顯細膩。「繡花大盜」就是一件離奇的案件。

案件的離奇，可分為「人奇」與「事奇」兩種：「人奇」指犯案的人詭奇，一個大熱天穿棉襖、滿臉鬍子，「專心繡花，就好像是個春心已動的大姑娘，坐在閨房裏趕著繡她的嫁衣一樣」，究竟此人是男是女？簡直毫無線索，其人顯然「詭

奇」；「事奇」指事件離奇，在不可能的地方，發生不可能的事，平南王府禁衛森嚴、三道一尺七寸鐵門局鎖、連一隻螞蟻也進不去的寶庫，居然有人潛入，而且盜走了無數珍寶，簡直令人匪夷所思，其事果然也「離奇」。寫詭奇的人、離奇的事，並不算難，難的是合乎情理——既要事件的來龍去脈說得合理，又要破案破得令人心服口服。古龍寫《繡花大盜》，在這點上可以說是相當成功的。

金九齡是「繡花大盜」事件的幕後主使者，他原是「天下第一名捕」，「六扇門」中「三百年來的第一高手」，陸小鳳之涉入此案，事實上也是他「設計」出來的。身兼犯案者與查案者角色的金九齡，始終「窺視」著一切案情的調查進度，甚至故設陷阱，步步誘導陸小鳳誤入歧途。因此，陸小鳳所面對的不是一件「既成」的劫案，而是一樁處心積慮、陷阱重重的「陰謀」。儘管古龍將金九齡之所以犯案的動機，解說成「從我十九歲的時候開始，我就覺得那些被人抓住的強盜都是笨豬，我久已想做一件天衣無縫的罪案出來」，未必讓人心服，但由於金九齡的加入，使整個查案的過程中，橫生許多變數，因而更集中地展現出陸小鳳的才智及故事的波瀾起伏。

金九齡「陰謀」的重心，在於企圖將全案的罪責導向公孫大娘——這個曾化身千萬、劍器高明的「紅鞋子」組織首腦，因此，無論是故佈疑陣地以「拆花」代替「繡花」、逼請司空摘星盜繡花牡丹、脅迫蛇王捏造西園之約、擄掠薛冰，或是以緞帶勒斃蛇王、假裝中毒，皆是有計劃的安排。金九齡自詡「天衣無縫」，並非虛誇，陸小鳳名為查案，其實步步都在他算計之中。不僅陸小鳳宛如被玩弄於股掌之間，就連讀者，也難免一時受愚。

在「偵探」之中夾雜「陰謀」，是古龍最喜歡的寫作方式，也最能顯見古龍敘事的細膩與思慮的周詳。以如此嚴密的陰謀而論，原本是無從破起的，但古龍就在情節營造中，處處留下了可供破案的線索，而且，故意以淡化的方式，輕筆帶過，留作後續發展的張本。

破解任何案件，都須安排線索，古龍在線索的營造上，著實花費了一些心思。在此書中，有兩種不同作用的線索：一是金九齡刻意營造的假線索，一是古龍讓陸小鳳擺脫金九齡窺伺的真線索。而在假線索中，處處不經心地點逗出真線索。真假夾雜，確乎造成故事的張力。

金九齡以現場唯一的證物繡花牡丹布假局，引逗出針神的女兒薛冰；再藉司空摘星偷盜繡花牡丹，引逗出江輕霞，發現「紅鞋子」組織；再從「紅鞋子」組織，引逗出公孫大娘；又擄走薛冰，坐實公孫大娘的罪責。整個佈局，層層遞進，一氣呵成，可以說是精心巧構而成——卻完全是假的。

真的線索，反而就隱藏在假線索中，古龍淡化的處理方式，不是精熟的讀者，往往無法立刻發現。以薛冰為例，古龍將她描繪成一個所謂的「母老虎」（冷羅剎），兇悍而潑辣，因此，當孫中出言調戲她時，薛冰冷然砍斷孫中的手，頗為順理成章；其後，薛冰突然失蹤，而斷手卻出現在薛冰房中的桌上。

讀者原以為此一斷手必然與薛冰失蹤有關，正在揣想之際，薛冰居然大懷醋勁地出現在棲霞庵。斷手在此「淡化」後，自此不作任何交代，幾令讀者疑心古龍「遺忘」了它，任誰也料不到它卻是古龍精心安排的破案線索。甚至直到在小樓中，三娘拿出一包袱的「人鼻子」，讀者也未必會與斷手產生聯繫。

古龍的淡化處理方式，已與整個情節發展、人物性格完全融滙為一，若非最後藉陸小鳳之口道出底蘊（原來薛冰是「紅鞋子」成員的八妹，如此，公孫大娘自不可能擄掠她），讀者不可能恍然大悟。類似的淡化處理方式，如勒斃蛇王的緞帶、蛇王房間的燈火、匣蓋上的鐘鼎文，古龍皆閒閒道來，若不經意，但卻都成了最關鍵的所在。

在真、假線索交互滲透中，古龍淋漓盡致地發揮了他詭奇的特殊風格，尤其是整個案件最後的偵破，古龍不動聲色地將真實的線索掩飾殆盡，將押解公孫大娘「繳案」的底蘊，密而不宣（細心的讀者可能會對公孫大娘被「捕」時的坦然態度，稍作質疑，卻未必能料及陸小鳳實際已與公孫大娘串通），先央請孟偉發遣信鴿告知金九齡，又真的讓公孫大娘服下「七日醉」的迷藥，使讀者誤信公孫大娘就是真正的幕後主使者；然後才藉志得意滿的金九齡親口道出整個陰謀，又令讀者幾乎以為金九齡的計劃果真是「天衣無縫」了。

最後，陸小鳳突然出現，才讓讀者鬆了一口氣。可謂緊緊扣住了讀者的心絃。至於金九齡最後的反撲——反咬一口，則諷刺意味甚濃，古龍藉安排人證的方式消解，也餘波蕩漾，令讀者回味無窮。

從以上的描述中，我們不難看出，古龍的確靈活而成功地將偵探小說的技巧，化入了武俠小說當中。古龍曾謂「偵探推理小說中沒有武俠，武俠小說中卻能有偵探推理」，放眼武壇，恐怕也只有古龍能夠說得如此理直氣壯！

眾所周知，古龍筆下的女性向來不受青睞，誠如古龍自己招供的：

> 女人就應該是個女人。
>
> 這一點看法我和張徹先生完全相同，我的小說是完全以男人為中心的。在很小的時候，我就不喜歡看那種女人寫得比男人還厲害的武俠小說。
>
> ……
>
> 女人可以令男人降服的，應該是她的智慧、體貼和溫柔，絕不該是她的刀劍。
>
> 我尊敬聰明溫柔的女人，就和我尊敬正直俠義的男人一樣。
>
> ——〈關於武俠〉

在古龍心目中，女人重要的是溫柔可愛（智慧一事，古龍恐怕未必真的重視），而且絕不能凌駕於男性之上，因此，其筆下的女子，往往乏善可陳，也因之召致許多非議。不過，在陸小鳳系列中，古龍一度企圖塑造另一形態的女性，這就是公孫大娘。

在《陸小鳳傳奇中》，古龍安排公孫大娘為四大配角之一，又在故事的結尾，安排了驚鴻一瞥的「摘野菜的老太婆」，就是蓄意要讓公孫大娘在《繡花大盜》中嶄露頭角。從本故事中，我們可以看到公孫大娘超卓的劍器、精湛的易容術、聰慧的頭腦及神秘性十足的「紅鞋子」組織，已初步展現了另一種迥異於以往的女性形象；同時，也隱約透露了另一個更可以讓公孫大娘發揮的後續故事（如霍休的產業究竟落入誰的掌控、「紅鞋子」組織究竟是怎樣的集團等）。可惜的是，古龍中途「變卦」，讓公孫大娘在下個故事《決戰前後》中，不明不白地就香消玉殞，失去了一次開創的機會，不免令讀者扼腕。

著名武俠研究與評論家、中華武俠文學學會會長 **林保淳**

陸小鳳傳奇系列

一劍西來，天外飛仙：《陸小鳳傳奇：決戰前後》

月圓之夜，紫金之巔，一劍西來，天外飛仙……

這是《繡花大盜》中餘音裊裊的一段偈語，預告著一場三百年來難得一見的「決戰」。為了安排這場「決戰」的情節，古龍蓄勢已久，從陸小鳳夜探王府埋下線索，到金九齡藉詞遣開花滿樓及陸小鳳，一直延續到此書，可謂已經繃緊了讀者的心弦。《決戰前後》是古龍陸小鳳系列中最精心結撰的作品。

「決戰」是白雲城主葉孤城與西門吹雪的「對決」，兩個性格相仿、名動天下的劍術名家，「葉孤城與西門吹雪有很多相同的地方」——孤獨、驕傲、輕視性命、殺人的劍法、雪白的衣服、冷得像遠山上的冰雪；地點在天子駐蹕的紫禁城之巔（太和殿屋頂）；時間選在淒迷的月圓之月。無疑，這將是個極富傳奇意味的故事。

本故事的開展，依循的是「陰謀」模式，但佈局的手法，則完全仰仗「懸念」——在敘說故事的過程中，故意點出某人、事的關鍵性，卻始終不加以說破，有如懸在一邊，卻使故事中的人與讀者屢屢費神去思索的手法。本故事有幾個運用得極成功的「懸念」，一是城南小杜身側的黑衣人；一是葉孤城的傷勢；而最大的懸念就是「決戰」本身。

神秘黑衣人之所以降尊紆貴，隨侍在城南小杜之側，明眼人一望即知其中定有陰謀，但是，作者密而不宣，故意造成懸疑；葉孤城的傷勢如何，幾經轉折，讀者與陸小鳳都已知道其受傷為真，因此為此一「決戰」能否如約進行，深感憂慮。這兩個「懸念」，最後在揭穿了假葉孤城的身分後，以令人「驚詫」的方式收束，十足造成了意外的效果。殊不知這兩個「懸念」，卻是為「決戰」本身鋪路。

從李燕北與小杜的賭局變化、黑衣人的身分、公孫大娘等人之死於蛇哨、緞帶風波，到太和殿頂出現的十三個蒙面人，情節一路發展下來，陰謀的味道愈濃，究竟此戰有何陰謀？古龍用層層進逼的方式，牢牢繫住讀者的關注，直到真葉孤城出現，才肯揭破，更吊足了讀者的胃口。

「決戰」原是最引人矚目的大事，古龍偏偏不寫葉孤城與西門吹雪為此三百年來第一戰的準備工作，反而藉周邊的許多事件，如賭局、兇殺、緞帶……等，烘托出一股緊張而神秘的氣氛，書名之所以強調「前後」二字，正是古龍最高明的地方。

在整個「決戰前」的佈局中，古龍讓老實和尚發揮了相當大的「疑陣」作用。老實和尚雖名為「老實」，但是古龍卻處處有意暗示出他的名實不符（主要是藉他在《陸小鳳傳奇》中進妓院「嫖」歐陽情，而歐陽情卻還是處女之身的事件），甚至還讓身在局中的陸小鳳虛擬出一個「白襪子」的組織，欲坐實老實和尚的「陰謀」，似真似假，頗具煙雲繚繞的效果。可惜的是，老實和尚雖獲得發揮，卻平白犧牲了公孫大娘。

很顯然地，本故事主要還是寫西門吹雪和葉孤城。古龍的武俠小說，在武學上開創了「手中無劍，心中有劍」的境界，一直頗蒙佳譽。不過，這還不是古龍的巔峰之境，在此故事中，古龍更進一層，展示了「人即是劍」的新境界。

如果我們將「決戰前」視作「迷局」，陰雲密佈，眼見即將有急雷暴雨發生，則「決戰後」就是個「悟局」，不僅雲開天霽，一如陸小鳳等人爽朗的笑聲，更透顯出古龍欲藉「決戰」過程寫「劍道」的「悟」。

「決戰」是本故事的主體，但主體的顯現，卻僅在電光石火的一剎那間完成。西門吹雪決戰葉孤城的場面，古龍以旁觀的陸小鳳眼中道出，而身在決戰中的二人，反而語言的機鋒較之刀劍搏擊更為驚險。

葉孤城與西門吹雪都是以「劍道」為性命的人，「劍道」其實就是「性命之道」，也是他們身心性命的安頓之處。西門吹雪幽居萬梅山莊，葉孤城隱遁南海孤島，欲探求「劍道」；殊不知「劍」是「入世」的，故其「道」僅能於人間世的歷練上探求。於是他們飄然而出，踏臨人世，藉兩柄寂寞孤冷的劍，相互印證。

陸小鳳一直不願，也不懂「決戰」的發生及意義，但經由一句，「正因為他是西門吹雪，我是葉孤城」，陸小鳳啞然無言。他們都是獨一無二的大宗師，不但世間僅能有其一，而且也唯有藉其交迸出來的火花，才能照亮「道」的途轍。因此，此戰勢在必行，這已是追求「劍道」者的宿命。

「劍道」的精義何在？在於「誠」！

「誠」是什麼？西門吹雪說：「唯有誠心正意，才能達到劍術的巔峰，不誠的人，根本不足論劍。」西門吹雪入世的結果，牽連起心中冰藏已久的感情（孫秀青及腹中小兒的親情愛情、陸小鳳的友情），故他所體會出的「劍道」精義落實於人與人誠摯真實的相處之道。這是「入世」了，然而「入而不出」，西門吹雪的劍，「像是繫住了一條看不見的線——他的妻子、他的家、他的感情，就是這條看不見的線」，有牽繫，就難免有羈絆。西門吹雪以「性命之道」為「劍道」極致，得道而失劍。

葉孤城說：「學劍的人，只要誠於劍，並不必誠於人。」葉孤城「入世」的結果，依然了無牽掛，體會出「生命就是劍，劍就是生命」，「入而能出」，以「劍道」為「性命之道」，得劍而失道。

「劍道」的精義應誠於人還是誠於劍？古龍在此未加說破，卻隱隱約約透露了若干訊息——「路的盡頭是天涯，話的盡頭就是劍」，「道」無須言說，僅須體悟。

從「決戰」的結果看來，是西門吹雪勝了，「冰冷的劍鋒，已刺入葉孤城的胸膛」（頁二七一）；但是，這是否代表了劍當誠於人呢？葉孤城的敗北，真是技不如人，象徵著劍道境界的高下之別嗎？古龍寫道：「葉孤城自己知道自己的生與死之間，已沒有距離。」這場「決戰」，無論是勝是負，葉孤城都必死無疑，「既然要死，為什麼不死在西門吹雪的劍下？」所以葉孤城的劍勢略作偏差，而滿懷感激地承受了西門吹雪的劍鋒——葉孤城不敗而敗，原因何在？

在這裏，古龍事實上已否定了「劍道」與「性命之道」的關聯性，劍道的極致是「誠於劍」，而「性命之道」的極致才是「誠於人」。問題是，人生當追求「劍道」還是「性命之道」？葉孤城臨戰心亂，西門吹雪耐心等候；葉孤城臨戰一語，視破壞了他周詳計劃的陸小鳳為「朋友」，葉孤城早已決心死於西門吹雪劍下，因為他已無所遺憾，「劍道」對他而言已經印證完成，但人生在世，或者「性命之道」才是更具意義的——這是最後的「悟」。

葉孤城是否「不誠」於人呢？當陸小鳳窺破陰謀，飛身救駕的時候，葉孤城慨然而嘆：「我何必來，你又何必來？」的確，名動天下、潔白無瑕、冷如遠山冰雪的白雲城主，緣何會墮入凡俗，陰謀弒君呢？他也誠於人，誠於「南王世子」（即《繡花大盜》中的平南王世子，他的愛徒）。西門吹雪後來評論此戰，說葉孤城之敗，為「心中有垢，其劍必弱」（《銀鉤賭坊》），其實，這恐怕才是葉孤城心中最大的「垢」。

經此一戰，西門吹雪也終於明白，「劍道」須「入而能出」，一如天上白雲，悠遊於山巒崗阜，無瑕無垢，無牽無絆。

——他的人已與劍融為一體，他的人就是劍，只要他的人在，天地萬物都是他的劍。

——這正是劍法中的最高境界。——《銀鉤賭坊》

於是他拋妻棄子（見《劍神一笑》）終成一代劍神。但是，「劍神」的意義又何在呢？值得深思。

著名武俠研究與評論家、中華武俠文學學會會長 **林保淳**

陸小鳳傳奇系列

局中有局，天外有天：《陸小鳳傳奇：銀鉤賭坊》

《銀鉤賭坊》是陸小鳳系列的第四段故事，故事中的主要場景，從中原地區，遠拉到中國東北的松花江上，展示出迥然有異於以往的北國風情，幾幕「千里冰封」的景致描寫，對遠處熱帶的台灣讀者而言，簡直如夢如幻，無論是冰河、冰燈、冰市、冰水缸……等，都引領出一種怪奇瑰麗的新閱讀經驗：

燈光照在冰上，冰上的燈光反照，看來又像是一幢幢水晶宮殿，矗立在一片琉璃世界上，無論誰第一次看到這種景象，都一定會目眩情迷，心動神馳。

然而，也就在這燦爛絢麗的冰河奇景中，一連串人性卑劣的鉤心鬥角戲碼，卻在暗中陸續上演著。書名《銀鉤賭坊》，在賭坊之中，呼盧喝雉，孤注而擲，表面上是視錢財如糞土，其實正是為錢財而拚搏。錢財，永遠是人心無法消泯的慾望，賭場的存在，無疑是最大的見證：

銀鉤不停的在秋風中搖幌，秋風彷彿在嘆息，嘆息著這世上為何會有那麼多人願意被釣上這個銀鉤。

銀子（錢財）像個鉤子，永遠在勾引著人類貪婪的慾望（尤其是權力與財富），世人也一如賭徒，不可自拔地陷入這個釣鉤當中。故事中最重要的兩個場域，都有一個名為「銀鉤」的賭坊，這當然不是偶然的，古龍正藉此慨嘆人心在錢財鉤引下的墮落。賭博欲贏，絕不能純靠運氣，而得作孤注一擲，賭場所拋擲的是骨碌碌而轉的骰子；人生所拋擲的，卻往往是人性中許多珍貴的情操。

這個故事裏，沒有陰謀，沒有案件，只有一連串的「假局」，假案件、假死人、假言語、假感情、假玉牌……，幾乎無一不假。賭博欲勝，最常見的方法是「作假」；人生，好像也是一樣，不假不能成事。然而，弔詭的是，假與生相繫，而真則與死相聯，究竟人生應該「顯真」還是「扮假」？故事結尾，古龍寫道：

這件事他做得究竟是成功？還是失敗？連他自己也都分不清。

恐怕沒有人能夠解答。

整個「銀鉤賭坊」的故事，是用一連串的假局串起來的，從一開始，方玉飛對陸小鳳這位「朋友」的「喜歡」與「尊敬」，就相當虛偽——當然，如果說他喜歡陸小鳳易於受騙的「笨」，尊敬陸小鳳「犯而不較」的開闊胸襟，也未嘗不可；緊接著出現的方玉香，則從頭到尾，無一不假（假扮女賭客、方玉飛的妹妹之身分、冷如冰山的態度，以及後來對藍鬍子的感情）。

事實上，全書的假局，古龍就是藉方玉香引帶而出的——方玉香安排了香餌釣陸小鳳這條金鰲，利用「口技」的假聲，騙過了陸小鳳；然後，假冒陸小鳳之名「殺人越貨，強姦民婦」，尤其是惹上西方魔教，讓陸小鳳百口莫辯，逼使他不得不牽涉入這場明為「追逃妻、索玉牌」，暗中卻充滿權力、財富角鬥的行動，遠赴冰封千里的北國。

滿懷委屈踏上征途的陸小鳳，「邂逅」了一如驚弓之鳥的丁香姨，是第二個假局。在這個假局中，古龍從「青衣樓」、「紅鞋子」到虛擬的「白襪子」，又別創了一個「黑虎堂」。丁香姨是黑虎堂中的白鴿堂主，也是總堂主飛天玉虎的妻子，背夫私逃，拐帶了三十萬兩黃金，欲藉陸小鳳作掩護。這段假局，表面上很快地就因飛天玉虎斬斷了丁香姨的雙手雙腳揭露原委；但丁香姨透露的羅剎玉牌秘密及推介的兩個可信的人，並可憐兮兮地要求看看玉牌，卻又都是假局，一步步引陸小鳳入歧途。

第三個假局是賈樂山。賈樂山原來不假，但愛妾楚楚與部下胡辛、杜白、華玉坤的突然叛變，就出現了一個假的賈樂山。在此，古龍安排得相當具諷刺性，司空摘星，這位天下易容術第一的偷王之王，驚鴻一瞥出現，親手布了這個假局，而且，讓真的陸小鳳變成了假的賈樂山——陸小鳳已完全墜入了一個「如真包換」的假局中。

第四個假局是在冰河市集燦爛耀眼的燈光下交織而成的，真實的燈光與冰上映現的「假光」，交雜為一，難分真假，古龍選擇如此場景，顯然別具深意。藍鬍子的四個逃妾：李霞、陳靜靜、冷紅兒、唐可卿，原本情同姐妹，卻各懷鬼胎。她們之間關係相當複雜，除了最單純（單純即是真）的冷紅兒，皆有二至三種隱密「外交」關係。陳靜靜無疑是其中最虛假的一個，不但假意服從李霞，又與李霞的弟弟李神童有段秘密但卻虛假的感情，同時，更與楚楚彼此勾結，最後，連「死」都是假的。諷刺的是，當一切俱假的時候，大家都可以相安無事，一旦真相暴露，死亡即隨之來臨。當李神童知曉陳靜靜不過是利用他的感情、華玉坤等人明白楚楚根本對他們無情無義、丁香姨體悟到騙人終究也會被人騙的時候，都付出了最沉重的生命代價。

第五個假局是陸小鳳設計的，目的是揭穿一切的假局。原來，所有的局，皆是由飛天玉虎所操縱的，而真的飛天玉虎，居然是方玉飛。方玉飛設局，為的是西方魔教擁有無上權力及財富的「羅剎玉牌」，但他算盡機巧、賣弄假局所獲得的，仍然還是個假的玉牌。可笑的是，方玉飛最後身分之所以暴露，假局之所以被揭穿，卻導因於他對陳靜靜的真情，因此，留下了一個細微的破綻，讓陸小鳳得以偵知。而陸小鳳則不動聲色，利用趙君武追查到其間的線索，終於讓真相得以暴露。但是，一切假局中人，一個個也以生命為此付出代價。

第六個假局，是連陸小鳳自己也沒有料到的。假局所有的關鍵，就在羅剎玉牌，局中人廢死忘生、絕情斷義，為的就是搶獲玉牌，滿足個人心內蠢蠢欲動的欲望。殊未料及，所謂的玉牌，連帶著西方魔教教主的兒子玉天寶，都是假的，真正的操控者，是隱身幕後，從未現身的玉羅剎。為了保有權力與財富，玉羅剎製造出了一個「假兒子」，傳下一面「假玉牌」，為的是鏟除一切可能覬覦的人。於是，落於其局的人，一個個顯形，一個個滅亡。

很明顯地，羅剎玉牌是權力與財富的象徵，那麼，製造出此面玉牌的玉羅剎呢？古龍寫玉羅剎，自始至終，都讓他隱起身形：

> 霧是灰白色的，他的人也是灰白色的，煙霧迷漫，他的人看來也同樣迷迷濛濛，若有若無。

實際上，玉羅剎也是一個象徵，象徵著人內心對權力與財富的慾望，在此慾望播弄之下，人人各逞心機，各具假象，墮入徵逐循環的圈子，因此，一連串的假局，就在人生中不斷上演。人無能自主，受慾望驅使，這是很可悲的；但是，人豈能毫無欲望？誠如古龍寫的：

在這迷夢般的迷霧裏，遇見了這麼樣迷霧般的人，又看著他迷夢般消失。陸小鳳忽然覺得連自己都已迷失在霧裏。

玉羅剎是所有陸小鳳故事中未曾現身，也未曾受到制裁的幕後主使者，原因何在？豈不正因玉羅剎所象徵的慾望，是人人皆有，是一種最「真」的存在？如果，人生真該面對的是自我之「真」，則人不得不廣設假局以使其「成真」；然而，既設假局，人就不得為「真」；而若在假局中顯露出絲毫之「真」（如另一層次的真實：情感），結局就是失敗與滅亡。陸小鳳故事中，處處假局；人生亦復如此，假局相連。人應該如何安頓這個真實的慾望？人如何於真假之際作一取捨？

陸小鳳歷盡風霜，幾經波折，終於揭露事實，但是，對如何安頓，卻是沒有答案。不但陸小鳳「分不清楚」，古龍「分不清楚」，就是所有人，都很難分得清楚。

著名武俠研究與評論家、中華武俠文學學會會長
林保淳

陸小鳳傳奇系列

重重詭秘，步步驚心：《陸小鳳傳奇：幽靈山莊》

《幽靈山莊》是陸小鳳系列中的第五個故事。這個故事的特殊性，是一開始就以一個絕大的「懸念」引領：陸小鳳被西門吹雪追殺，因為他與西門吹雪的妻子被「捉姦在床」！

陸小鳳的風流好色，在前面的幾個故事中，讀者已可以察覺到，但是，如果說陸小鳳居然色膽包天，不顧朋友道義，欺友之妻，讀者萬萬不能相信；不但不信，而且預知其中一定有所圖謀或陰謀。只是，在古龍巧妙地以「七個名動天下，譽滿江湖」的人佐證，並「以假亂真」（參見《劍神一笑》的導讀），將陸小鳳的心理狀態也描摹成真的做了這件事一樣，卻只得舉棋不定，未敢遽斷。因此，全書一直籠罩在「陸小鳳是否真的欺友之妻」的懸念中，吸引著讀者一窺究竟的慾望。

全書精彩的部分集中在「幽靈山莊」中。幽靈山莊是「老刀把子」庇護惡人的地方，有點類似《絕代雙驕》中的「惡人谷」。「惡人谷」中的惡人，受嫉惡如仇的燕南天所迫，不敢出谷一步，其實未必真的做了多少惡事；但老刀把子所庇護的惡人，以書中描述看來，大抵不是通敵賣國，就是賣友求榮者。

陸小鳳之所以能進入「幽靈山莊」，與外甥的妻子通姦的「六親不認」獨孤美是引渡者，與陸小鳳之「欺友之妻」，皆屬背叛一類，可以想見此處的藏汙納垢，遠較惡人谷為甚。稱他們是「幽靈」，有三層意涵，一是他們多半經過「假死」的一道手續，人既已死，自然是「幽靈」；一是他們的罪情，簡直不能稱為是人，也不敢見光，與「幽靈」無異；一是這些「幽靈」聚集在一起，集結成一股龐大的勢力，必然有所圖謀，其行事的詭密，也一如「幽靈」。

古龍用了相當多的筆墨渲染「幽靈」的氣息，勾魂使者、遊魂、生死線，白雲縹緲，如煙如霧的死人世界，以及一些明明已死的「名字」，自然不在話下；但最讓人感到如幽靈般詭譎的氣氛，還是其中許許多多令人無法思議的怪事、怪人與秘密。

幽靈山莊收容了這些見不得光的人，當然不會僅僅出於「商業」考量，據獨孤美稱，他是花了十萬兩銀子的代價，而陸小鳳倉皇逃避西門吹雪的追殺，身上分文盡無，居然也會受到接納，必然是陸小鳳具有利用價值。然則，老刀把子欲利用陸小鳳和其他幽靈辦成何種大事？自然是陸小鳳與讀者都想查探清楚的。

在幽靈山莊中，陸小鳳整個人的心理狀態、思想及情緒，完全是一副真的犯下江湖最忌諱的罪咎的樣子。實際上，這是一個「陰謀」。

古龍的陸小鳳系列故事，不乏「陰謀」，藉此考驗陸小鳳的智慧；但此書的「陰謀」，卻別出蹊徑——以前的「陰謀」都是別人設計的，而此處的「陰謀」，從首章七個名人的聚會開始，道出陸小鳳的罪責，就是「陰謀」，而陸小鳳是親自布下此一「陰謀」的人。

在此，古龍採取了偵探小說的別支——間諜小說的模式加以經營。陸小鳳一如「間諜」，深入幽靈山莊的虎穴中，刺探敵情。

當間諜的首要條件就是需取信別人，因此，古龍不得不花費一些篇幅，寫陸小鳳接受試探、考驗的過程。但這試驗的過程，古龍採用了多線經營的方式，一方面利用真假莫辨的事件反覆考驗陸小鳳的忠實程度（將軍、鉤子、表哥、管家婆、犬郎君等人物的安排即具此作用）；一方面又藉此過程，逐步預留揭穿老刀把子隱秘的線索（葉靈、葉雪、葉凌風的安排，作用在此）。由於採多線經營，整個故事就不至於平板無奇，而顯得波瀾起伏，頗能掌控讀者的情緒。在幽靈山莊的諸多人物中，犬郎君、將軍與葉雪最具關鍵作用。

犬郎君武功低微，最拿手的絕技是「易容」，儘管古龍說他的易容術比不上司空摘星的三分之一，但實際上，司空摘星只會假扮成人，而犬郎君能巧扮為「犬」，其間高下之別，讀者可以自行判斷。

犬郎君是一舉揭穿老刀把子身分的妙棋，他與司空摘星裏應外合，將「天雷行動」的內情，完全傳遞了出去，使當初參與這個「陰謀」的眾人，可以好整以暇地佈置讓老刀把子現形的陷阱。犬郎君是個不起眼的角色，但古龍最擅長的筆法就是將不起眼的角色，安排為情節的關鍵。

有了犬郎君居間聯繫，將原來幽靈山莊的人「偷天換日」，改成參與「陰謀」的諸人，老刀把子當然無法遁形——但如果情節只是如此設計，未免太過簡單，同時也辜負了作者對老刀把子的設計。

老刀把子既然能創設幽靈山莊，自然不會是簡單人物，古龍藉幽靈山莊的詭秘氣氛及對陸小鳳的反覆試探，早已讓讀者產生和陸小鳳一樣的感覺——這是個可怕的人。這麼個可怕的人，當然不會輕易落入陸小鳳的陷阱中。在此，古龍寫陸小鳳，沒有將他寫成萬能的英雄，他也會有失誤，而且，有些失誤，是陸小鳳也無法彌補的。

將軍這一角色，正凸顯出老刀把子的可怕。將軍在幽靈山莊中，與陸小鳳拚「食肉」，受了陸小鳳一拳，即以受傷養病的理由，不再出現，因此，也順理成章地未參與「天雷行動」。此一角色，似有若無，根本不會引起太多的注意。但他卻是老刀把子派在陸小鳳陣營的「間諜」。

陸小鳳諸人懷疑老刀把子是江湖中的名人，因此在挑選成員時，費了一番揀擇的工夫，所有成員都是無可懷疑的。但陸小鳳沒料到，成員之一巴山小顧居然有個師叔，巴山小顧不得不將計謀向師叔報告；而此一師叔龍猛，就是將軍。原來老刀把子早已知曉內情，當十個成員輪番演戲，安排香餌釣金鰲的時候，老刀把子也陪著演了一齣戲中戲。陸小鳳有此破綻，顯然就技遜一籌，而且敗得無法挽救。雖然明知老刀把子就是木道人，卻沒有絲毫證據，老刀把子總是棋高一著地先消滅了所有的證據！

就計謀而言，陸小鳳是一敗塗地了，眼看著木道人計謀得逞，準備接任武當掌門，而陸小鳳束手無策的時候，葉雪就發揮了最重要的作用。

葉雪在幽靈山莊中有幾場與陸小鳳情感的對手戲，她「看來美麗而柔弱，卻又像豹子般敏捷冷酷」、「複雜而矛盾的性格，造成她一種奇特的魅力」。她敢愛敢恨，為愛可以溫柔多情，為恨也可以冷酷凌厲，不擇手段。她名為葉凌風的女兒，但真正的父親是老刀把子。在表面上，古龍似乎只讓她承擔起陸小鳳在幽靈山莊又一次邂逅的女子，並藉她探查出老刀把子的秘密，但當老刀把子處心積慮地安排了石鶴當替死鬼，而且親手殺了石鶴這「假老刀把子」，而陸小鳳苦無佐證時，葉雪出乎意料地發揮了她的重要性——她披麻戴孝，為「父」報仇，刺殺了木道人！

這真是一場悲劇，古龍寫木道人臨死前的心理：

他臉上忽然露出種無法形容的恐懼。那絕不是死的恐懼。

他恐懼，只因天地間所有不可思議，不可解釋的事，在這一瞬間忽然都有了答案，所有他本來不相信的事，在這一瞬間，都已令他不能不信。

就情節看來，葉雪的「弒父」，是一個急轉直下的安排，讓人出乎意料之外；但對讀者而言，卻是一個最好的交代。武俠小說向來著重的「正義必勝」結局，在瀕臨破滅之際，葉雪的刀下，突然起死回生。木道人機關算盡，自以為天衣無縫，可以掩盡天下人耳目，當然不會相信「天道好還」、「善惡有報」的庸俗論調，但是，結果就是如此，木道人不能不信，「他的計劃雖周密，卻想不到還有張更密的天網在等著他」。犧牲了葉雪，換回的是正義與天道，讀者於感慨之餘，自也不無安慰。

可悲的是，木道人費盡心機的安排，不過是為了掩飾他曾經在外娶了妻子、生了女兒這件事，權位，當真具有如此強大的腐蝕力，足以讓人犧牲一切嗎？做了三十年武當名宿，博得了無數江湖好漢崇敬的木道人，只因一念不忘權位，遂落得如此下場，哀哉！

著名武俠研究與評論家、中華武俠文學學會會長　林保淳

陸小鳳傳奇系列

隱形的人，神秘之局：《陸小鳳傳奇：鳳舞九天》

這是陸小鳳故事系列的第六部，題名「鳳舞九天」，是為了強調陸小鳳在經過「隱形人」事件後，浪子心定，終於得偕紅粉知己江沙曼，「是飛翔在幸福的九重天上的陸小鳳」，因而意欲歸隱江湖。但這是否為古龍所取的原名，是相當值得懷疑的。

此書從寫作、出版到印行，頗有一些波折，主要是古龍實際上並未完成這部作品，而目前可以看到的有兩種版本：一是香港武功出版社所出的，題名為「隱形的人」，故事未完；一為台北皇鼎出版社所出，故事完整，據聞為薛興國所續，題為「鳳舞九天」。兩本相較，大抵從「仗義救人」的後半段，「他忽然發覺自己已落入了一張網裏。一張由四十九個人，三十七柄刀織成的網」以上，完全相同。由於兩種版本後面的情節發展互異，因此，究竟古龍原作寫到哪裏，頗有異議。

不過，這並不妨礙讀者欣賞這部小說。「鳳舞九天」在接續古龍原作時，遺漏了頗多線索，如小玉此女的來歷，諱莫如深，古龍在〈談判順利〉一節，其實已留下伏筆；老實和尚在後續的故事中，硬被栽贓成「不老實」，與古龍的原意，也大相徑庭（在《劍神一笑》中，老實和尚又儼然是一「老實」人）；而故事結尾，陸小鳳與江沙曼共諧連理，則與《劍神一笑》中所敘的「牛肉湯」相衝突；而「刺殺皇上以奪嗣」的橋段，古龍在《決戰前後》已經用過，實不宜重出。然而，薛興國頗精熟古龍筆法與風格，神似之處，幾可亂真，如將崔誠在嚴密保護中的秘室中被滅口，利用人為的「時間差」（葉星士撒謊），製造懸疑，頗切合書中屢屢強調的「隱形人」意旨，可謂是「善讀古龍」；而且將幕後主使人坐實於「太平王世子」，也符合古龍原意。因此，《鳳舞九天》依然不失為一部值得一讀的佳作。

本書的結構相當巧妙，尤其是前半部。一開始，二千五百萬兩珍寶在神不知鬼不覺中遭劫，即已造成莫大的懸疑；而唯一的「活口」（其他人皆失蹤），居然在重重護衛下遭到滅口，更令讀者感到波詭雲譎，道道地地就是古龍最精擅的筆法。劫案一無頭緒，依理當在劫案現場刻意描繪，抽絲剝繭，以求得蛛絲馬跡；但古龍偏偏慢條斯理，轉筆敘述欲出海觀光的陸小鳳。陸小鳳在「狐狸窩」的一段，乍看之下是「閒筆」，與劫案根本無關，陸小鳳也自始不曉得有此巨案；但卻在古龍精心設計的一場暴風雨中，利用木魚和佛像，巧妙地將陸小鳳捲入，然後一步一步地透露線索，最終才在回到陸地後，讓陸小鳳正式成為本書偵察案件的「偵探」。在此，陸小鳳真的有「千呼萬喚始出來」的味道，吊盡了讀者的胃口。

此書的關鍵點在「隱形人」，港版題名為「隱形的人」，應是古龍原意。所謂「隱形人」，書中藉小老頭的話語，作了相關的「定義」：

泡沫沒入大海，杯酒傾入酒樽，就等於隱形了。因為別人已看不到它，更找不出它，有些人也一樣。

如果你有另外一種身分，譬如說，如果你是江南大俠，那麼你也等於隱形了，因為別人只看見你是大俠的身分，卻看不見你是殺人的刺客。

世間沒有真的能夠「隱形」的人，最多是巧妙地利用各種身分，「隱藏真形」而已。「隱藏真形」，當然就讓人無法掌握，同時也充滿各種不可預料的可能。實際上，古龍的作品，幾乎多半都是以「隱形人」的概念在運作的，他的許多名言，如「最好的朋友，就是你最大的敵人」、「有時候越是老朋友，越會把對方出賣」、「最危險的地方，就是最安全的地方」等，藉「可能／可能不」的辯證詞組（其實，「可能」一語，就暗藏著「可能不」的意義），淋漓盡致地發揮了作品離奇變化的特色。

何以朋友會是敵人？顯然，「朋友」只是一種「身分」，用來掩飾、隱藏

「敵人」的「真形」而已。古龍賦予筆下的每一個角色「無限的可能」，在情節需要變化的時候，隨時「可能」爆出驚人的內情，就此而言，每個角色都被塑造成「隱形人」，但看古龍願不願意暴露出其「真形」而已。古龍筆下的人物，充滿了模糊不定的特色，而也正因具此特色，所以古龍的小說才詭秘離奇，變化不可方物。

本書可謂是全力發揮「隱形」意旨的佳作，古龍先聲奪人地點出「隱形人」，然後藉「隱形人」的含意，貫串全書。實際上，書中每一個人物（除了主角）都可能是「隱形人」，因為每個人似乎都隱藏了「真形」，從海邊的岳洋、老狐狸、牛肉湯、小玉、小老頭，到劫案中的要角鷹眼老七、名醫葉星士、太平王世子，甚至連另一主角老實和尚，都有說不清的內幕，數不盡的秘密。在古龍文字播弄之下，讀者滿頭霧水，分不出孰是孰非，非得等到古龍最後的「暴露」，才能盡知其玄奧。

古龍以這種方式塑造人物，簡直有點「隨心所欲」，要黑要白，但看他高不高興之所至，讀者閱讀過後，多少難免有點被戲耍、愚弄的味道，而古龍偏偏就是有這種本事，他讓你心中儘管不服氣、不愜意，但卻無法與他辯駁，因為任何一條線索，他都安排得合情合理！

《鳳舞九天》是古龍未完成的作品，究竟何以古龍中途輟筆呢？古龍創作的後期，整個心態又是如何？古龍已往矣，如今是很難考究了。不過，此書有一段甚為奇特的文字，或者可以讓我們略窺一二：

如果你的心裏有痛苦，喝醉了是不是就會忘記？

不是！

——為什麼？

因為你清醒後更痛苦。

——所以喝醉了對你並沒有好處。

絕沒有。

——那麼你為什麼要醉？

我不知道。

一個人為什麼總是常常要去做自己並不想做的事？

我不知道。

這段充滿懺悔、矛盾、徬徨的文字非常突兀，緊接在陸小鳳不忍見到天龍門南宗遭「武官」屠戮，奮勇衝出之後，而下文立即描述陸小鳳眼中所見到的慘狀。可以說，這段文字是「上不巴村，下不著店」的，即使刪除，也無關緊要。可以想見，這是古龍的獨白，在此，我們看到的不是意氣飛揚的古大俠，而是一個痛苦、徘徊、落寞的心靈。古龍晚年愈發嗜酒，酒，帶給古龍的往往不是酣暢，是舉杯澆愁愁更愁，是無盡的寂寞，是後來一身的病痛。

著名武俠研究與評論家、中華武俠文學學會會長 林保淳

陸小鳳傳奇系列

奇詭江湖，盡付一笑：《陸小鳳傳奇：劍神一笑》

本書題名為《劍神一笑》，作者開宗明義就表示，由於西門吹雪從來都不笑，似乎極易讓人以為他是「沒有血肉感情的人」，可是，西門吹雪並非如此：

> 至少，我就知道他曾經笑過一次，在一次非常奇妙的事件中，一種非常特殊的情況下，他就曾經笑過一次。（〈序〉）

因此，本段故事，主要就是企圖以「奇妙」、「特殊」的情節，「逼」出西門吹雪的「一笑」。

古龍小說中的「奇妙」、「特殊」之處，其實已經表現得相當淋漓盡致了，此

處刻意再求表現，自然讓讀者頗有拭目以待的期盼。

西門吹雪是古龍作品中相當特殊的角色，衣白如雪，心冷若冰，古龍喜用「遠山上的冰雪」來形容他孤傲絕俗的風標；冰雪是西門吹雪的標記，而「遠山」則強調出他與世俗的隔絕——無論是行事風格或人生理想，均與世俗大異。因此，他可以奔波千里，為素不相識的人復仇，也可以為印證劍道，不惜一切。劍是他的生命，也是他的一切。假如我們將「笑」視為人在俗世中「因物而喜」的一種表現，則西門吹雪實際上已經達到了「不以物喜，不以己悲」的境界，除了「冷笑」俗世外，西門吹雪已沒有「笑」，也無須「笑」。

但是，西門吹雪是古龍武俠小說中的英雄，而所謂的「英雄」，必須將其生命落實在現實社會（俗世），如果西門吹雪一輩子只是「遠山上的冰雪」，孤高冷傲固然亦不失為個人風格的展現，卻未必能讓人敬仰，在虛構的江湖世界中，也缺乏實質的意義。因此，西門吹雪如若「不笑」，就無法顯示出「有血有肉」的英雄形象。

事實上，在陸小鳳的故事系列中，知情重義、飛揚跳脫的陸小鳳與孤傲離俗、冰雪冷峻的西門吹雪，是一組強烈對照人物，分別代表了作者古龍內心的兩個世界。

古龍一生遊戲風塵，在性格上與陸小鳳頗有神似之處，而其內心的孤獨寂冷，則一如西門吹雪。古龍寫西門吹雪，一方面是欲藉西門吹雪冷嘲現世，一方面又無法擺脫自己對現世的渴盼（這點，從古龍對「朋友」的矛盾複雜感受可以看出）。因此，雖強調西門吹雪孤高冷峻的一面，卻又不甘於讓他完全脫離塵俗。於是，西門吹雪不能「不笑」。

要讓這麼樣的一個人「笑」，當然是不太簡單的。其實，古龍已經讓西門吹雪有「笑」的機會了，那就是在《決戰前後》中，藉西門吹雪與孫秀青的結褵展現出來的。可是，在此書中，古龍又強調西門吹雪為了追求「劍道」，棄絕了孫秀青母子——婚姻以及隨婚姻而來的親子關係，在古龍的生命中，彷彿也是一種「痛」。古龍不想讓西門吹雪在婚姻與親情中展現血肉與情感，唯一的途徑，就是藉「朋友」——這個一直在古龍生命中含蘊複雜的關係，來展現情義。

「朋友」主題，在古龍的小說中以不同的形態反覆呈顯，如何擺脫故轍，設計出新的情節，的確煞費思量。在此書中，古龍充分發揮了武俠小說慣用的「易容術」，作為全書的主脈。

「易容術」在古龍早期的小說《名劍風流》中，曾經大放異彩，真正發揮其製造懸疑的功能，也初步開創了古龍情節詭奇的風格。儘管古龍後來強調「易容術的限度」——「天下沒有任何一種易容術能讓一個人改扮成另一個人，而且能瞞過這個人最接近的朋友和親人」，意圖避免過於荒誕不經的毛病；但是，其整體運用原則，還是以變化離奇為主。古龍晚期的作品，詭異離奇的風格早已確定，運用起來自然更加得心應手。

在陸小鳳故事中，古龍曾寫過犬郎君與司空摘星兩位精擅易容術的奇人，而相較之下，犬郎君的「本事還比不上司空摘星的三分之一」，因此，司空摘星理所當然地成為書中的關鍵人物——他不但自己易容，而且還為別人易容，都一樣維妙維肖。就在易容術盡其所能的運用下，西門吹雪的一「笑」，破繭而出！

整個故事的經營，分別為兩大段落，第一段落的主角是陸小鳳，為了追查好友柳如鋼的生死下落，陸小鳳來到塞外的黃石鎮（黃石鎮在古龍筆下充滿了美國西部片的風情，想來古龍是有意為之的）。柳如鋼為何不遠千里而來此小鎮？而又為何死在此地？兇手又會是誰？古龍用慣常的偵探、懸疑筆法鋪陳，處處留下線索，又處處不願明說。直到最後一場金魚缸下的地穴，才約略點出兇手集團——但陸小鳳在眾人出其不意的圍攻下，居然「一命歸西」。

陸小鳳的死，是為了安排西門吹雪出場。西門吹雪的朋友很少，可以讓他假以詞色的，也僅陸小鳳一人而已；儘管他對陸小鳳表面冰冷，甚至經常要陸小鳳剃掉他「正字標記」的鬍子，才願意拔刀相助，但對陸小鳳也可謂是「有求必應」了。如此一位朋友「死於非命」，西門吹雪豈有不出山的道理？不過，古龍卻如此說道：

> 如果他不高興不願意，就算有人把陸小鳳當面刺殺在他眼前，他也看不見。

這是古龍故施狡獪，當所有人都認為無法請動西門吹雪，而老實和尚故作機鋒，說出「沒法子，就是有法子」時，（此處的「沒法子，就是有法子」，當然是古龍慣用的弔詭語法，但也展示了一種語式上「正言若反」的機鋒）西門吹雪早已趕往黃石鎮了。因此，故事的第二段落題為「西門吹雪」，主要就是寫西門吹雪去援救陸小鳳的情形。

要利用情節「逼」西門吹雪「笑」，先得估量西門吹雪應該在整個情節中佔有何種地位。段落名為「西門吹雪」，西門吹雪自然是「主」；但如果事件完全以西門吹雪為主線，一則將會掩蓋陸小鳳的光彩，一則西門吹雪身在其中，若「笑」也不太自然（蓋以他的個性而言，參與事件本身未必能「笑」），因此，他又必須兼具旁觀者的角色（賓）。古龍寫西門吹雪，正是將他視為「主中之賓」，利用司空摘星（賓）貫串全域。在此，古龍極度發揮了他佈局離奇的本事。

離奇的佈局，在司空摘星匪夷所思的易容術主導下，著實產生了懸疑與意外的效果。陸小鳳之「死」，是一大懸疑，他的「未死」，不能算是意外，但「死」的是老實和尚，而且居然是「假死」，就大大令讀者意外了。司空摘星假扮成西門吹雪，這是懸疑，因為讓讀者懸念著「原因及結果」；但司空摘星不是司空摘星，而是老實和尚，簡直有讓讀者跌破眼鏡的意外。兩個西門吹雪，孰真孰假？小老頭夫妻究竟是誰？都是懸念，也都十足意外。能夠造成這些懸念與意外，當然是司空摘星「裝神像神，扮鬼似鬼」的易容術所致。

除此之外，古龍特殊的「正言若反」筆法，也發揮了相當大的影響力。所謂「正言若反」，簡單而言，就是一種利用表面文字當引線，卻完全悖離文字意涵的語言模式（有關這點，須用很長的篇幅解說，在此姑略）。在這段故事中，古龍特別鍾情於「以假亂真」的手法。

「以假亂真」，從司空摘星的易容術中當然可以窺出端倪，但這屬情節設計，而非語言模式；屬於語言模式的「以假亂真」，見諸於古龍將所有的「情境」都寫成「如一如實」的手法上。

所謂「情境」的「如一如實」，就是古龍交相運用錯綜的筆法，綰結完全不同的情境。例如說，真實的西門吹雪，自有其自身的情境，作者固然可以深入其內心，刻劃其心中的各種思想、觀念及感受；而一旦是假的西門吹雪，則自有另一種情境。古龍利用斷裂的行文方式，將兩個不同情境結合為一，讓假的西門吹雪就宛如真的一樣（如一如實）。以〈超級殺手雲峰見〉這章為例，在雲峰中等待牛肉湯約戰的西門吹雪，分明是司空摘星假扮的，理應有司空摘星自身內心的感受，可是，在此章前面一大段類似「獨白」的文字，卻完全是屬於西門吹雪的，讓人根本不可能去質疑其假；而就在讀者切實相信後，再說破其間關竅，可以想見到其震撼人心的威力。當然，這種手法不免違背了人物性格的統一性，但是古龍往往利用「分行」加以錯綜區隔，如果運用得當，未嘗不是一種新的嘗試。

「易容術」及「正言若反」的「以假亂真」結合，是本書離奇佈局的關鍵點，也是本書最引人入勝的地方。

不過，嚴格說來，古龍並未處理得當，讀者在驚詫之餘，不免眼花撩亂，而且多處情節並未有合理的說明（如老實和尚幾時冒充陸小鳳、何以原應在棺材中的他，可以神鬼不覺地溜出來，又化身為西門吹雪等）。最後，在「小老頭是陸小鳳，小老太婆是老實和尚，陸小鳳是司空摘星」的突梯滑稽場面中，「從來不笑」的西門吹雪，終於「笑了」——逼出此一笑，真是談何容易！

著名武俠研究與評論家、中華武俠文學學會會長 林保淳

七種武器系列

精采紛呈，寓意深遠：《七種武器：長生劍》

《長生劍》發表於一九七一年，其時正是古龍創作巔峰時期。

《長生劍》是七種武器的第一種，《七種武器》是由《長生劍》、《孔雀翎》、《碧玉刀》、《霸王槍》、《多情環》、《離別鉤》、《七殺手》等中篇武俠小說組成，這七部書既可單獨成篇，又可連貫閱讀，可以稱之為系列武俠小說。

古龍寫七種武器，緣起於由出版人轉事寫作的于東樓先生。漢麟出版社負責人于東樓先生鑑於古龍先生為眾多稿約所累所困，連載遲遲不得交稿，建議其做中篇嘗試，其時于東樓正冥思新構，長生劍、孔雀翎等是其報出的連串新兵器名目，新名一出使古龍欣賞之極。于東樓作為一個出版家，慣為他人作嫁衣，於是拱手相送。

長生劍、孔雀翎等兵器名目經古龍之筆，立生光輝，遂有《七種武器》此題，《長生劍》此書。

武俠小說發展到了今天，古代傳統意義上的兵器，如刀、槍、劍、戟、棍、棒、槊、鑜、斧、鉞、鏟、鈀、鞭、鉤、錘、叉、戈、矛（一說為刀、槍、劍、戟、矛、盾、弓、弩、斧、鉞、鞭、鉤、撾、殳、耙頭、叉、綿繩套索、白桿）上述這些古代兵器都已入籍，兵器譜所能列載的幾乎悉數網羅，即使非兵器類的民間生活用具，農工器具也都無不入行，漁樵耕讀的釣桿、魚網，勾索、扁擔，鋤、鐮、琴、棋、書、畫；女人的簪、釵、鐲、環，孩子的玩具、老人的拐杖，甚至花草樹葉，無不可以當兵器、暗器入武林之門。因此當兵器用老、用濫的時候，創造新的兵器是何等重要。

創造出一樣奇門兵刃，那怕僅僅是一個名字，對於武俠小說家來說，都是十分振奮的事，因為創造得好，新兵器本身就能增色許多，既不是套用別人存抄襲之嫌，又不是陷入傳統套路，使人感到是十八般兵器的變種，沒有新鮮感。新兵器的人格化，常常可以賦予人物新的人格力量，常常會形成一種新故事的內核，蘊含的是全新的因素。所以幾乎所有的武俠小說家都很看重新兵器的發明和創造。

無庸諱言，七種兵器給古龍一個創新的機會。

古龍在寫這部《長生劍》時，開始注重武俠小說的嬗變，也即他要脫出武俠小說單純消遣娛樂的窠臼，在他自己的小說中注入更多的理念，藉摻入人生哲學，提高武俠小說的層次，確立它的思想價值和審美價值。

在長生劍中就體現了這種嬗變，從題目來看似是寫的劍，而實際上寫的是一種精神力量，那就是在逆境中仍能笑的勇氣，笑才能真正征服人心，所謂不戰而屈人之兵。

讀者諸君可以從字裏行間得到這種精神感悟。

專欄作家、資深文學評論家 李榮德

七種武器系列

能悲能喜，大師手筆：《七種武器：孔雀翎》

《孔雀翎》寫在《長生劍》之後，於次年付梓。古龍在《長生劍》之後續寫的這部孔雀翎，故事雖不是緊連上文，但由於在《長生劍》中已經預伏多處，有詮釋前部《長生劍》之謎的感覺，所以讀來使人有連貫的感覺，覺得只是另起了一個頭而已。然而，在本書的開篇中，古龍一改寫《長生劍》的筆法，沒有神秘造勢，創層層懸念，而是明人明事明做，任務明、計劃明、目標明、步驟明，正如行動計劃名為「天衣無縫」，古龍以這一手法造勢同樣達到了製造大懸念的目的。

古龍對於武俠小說中出現的武器，向來是很重視的，他曾說過自已當初看到張傑鑫的《三劍俠》中「飛天玉虎」蔣伯芳亮出他的盤龍棍時，心就會跳。

盤龍棍在兵器中並不是什麼奇特的玩意兒，但蔣伯芳的人格力量卻使那條盤龍

棍生動起來，深深打動了古龍的心。也許正是此種感悟，古龍也要使「七種武器」中的兵器有自己的特色，不過古龍追求的並不是物的奇特，他認為武器是死的，人是活的。一件武器是否能令讀者覺得神奇刺激，主要還是得看使用他的是什麼人。

這段話雖不是專為七種武器寫的，卻可以看作是一種注解，特別可以看作是《孔雀翎》的注解。《孔雀翎》不是寫「刀」，而是寫一種具有人格力量的人性武器。而這一人性武器卻是以暗器面目出現的，古龍在這部書裏將暗器作為武器之一來描寫，自是反其道而行之，因為暗器傷人從來為白道人士所不屑的手段，往往斥之為不光明正大，是宵小之徒的鬼蜮伎倆，真正的英雄是不用暗器的。而古龍認為暗器也是武器的一種，他說過：「你想想現代的武器其實就是暗器，手槍與袖箭有什麼區別？機關槍豈非就是古代的連珠弩箭？」

他把孔雀翎寫成一種最為精巧和高明的暗器，也是一種可怕卻是異常美麗的暗器，「世上沒有任何一種武器能比孔雀翎更可怕，也絕沒有任何一種暗器比孔雀翎更美麗。」在古龍筆下暗器發出的那一瞬間，那種神秘的輝煌和美麗簡直如同罌粟花，豔得可以，毒得也可以。他認為：「暗器也是種武器，武器的真正意義並不是殺人，而是止殺。」這是古龍賦予了他筆下的暗器以新的理念。

常言古龍武俠出新，單從暗器一則，就大可窺見一斑。

專欄作家、資深文學評論家 李榮德

七種武器系列

完成轉折，另類創新：《七種武器：霸王槍》

在《霸王槍》中，古龍並不像以往那樣展示兵器的獨特風采，而仍是以兵器代表的精神，建構一個具有人格力量的人性武器，或者說是將人性的潛力依附於武器，將具象抽象化。這裏原先意義上的武器，只不過是一個載體，一個無實際內容的空殼。

這一個系列是古龍武俠發生重大轉折的關節，從《多情劍客無情劍》到《七種武器》是古龍武俠小說發生大轉折的關鍵時刻，他將武俠小說提高了一層次，創出了一番新意，他把人世間的種種情感推到了一個極致的地步，把各種類型的人物寫得玲瓏剔透。

七種武器表達的是不同人格力量的人性武器，《長生劍》代表的是樂觀者的笑

的力量，是在逆境中仍能笑的勇氣；以笑征服人心者，能不戰而屈人之兵。《孔雀翎》寫的是自信；《碧玉刀》寫的是誠實；《多情環》寫的是仇恨；而《霸王槍》則寫的是愛情，是愛心的精神力量；作者在書中這樣說：「無論多惡毒周密的計劃，都終究會失敗的，因為人世間還有一種更強大的力量存在。」，「那就是人類的信心和愛心。」

《霸王槍》中的丁喜正是因為憑藉了這種力量，才會義無反顧，不顧一切地冒險。可以說小馬之無畏來自愛，丁喜之勇來自情。

而他的敵手正是不理解人世間親情會激發出無窮的力量，才會因此錯著而失敗。

古龍在同時期完成的《天涯．明月．刀》的原序中寫過：「最近我的胃很不好，心情也不佳，所以除了維持《七種武器》和《陸小鳳》兩個連續性的故事外，已很久沒開新稿。」可見對這兩系列之重視。除了不適煩躁外，在古龍生命的這一時段中並沒有大的事情發生，生活一切平靜，文壇聲名奠立，此時，他亟思在創作風格上能有異於往昔的展布。表面上，《霸王槍》開篇似淡化了古龍固有的「氣」和「勢」，文氣並未直沖牛斗，文勢亦談不上磅礴，行文顯現「另類風情」，常會使讀者努力捕捉作家真意而不得。也許，古龍需要反思，哪些獲得了成功，哪些有欠缺。古龍寫完《霸王槍》以後，停了許久才續寫《離別鉤》，或者是因為《霸王槍》的「另類」呈現。

上述觀點不妨算作一家之言，我認為，《霸王槍》前半部是較為鬆散，直到第七章才開始緊湊起來。但這種鬆散大有歐風，國外有許多作品都以漫散之筆漸進，或展現風情，或展現環境，或展現親情，作較長的鋪墊，使主要事件漸露端倪。目的都在於：為了突顯文事正本。整個過程甚像畫家作畫，有的一上手就把主要的東西布於畫布，然後去添加樹木花草，有的先畫周邊，最後進入主題。

《霸王槍》的基調前鬆後緊，也許是《七種武器》其餘幾種各具風采和特色的緣故，所以遇到《霸王槍》前面幾章細流緩淌的寫法時，就有悵然若失之憾。其實沉下心來細捫其脈，《霸王槍》難道不是又一種創新的手段？文如小舟漂流，始是平緩水勢，碧波蕩漾，繼而迴旋曲折，進而巨瀾湯湯，以平鋪淡入至斷崖跌宕成飛瀑，只有縱觀小說文脈之通篇流布才有整體的美感。

專欄作家、資深文學評論家 李榮德

七種武器系列

春風駘蕩，渾然天成：《七種武器：碧玉刀》

《碧玉刀》一開場，湖山、春色、遊人如織，應著兩句古詩：山外青山樓外樓，西湖歌舞幾時休。古龍在《碧玉刀》中一改惜墨如金的文風，居然不惜筆墨描寫起江南杭州的景色來，散文詩式的語言，飄逸俊美，從春色寫到漁歌，從茶樓酒肆寫到水鄉漁家；是一種清明上河圖式的風俗展示。寫景及人，寫人及景，景情交融，以從容優雅的筆觸使之渾然一體。既不同於《長生劍》如幽谷深潭，詭異神秘；又不同於《孔雀翎》如淙淙流泉，軒敞明亮；《碧玉刀》如行雲流水，主角為風流倜儻的江湖美少年，行文風采與人物的表現極為和諧一致。

古龍在本書中寫出其作品的另一面——柔美、雅致。古龍的書一般以情節驚險曲折見長，文句通常也短促有力。而在本書中一反常態，以柔美、從容、優雅、舒展見長，寫出了俠之風流。寫少年段玉風采翩然，華華鳳（朱珠）活色生香。筆下揮灑，將段玉的天真、誠實表述得十分真切，一個極為正派的英俠形象躍然紙上。

不要以為這是部抒情作品，其實玄機隱藏在風花雪月之中，危險存在於風俗圖裏。直到第二章，才始露端倪，到第三章，也即結尾章才能真正明白本書是什麼意味。大凡高手就是如此，出奇不意，天降神兵，才是妙招，如果人人看了頭便可以知道尾，那麼也就成了老奶奶哄小孫子的玩意兒了。透過這部書，我們似乎可以看到古龍寫作的神態，他已經非常自信，因此下筆才從容優雅，不像寫作《長生劍》那樣，有時還有一種生澀之感，整本書娓娓道來，真個是風發韻流，渾然天成。

古龍其實是一個非常有思想、有創意的武俠小說作家，他認為「……只有人性才是小說中不可缺少的，人性並不僅僅是憤怒、仇恨、悲哀、恐懼，其中也包括了愛與友情、慷慨與俠義、幽默與同情，我們為什麼要特別著重其中醜惡的一面？」（《血海飄香》序）

上面這段話是為《血海飄香》寫的，卻同樣可以拿來為《碧玉刀》作注腳。《碧玉刀》就是包括了愛與友情、慷慨與俠義。古龍的小說一般沒有年代背景，這有利於他充分發揮自己的想像空間，不受真實的制約。因而他的作品更多的是像寓言，而不可能具有史詩般的框架巨構，然而正因為具有寓言、神話般的特徵，所以具備通俗的魅力，能夠流行，能夠備受人們的喜愛。

專欄作家、資深文學評論家 李榮德

七種武器系列

行雲流水，渾然天成：《七種武器：多情環》

《七種武器》每一部有每一部的特色。對話精妙，語言技巧純熟，是〈多情環》的一大特點。古龍小說的人物對話，有交代情節、敘述故事的功能，通過人物對話把事情敘述得一清二楚，而且這種對話往往簡潔明快，絕不拖泥帶水。不僅僅如此，人物的心理、故事的推理等等都靠人物的問答來表現、敘述，在他的書中不僅有大段落的對話，還有整章的對話，可以說，許多章節是由人物對話組成的。

古龍運用對話之精妙還在於：他將對話作為刻劃人物性格的手段，不是作者去說人物性格怎樣，不是作者介紹人物怎樣做、怎樣說，而是讓人物在與他的對手的對話中表現人物的氣質、心理、情緒，從而展現出人物的性格，塑造出人物形象，本篇中〈盤問〉一章就體現了以上特點。

而巧妙地運用人物對話、語句簡短而生動，形成了古龍特有的文風，這是古龍武俠小說語言的主體，不僅避免了交代故事常易發生的單調，還剔除了傳統敘事形式的蕪雜。

小說本是作家在說，中國傳統的說部和後來發展成的小說、評書、評話，無不是以說為主，揚州評話宗師王少堂，在說《武松打虎》一段書時，竟可連說三天，拳頭還沒打到老虎身上，傳統敘事形式的蕪雜，可見一斑。

而在古龍筆下，繁複蕪雜的拚鬥過程常常是迎風一刀斬即行解決。而且讓筆下人物來說話，這是西風東漸的進步。美國作家海明威就刻意讓筆下的人物說話。古龍借來一用，效果果然可觀，而且屢試不爽。讓人物說話有許多好處，即使說錯了、說壞了，讀者也都記在人物身上，不會去找作家算帳。讀者諸君可以在這部書中體會古龍的語言運用之妙。

《多情環》另一個特色是：同古龍的許多作品一樣，只是將最光彩的、最隱秘的、最動人的、最令人刻骨銘心的許多個瞬間組成的一個個生命過程告訴讀者。而這些生命過程幾乎是人物活動的重大關節，幾乎是提綱挈領的關節。古龍不去全面表達所有的細節，而是留給讀者巨大的想像空間。本書中蕭少英的故事並不完整，但足以窺一斑而知全豹。有了這些，人物也就足以在讀者心中發亮起來了。

專欄作家、資深文學評論家　李榮德

七種武器系列

大師手筆，信手拈來：《七種武器：離別鉤》

七種武器前五種寫於一九七四年、一九七五年，第六種武器在嗣後的一九七八年才與讀者見面，這時古龍武俠小說創作的巔峰時期已即將過去，此後寫作出版的續楚留香的《新月傳奇》、《午夜蘭花》等似已略見遜色，例如《風鈴中的刀聲》由于東樓代筆寫完結尾。《白玉雕龍》、《那一劍風情》已非古龍親筆之作，其時英雄已顯氣短，創作的靈感漸弱，思路也漸見模糊。前面五部作品寫精神力量都很明確，而這一部顯然不那麼確定，他在「鉤」的章前語注解道：「鉤是種武器，殺人的武器，以殺止殺。」這一境界與前迴然有異，而且不再是一種精神力量，看似與七種武器的總體主旨有了距離。

然而，古龍畢竟是進入武俠小說聖手級的人物，無論語言運用、故事架構、情節布局都已爐火純青，信手拈來皆文章，就像一個高明的紫砂壺製作大師，他的極普通、極平凡作品也會顯現出一種不同凡響的神韻，往往是壺中聖物。

《離別鉤》是一部以情節取勝的推理武俠小說。

故事分為「離別」和「鉤」兩個部分。

「離別」總旨是寫：外界種種壓力要使人們離別；破壞，是生活中一部分人的生活內容和樂趣。鉤的總旨是寫：對付離別的最好方法，是消滅讓人離別的惡行，而唯有捨生才能保住生命和生活。

本書故事情節曲折誘人，章前語一開始從離別鉤之名，到離別鉤之用，本身就是兩大懸念。

本書一開章就亮出了人物的底牌，將讀者的視線引去追蹤人物和事件。與草蛇灰線法（驟看似無物，細尋有線隱，扯一扯通身皆動，俗稱為伏線）不同，這是一種龍行布雨法，可以見到龍在雲中行動，騰雲駕霧，哈氣成雲，吹雲化雨。使正義的讀者明眼觀察，也如觀螃蟹，看牠橫行到幾時，產生一種強烈的參與意識。

《離別鉤》敘述方式沒有出奇之處，大有傳統平話之風，是那種聽我從頭一一道來的順敘方式。這種敘述方式，猶如帶你遊歷奇山怪洞，讀者的享受來自於幻景詭影、峻險幽邃，是嚮導指引下的探奇尋幽。這就使《離別鉤》不同於《碧玉刀》、《孔雀翎》、《長生劍》。《離別鉤》等，其真正特色還是重在塑造人物，展現他們的人性光輝。圍繞著一個劫鏢大案，敘述破案者所歷的艱辛，以及作案者、謀奪者所使出的種種鬼蜮伎倆，塑造出了像楊錚這樣稟直有公義之心和愛心的捕快典型形象。（這種形象在後來溫瑞安的《四大名捕》中還能看到的影子。）

相對於楊錚而言，作者花在反派主角「狄小侯爺」狄青麟身上的筆墨並不算多，但後者形象更為突出和典型，雖與金庸筆下《笑傲江湖》中的岳不群不屬同類同級，岳不群是巨憝大頑，狄青麟是嫩梟幼獍。岳不群虛偽得十分嚴密、十分徹底——偽君子。而筆者認為狄青麟是武俠人物中同樣具有典型意義的另一種偽君子，這是一種衙內型的、太保式的，戴著偽善面具卻有著凶殘獸性的典型。這種人在中國歷史長河中從不乏見，在當代中國兩岸三地也不鮮見。可以說是中國三千年封建統治遺傳基因下的怪胎。而古龍用不多的筆墨就將他藝術化了。

風流倜儻的外表，揮金如土的豪爽，連作兩大案，殺河朔大俠於無形，害美女思思於溫柔之鄉。內外相照，狄青麟之狠毒躍然紙上。古龍僅以三個細節就將狄青麟這個極端自私自負的人物，刻劃得入木三分。

——競價時爭搶風頭，競價獲勝後卻將用三萬零三兩銀子買來的好馬拱手送給競爭者，他作事的標準是如此無常；

——贈後又用極薄的刀在無聲無息無影無形間殺萬君武於剎那，他殺人的標準方法是如此的輕鬆、殘忍；

——委身於他的美人思思自以為知道他的事情多了可以控制他，而狄青麟毫不戀情，溫柔地屠殺思思更見毒辣，不光如此，用三個細節塑造狄青麟的同時，還塑造了精明豪俠的萬君武，和小性、自作聰明的思思，文中不過略加點染，卻無不給讀者留下了印象。

本書中連連出現「殺氣」、「人氣場」的描寫，先是盲瞽神劍，後是青衫人。殺氣常常出現在古龍中晚期成熟的作品中，《楚留香傳奇》、《多情劍客無情劍》中已有表現，楚留香從沒殺死過一個對手，卻總是能戰勝比他高強的人，是靠他的智慧、應變能力、武功基礎等凝聚成的一種浩然正氣。「殺氣」看似神乎其神，其實有其真實性，是人的精氣神，也即性格、脾氣、情緒以及身體狀況組成的一種人的總體精神狀況和氣質，反映在身體各部位，肌肉緊張狀態，目光、表情，對環境的敏銳強烈反應等等。古龍發掘出「殺氣」用在「人氣場」的運用、發揮、造勢甚至取代一招一式、一門一派、有套路的武功技擊。殺氣對峙帶來的緊張壓力、刺激感，往往遠比套路招式的來來去去更令人駭怖。

如同電閃雷鳴的蓄勢，烏雲翻滾，狂風勁吹比起最終結果下雨要驚心動魄得多。

專欄作家、資深文學評論家 李榮德

七種武器系列

險中求勝，奇中逞奇：《七種武器：七殺手》

《七殺手》發表於一九七三年，篇幅不長，只有十二萬字，但風格特色，十分鮮明，最能代表古龍「險中求勝，奇中逞奇」的新奇寫作追求。

《七殺手》的寫法不同於古龍以前所寫的許多小說。寫的是一個破案故事，幾乎每一章，每一節，每一段落，都有奇招怪式，從頭到尾，純粹是反導向的操作，必須要有逆向思維才有可能接近古龍的構思，稍一不慎便會墜入迷宮：明明是正派人物的做法，卻偏偏是反派人物的本性，前面是好人，後面暴露本性卻可能是戴了好人面具的壞蛋。絕對讓人無法預測，無法意料，你只有順著他畫的迷宮之路去探「險」，直到最後謎底揭開來，才恍然大悟。

本書開篇寫杜七「一手七殺」之神功奇巧，將讀者注意力引到了杜七那隻神乎

其神的手上，然而，情節還沒有展開，杜七的「神手」已經被斬下，頓時情節發展失去導向。

下一章開始居然把杜七到九霄雲外，杜七其人不再出場，這種僅用其名，點綴用作標題，看似作了名不符實的商標，給人以貨不真價不實的虛假廣告的感覺。其實這正是古龍標新立異之處，試問是古龍不懂起承轉合的寫作方法嗎？是不懂得連開兩頭是寫作之忌嗎？非也，古龍正是懂得鄭板橋聯句「刪繁就簡三秋樹，標新立異二月花」的真諦。正因為沒有人這麼開頭的，所以他要這麼標新，正因為沒有這麼重複的，所以他要這麼立異。二次開頭不是毫無意義的，起碼使你記住了《七殺手》非同一般的開頭，同時加重了柳長街出場後的份量，以及神秘的氣氛。

《七殺手》原本不在《七種武器》之列，大陸珠海版《古龍作品集》第七種武器收入的是《拳頭》，因為《拳頭》的主角是小馬，小馬在《霸王槍》中是個次要人物，到《拳頭》中成了主角，由於人物是連貫的，所以以《拳頭》入《七種武器》也還講得過去。

而《古龍精品集》則由陳曉林先生將《七殺手》編入《七種武器》，這種配合顯然更為得體，因為《七殺手》遠比《拳頭》精彩。《七殺手》最能代表古龍「險中求勝，奇中逞奇」的風格；《七殺手》是一種全新的寫法，符合《七種武器》中開始的全新探索，從整體上看《七殺手》可以看作是古龍這一寫作生命時段的經典。《拳頭》雖然有「憤怒的小馬」這個人物作貫串，但將《七種武器》連貫起來看，《霸王槍》已弱，《離別鉤》也不具強勢，恐有虎頭蛇尾之感，而加入《七殺手》則一甩而響，儼然是一條豹尾。

《七殺手》節奏緊湊，幾乎每一篇每一段都盡發奇招，故事一環扣一環，密不容針；情節懸念安排極妙，正扣反扣連環布展，求奇求險之心處處皆在，因此將《七殺手》作為《七種武器》的結束篇，使得七種武器系列功德圓滿，從這一點來看，陳曉林先生確具法眼。而陳曉林先生在篇中及篇末，以對語的場景將前六種武器中相關人物巧妙地嵌入，收尾時更以奇中逞奇的手法，將「七殺手」這種武器予以傳奇化、抽象化，直接呼應「七種武器」的內在精神，實有畫龍點睛之妙。

專欄作家、資深文學評論家　李榮德

七種武器系列

跌宕起伏，扣人心弦：《拳頭》

在《拳頭》這部武俠小說中，作者為我們講述了一個驚險緊張的武林故事——一群武俠客為救人性命，與「群狼」展開殊死搏鬥的過程。

藍蘭的弟弟藍寄雲身染重病，生命垂危，為了挽救弟弟年輕的生命，藍蘭必須抄近路穿越狼山，否則藍寄雲性命難保。

狼山，一個「群狼」出沒的地方，這裏的「狼人」性情暴戾，嗜殺成性，江湖上的人提到它，沒有不為之顫慄的——「他們比世上所有的毒蛇猛獸都可怕得多！」

小馬，一位正直善良的武林好漢，憑藉著一雙拳頭打遍天下，聲播江湖。自古英雄出少年，小馬還在年少的時候，就與好友丁喜大破鏢局聯營「五犬開花」，這

使他很早就在江湖上贏得了名聲。也正是出於這個原因，藍蘭在武林群俠中選中了他，要讓他保護他們姐弟安全通過狼山。

峰迴路轉的情節

小馬與藍蘭素昧平生，出於武林中人天生喜歡打抱不平的性格，小馬決定不辱使命，剷除群狼，保護藍蘭姐弟順利通過狼山。

小馬和他的朋友張聾子、老皮、常無意以及香香、珍珠姐妹護送著藍蘭姐弟奔向狼山。在狼山上他們與狼共舞，歷經坎坷，遭遇磨難，九死一生。在狼山，這一行人與日狼、夜狼、小人狼、君子狼、迷狼以及狼山四大頭目先後交手，直攪得狼山之上狼煙四起，群狼不得安寧。最後，他們終於殺到了狼山之王的面前。

可就在這關鍵時刻，誰曾料到，他們歷經千辛萬苦護送的病人藍寄雲，竟是狼山之王朱五太爺的親生兒子——朱雲。由此，作品又引發出另一段感人至深的故事。小說最後試圖向我們表明，人世間的親情和友情才是風塵俠士們的最終追求。作品通過武林俠客的江湖行，演繹出一個人世真情的主題。

古龍的小說一向以情節的離奇詭異見長，《拳頭》這部小說也不例外。一般說來，武俠小說的引人之處就在於它那曲折多變的故事情節。《拳頭》從表面上看情節並不複雜，僅僅是一個簡單的救人故事，但卻被作者寫得緊張精彩，引人入勝。作者常常在平靜的敘事中製造出一些具驚悚性的事件來，使小說的情節跌宕起伏，扣人心弦。比如，狼山之王朱五太爺武功高強，威震八方，其威懾力足以讓群狼服膺，可讓人意想不到的是，正當小馬他們過關斬將，一路殺來，要與他一決雌雄的時候，他們卻忽然發現朱五太爺居然是一具屍體……

再比如，小說講述的是一個要過狼山救人的故事，能否順利地通過狼山一直是故事敘述的重點，也是讀者關心的主要問題；但故事一直發展到最後，讀者才知道此行的真正動機並非要過狼山，而是直奔狼山而來，其目的就是為了要見朱五太爺。這種結果，不僅讓讀者吃驚不小，就連小馬他們也未曾料到。

性格鮮明的人物

為了使情節新奇詭異，吸引讀者，古龍還常常設置一些懸念、伏筆，以此來增加故事的可讀性。換句話說，追求情節的離奇性並不是要脫離故事的邏輯性，懸念和伏筆的巧妙設置，不僅可以使情節迴環曲折，跌宕起伏，而且能夠增加故事的真實感和可信度。在小說中，「轎中的秘密」是一個比較重要的伏線，這伏線的設置使故事增加了許多疑點：神秘的轎中人究竟是誰？為什麼他病體纏身卻又身輕如燕？為什麼他對藍蘭和珍珠姐妹能夠具有極大的威嚴？

這不僅是讀者迫切想要知道的，就是小馬、常無意、溫良玉等人也想弄個究竟。可以說，小說埋設的潛在線索使小說不僅可讀，而且耐讀。

除此之外，小說還為我們塑造了許多個性鮮明、性格迥異的人物形象，這些人物形象也給讀者留下了深刻的印象。武俠小說的魅力除來自故事本身的吸引力外，還得益於它擁有許多性格鮮明的人物形象。古龍小說在追求情節之奇異性的同時，並沒有忘記以人物來帶動故事，以人物來構成矛盾衝突，促成情節的發展和轉化。常無意就是書中一個比較有特點的人物。老刀常無意，人稱「常剝皮」，此人刀法凶狠，武藝超絕，性格中透著冷峻與刁悍。他話語不多，但處事冷靜，能夠沉著地面對眼前發生的意外事件。作者在著力刻畫他性格中「冷」的一面的同時，也非常注意刻畫他的俠義情懷，如為朋友小馬兩肋插刀，關鍵時刻奮不顧身保護珍珠姐妹等，是書中塑造得極為成功的人物形象。

簡潔精練的文風

一般說來，作者對於人物性格的刻畫，不是採取精雕細刻的方法，也很少大段大段細膩入微的心理剖析，同時較少正面的描摹，這致使許多讀者認為古龍的小說人物性格刻畫得不夠深刻；但我們應當看到，在更多的情況下，作者是運用對話和行動來刻畫人物，取簡筆而不用工筆，常常是寥寥數筆，就使書中的人物形神畢現，維妙維肖，這需要讀者用心去體會。如小說在「疑雲」一章中對溫良玉的描寫：溫良玉，狼山上的「君子狼」，就像他的名字一樣，表面上儒服高冠，手搖摺扇，一副溫文爾雅的樣子，頗像一位君子。

但作為夜狼人的首領，他不但虛偽，而且凶殘，並帶有江湖潑皮無賴的性格特徵。書中通過幾句簡單的對話和動作描寫，就使這個複雜的人物個性得以栩栩呈現。

最後，應該提及的是作品中所表現出的「古龍式」的語文風格。古龍小說語言的最大特點是句式簡潔，語句精練、俐落。在古龍的小說裏，我們一般很難看到具體詳細的環境描寫，也沒有細膩詳盡的人物介紹，而多是跳躍性很大的精短句式。這種語言特點也許不太適合那種從容舒緩的敘事方式，但它對於快速轉換敘述對象，推動情節迅速展開，無疑具有一定的優勢。古龍小說中的許多特點都與這種語言風格有很大的關係，比如多採取人物對話的方式來推動故事的發展；比如情節的展開和轉換迅速；比如語言時常充滿暗示和機趣等等。

總的說來，《拳頭》是一部故事引人，情節曲折，人物形象生動活潑的武俠小說，是古龍武俠短篇中的上乘之作。

資深文化評論家 **李明生**

中期名作系列

古龍獨特的追求與品位：《情人箭》

《情人箭》問世於六〇年代中期，一九七六年修訂再版，是古龍武俠小說中一部頗具特色的佳作。

小說寫武林中有一致命毒器，名喚「情人箭」，來去無蹤，神秘莫測，每每於月圓之期，取人性命，而相隨「情人箭」以亂人心智者，乃一「死神帖」。眾多豪傑，一一斃命於「情人箭」下。一時間，武林中人，議論紛紛，人人自危，一片恐怖。大俠「及時雨」展化雨亦為「情人箭」所傷而致死，少俠展夢白發誓破獲「情人箭」之秘密，追尋製箭殺人之惡魔，為父報仇，為武林除害。

以情字貫穿全書

展夢白武功並不高強，且又往往魯莽從事，然為性情男兒，豪氣凜然，勇往直前，萬死不辭。但追查「情人箭」主兇一事漫無頭緒，不知所向，展夢白獨闖江湖，前途渺茫，吉凶未卜。

一路上，展夢白雖然屢遭不測，但總是化險為夷。又偶睹黃衣人與藍大先生較武，大開眼界。兩位大俠對展夢白極為讚賞，展夢白隨黃衣人遊歷四方，途中學得黃衣人親授之精湛武功，儼然已成一英姿勃發之少年英豪。由於展夢白認定帝王谷乃製造「情人箭」之所在，執意前往查探。黃衣人將之引至帝王谷，展夢白毫不畏懼，毅然闖入。

然事出意外，帝王谷乃一武林聖地，帝王谷主蕭王孫即前述之黃衣人。展夢白在谷中小住數日，弄清其母之身世，並與蕭王孫之女蕭飛雨訂下婚約。但父仇未報，「情人箭」猶在肆虐，展夢白復又出谷，再登征程。此去更是險象環生。先是為結義兄長楊璇陷害，然由禍得福，展夢白獲崑崙雙絕之絕頂武功及秘藥，修為更進一步，體力亦大勝往昔。繼而被楊璇推入煉魂潭，又得灰眉僧人指點，脫離絕境，進入秘窟。一場混戰，又有藍大先生相助，再度南下北上，尋找仇敵。在暗器世家唐府，又遭暗算。唐府少女唐鳳捨身救助，展夢白幸得蕭王孫治癒內傷，恢復武功。

此時，群豪畢至，聚集於洞庭君山。原來「情人箭」乃蘇淺雪與唐府長子唐迪共同製造，見真相暴露，已無生路，蘇淺雪乃以「情人箭」插入唐迪及自己胸前，雙雙自戕畢命。

小說凡五十二章，所表述的思想及全書主旨並無新鮮特別之處，主要是講述了一個正義戰勝邪惡的故事。然而，與一般武俠小說不同的是，作者將正義與邪惡雙方的行為目的，均從「情」字上去找原因。書中高僧天凡大師說：「情之一物，最令人苦。」（第十八章）

無論忠良奸佞，在小說中，皆是為「情」所驅，似乎是「泛情論」貫穿始終。但是，作者於寫情一事，極是擅長。書中所寫，無論是少男少女之戀情、夫妻之情、父女之情、祖孫之情，還是男女偷情，甚或歹人姦情，在作者筆下，人多曲折複雜、悱惻纏綿，頗能打動人心，令人不禁感歎，「情之一物，最令人苦」。且不論作者的觀點是否周延，但小說能使讀者為之感動和歎息，足以證明作者已達目的，不能不說小說的描寫是成功的。

一部小說的成功與否，從藝術創作的角度來看，主要取決於人物形象塑造的成功與否。圍繞這一點，作者必然要巧妙運用結構安排、情節敷演、語言設計、環境描繪以及心理刻畫等諸多藝術手段，而作為武俠小說，武功描寫又是一大關鍵。《情人箭》在這些方面，顯然是取得了令人較為滿意的成績。

讀過《情人箭》的人，都會對展夢白其人留下深刻的印象。這是小說的第一男主角，貫穿作品始終。作為一個少年英雄的形象，作者賦予了他非凡的勇毅與智慧，但並沒把他寫成一個完人，更沒有把他寫成一個天生的超人。

相反，小說開篇登場亮相的展夢白，雖是一身正氣，傲視群雄，但不僅武功平常，且性格魯莽，給人的印像，更多的是一個不諳世事的無知少年，且帶有一些世家子弟的驕橫氣息。然而隨著他矢志為父報仇，尋找武林公敵，歷涉險難，終於在征程中逐步成熟。

憑著一股凜然正氣，加之天賦聰慧，展夢白刻苦磨煉，轉益多師，不僅武功日益精進，幾臻化境，而且性格也日趨沉穩，勇敢無畏之中，更見其機智堅韌，而他的寬容、正直、善良、知恩必報、勇於助人的優良本性，始終如一。這樣一個英雄人物，讀者目睹其成長過程，當會覺得可信可愛可敬。展夢白形象的塑造成功，對於小說來說，可謂至關重要，否則，全書將無主幹、無骨架、除卻熱鬧、驚險場面，便一無可看，亦不會予人以些許啟迪。

除了展夢白，其他一些角色如帝王谷主蕭王孫、火鳳凰唐鳳、藍大先生弟子楊璇及方辛、方逸父子，亦頗為生動。蕭王孫穩健沉著，老到周密，析理處事，舉手投足之間，透露一種領袖風範、王者氣度；唐鳳對展夢白之愛恨交加，最終捨身相救，其內心之矛盾痛苦，令人同情；楊璇陰險狠毒，詭計多端，活脫脫一個狡詐騙子典型；方辛雖是無行歹徒，武林小人，但時見憐子之親情流露，更顯出方逸之忤逆惡劣，令人厭惡之餘，不免為之感歎。這些人物，由於作者從外表至內心均作了細緻而又生動的描寫，不誇飾，亦不溢惡，因此頗見真實。

當然，書中也有一些人物形象，由於行事零碎，沒有集中筆墨刻畫，加之作者著意渲染，反致蒼白無力。如杜雲天之女杜琪，熱戀展夢白，為保護情人，以致精神失常。然小說刻意突出其「癡情」一面，屢屢讓其露面，而於情節發展及自身形象之完成，並無補益，就難免有欠斟酌。但總的說來，小說於人物形象塑造方面，樹起了以展夢白為首的幾個重要角色，從而使作品有了一種活力，一種生氣。

以正氣闖蕩江湖

武俠小說，重在情節之編織，不僅人物形象的塑造，要在曲折生動的情節敷演中完成，而且讀者亦要求在複雜多變的故事情節中尋求刺激。因此，須有一個合適的、緊湊的結構，以巧妙地安排情節演進，於武俠小說，尤為重要。《情人箭》無疑是成功地做到了這一點。

小說以展夢白為主角，以其尋找「情人箭」，為武林除害作為主線，據此出發，安排複雜曲折的故事情節。這樣寫來，全書情節層層推進，儘管撲朔迷離，無論時空變換，終究是井然有序。我們看到，小說從塞外草原到江南水鄉，從崇山峻嶺到一馬平川，人物出場，變故接連不斷，時而山窮水盡，時而峰迴路轉，但由於始終不離主角主線，因此，結構緊湊完整，無鬆散凌亂之感，而且情節雖然奇特，但皆在情理之中，既生動有趣，又不失真實可信。

但小說情節亦有枝蔓處，如烈火、朝陽二夫人與藍大先生、蘇淺雪之關係，作者為了寫一個「情」字，刻意渲染，因而有二夫人出出進進，打情調笑，藍大先生守道君山等情節，不僅於人物如藍大先生性格刻畫有損，抑且造成情節矛盾，如烈火、朝陽為蕭飛雨療毒之事，似捨此二人，必無救治之理，而下文杜雲天亦可為張老三療毒，究其原委，亦是二夫人之登場，實無必要，作者硬驅之而至，一時照顧不周，才造成前後略有矛盾（見第四十九章、第五十章）。

繪景狀物，營造氣氛，在武俠小說而言，亦有重要位置。《情人箭》在這方面有出色表現。「情人箭」與「死神帖」之恐怖，在很大程度上是由於環境的陰森險惡。小說一開首，連寫數名豪傑死於「情人箭」。我們看到，月圓之期，不是黑夜枯林、寒風積雪，就是荒沙大漠、孤屋昏燈，而「情人箭」隨人而至，數十具屍體零亂橫陳，讀來真令人不寒而慄。展夢白被人推入煉魂潭，絕壁寒水，蛇蟲猥集，且水底景物，更令人見所未見，有多少英雄葬身潭中，而潭上洞窟，又是處處機關，毒氣瀰漫。如此描繪，不僅突出了煉魂潭及洞窟的恐怖。更反襯了展夢白之大無畏精神。環境描寫，為主人公設置了表現不凡身手、展示英雄氣概的舞臺，這樣就能更恰當地刻畫人物形象，故事場面的可視性亦更強烈，更能感染讀者。這類描寫，在《情人箭》中隨處可見。

將卓然而成大家

語言的設計運用，於小說最能表現個性特徵。不僅情節鋪陳、環境描寫，而且人物性格刻畫、心理活動描述，均須有合適的語言運用。尤其人物語言，談吐之間，如能寫得各肖聲口，則形象個性立時分明。《情人箭》顯然於此有上佳表現。

展夢白少年英雄，豪言壯語，不絕於耳；蕭王孫武林宗主，指事論理，總是領袖氣度，長者口吻；楊璇花言巧語，信誓旦旦，然暗藏殺機，其歹毒用心，不難從其冷笑惡語中得知；灰眉僧人於煉魂潭中細述詳情，其痛切之情、憤懣之氣，一番話語，盡皆道出，令人慨歎；而太湖船家婦人索賠之語，又活現船孃之常人心態，與英雄豪傑迥然不同；唐無影一門之長，又武功高強，令行禁止，頤指氣使，亦皆從其一言一語中看出。人物語言之有個性、有特點，亦即作品之有個性、有特點。但是，這又必須做到符合人物之身分及不同的場境，否則，會弄巧成拙。

武俠小說能吸引讀者，其武功描寫亦是關鍵一環。武功之設計、描述，武打場面之緊張、熱鬧，正是武俠小說愛好者所喜聞樂見的。因此，武俠小說家莫不在這方面努力創新，力求與眾不同。人謂古龍小說所寫武功，重在精神，是很有道理的。

即以《情人箭》為例，展夢白雖是武功高超，但僅以劍法拳術而言，亦並非冠絕天下，更何況對手往往有暗器傷人，與人對陣，亦時常居於下風，甚或失利，處於絕境。但是他又能反敗為勝，除了本身武功的原因外，更重要的是他的一股真精神。換句話說，展夢白的武功即是一種精神，一種至道。因此，在小說中，展夢白並無真正的授業師父，而是他轉益多師，多方參悟，一步步達到一種高深博大的精神境界，從而具有了無堅不摧、無敵不克的力量。

誠然，小說中亦有描寫一般武功及相鬥場面，也寫得極為驚心動魄，但大多數場面卻重在精神。不唯展夢白如此，即如宮錦弼老人，雖然雙目失明，然則面對花飛一千歹徒無所畏懼，不然，單人獨劍，何以將花飛數十人殺得膽戰心驚，血肉橫飛。因此，讀古龍武俠小說，觀其寫武功文字及武打場面，在眼花撩亂之際，總能感受到一種精神寓在其中。而這種精神，又往往蘊含著人生哲理，予人以啟迪。

《情人箭》是古龍創作生涯中期的作品。平心而論，在古龍武俠小說眾多作品中，《情人箭》並非是最好的。小說情節的合理性，人物性格的真實性等方面，或多或少有著不足之處。但也可以看出，此時的古龍，已有了自己獨特的追求與品位，其作品正在形成一種與眾不同的個人風格，在逐步走向成熟與完善，將卓然而成大家。

知名文學評論家　吳為東

中期名作系列

武道與江湖的傳奇：《浣花洗劍錄》

《浣花洗劍錄》，是古龍武俠小說中的一部優秀作品。小說凡六十章，洋洋八十餘萬言，寫了一個少年俠士為挽救中土武林，與東瀛武士決戰的動人故事：

有武林高手白衣人，持三尺青鋒，自東瀛渡海來至中土，與武林中人較武決勝。中土武林，無人可敵，眾多好漢，命喪劍下。清平劍客白三空亦自知不敵，臨戰時，令七大高徒分投武當、少林等門下，又將外孫方寶玉託付另一徒弟胡不愁，囑其尋訪五色錦帆船主。五色錦帆船主紫衣侯為了中土武林聲譽，與白衣人決戰於東海，雖勝其半招，但亦因心弦震斷，一命歸天。此時，方寶玉已在船上，與紫衣侯之女小公主為伴。方寶玉正氣浩然，無所畏懼，聰慧絕倫，唯酷喜讀書，不願練

武。紫衣侯臨終一一安排：將武功秘譜授予胡不愁，又見方寶玉年少志高，「智、仁、勇三者俱備」（第八章），令其去尋訪師兄錦衣侯，以期學成絕世武功，迎接七年後白衣人再度挑戰。從此，方寶玉一個十一二歲小童子，踏上七年之漫漫征程。

途中，方寶玉與牛鐵娃結拜金蘭，又於泥塘幫會混戰中結識人稱「騙子」之周方，遂與之同行。周方其實即錦衣侯，雖內力盡失，然於武功，精細揣摩，究天人之際，深得個中奧秘，堪稱天下獨步。在周方的諄諄教誨與精心指點下，方寶玉刻苦磨煉，參悟武道真諦，五六年間，已成高手，享譽武林。時距白衣人七年之約日漸臨近，中土武林中黑白二道，或為武林聲譽，或為稱霸天下，皆準備迎戰。尤其是其中佼佼者，擬於臘月初八，會戰泰山，一決雌雄，以翹楚者代表中土武林，與白衣人決戰。

方寶玉為阻止豪傑互相殘殺，決心奔走四十城，連戰四十人，而由自己承擔迎戰白衣人的生死重任。然而，方寶玉甫一行動，即遭人暗算，尤其當年的小公主，更是企圖控制他，幾次將之置於絕境。原來五行魔宮中火魔神、木郎君、土神君、金河王與白水宮主結仇，因此先指使已被控制之小公主使方寶玉身敗名裂，以逼其就範。

武林中人亦良莠不齊，各懷目的，紛紛逞欲相鬥，連白三空之七大高徒亦中亦有人遭火魔神控制而互相暗殺，方寶玉則遭小公主毒藥所害，幾至喪命。萬老夫人本擬置方寶玉於死地，不料反使之解毒。泰山大比武，英雄相鬥，死傷數十人，小公主出場，武林中人皆不敵。方寶玉挺身而出，忍辱答應火魔神之請，以使其澄清事實真相，恢復名譽，同時也制止了武林悲劇的繼續。

方寶玉與小公主及牛鐵娃，三人一起尋找白水宮，歷盡劫難。途中又遇惡婦人王大娘，中其毒計，困於火柵欄中。方寶玉使盡神力，終脫火海，萬老夫人將其引至白水宮所在之深山。方寶玉不懼險難，到達白水宮，學得三招劍法絕技，武功已臻化境，武道亦已悟透。最終在東海沙灘，與白衣人一戰而勝。

武道的追求與爭鬥

故事中的白衣人，是一個以追求武道為唯一目的，將整個生命的存在與之緊緊繫在一起，近乎偏執的東瀛武士。這種苦苦追求一種所謂人生目的，雖死不辭的精神，作者並不否定。

從這個意義上看，方寶玉的七年歷程，其精神實質，與白衣人並無二致。因此，可以說，方寶玉不僅在武功上與白衣人堪為對手，在精神追求上亦是知音。白衣人的故事在小說中只是一個引子，作者的主旨是在弘揚一種精神，一種存在於中國文化中的充滿愛心的博大胸懷。所以，與白衣人決戰的最終結果，並不是簡單的武功高下之分，而是一種博大精深的悠久文化精神與只知征服他人的狹隘文化心理之較量。且不論古龍的這種思想在哲理上的依據為何，但是在小說中，他確實是寫出了一種精神，一種文化。

方寶玉是全書的第一主人公，其活動貫穿小說始終。作者賦予了方寶玉一種特殊的氣質：無私無畏，具有極強的自制力與韌性，富於正義感，胸懷坦蕩，光明磊落，感情豐富專一。再加上其英俊的體魄，從內心到外貌，幾乎是一個完美的少年英雄。

但是，作者在塑造這一形象時，並沒有在一開始即將之定型，而是寫出了方寶玉從只知讀書、不屑練武，到刻苦磨煉、終成一代高手的全過程，從這一過程中逐步揭示其思想性格的成長、發展與變化。

作者始終將方寶玉置於矛盾衝突的風口浪尖，用各種情節，從不同的方面，來完成其性格特徵的刻畫。

讀者看到，如果說他慨然承諾擔當大任，還是少年意氣，那麼，五年之後，力阻泰山大會，則已是高瞻遠矚，心憂天下了。在跟隨周方四處遊歷時，方寶玉日趨成熟，自覺練武，轉益多師，並深究個中奧秘，不斷有新的創獲，尤其是師法自然，將天理人道合二為一，從單純的練武，上升到對一種人生哲理的頓悟，使得他與一般武林中人有了一種截然不同的精神境界。

而這種精神境界的獲得，在古龍筆下，又無疑是武功真正主要的源泉與動力。方寶玉數次大難不死，重振雄風，其內力之強，武功之高，固然是重要原因，但更重要的是他那一股常人所不具備的真精神，一種天地間凜然不可侵犯的浩然正氣，一種植根於中華文化的博大胸懷。因此，在方寶玉面前，一切魑魅魍魎、陰謀詭計，雖能得逞於一時，但終究歸於失敗。

人性的善惡與矛盾

小說中的其他人物如牛鐵娃，萬老夫人等，無論妍媸，亦塑造得頗為成功。這主要是作者善於利用典型情節，適當地抓住其不同特性，精細刻畫人物個性所致。特別是牛鐵娃其人，作者並不在其武功等上面作文章，而是突出他天真樸實、胸無城府、忠誠正真的性格特徵。

在小說中，牛鐵娃的言語行為，無一不體現其固有性格，在眾多重要人物中，亦是卓然獨立，令那些宵小奸詐之徒，不由得退避三舍。清人金聖歎評《水滸》，稱李逵為上上人物，說是「一片天真爛漫到底」。然李逵一味鹵莽蠻撞，較之牛鐵娃，卻又有許多不足處。可以說，牛鐵娃的精神，與方寶玉自是相通，只是作者用不同的方式在二人身上表現出來，互為補充，效果強烈。

萬老夫人流蕩江湖，頻頻作惡，自然不是好人，但作者似乎亦不加醜化，只是通過其人其事，來揭露人性中的貪慾自私。作者深切地感受到，正是人中的貪欲膨脹，才使得人千方百計地去獲取、去佔有，甚或不惜作惡萬端。萬老夫人如此，伽星大師如此，魏不貪、石不為如此，王大娘更是如此。作者通過這些人的最終結局，告訴我們，惡有惡報，多行不義必自斃。然而古大俠畢竟是菩薩心腸，雖然在書中譴責、鞭撻貪慾作惡之人，終不忍將之一棍打死，而是熱望不義者改惡從善。

因此，在他筆下，萬老夫人亦屢見可憐可憫之處，甚至連王大娘最終竟昂然死於沙灘決戰，為其一生塗抹了一絲難得的可貴光彩。

但是，小說中也有塑造並不成功的人物，如小公主其人，作者雖極力將之寫成一個因愛之深才恨之切的妙齡少女。然而，由於作者力求一種強烈對照的效果，而脫離人物性格形成、變化的應有合理性，因此這一形象顯得有些偏激而失真，以致讀者並不能從她冷酷的外表下感受到熾熱的愛心。

《浣花洗劍錄》人物形象的塑造成功，在很大程度上是得益於小說情節結構的精心安排。

小說基本上可以分三個部分：第一章到第十章，為第一部分，寫白衣人挑戰中土，方寶玉臨危受命；第十一章至第十九章，寫方寶玉師法自然，修煉成功；第二十章至結束，寫方寶玉尋找白水宮，最終達到武功巔峰、悟透武道真諦，代表中土武林，一戰而勝。

全書情節，基本上以方寶玉之活動為中心而安排，做到了繁複而不失序。在這種過程中，作者又充分利用小說創作在時空上不受限制的特點，該詳則詳，該略則略。詳時極盡曲折多變之能事，一波三折，奇峰突起，令人如行山陰道上，目不暇接。如方寶玉為阻止泰山大會一節，其間人物關係複雜，情節變化多端，方寶玉受辱蒙冤，起起伏伏，最終真相大白，然又須探險白水宮。

作者寫來，總不肯平白道出，而是閃閃爍爍，安下幾許伏筆，造成幾多謎團，曲折迂迴，直至最後，才抖開包袱，一切又皆在情理之中，令讀者焦急，又令讀者信服。而方寶玉學武，其間五年時間，則一筆帶過，亦是乾淨俐落。所以，作者之編織故事，自有成竹在胸，駕馭複雜情節，開闔自如，確是大家手筆。

或許，就主線言，小說本來至第四十九章時，即可收結全書，卻節外生枝，用了六七章的篇幅，寫了水天姬、胡不愁、伽星大師和萬老夫人海上生活一節故事。此段情節，其實於全書主旨、人物塑造均無大補益，且割裂結構完整性，實屬枝蔓，如果作簡單交代，一筆帶過，豈不乾淨。但此時作者顯然著意追求情節之變幻多樣，逞奇求炫，竟顧不得全書之統一，而大事鋪寫，做了吃力不討好的事。

古龍寫的是一種精神

《浣花洗劍錄》中的武功描寫，可以分成兩類：一類是一般武林高手之武功，雖然亦奇、險、怪、狠，令人目瞪口呆，但只是場面熱鬧，好看而已；一類是武林悟道之士的武功，這類武功，除了具有常人所不達的絕頂功夫外，更主要的是凝聚了一股真氣、真精神，紫衣侯、白衣人即屬此類，方寶玉更是其中佼佼者。

在方寶玉所表現出來的武功中，讀者看到的不僅是他的一把寶劍在飛舞，更能感覺到劍鋒中所激蕩著的一種發自內心的天地之正氣。這種植根於中華文化的偉大精神，賦予了方寶玉武功生命的活力與靈氣。

唯其如此，作者筆下的方寶玉，持劍對陣時，身心合一，劍心合一，思常人所不能思，擊常人的所不敢擊，克敵制勝，所向披靡。與其說方寶玉技冠群雄，毋寧說其精神壓倒一切。方寶玉的劍是有生命的，是天地間正氣所鑄造而成的。

如前所述，古龍的小說是在寫一種文化、一種精神。而在這種文化、這種精神中，其靈魂是博愛，是善良，是正義，是人性。如果說有追求的話，那麼也是一種為了正義，為了博愛而不怕犧牲、不屈不撓地奮進，而不是為了一個自私的願望，做違背博愛原則如非正義的事。

因此，在小說中，無論是儒、釋、道三教的精華，或是西方宗教的學說，古龍顯然均有所汲取，加以融匯。這種思想與做法是否正確與合適，讀者自可評判。但古大俠確是這麼認為的，而且努力地去做。方寶玉就是這種文化精神的一個代表。我們至少可以感受到一點，古龍武俠小說是有哲理思想的，他是主張人性本善，人性向善的。

《浣花洗劍錄》證明了這一點，也是一個值得稱道的成功。

知名文學評論家　吳為東

中期名作系列

泣血的大旗，輝煌的生命：《大旗英雄傳》

《大旗英雄傳》，一九六五年出版。這部小說是古龍中期作品中較有影響力的一部，也是古龍本人比較喜愛的一部作品。這部小說敘述的是大旗門弟子與五福連盟世代為敵、相互仇殺的故事。

這段「江湖恩怨」牽涉面極廣，幾乎牽動了整個武林，由此引出了江湖各門派的各種人物，發生了許許多多感人肺腑的故事。

《大旗英雄傳》氣勢宏偉，情節緊湊、連貫，氣氛悲涼、壯烈，尤其人物的性格豐滿感人，是古龍武俠小說創作生涯中的一大轉捩點。

奇幻迷離的恩怨

《大旗英雄傳》向人們講述了一段極具有戲劇性的「江湖恩怨」故事。大旗門的雲、鐵兩姓弟子與五福連盟的盛、雷、冷、白、黑、司徒六姓子弟，世代為仇，相互殘殺。雙方連年征戰，損失慘重，傷痕累累，各自立下誓願，一定要徹底剷除對方，清除自己的心頭隱患。然而，怨有頭，債有主，究其根源，這段「江湖恩怨」的發生，乃是雲、鐵兩姓的「家庭私事」，由「家事」蔓延至整個武林，波及江湖各派的高手，這其中充滿了奇幻、迷離、苦澀，以及無奈。

盛、冷、白、黑等六姓的先人，本是雲、鐵兩姓先祖的弟子，師徒成仇乃是時勢所逼。原來，大旗門的兩位先祖雲、鐵二人，本身行俠仗義，但卻虧待了兩位賢淑的妻子，致使一位被活活氣死，另一位遠走海外他鄉。盛、冷等六姓的先人身受兩位夫人的大恩，在那位被氣死的夫人的弟弟唆使下，遂與雲、鐵兩姓的先祖「交惡」。

夫人的弟弟仍不解氣，為了徹底報復，他說動了當世最負盛名的所有武術世家參與其事，使雲、鐵兩姓的子孫後代處處被追殺，長期生活在一種仇殺與逃亡的生涯中。

在注重師道尊嚴的武林裏，師徒反目成仇實在已經不合於中國古訓，何況，事件的起因乃是源於夫妻之間的感情危機，而極力促成這段「恩怨」的又是雲、鐵兩姓的至親戚友。在這裏，真情換來的是傷感，傷感變成的是仇恨！

身為當代大旗門掌門夫人的常春島日后娘娘，本是一位善體世情，放任自然，既溫和又慈祥的武林前輩，她憤而出走之後，一聽到「大旗」兩字，情緒便會異常激動，脾氣變得非常暴躁，多年積壓在心頭的不平和憤恨如同火山爆發一樣渲泄而出。她是雲錚的親生母親，但雲錚以大旗門弟子的身分上常春島拜見她時，她硬是拆散了雲錚與溫黛黛的婚姻，並逼著雲錚跳下了懸崖……

「情」之一字，何人能超脫？在人類所有的一切行為中，還有什麼比「感情」這兩個字更重要的？愛能造成一切，也能毀滅一切！大旗門的先祖們雖然武功無敵，俠名遠播，卻因辜負了一個「情」字，致使後人被江湖仇殺逼得顛沛流離，苦不堪言。

我們讀《大旗英雄傳》，可以從中明顯地感受到被仇恨和報復培育生成的「江湖仇殺」主線，然而，緊緊纏繞這根主線的，又有許多副線，它們分別由縷縷的情絲、絕望的淚水、無奈的傷感、奇詭的情境交織而成。這林林總總，就構織成了《大旗英雄傳》蒼涼、悲壯、慘烈、奇幻的「江湖恩怨圖」。

殘酷無情的門規

《大旗英雄傳》開篇即籠罩著一股肅殺、悲涼和慘烈的氣氛：在無月無星的夜色裏，在霹靂和暴雨之中，在荒無人煙的原野上，大旗門掌門人正率領大旗門弟子用五馬分屍之刑來處置所謂「重色輕師，暗中通敵」的弟子雲鏗，而這雲鏗正是掌門人的長子。

其實，雲鏗在重傷之際，被一女子搶救脫險，養傷期間，兩人情愫暗生，成為戀人，而這女子卻是仇家冷楓堡主之女。這樣，雲鏗就犯了門規，要被處以極刑。

在大旗門中，類似雲鏗這樣的遭遇，並非只有雲鏗一人，而是普遍地存在於大旗門弟子中，幾乎每一代的大旗門弟子都有這樣的遭遇和經歷。好男兒往往出在大旗門下，好女子往往鍾情於大旗門弟子，但是，她們的癡心換來的都是同樣的結果：被冷落，被漠視，被無情無義地離棄。對大旗門弟子癡心，為大旗門弟子傷心，進而滋生怨恨的女子太多了，大旗門弟子幾乎成了江湖上「薄情郎」的代名詞。

之所以如此，究其原因，無非是因為大旗門那鐵一般森嚴的門規戒律。這條門規戒律擊碎了多少癡情女子的美夢，摧殘了多少大旗門子弟的青春，毀壞了多少江湖兒女的幸福！

這條門規戒律是什麼？

這條門規戒律規定：凡是大旗門弟子，除了生育就不許與女人同行同住。

這是多麼的殘酷無情！這是多麼的不講人道！這是多麼的摧殘人性！

門規壓抑著人性，人性勢必要反抗。雲鏗與冷青霜的摯愛癡情，雲錚對溫黛黛的心醉神迷，鐵中棠和水靈光相互間的熾熱感情，鐵青樹和易明的真誠相愛，都是對這條門規戒律的不公正、不合理因素的有力挑戰！

大旗門掌門人雲翼威霸嚴厲，一言九鼎，大旗門的規矩森嚴如鐵，大旗門處罰叛逆的刑法無比慘烈，然而，這些都無法阻止人性的抗爭。古龍告訴讀者，人性是壓制不住的，任何不公正、不合理的規範、教條、禮儀，都應被推翻或改造。

細讀作品，我們發現，大旗門之所以立不這條不近人情的門規戒律，是有一定原因的。小說不止一次描述大旗門遠遁邊外，行蹤飄忽，一方面躲避仇殺，另一方面又隨時準備報仇。這種情形使大旗門常常處於一種警惕和戒備狀態，心理上充滿了焦慮、惶恐，把自身的安全和對仇家的報復列為第一生活準則。小說通過陰素之口，說「他們離別了妻子，為的只是不願練武時分神，更不願他們下一代受到絲毫母愛」，說到底，就是在亡命生涯中不願有絲毫的家室之累。這種生活環境造就了大旗門弟子的畸形心態，也創立了大旗門世代遵守的門規戒律。

將大旗門弟子與水滸英雄相比，我們發現他們的心態極為相似。《水滸傳》是男性英雄傳，有其陽剛之美。梁山英雄普遍認為：女人是禍水，「要貪女色，不是好漢的勾當」。因此，梁山英雄為加強戰鬥力，確保山寨安全，也不願有家室之累，自覺地禁欲和仇視女性。這種心態，是反叛者對周圍環境形成的自衛本能。

就梁山英雄和大旗門弟子所遭遇的生存環境而言，梁山的環境形成了梁山英雄對黑暗社會的反叛和抗爭的結果，而大旗門弟子的亡命生涯則是因為「江湖仇殺」，兩者雖不是同一回事，卻有同樣的內在邏輯。

悲天憫人的情懷

如果將《大旗英雄傳》比作一首交響樂的話，匯成這支交響樂的雖然有眾多的樂章，但它的主旋律卻是悲天憫人的俠者情懷。

我們不否認，《大旗英雄傳》中瀰漫著江湖仇殺，閃爍著刀光劍影，飄灑著血雨腥風，但是，作品的字裏行間卻始終激蕩著一種情感：那就是對人性的張揚，對人生的熱愛。

作者著墨最多的大旗門兩大弟子——鐵中棠和雲錚，他們的性格雖有很大差異，但是，他們同樣都熱情奔放，富有朝氣，是江湖上鐵血男兒的楷模。

雲錚堅貞耿直，嫉惡如仇，心口如一，敢作敢為，雖有簡單粗暴、易於衝動的弱點。仍不失為一條響噹噹的好漢子。

鐵中棠更是古龍著力塑造的性格豐滿的英俠形象。他機智百變，臨危不亂，忍辱負重，從無怨言；他看重友誼，尊重感情，一心想著別人，不存半點私念；他幾番查探，立志要弄清楚大旗門恩怨之秘密，下決心化解這百年來的江湖恩怨；他甘願為別人犧牲，卻決不會四處張揚，也不要別人的回報。

鐵中棠是古龍較偏愛的人物，在書中稱他是「堅忍無雙、機智無雙、俠義無雙的少年」，並下結論道：「無論如何，這鐵血少年，若生，無論活在哪裏，都必將活得轟轟烈烈，若死，死也當為鬼雄。」在鐵中棠身上表現出的是一種俠者風範，一種人格精神。書中在描寫其他人物時，也體現出了這種強烈的人文精神——即對人的人格、尊嚴、個性的尊重和對生命的關注。盛存孝、海大少、水靈光、冷氏姐妹、霹靂火、趙奇剛、武振雄等人物的身上，都表現出了光明磊落、古道熱腸。

張揚正義，鞭撻邪惡，這是小說貫穿始終的主題。小說在頌揚鐵中棠等人堅毅卓絕的同時，也對司徒笑、盛大娘、冷一楓、風九幽等人的人性醜惡一面進行揭露和抨擊，並用情節來迴映「善惡到頭終有報」這一傳統觀念，以表達作者的歌頌人間正義，揄揚悲天憫人的浪漫情懷。

作為一位對人生和人性有極深刻理解的作家，古龍在作品中對人性的缺陷給予深刻揭露的同時，更注重將人性中光明、溫暖、友愛、幽默、溫馨的一面揭示給讀者，因而使作品中展示許多感人至深的場面，讀者也自會感受到從作品中流露出來的，作者對人類情感和對生命的熱愛。

知名文學評論家　羅立群

中期名作系列

「文藝武俠」的開路之作：《孤星傳》

喜愛古龍小說的讀者，相信一定很關心他那傳奇性的一生中種種的遇合，相信也已經從各種資料中認識了這位你心目中的天才浪子，開一代風氣的武俠大家。

我為什麼一開始就這麼說呢？因為一位作者在作品裏，會在不經意的在潛意識作用下，透露內心世界的一些訊息，也會將自己寫作歷程，不經意的呈現給讀者，《孤星傳》當然也不例外。

《孤星傳》是古龍出道不久的作品，大約在一九六〇年前後。那時，他還蟄居台北縣的瑞芳，寫作還是循著前輩名家鄭證因、朱貞木和王度廬的路子，當然也受到當時如日中天的金庸的影響，更受到當時寫作風氣的大勢所趨，包括他寫《湘妃劍》在內，都不能例外。

儘管如此，古龍的優秀之作卻已掩抑不住的浮現出古龍自己的風格，那正是「古龍新派武俠小說」的胚胎或基因。

我們能先具有這種概念，然後才能真正領略這同一時期的作品。現在就來概略地談談《孤星傳》這部小說。

在《孤星傳》重新發行單行本時，出版社曾請享譽台灣藝文界的評論家龔鵬程教授（時任佛光大學校長），寫了一篇「武俠小說的現代化轉型」的專文來介紹古龍和他的小說。

現在就從這篇宏文中，看看龔教授對古龍的看法：

龔先生說：「例如他寫的前期作品《孤星傳》及《湘妃劍》，便已充滿了現代文學的筆法及意境。」

龔先生又引用古龍在《楚留香傳奇》前附的一篇「代序」，對他為何要創新、如何創新，都有詳細的解釋，大意是說：

「在很多人心目中，武俠小說非但不是文學，甚至也不能算是小說，因為武俠小說已陷入了格套之中。什麼格套呢？少年學武，歷盡艱辛，終於揚眉吐氣，正直俠客，運用武功智慧，破除江湖中龐大的惡勢力……等，這些格套又都寫得太荒唐無稽……。」

隨後，龔先生又再次引用古龍對當時武俠小說的批評：「已落入了一些固定的形式中——一個有志氣、『天賦異稟』的少年，如何去辛苦學武，學成後如何去揚眉吐氣，出人頭地。這段經歷中，當然包括了無數次神話般的巧合與奇遇，當然也包括了一段仇恨、一段愛情，最後是報仇雪恨，有情人成了眷屬。」

由龔先生的文中，古龍不滿當時武俠小說陷入的那種「格套」、「模式」，可謂溢於言表。但是，受限於當時武俠小說寫作的風氣，《孤星傳》畢竟沒有完全擺脫掉這「格套」和「模式」，裴玨的故事，豈不就是這種格套下的作品？

不僅於此，此時的《孤星傳》，也未能完全掙脫傳統上「俠義說部」、「話本」的老框框，語氣裏常用現代人已不再使用的「怎地」、「端的」這類宋、元時代的口語。

而江湖人物的綽號也還用俠義說部裏的：「黑驢追風」、「金面韋陀」、「多臂人熊」、「七巧童子」等傳統用語。

我這樣看法，不是揶揄古龍，而是想說明「創新」是件多麼不容易的壯舉。連古龍這位天才橫溢的人物，當時雖已瞭解到武俠小說必須要蛻變，而且也體悟出「應改應革」的癥結所在，可是要著手進行來「改變」，也無法在短時內就奏功。

誠如龔先生所說，《孤星傳》、《湘妃劍》這幾部小說，雖然採用的還是這些最通用的模式，但報仇的意義淡了，小說的主題便有了不一樣的意蘊，而看出作者對人生是有深刻想法的。

我也持同樣的看法，裴玨、仇恕都是由這個基點走出去的。

正由於筆者忝為古龍好友，在各小節的「評介」中，絕不為賢者諱，忠實地表示了對作品的忠實看法，每句褒貶之詞都出自一個小說評論者的良知與工作道德。

相信讀者後來看到古龍的創新成果，必會有「深獲吾心」的共鳴而引為知己的。

「若非一番寒澈骨，那得梅花撲鼻香」？如果古龍不經過挫折、磨礪，再鼓起勇氣和信心，不折不撓的奮戰，那麼華文武俠小說文壇，就不會有古龍這位劃時代的作家。

知名武俠評論家　**胡正群**

中期名作系列

試尋武俠新方向的力作：《湘妃劍》

《湘妃劍》是古龍一九六〇至一九六一年間的作品，與此同時期的還有《孤星傳》，是他初入江湖不久的創作，屬於早期的作品。

這個時期，無論是小說、戲劇、電影（還沒有電視）、歌曲，都還被台灣當局嚴格的約束著，尤其武俠小說的內容往往旨在替社會、弱者主持公道、伸張正義、剷除不平，在忠義說部中，矛頭劍鋒通常都是指向貴族豪門，貪官污吏。那時，國民黨當局為了維護民心士氣，不刺激現實生活中的群眾情緒，這些主旨都不允用作素材。不得已的無奈下，作者只有轉向「江湖恩仇」、「尋寶藏」、「奪秘笈」、「兒女情」這一方向，所以有人譏諷那個年代的武俠小說是「武」而「不俠」。

當時的古龍當然也看清了這個框框，而為了在武俠文壇爭得一席之地，就必須

求變、求突破，他想在「江湖恩仇」的慘烈的廝殺中，不再「冤冤相報」，不再「手刃親仇」，而改用「仁恕」、「愛心」來化解無休無止的仇殺，《孤星傳》、《湘妃劍》就是在這一觀念、動機下寫成的。

這兩部小說，幾乎是同一時期的作品，但當我們看完之後，就會感覺到有頗大的不同。

這一時期，台灣武俠小說幾位享譽武俠文壇的名家，寫作的方式、筆調，仍然各有私淑，尚未形成自己特有風格，古龍當時亦尚不能例外。

在《孤星傳》裏，古龍尚不能擺脫忠義説部的束縛，連人物的名字、綽號，都「傳統」得很，打鬥招式以及形容用的「術語」皆是如此。

成名後的古龍談到他對當時武俠小說的看法，表示他很反對那時最「流行」的寫法——一個少年，為了某種緣故，立志習武，他不但天生異稟，而且處處都有「奇遇」，於是武功蓋世，揚名武林……

但是，《孤星傳》的故事和寫法，仍是他自己所不甚以為然的方式。所以筆者在評介《孤星傳》時曾有感的認為：改革、突破，實在不是一件容易的事。

《湘妃劍》和《孤星傳》寫作時投入的精神、情緒則不大一樣。

《孤星傳》敘事中的「旁白解釋」太多，畫蛇添足，影響到情節推展的節奏。

但《湘妃劍》中卻把《孤星傳》的毛病一概糾正過來，尤其一心立志誓報父仇的仇恕，最後卻能以仁恕來化解仇恨，這一轉折是有「過程」的，是有客觀、主觀的因素的，是合情也合理的，不像《孤星傳》裴玨那樣顯得有些人為刻意。

《湘妃劍》人物刻劃得都各有人性、個性，音容笑貌各如其人。

《湘妃劍》的故事統一而完整；在處理上，套用一點電影術語是：鏡頭推展，運用得明快而靈活；音響、燈光、效果，把劇情烘托得更繽紛多姿；故事剪輯上，進退有據，井然有條，一點不見凌亂。

「打鬥激烈」、「詭異莫測」、「風光旖旎」這都是一部好小說的「餘事」，一部成功的小說，除了「可讀性」之外，最重要的是在「想讓讀者知道了些什麼？獲得了些什麼？」

《湘妃劍》就成功的做到了，透過故事，本書使人們體認到「信義」的崇高，「仁恕」的偉大。

順便略提一個不算很重要的小「花邊」，本書一位女主角是「毛文琪」、《孤星傳》中的女主角是「檀文琪」，讀者也許沒有注意，也許已覺「奇怪」。

其實，如果瞭解古龍的「浪子生活」，就一點也不奇怪了，因為寫這兩部小說時，他和那位叫「文琪」的「舞團紅星」正「如火如荼」的在「談戀愛」，他會「浪漫」的對她咬耳輕語：「我把你寫進小說裏去了……」

其次，古龍是江西人，其實，以他的年紀，對大陸故國河山也多未曾親歷，甚至他寫南京為「江寧」，是當時任副刊編輯的我建議他改為「金陵」，因為以「金陵」指稱南京是讀者較熟悉的寫法。

那他為什麼把這兩部小說的故事發生地都選在江南呢？以我的推想，那位「文琪」可能是「江南麗人」。為了能近取譬，乾脆把「外景」也搬到江南去了！浪子的浪漫，有時也很天真的。

知名武俠評論家 **胡正群**

驚魂六記系列

「驚魂六記」與求變的創意：《血鸚鵡》

「驚魂六記」是古龍在已寫出所有主要的作品，並已為武俠文學在影視領域掀起波濤洶湧的高潮之後，為了突破自己既往的成就，而在創作上投入實踐的又一次求新求變的嘗試。誠如他所說：「想寫驚魂六記，是一種衝動，一種莫名其妙的衝動。」其實，這裏所提到的衝動，從文藝心理學的觀點看去，就導致了一種「創造性的破壞」，想要擺脫武俠小說既有的形式、內涵與套路、窠臼，包括擺脫他自己創立的多種武俠典範和精神境界，而再去探索另一片全新的境域。

驚魂六記的奇特創意

眾所周知，在武俠寫作界，古龍雖早已具有宗師級的地位，卻永遠不以既有的創作成就為滿足，而仍一直最執著於求新求變的試探與淬煉，「驚魂六記」即是顯著的例證。當時，歐美通俗文學界尚未流行驚悚小說、恐怖小說等文類，諸如史蒂芬・金（Steve King）等驚悚小說大師更未出道，但古龍偶然觀賞美國好萊塢驚悚電影「大法師」（Exorcist），心有所感，認為將驚悚、恐怖因素引入武俠寫作，或可開拓一條新徑；於是，古龍沉思多日，一連構思了六個不同的故事大綱，並隨即著手展開第一個故事《血鸚鵡》，「驚魂六記」遂告橫空出世。

但古龍不愧是天才型的通俗文學作家，他雖看出將刻意營造的恐怖因素引入武俠小說的架構，會有聳動聽聞、震撼人心的效果，從而為武俠文學增添一個新的向度；然而，他更在意如此寫作的總體效果是否能呈現獨特的意境。他強調：「恐怖也有它的意境。現在大家講究的是趣味，是刺激，是一些能令人肉體官能興奮的事。意境卻是屬於心靈的。所以恐怖的故事才必須有意境。因為只有從心靈深處發出的恐怖，才能真正的恐怖。」寥寥數語，古龍已將他所營求的目標和盤托出，事實上，古龍小說與其他武俠名家的差異，正在於他始終強調作品的「意境」，落實在「驚魂六記」，便同時提昇了恐怖小說的精神境界。

驚悚恐怖的幽冥神話

《血鸚鵡》開場即抒寫了兩個看似平行而互不相干的恐怖敘事，實則，隨著情節展開卻證明根本是同一件事的不同側面。

其一，是一個有關血鸚鵡的驚悚神話：幽冥中諸魔群鬼為了慶賀魔王壽誕，由十萬神魔以十萬滴血，化成了一隻血鸚鵡，獻給魔王；傳說中，如果有人能看見並抓住血鸚鵡，牠就會給這人實現三個願望，但往往此人的遭遇卻異常悲慘。

其二、號稱富甲天下的太平王府失竊了大批珍貴珠寶，王府侍衛總管郭繁失職待罪，勢必問斬，卻忽然遇見血鸚鵡，可以要求三個願望，他當然首先懇求被竊珍寶返還，許願果然獲得承諾，被竊珍寶及時出現，總管得以洗雪不白之冤；但接下來卻是非常恐怖的結局，總管及其子、相關人等俱遭橫死，大批珍寶竟再次失蹤！

書中主角王風是一個身中絕毒暗器，已只剩六十一天生命的漂泊江湖人，他決心在身亡之前留下些符合俠義精神的事蹟，詎料卻適逢其會，遇見了血鸚鵡的侍僕「血奴」。而隨著他一步步深入追尋神秘莫測的血鸚鵡行跡，恐怖的幽冥神話與詭異的王府事件開始交織浮現，官方追查王府竊案的高手神捕如「無情鐵手」鐵恨等人固然鍥而不捨，某些來歷不明動機可疑的詭秘人物更是不斷環繞著血鸚鵡的線索而設局傾軋。

這其間，既涉及幽冥魔王、魔血、十萬神魔、十三血奴等半鬼半魔的魅影，當然便是鋪陳「有意境的驚悚、恐怖」氣氛之大好佈景與舞台，而古龍當然不會錯過他刻畫「有意境的恐怖」情節和動作之機會。《血鸚鵡》的意境，主要即是建立在恐怖氣氛的渲染與掌控上。

意境卻是屬於心靈的

栩栩如生的血腥恐怖場景，歷歷如繪的幽冥群魔世界，動人心魄的驚悚詭變事故，令人眩惑，更令人震撼，甚至令人駭訝到口齒酸澀，心弦狂鳴。但古龍的高明處，是對這一切極盡驚悚恐怖之能事的荒誕渲染，都能藉由情節的推展而給予充分合理的「解謎」。原來，書中人物所有可驚可怖的親身經歷，都是在受到藥物迷幻或施術催眠後的觀感，乍看詭異至極，拆解後則是事事皆在情理之中。這與歐美屬於此一文類的名作家只渲染驚悚、恐怖情節與氣氛，而不著力於給予合理化解釋的寫作取向，顯然大相徑庭。

在《血鸚鵡》中，古龍不但「解謎」，而且更進一步透過情節的推展和人物的互動，讓所謂「魔由心生」的道理自然而然地呈現，從而使得先前眩人耳目的幽冥神話，在高一層次的認知上無形地自我解構。這才是古龍所謂「恐怖也有它獨特的意境」，而「意境卻是屬於心靈的」之真義。

原來，血鸚鵡的詭異神話，是由王府總管郭繁和他轄下的十三鐵衛為了搶救太平王的性命而自行編造和散播的。事涉層層秘辛：太平王乃是西域一小國之主，與西方魔教亦有淵源，他在中土皇朝的壓力下不得已歸降中土，為求降後免禍，準備將一批西域奇珍奉獻給中土皇帝，並已呈上珍寶清單。

詎料宮中有一李王妃心懷叵測，以催眠術控制太平王心神加以囚禁，並偽造太平王通敵謀逆的信函以逼迫總管將珍寶盡數交給她。郭繁為救主上不得不從，但珍寶清單已呈送朝廷，如今突然失去珍寶，朝廷勢必追查下落，故而編造出珍寶送回卻又復失的血鸚鵡神話，暫時向朝廷搪塞。而「血奴」其實是急於救父的王府公主，十三鐵衛亦以血奴之名查察李王妃藏寶所在，以期循線救出主上。這其間，鐵衛組群固多表現得忠心耿耿，視死如歸，但也不乏叛逆、自殘之類情事，以致情節錯綜複雜。

而當適逢其會的俠士王風出生入死，偕同血奴公主、神捕鐵恨等幾番掙扎，終於揭穿李王妃的真面目並掀開這一切隱秘之際，卻赫然發現：太平王及自願陪他受囚的總管郭繁早已死去。驚悚與恐怖的過程，換來了蒼涼而蕭瑟的尾聲，古龍收筆寫道：風在吹，吹起了漫天煙霧，而本已命在旦夕的王風則「消失在風中，煙中，霧中」。無可奈何的悲哀，迴映出如霧如夢的秘辛，這便是血鸚鵡的意境……

古龍提攜後進的黃鷹

稍諳武俠掌故者大多知道，「驚魂六記」雖是古龍的創意之作，並完成了六個故事大綱，但除了《血鸚鵡》、《吸血蛾》兩卷外，其餘《黑蜥蜴》、《羅剎女》、《水晶人》、《無翼蝙蝠》皆是香港作家黃鷹依古龍手書的大綱捉刀完成。關於前二卷古龍究竟親筆寫就的比例如何，好事者亦無確論。筆者當年細繹此二書的文筆與文氣，認為其實古龍親自順過全文，但詢之古龍，他卻笑而不答。

八〇年代末筆者在香港偶遇黃鷹（本名黃海，其時已是知名影劇導演），承他面告：他本是長期連載古龍作品的《武俠世界》雜誌的美術編輯，每期古龍稿至，他必先讀為快，久之成為熟諳古龍文風的「粉絲」，當古龍因故擬將《血鸚鵡》停稿時，他致函古龍，自告奮勇要求代筆，一週後竟收到古龍寄來的六個大綱，同意由他接手，但表明為確保品質，在刊出前要將複印稿寄來（當時尚無影印機，只能以複寫紙為之），古龍認可並修正後始可刊出。

黃鷹大喜過望，便依約續寫；不料《血鸚鵡》續稿寄到了古龍手中，古龍竟親筆大幅修改，將近收尾時古龍更全部改寫，所以，黃鷹認為《血鸚鵡》基本上是古龍作品，他所寫只是習作者的初稿而已，經古龍悉心的再補正、再磨礪，才成為後來的樣貌。《吸血蛾》的寫作情況也是如此。

黃鷹承認，這是古龍在提攜他、引領他寫作武俠小說，到《吸血蛾》全文刊完，古龍認為黃鷹的文筆已可自行按圖索驥，依故事大綱獨自接寫其餘四記，便不再要黃鷹先寄原稿供他過目，而《武俠世界》亦從此以黃鷹名義刊行《黑蜥蜴》等作品。

事實上，「驚魂六記」由古龍到黃鷹的傳承與嬗遞，是古龍為武俠寫作界催生了一位創作質量皆甚可觀的新秀，嗣後黃鷹寫出《天蠶變》系列、《沈勝衣》系列等令人眼睛一亮的「古龍風」武俠作品，古龍亦不吝公開給予讚譽。然不幸的是，古龍如流星一般地殞落後，繼起的黃鷹竟也英年早逝，但兩人間這段由古龍提攜、而由黃鷹接手的因緣，卻為台港武俠文壇平添了一段佳話。

句秀、骨秀、神秀

不過，「驚魂六記」的情節與內容雖皆出於古龍創意的故事大綱，但若比較主要由古龍親筆補正和磨礪的《血鸚鵡》、《吸血蛾》，及由黃鷹獨自依大綱撰就的另四記，便分明看出，古龍在寫作上實在有他不可及的才華與靈氣。簡言之，借用昔賢王國維在膾炙人口的《人間詞話》中所示：「溫飛卿之詞，句秀也；韋端己之詞，骨秀也；李重光之詞，神秀也」，來品鑑古龍與黃鷹的作品，可以這樣說：黃鷹的遣詞用字已頗為清麗峭拔，肖似古龍，布局馭變亦有古龍風格；然就整體營造的意境而言，則相去尚甚明顯。可以說，黃鷹的作品，句秀、骨秀均直追古龍，但若論及「神秀」，則古龍允稱戛戛獨絕。這從「驚魂六記」前二記與後四記的對照，即可一目了然！

所以，「驚魂六記」不但是古龍在武俠寫作上又一次追求創新突破的衝刺紀錄，為將驚悚、恐怖元素帶入武俠文學開拓了一條以「意境」為主要訴求的新徑；更且，在無心插柳的情況下，古龍居然引領了另一位深具寫作潛力的新人——黃鷹，開始走向成為武俠名家的道路。「驚魂六記」，堪謂是武俠書寫史上某個特定情境，古龍與黃鷹交會時互放的光亮！

資深媒體人、知名文化評論家 陳曉林

驚魂六記系列

驚魂的故事反映幽微的人性：《吸血蛾》

《吸血蛾》是古龍創意的「驚魂六記」中第二個故事，他除了撰擬情節大綱外，還親自順稿、潤稿、定稿，因此這個故事所要表達的真諦與深意，可以完全視為邁入成熟時期的古龍作品。

「只有從心靈深處發出的恐怖，才是真正的恐怖。那種意境，絕不是刀光劍影所能表達的了。那才是真正的驚魂。」彷彿是為了印證自己的這番體認，古龍以吸血蛾那些令人毛骨悚然的鄉野傳說為引線，抒寫了一個「真正的」恐怖故事；然而，在結合並操作了懸疑、驚悚、推理、俠義等各個通俗小說的元素，並賦予了「古龍風格」的敘事魅力之餘，如何凸顯出「從心靈深處發出的恐怖」，才是這篇小說的精髓所在。而古龍在創作理念與境界上之所以迥異於一般武俠作家，亦於此可見。當然，先決要件是故事必須引人入勝。

恐怖的親身經歷

一隻晶瑩如碧玉的青蛾，通體閃爍著妖異的幽光！幽光中一雙血紅的眼睛，血絲彎彎曲曲的由下向上伸展，凝聚在「眼」的上方，就像是一雙眼眉，方圓的蛾肚更像是鼻子。驟看來，那簡直就像是一張臉，鬼臉！同時，血紅的蛾口中吐出了一支血紅的吸管，像尖針一樣向他刺出！

當「聚寶齋」主人崔北海乍見如此詭異的「吸血蛾」在自己房內襲來之際，他陷入驚駭欲絕的心理狀態，誠屬人之常情。然而，當他驚魂甫定，拔出享譽江湖的「七星絕命劍」向撲面而來的吸血蛾劈去時，明明近在眼前的吸血蛾竟化為漸漸淡去的青碧幻影，瞬息消失。他隨即向同在室內的妻子易竹君提及此一怪異情景，易竹君居然聲稱根本未曾看到什麼吸血蛾，只看到他發瘋般的持劍砍劈！

然後，第二天出現兩隻吸血蛾來襲。第三天為四隻。巡日倍增。到了第六天，崔北海在睡眠中居然看到一大團青碧晶瑩的吸血蛾伏在妻子的雙乳中央，他伸手去驅逐，卻被狠叮一口；然而，詢問易竹君，她則說自己全無感覺，一切都是他幻想出來的！

但當地副總捕頭杜笑天是崔北海的友人，與他在一起時卻親眼見到吸血蛾出現，並被叮到；因此，吸血蛾只是崔的幻想之說，又顯被推翻。傳說中，「蛾王」

會於每月十五，月圓之時出現，屆時遭到先遣的吸血蛾鎖定者必無倖免；於是崔北海不得不致函已絕交三年的遊俠劍客常護花，要求常趕來救他。同時，他秘密撰寫日記，逐日紀錄吸血蛾出現的情景。

離奇的血蛾襲擊

收到「吸血蛾日夜窺伺左右，命危在旦夕！」的緊急求救函，常護花義無反顧，星夜啟程。但此時易竹君因認為其夫罹患精神疾病，請來醫術精良的表哥郭璞看診。詎料吸血蛾又群集出現，而郭璞亦稱未見到，認為應是崔北海一己的幻想。於是崔懷疑易、郭二人有染，故意以異術豢養並指揮吸血蛾來襲，意圖謀財害命。

正在夫妻互相疑忌之際，崔北海忽傳失蹤，然後被發現已死在「聚寶齋」密室，屍骸則遭大群吸血蛾啃為骷髏。於是官方介入辦案，正副總捕楊迅、杜笑天以疑犯名義拘禁易、郭二人。然而，三年前曾與崔北海結仇的「飛環鐵劍」史雙河卻於此時浮上檯面，官方先是查出郭璞曾租借史的莊園圈養大批吸血蛾，繼又發現史雙河才是吸血蛾的主人，而杜笑天為了探查史的隱秘，卻不幸殉職。同一時間，易、郭在官方獄中身亡，也是遭吸血蛾啃噬所致。至此，整個案情已撲朔迷離。

詭譎的財寶繼承

當然，按照武俠小說習見的套路，必須等到真正的主角常護花進場，案情才可能獲得突破。但古龍一向擅於擺脫窠臼，事實上，在本書中，常護花只扮演了穿針引線及臨門一腳的角色，至於恐怖氣氛的營造、敘事節奏的調度、佈局伏線的掌握、重大情節的逆轉，均是環繞著崔北海生前死後的安排而展開。常護花趕到後發現崔北海的遺書中已對「聚寶齋」所蒐羅的龐大財富作了安排：指定遺產繼承人是「龍三公子」龍玉波等三位，但其中二人已亡故，崔並指定若三人均身亡，則由常護花繼承全部財寶。這形同將常護花推到與龍玉波尖銳對立的情境。可是，崔北海與龍玉波等三人本無深交，與常護花又已絕交，他在面臨吸血蛾「旦夕窺伺，危在旦夕」的時刻，何以要預立這樣不合情理的遺囑？

駭人的陰謀佈局

真相逐漸被常護花揭露。崔北海一直懷疑妻子不貞，與郭璞有染並圖謀襲奪他的財富，故而遺產繼承上排除了易竹君乃屬意料中事。然而他面臨吸血蛾帶來的死亡威脅時，何以要設計讓江湖兩大頂級高手常護花與龍玉波發生利益衝突，卻是煞費猜疑之事。若非常護花俠義為懷，全無爭奪財寶的意思，本案的真相極可能石沉大海。

原來，崔北海所留下有關吸血蛾「旦夕窺伺」的詳細紀錄，其實都是他刻意杜撰與渲染的情節，目的在藉由身邊的官商同儕口耳相傳，營造出「吸血蛾殺人」的恐怖印象，待至時機成熟，便一方面佈置自己已遭吸血蛾噬斃的假象，另方面以雷霆手段襲殺易、郭，因官方以為他已先死，故不會懷疑他是兇手。

而挑撥龍、常兩人相爭，除了讓自己「死後」局面呈現一片渾沌，以轉移官方視線外，其實亦涉及崔北海當年不足為外人道的虧心事，況且，只要龍、常一旦對立爭鬥，無人再來理會吸血蛾之謎，崔便大可從容將其暗藏的財寶運走獨享，而不致驚動官方或武林中人。

深刻的人性透視

至於吸血蛾，當然也自始即是崔北海一手圈養的唬人道具，身為易容高手的他忽而改扮為史雙河，忽而又化身為郭璞，到了圖窮匕現的時刻，他將史、郭二人分別滅口，連妻子易竹君亦一起以遭「吸血蛾殺人」的名目下了毒手。至此，古龍所說「只有從心靈深處發出的恐怖，才是真正的恐怖」，果然獲得了充分的闡釋和發揮。發出青碧幽光，儼然要擇人而噬的吸血蛾，其實並不是致命的毒物；真正致人於死，連妻子易竹君、好友常護花都是心目中必須置之死地的珠寶界大豪、江湖上名人的崔北海，顯然要比吸血蛾毒上千萬倍，也恐怖千萬倍！

於是，凡對古龍的創作理念有興趣的讀者朋友均可分明看出：《吸血蛾》正是成熟期古龍實踐其創作理念的一篇典型之作。此時的古龍，強調武俠小說的出路，正如任何真正高明的純文學作品一樣，是在於深刻地剖示複雜的人性，並以引人入勝的技法將之表述出來。人性有嶔奇光明的境界，也有陰暗幽微的側面，古龍固然闡揚「有所為，有所不為」的俠義理念，但對人性中褊狹自私的陰影，也自有目擊身歷的真切體驗。《吸血蛾》中，常護花代表了前者，而崔北海演示了後者，兩者合觀，才會看出人性的複雜，世道的險峻吧！

資深媒體人、知名文學評論家　陳曉林

大章法、大寫意、大象徵：《流星・蝴蝶・劍》

一、別開生面的古龍

古龍名氣之大，是別的作家所難以夢想到的。古人說宋朝詞人柳三變名滿天下，「凡有井水飲處，即能歌柳詞」。這句話也許完全可以照搬到古龍身上。

金庸是武俠小說作家的另一個泰斗式的人物，他更早的成功，製造了中國文人幾千年來正統的「修身、齊家、治國、平天下」的夢想得以完滿實現的神話。金庸在五〇年代就已獲得了成功，古龍則遲至六〇年代末期才算真正修成正果，雖然二者同樣創下了一片江山，但是可以並不誇張地說：兩人相比較，古龍的成功，更具有無法想像的艱鉅難度。

舊派武俠小說，經過金庸卓有成效和用心良苦的改良，其藝術性和思想性在金庸的十五部小說中達到了巔峰，這個巔峰不能說不是一個神話。當時所有的人都以為金庸的小說盡善盡美，無人能與匹敵，是一個凡人所無法逾越的巔峰和絕頂，一個根本不可能打破的神話。當時已經流行了這樣一個口號：「金庸之後再沒有武俠小說。」但是所有的人都認為做不到的事，古龍卻做到了。古龍打破了金庸神話。當古龍將他才華橫溢的作品擺到了讀者和評論家面前時，人們才開始驚歎：原來武俠小說竟可以這樣寫！原來武俠小說這樣來寫竟是這樣的美好！

古龍讓我們看到了完全不同的一個新的高度，新的境界。我們的眼界因古龍的指點而亮了起來，高了起來，開闊和爽朗了起來。如果說金庸是舊派武俠小說的改良者、總結者、集大成者，那麼古龍則是新派小說的締造者、開拓者、樹豐碑者。

如果沒有古龍，武俠小說藝術性和思想性的發展當然就停止在金庸的身上，起碼很長很長的一段時間將是這樣停止下來。古龍以一種大無畏的氣概給武俠小說注入了全新的活力。開創了一個改天換地的新世界。古龍將這個建設新世界的工作完成得太出色了。以至於在他打破了金庸這個神話的同時，製造出了一個新的屬於古龍的神話，這是一個天才宗師的神話。這個神話，不僅包括古龍龐大的作品數量和精湛獨創的質量，還包括了古龍本人傳奇的一生，浪漫的一生，落拓和惆悵的一生。

二、不斷創新的境界

古龍一生的七十二部作品，其風格隨著時間的推移是有很大差別的。古龍一生的作品大該可以分為四個階段：第一階段是試筆階段；第二階段是成熟階段；第三階段是輝煌階段；第四階段是衰退階段。這樣的四個階段比較準確地描述了古龍畢生作品的風格和水準的變化趨向。

在一九六九年前後，古龍不論在意境或風格上，均發生了意想不到的大突破，從此他的小說進入了一個海闊天空的全新境界。古龍的創作進入第一個階段的頭兩年就發表了三部幾乎是他一生寫得最精彩的重要作品。

一九六九年，古龍發表了《多情劍客無情劍》，境界上突然拔高到一個卓異的高度，緊接著在一九七〇年又發表了《蕭十一郎》，同樣獲得了巨大成功。《蕭十一郎》是一個奇蹟，也是一個契機，通過這部作品的寫作，古龍創造的新派武俠小說的風格得以進一步的成熟和發展。一九七〇年古龍繼《蕭十一郎》又隆重推出了精華之作：《流星・蝴蝶・劍》。古龍繼續在脫胎換骨，操演一種新的刀法。同年，《流星・蝴蝶・劍》改編成電影，錦上添花，再次征服了讀者挑剔的審美趣味。

一九七〇年左右是古龍一生中創作上的黃金時節。這時幾乎古龍隨便寫的一篇作品，都是精彩絕倫，可以傳世的。

古龍的創作雖然已經創立了一種全新的風格，但此時他又正是靈感橫溢，天縱英才的時候，況且此時的特點是，他又不完全為了這種全新的風格所拘束。

這時古龍的新派風格更多地是發自於靈感和激情的需要，而古龍更後一些的作品，則是有了觀念的束縛，落於為新而新，為變而變之嫌了。特別是古龍創作中衰退的階段，往往只是對自己既有的風格的繼續和因襲了。

《流星・蝴蝶・劍》是內在激情的，如行雲流水的，自然自如的，毫無黏滯的，這就是《流星・蝴蝶・劍》足可列為古龍寫得最好的精品行列之一的原因。

這時對於古龍來說，主導他創作的只是他要創造的慾望，要寫的慾望，所以這時他對「怎樣寫」就考慮得少些。

古龍因此犯了一個大忌，差一點受到批評者的毀滅性的抵制。因為古龍在《流星・蝴蝶・劍》的故事上明顯受到西方暢銷小說《教父》的影響，似乎不宜。

小說一開始的許多細節都是從《教父》中轉化過來的。

「老伯」就是「教父」，猶如同《教父》小說中的黑手黨的首領。老伯慷慨仗義，幫助歸屬於他的人，這些細節在《教父》中是相同的；萬鵬王的愛馬最後被砍下了頭煮在了他自己的鍋裏，這一細節也完全是《教父》中的。

古龍在開始寫《流星・蝴蝶・劍》時並沒有去多想，他只是要寫，只是要寫那些首先已經打動了他自己的東西，即使這東西別人已經先用過。

古龍自信就是「炒陳飯」也會炒出一盤美味，比當初的還要好，還要誘人。況且古龍覺得這並不是什麼問題，他的許多前輩都這麼做過，例如梁羽生就化用過《牛虻》中的現成的情節，金庸也這麼幹過，有過先例。古龍化用《教父》中的故事寫《流星・蝴蝶・劍》，他有很多理由，這是最重要的一條。

古龍舉金庸的例子說：「可是在他初期的作品中，還是有別人的影子。在《書劍恩仇錄》中，描寫『奔雷手』文泰來逃到大俠周仲英家，藏在枯井裏，被周仲英無知的幼子，為了一架望遠鏡出賣，周仲英知道這件事後，竟忍痛殺了他的獨生子。這故事幾乎就是法國文豪梅里美最著名的一篇小說的化身，只不過將金錶改成了望遠鏡而已。」

古龍又說：「武俠小說最大的優點，就是能包羅萬象，兼收並蓄——你可以在武俠小說中寫『愛情文藝』，卻不能在『文藝』小說中寫武俠。每個人在寫作時，都難免會受到別人的影響，『天下文章一大抄』，這句話雖然說得有點過火卻也並不是完全沒有道理。一個作家的創造力固然可貴，但聯想力、模仿力，也同樣重要。」

但是《流星・蝴蝶・劍》發表之後，批評的苛求的呼聲還是高得讓古龍沒有想到。

許多年以後古龍還不得不為自己一再辯護。古龍說：「模仿不是抄襲。我相信無論任何人在寫作時，都免不了要受到別人的影響。《米蘭夫人》雖然是在德芬・杜・莫里哀的陰影下寫成的，但誰也不能否認它還是一部偉大的傑作。在某一個時期的瓊瑤作品中，幾乎到處都可以看到《蝴蝶夢》和《咆哮山莊》。

《藍與黑》這名字，也絕不是抄襲《紅與黑》的，因為他有他自己的思想和意念。你若被一個人的作品所吸引所感動，在你寫作時往往就會不由自主的模仿他。我寫《流星・蝴蝶・劍》中的老伯，就是《教父》這個人的影子。他是『黑手黨』的首領，頑強得像是塊石頭，卻又狡猾如狐狸。他雖然作惡，卻又慷慨好義，正直無私。他從不怨天尤人，因為他熱愛生命，對他的家人和朋友都充滿愛心。我看到這麼樣一個人物時，寫作時就無論如何也丟不開他的影子。」

「但我卻不承認這是抄襲。假如我能將在別人的作品中看到那些偉大人物全部介紹到武俠小說中來，就算被人辱罵譏笑，我也是心甘情願的。」

古龍這些談話，反覆為自己辯護，反擊那些對於他的不切實際的攻擊和指責。實際上古龍並不需要這樣長篇大論地辯解，真正有見識的讀者是早已接受了他的這部小說，認可了他的這種「化用」。

事實上，《流星・蝴蝶・劍》無論從思想性，藝術性，還是可讀性上，都遠遠不是《教父》所能比擬的。

《教父》中的教父，當然不能和「老伯」相比。

「老伯」的形象是中國文化傳統「風流」之俠；教父的性格是被扭曲的，而「老伯」的處事言行，無一不是發自於他自我內在的人性的「自然態」。

老伯不是聖人，不是完人，也不是社會意義上的正面人物，但老伯是莊子筆下的「真人」，超逸灑脫，不拘於外界的一切戒律，唯求能明其本心，盡其本性。

古龍的筆下成功的俠客形象迥異於金庸筆下的「俠之大者」，古龍筆下的「俠」之風流和風采，追求的是人性的自由，人性的解放。

老伯有一種人格的偉大力量。

老伯最後非但放過了高老大，還把她一心想奪取的地契送給她；但老伯這並不是為了「行義」，為了「收買」，為了「愛他的仇敵」，老伯拉高老大一把，只因為他自己內在的偉大人格的力量。

古龍無疑是欣賞老伯這樣的人物的，也為這樣的人物的人格力量所感動，所以孟星魂最終改變了立場，與老伯站到了一起。

三、唯美、驚艷與詩意

《流星・蝴蝶・劍》是古龍的極品之作中最讓人驚異和不可思議的一部。古龍寫這部小說，是以全身心在投入，灌注了他的靈魂和精血之氣，他寫孟星魂，簡直就是在寫自己。

古人有「詩讖」的說法，《流星・蝴蝶・劍》便是古龍之讖，一種神秘而不由分說的命運之驗證。

「流星的光芒雖短促，但天上還有什麼星能比它更燦爛，輝煌！」

「蝴蝶——牠美麗，牠自由，牠飛翔。牠的生命雖短促卻芬芳。」

小說的主題飛速地逼近和切入，驚豔、撲朔迷離而環環相扣，密不容針的情節把我們帶進了超越的詩意和境界。極端情景下不斷出現的極端衝突和衝突的緩解，使我們產生了一種高度的閱讀審美和愉悅。

孟星魂人稱江湖第一冷血殺手，本來是奉自己的恩人，又像是母親又像是情人的高老大之密令，要去取老伯的性命。

但孟星魂厭倦了殺人的孤獨寂寞生涯，他終於在生活中找到了真愛，開始了覺醒，走上了向上的一面。

律香川的陰險狡詐是超群的，他不僅欺騙了十二飛鵬幫的萬鵬王，還背叛了老伯，幾乎陷老伯於死地；律香川能夠欺騙老伯，正所謂「君子可以欺之以方」。

老伯雖不是君子，他光明的一面卻會使他自己看不到陰暗。

孟星魂終於站到老伯這一方來了。

邪惡終於還是不可能戰勝正義，律香川背叛了老伯，最後他也嘗到了被人背叛的滋味。

「死也許並不是很痛苦，但被朋友出賣的痛苦，卻是任何人都不能忍受的！」

「黑夜無論有多麼長，都總有天亮的時候。」

和古龍的所有作品一樣，《流星・蝴蝶・劍》謳歌的還是光明的力量！

英雄情懷，豪傑膽色，《流星・蝴蝶・劍》真是寫得轟轟烈烈，可歌可泣。

《多情劍客無情劍》寫得纏綿，《蕭十一郎》寫得悲壯，《流星・蝴蝶・劍》則是寫得英氣勃發，寫出了一種好男兒的膽色。

「只要你有勇氣，有耐心，就一定可以等到光明。」

「你致命的敵人，往往是你身邊的朋友。」

這一尖銳殘酷的斷語，在《流星・蝴蝶・劍》中第一次正式明確拈出，其後古龍的小說開始經常出現這一主題。

四、經典之作的印證

作為一部武俠小說，《流星・蝴蝶・劍》只能算得上一個中篇，篇幅並不長，然而其格局，其氣派，其悠遠，卻是自成一格，雅致精細，可賞可玩，絕非其他大而無當的長篇可比。

文法和結構的精嚴，正可謂作者「全書在胸」，一場絕大的陰謀，一種懾人魂魄的懸念，不到最後一刻，是無法確然瞭解的。作者充滿激情而又有所嚴謹節制的敘述，如行雲流水，緩急有度，層層推進，又迂迴曲折，能指和所指達到高度的統一。這種大章法、大寫意，技術層次上是超一流的水準。

全書的情節和結構，分為以下五層：

第一層包括第一章到第七章，以孟星魂奉高老大之命去刺殺老伯為弄引，切入老伯和萬鵬王之間爭霸的故事作為全書的大背景，展開了揭露「誰是老伯嚴密組織內的背叛者」這一全書結構上的主線。在第一層中，孟星魂和高老大，老伯和律香川，萬鵬王一方，都快速上演精彩節目，三國鼎立，群雄爭勢的複雜關係明白建立，讀者一下子就能進入故事，迫切關注局勢的發展，追尋懸念的疑釋，進行閱讀快感的衝刺。但到第一層情節演示結束之時，線索卻又掐斷，一切回到起點，讀者此時已有盪氣迴腸之感。

第二層應包括第八到十二章，小蝶的出現豐富和擴大了場景，新衝突繼續牽引讀者到更新更高的視野，孟星魂和小蝶之間純真幻美的愛情遭遇，拔高著全書的主題的境界，愛的力量戰勝了邪惡，頑石般封閉著內心真情的老伯，開始了潛移默化的改變，在惡勢力的窒迫中，光明開始出現。這一層中，葉翔獻身的感人故事，適宜地起到穿針牽線的作用，真相在抽絲剝繭地合理繼續展開。和第一層的故事一樣，線索在這時又再次中斷，一切又回到起點，除了閱讀的審美和快感，讀者對懸念的瞭解，還是撲朔迷離，這正是古龍的擅場獨勝，是高明的大章法大文法，正如金聖歎評釋《水滸》所說：「偏是急殺人事，偏要故意細細寫出，以驚嚇讀者，斯作者快活也。」但讀者卻是愈這樣，愈是手不能釋卷，因為「讀書之樂，第一莫樂於替人擔憂。」

結構的第三層為第十三章到第十七章，情節迴宕周旋之後，倏然又推上了驚心動魄的高峰。這一層的內容，主要寫律香川的猙獰面目按捺不住，精心設局謀算老伯，終於一擊得手。局勢雖最為緊迫，但讀者卻因終於發現了幕後黑手而略舒一口氣。古龍準確地捕捉行文的節奏，再次佈下新的懸念：老伯雖已受傷中毒，但還是從律香川的眼皮底下溜走，他還有機會，他還有多大的秘密？多大的能力？讀者不能不替古人擔憂，「然若此篇者，亦殊恐得樂大過也。」

本書第四層，為第十八章到第二十四章，如果借用起承轉合的說法，此層情節已在轉移，善的勢力在向上挺進，惡的一面不能不去作配戲。這一層是厚實飽滿的大過渡。過渡的場景必須同樣精緻和有著持續的閃光點，才能繼續刺激讀者保持一種新鮮的敏銳，奔赴最後的目的地。這一層中幾個故事雖然是過渡和點綴，卻寫得可圈可點，章法謹嚴，正如獅子搏兔一樣，也同樣用著搏象一般的全力。馬力中一家的故事，孫巨的故事，都是震驚著讀者的善良人性，讓人扼腕嘆息和揪心不已。而另一些場景，如井下密室中的老伯和鳳鳳之間上演的一些小鬧劇，讀來也是繞有趣味，在極小處也體現了作者透入紙背的靈性和才情，最後孟星魂的出現，恰到好處地推進了情節的發展，找到了突破口。

本書的第五層也就是最後一層，包括第二十五章到第二十九章，當然是全書的大收尾，大結穴，完成了全書的大框架，大結構。一部大書，無數文字，七曲八折，千頭萬緒，至此脈絡通貫，快然清理。首先是書中一開始就暗藏的伏筆，孟星魂的朋友和兄弟：石群，至此歸案，雖事出突然，卻又合於文理，正是文章收尾的高明手法。然後是高老大完全暴露，驚醒夢中人。最後是書中前文處處照顧，點到為止的易潛龍，出來一總全局，將讀者期待已久的快意閱讀推向高潮和圓滿。全書結束時流星的神秘象徵再次出現，給人以言雖盡而意無窮的悠遠回味。

《流星‧蝴蝶‧劍》堪稱經典之作，由此可見。其文本的結構完美盡善，文法精嚴，正如金聖歎評《水滸》時所說：「蓋天下之書，誠欲藏之名山，傳之後人，即無有不精嚴者，何謂之精嚴，字有字法，句有句法，章有章法，部有部法是也。」金聖歎又謂：「如《水滸傳》七十回，只用一目俱下，便知其二千餘紙，只是一篇文字，中間許多事體，便是文字起承轉合之法」。古龍的《流星・蝴蝶・劍》，照我們以上五個層次的結構分析來看，確類於此。

《流星・蝴蝶・劍》是古龍列作巔峰狀態時的一部作品。是古龍的那種全新武俠小說文體和藝術風格的代表作之一。《流星・蝴蝶・劍》寫出了古龍小說所獨有的那種俠客的風流，劍舞的浪漫，英雄的寂寞，使這部小說像詩歌一樣，表現出熱愛和水與火的特質，賦予小說豎琴和酒神一樣浪漫和風流的色彩，展示出人類處世最大的智慧和經驗，響動著對真、善、美追求的共鳴，對寧靜、和平、恬適生活的熱愛，讓人們像品味詩歌一樣，品味著無以言傳的美好和純真質樸的情感。

感謝古龍為我們留下這樣的一本好書。

武俠文學評論名家 覃賢茂

復仇的路有多長：《白玉老虎》

《白玉老虎》的結集出版是在一九七六年，其寫作和連載當在此前。這是古龍創作的鼎盛時期，亦其作品出版的大收穫時期。羅立群兄所撰《古龍武俠小說出版年表》上列於該年印行的作品即有《陸小鳳傳奇》、《邊城浪子》、《血鸚鵡》、《大地飛鷹》等九種約四百萬字，不少是古大俠全盛時期的代表作。

于東樓先生稱《白玉老虎》非古作之上品，的是確評。然該書又確確自有佳勝處，是一部很好看的書。小說沿襲的當然仍是武俠套路，而作者藉武俠摹寫人性與感情，探索人生的哲理，實在亦引人深思。讀者切勿輕易放過。

一、復仇的路……

《白玉老虎》演繹的是一個復仇故事，一個武林中常見的為父報仇的故事。主人公趙無忌新婚大喜的日子，竟也是喪父大悲的日子。作為死者唯一的兒子，作為一個視尊嚴信譽重於生命的男子漢，趙無忌義無反顧地踏上了復仇的路。他的情感由豐富化為單一，他的生活由多彩化為簡樸，他的靈魂和肉體、思維和行動都凝聚在兩個字上，那就是「復仇」。

復仇的路有多長？

可謂路途漫漫，遠逾天涯。自小說第二章始，無忌就踏上了這條路，至八十餘萬言的小說結束，無忌仍在路上，仍要走去。其間他去過上官堡，登過九華山，兩番在廖八的賭場豪賭，最後則歷盡艱險進入唐家堡。他先要確定仇人，再要征服會找人的人（軒轅一光），還要利用收留了仇人的人（唐玉與唐缺），最後才見殺父的仇敵。這條復仇的路剛剛算是見到終點，未成想生父的一紙遺囑，又使他延伸向無限遠。復仇的路有多長？作者未言，讀者自可去懸想假設，總之，在本書收束的時候，這條路似乎才剛剛起始。

復仇的路有多苦？

趙無忌本是一個門第顯赫的武林世家子弟，是一個敢愛敢恨的，情感外露、瀟灑出尖的青年俠客，有幾分任性情，有幾分紈絝氣，重然諾，講信譽，寶刀名駒，往來如風，日子過得很是快意。

然自從選定了復仇的路，他也就從人生況味中單拈出「苦」。夫妻分離之苦，兄妹流散之苦，有家難回之苦，九華修練之苦……更難忍受的是素來笑罵由心、狂放不安的他，要處處謹小慎微，面無表情，任憑「心火」在胸中奔突運行。復仇，扭轉甚至改變了趙無忌的性情。

復仇的對象是仇人，則仇人在何方，復仇之路就通向何方。當仇人定為上官刃時，復仇之路便通向上官堡；當得悉上官刃的藏匿地點時，復仇之路便通向唐家堡，唯在最後一刻，當無忌終於明白上官刃不是仇人而是處處護佑自己的恩人和長輩時，當他終於明白趙簡不是被殺而是自盡捐軀時，復仇之路又通向何方？

全書結束時，趙無忌的復仇之路並非到了盡頭。他可以設定新的仇人，實質上唐門正是一個邪惡的野心勃勃的武林門派，是大量惡行的淵藪，粉碎唐家堡，是大風堂老一輩俠義既定的目標，無忌也早已把唐門當做復仇對象，只不過更單一而已。這時，一己一家之私仇昇華為正邪之戰，為血親復仇昇華為誅奸除惡之戰，濺血五步、快意恩仇的武林道理也就昇華為掃除邪惡的社會公理，境界與襟懷都大為進步。然則，這還是當初那條復仇之路嗎？復仇的路，必然的目的地是死亡。或者是尋仇者，或者是害人者，總歸必須要有死亡，血債血償，只有死亡才是復仇之路的終點，這似乎是公平的。然不盡公平的事情也有發生，復仇之旅中還會有許多意外的死亡，還會有許多無辜的犧牲，還會無端奪去一些活潑潑的生命。

如本書中在唐家堡忍辱負重、潛伏極深的小寶，其為無忌的草率付出了生命代價，尤其令人痛惜！

仇人相見，分外眼紅。眼紅之時也正是極不理智之時，故復仇之路上是極易發生誤會、產生悲劇的。設若憐憐死在無忌的劍下，設若無忌在上官刃轉身救女時冷然一劍，那將是怎樣一種遺憾！

二、責任重負下的生存狀態

當一個人選定「復仇」為其生存的唯一或曰終極目標，同時更也選定了與眾不同的生存狀態。本書所展現的正是「復仇」重壓下的性格扭曲和生存變異。

復仇是武林中鐵的法則。父母之仇，不共戴天。作為人子如果不去為父母報仇雪恨，在江湖上便再無立身之地。趙無忌新婚之日而父親橫死，從感情和道義兩方面講，他都別無選擇。

大哭數日，擇定為父復仇的同時，他也擇定了一種全新的生存狀態，這是一種決絕的人生選擇，是以生命為賭注的人生選擇。

首先他訣別了新婚的妻子，訣別時那樣平靜，竟沒有絲毫溫情。復仇的重負在肩，已使他無法再承受更多的擔荷，已使他無法再享有生活之愛和夫妻之情。復仇的情緒是排他的，亦是熾烈的，足以焚毀當事人的一切正常感情。這就是為什麼在九華秘窟中他對苦苦來尋覓自己的妻子視若不見，是「復仇」抑制和沖刷了他心底的愛。

其次，他訣別了舊日的生活和家園，開始隱姓埋名、改變形骸，開始千方百計地去追求極端的武功，開始把自己的生命乃至靈魂抵押給怪誕的異人，只要能報仇，只要能學到報仇雪恨的本領，一切都在所不惜！

再其次，他以賭博營造生存內容和復仇手段，贏得了「行運豹子」的聲名，並以此勾來賭癡軒轅一光，以此來瞭解上官刃的下落。而後更是處處以性命為賭注，與唐玉相交是以命相搏，送唐玉入蜀更是以命相搏，進唐家堡無處不是如此，命如懸旌，身似浮萍，生死呼吸，屢涉大險，若非上官刃和小寶等人的保護，早已暴露本相。

責任心是人類一種可貴的情感類型，也是一種巨大的精神付出。趙簡是有責任心的，為此付出了生命的代價，卻是一種深思熟慮後的冷靜選擇；司空曉風是有責任心的，他義無反顧地承擔著三人的擔子，又要盡可能地去保護戰友之子；上官刃更是有責任心的，他選擇的是更有難度的潛伏，背負的是叛逆之惡名，一旦反間不成，惡名則可能在死後也洗滌不去。然他們的付出又與無忌不同，關於後者，趙簡在設計自己死亡的同時已考慮了兒子的反應，故意設定在他的婚期，將無忌的強烈感情反應列為反間計劃的組成部分，且以此來印證上官刃的投敵之實。這種設計是縝密且令人尊敬的，然對於一無所知的趙無忌來說，這公平嗎？

白玉老虎是一個信物，它傳遞的是父親的囑託，更是一種近乎神聖的責任。但已不是為父復仇的私恨，而是一種兩代人共同承擔的理念。如果說無忌的生存狀態已為此改變和扭曲，則上官刃和司空曉風、衛鳳娘、千千和上官憐憐，莫不如此。

三、誰是正義的一方

天地間有正邪兩賦，武林中也有正邪兩途。中國文學傳統中武俠一支可謂源遠流長，又向來視忠奸正邪為根本，正者雕一忠貌，邪者繪為奸形；正者大義凜然，救國拯民，邪者殘忍嗜殺，狗偷鼠竊。傳至近當代，舊、新武俠小說的代表人物莫不如此。

然則事物和事件又往往是複雜錯綜的。善惡正邪，真正區分起來也難。邪派人物或有善行義舉，正派營壘中亦不乏一絲邪念。且不說江湖中是非難論，武林裏龍蛇混雜，且不說許多門派的判分正邪之尺度原也胡鬧，且不說武林門派大多是亦正亦邪的，種種不一難以論列。即如此書中所敘對立兩派，大風堂和唐家堡，從命意、武功到頭面人物的描寫上，都彷彿見出作者的傾向，唐家堡的暗器和武功智計亦在在透出邪僻，可兩者之間的爭鬥仍在於地盤的爭奪，仍在於爾虞我詐，互相顛覆，都算不上正大光明。

趙簡以項上頭顱為反間信物，雖為滿腔義烈，然所謀則並不高尚。這個故事仿自戰國時「荊軻刺秦王」的史實，荊軻大俠也因此入「刺客列傳」。然這卻是一次難論是非的陰險暗殺。

「風蕭蕭兮易水寒，壯士一去兮不復返」，何悲壯也！卻是一次妄圖以陰謀暗殺阻止天下一統的歷史反動，是荊軻行為自身的英雄氣概沖淡了其逆動色彩，在千古傳誦中漸漸被神化。至於那位甘願割掉腦袋的樊將軍，勇氣和犧牲精神都固然可敬，畢竟是一種無意義的犧牲。

再回到書中，趙簡的腦袋做了上官刃投奔唐家的一紙路引，上官刃的隱蔽功夫和反偵察能力也大勝荊軻（由無忌入堡遭遇可以想見上官刃必也經歷了嚴苛的檢查）。他開始在唐家堡位置漸重，進入核心，一切似乎有了些希望。但也只能說是希望，地室中的雷震天之遭遇，就是先例。

復仇似乎是天經地義的，復仇的行為驚心動魄。然復仇帶來的是另一個災難，是新一輪復仇的開始。於是冤冤相報，無始無休。於是又產生一個更歹毒的辭彙——斬草除根。這是一代代復仇者的經驗總結，是一個瀝血而刻毒的辭彙。

在江湖仇殺、武林報復中，在汩汩流淌的血河中，正義是微弱的。

四、生命和生活是美麗的

如前所述，本書主人公的生命和生活都在復仇重壓下而失衡，而變態。於是雖然有燦燦的春陽，卻沒有春日的詩情和詩意；雖有生情萌欲的青春之軀，卻沒有火一般燃燒的愛情；雖亦有愛的渴念和苦求，卻沒有綻放出愛的光華；雖有兩性之間的遇合，卻沒有任何的心靈溝通……

這真是一幅讓人憋悶的生態變形圖。趙無忌的生命本來是常態的，其充滿青春生命張力的生活也是絢麗的，這在短短的第一節他與香香的相會可以見出。他對新婚的憧憬，對未來生活的期待亦可由此設想。但很快發生的悲劇改變了他的精神狀態，也改變了他的生活狀態，甚至從內心到容貌改換得極為徹底，有血有肉的趙無忌自那天起便成了復仇的工具。

待故事進展到最後，白玉虎碎，真相大白，復仇原來是一篇命題作文，仇人原來是父親的戰友，讓無忌難以承受，又不能不承受。曲終而人未散，幸無忌未瘋，憐憐猶存，金童玉女聚集在上官刃的令旗下，潛伏在強敵的心臟裏，必會有一番作為。誤會已解，而責任未去，趙無忌與憐憐能過上常態的生活麼？

恐怕不能。上官刃不能，無忌與憐憐亦絕無可能。

作者為什麼要給我們這樣一個壓抑的故事？為什麼要藉此寫如此變態的人生？作為信物的為什麼要是只白玉老虎？玉虎又為什麼記憶著這樣一個紙片？鳳娘為什麼要受到無忌的冷面？憐憐為什麼要撲向無忌的劍鋒？

作者自稱「這故事寫的是一個人內心的衝突」，很精彩，然並不準確。這故事寫的是復仇情緒下的人性變異和扭曲，是一個可怕的夢魘，呼喚的則是正常的生活。

生命是永遠鮮活的。

生活是永遠美好的。

中國武俠文學會副會長、南京大學教授 卜鍵

突破武俠窠臼的浪漫傳奇：《武林外史》

一、顛覆舊傳統的故事情節

《武林外史》是古龍邁入成熟期的長篇巨作。在這長達近百萬字的故事中，我們可以發現，無論是在故事的結構、人物性格的塑造或敘事手法上，都有許多的創新之處。全書自一樁古墓寶藏所引發的神秘謀殺事件為起點，開始了一連串的揭秘過程。全書故事可概分為三個階段：

第一階段

第一階段的場景發生在「仁義莊」和古墓之中。故事一開始便是「仁義莊」

三老召集武林七大高手，商議共同對付快活王的大計，卻因朱七七的鬧場不了了之。其後「鏡頭」隨著朱七七和沈浪的腳步來到了古墓，故事的主線至此才漸漸明顯。在古墓中的這番奇遇，讓沈浪與朱七七捲入了奇案之中，沈浪開始了一連串揭秘的歷險。

「仁義莊」中的情節，對故事的發展並無關鍵性的影響，且七大高手之間的恩怨，也不是全書的重點，以這樣無足輕重的情節作為故事的開頭，乍看之下，似乎這段情節除了引主角出場之外，別無它用，頗有讓人摸不出頭緒之感，然而若是將之放在整個階段來看，卻可以看出此段情節有另一個隱而未顯的脈絡：顛覆，而這也是本階段的一個主題。

「仁義莊」情節一開始，便藉著「仁義莊」三老之口說出了多年前的一段武林故事—衡山一役。這場讓黑白兩道高手死傷殆盡的慘案，原是為了爭奪「無敵真經」，在經過一番激戰之後，倖存的六個人才發現無敵真經的存在根本是一場騙局，如此出人意料的安排，顛覆了傳統武俠中武功秘笈的「情結」。

無敵真經的騙局，讓武林呈現出一片高手凋零的蕭索景象。就在前輩高手凋零的武林真空時期，七大高手趁機迅速竄起。由於各家高手武功同樣平庸，在「競爭激烈」之下，彼此爭排名、爭地位，甚或爭利益，偶有如雄獅喬五的英雄，卻也是孤掌難鳴。傳統武俠世界中的大俠風範，在這群以俠義自詡的高手中，又難以復見，對七大高手的著墨，似已隱含對傳統武俠高手世界的顛覆。

從「仁義莊」的情節中，我們知道了故事中的武功秘笈原來是個騙局，名門正派的高手多是氣量狹小的武人，而沈浪與朱七七在古墓中的奇遇，則打破了古墓奇人（花梗仙）和藏寶的迷思。金無望甚至利用古墓寶藏的傳說，來當作綁架勒索的方法。在全書的一開頭，作者便藉著書中人的經歷告訴讀者，這個故事中，沒有以拯救武林為己任的俠義高手、沒有絕世的武功秘笈、也沒有隱世的高人和價值連城的寶藏。那麼，武俠故事中，還有什麼呢？

第二階段

第二階段王憐花出現，故事進入高潮。在這個階段中，出現了沈浪、朱七七之外，全書其他的重要人物王憐花、白飛飛以及熊貓兒。

本階段始於沈浪、金無望與朱七七離開古墓之後。朱七七為了要取悅沈浪，獨自去探查在古墓失蹤高手的下落。隨著白雲牧女的馬車，她進入了王夫人的巢穴，在那裏遇到了王憐花，自此開始了與王憐花的糾纏。王憐花自見到朱七七後，便起了要佔有朱七七的慾念，然而自恃風流的王憐花，並不屑以強迫的手段逼朱七七就範，因此想盡辦法要朱七七自願獻身，王憐花一次又一次的向朱七七用計，朱七七一次次的脫離魔掌並伺機報復，構成了本階段一個有趣的主線。

相對於王憐花對朱七七的死纏爛打，沈浪的心神，卻完全沉浸在與金無望及熊貓兒的友情上，相形之下，對朱七七的態度便顯得冷淡得多。也因為如此，朱七七對沈浪充滿了不安全感，故而當溫柔婉約的白飛飛出現時，朱七七女人嫉妒的天性，讓她作出了許多令沈浪哭笑不得的傻事。朱七七對沈浪由愛轉恨，又由恨回到愛的情感轉變過程，帶動了故事的發展，也構成了本階段另一個悲喜交集的主題。

在當時武林的亂世之中，王憐花與沈浪，一個是少年梟雄，一個則是落拓英雄，這兩個男人卻因為朱七七而數次交手，兩人的對立則是這個階段的第三個主題。

在第一階段中，作者顛覆了俠義的高手、絕世的武功秘笈、隱世的高人和價值連城的寶藏。

我們在第二階段中看到了情義與仇恨才是作者要鋪陳的重點。因此，朱七七對沈浪的愛情、王憐花對朱七七的愛欲、以及他對沈浪的妒恨，三條主線的互相牽引糾纏，一直是推動故事發展的動力。此外，和熊貓兒及金無望的友情，以及熊貓兒與朱七七、金無望與朱七七、白飛飛與沈浪的情愫等等搭配的情節之中，也明顯可以看出作者著力描寫愛情與義氣的特點。

第二階段佔了全書一半以上的篇幅，在這段情節中，沈浪和朱七七等主角的連番奇遇，並沒有讓他們得到絕世的武功秘笈、價值連城的寶藏，也沒有碰上隱世的高人傳授武功，他們得到的，只是彼此感情的相屬、友情的堅固。

在朱七七一次次的心碎之後，她的真情終得到了沈浪的回應。然而兩人的幸福還沒開始，他們便又同時落在王夫人手中。對快活王恨之入骨的王夫人，為了聯合沈浪共同對付快活王，居然要嫁給沈浪，而沈浪竟也一口答應，故事就此開始進入沈浪與快活王交鋒的階段，主戲上場之後，故事也將進入結局。

第三階段

沈浪離開了王夫人，開始進行王夫人對付快活王的計劃，故事至本階段已到尾聲。沈浪與快活王之間亦敵亦友的特殊情誼是本階段的主軸，英雄惜英雄是這個階段最精彩的主題，而白飛飛與沈浪的發展，則是本階段最吸引人的插曲。

在全書一開始，作者便已介紹過快活王這個人物，而在前兩個階段，也隱約透露出沈浪對快活王，似有一段不為人知的仇恨，因此，沈浪與快活王的敵對，其實隱然是私人仇恨使然。

沈浪與快活王兩人王不見王的情況，一直到了這最後的階段，在王夫人的安排下，沈浪與快活王才終於在賭桌上初見。

沈浪的刻意結交終獲快活王以國士相待，快活王對沈浪的才情備加愛惜，而沈浪又何嘗不感激快活王對他的知遇之情呢？但是這兩個不世出的人物，還是不免刀兵相向。兩人訂下逃亡與獵殺的生死之搏後，因白飛飛的介入，情節進入另一個轉折，這個心中充滿仇恨的少女，終於一步步要走上與快活王同歸於盡的復仇之路。然而故事結尾卻大出人意料，快活王並未死於沈浪之手，白飛飛的計劃也未成功，最終復仇成功的人，居然是王夫人。

全書因為這樣的結局，有了全然不同的角度。如果自結局來反觀全書，我們將會發現原來所有的疑案，均是源於兩個女人（王夫人和白飛飛）的復仇計劃，而沈浪只不過是這兩個女人棋局中的棋子而已，志於復仇的少年居然無法親手刃殺仇人，作惡多端的女人居然達成目的，這樣的結局，更是將傳統武俠的慣例徹底顛覆了。

綜觀全書的情節推演，我們不難看出古龍要跳出傳統武俠窠臼的努力，雖然其間難免有顧此失彼的情形，如沈浪與快活王對立的原因，雖是基於為父報仇，但結尾對此一主題卻不了了之，使得沈浪的態度顯得曖昧而模糊。但是總體來看，古龍在本書中，讓武俠不再局限於高深武功的追求、武林霸主的爭奪等等傳統的窠臼之中，而將武俠情節帶入了最貼近人心的情感，讓武俠小說不單只有血性，還多了一分真正的人性。

二、多面向的人物性格

在本書中，古龍將真正的人性帶入了情節的主幹，因此在本書中，我們看不到為了虛無縹緲的武林正義而奔波的大俠，也看不到溫柔可人的美麗女俠，我們只看到了一個個糾纏於愛恨情仇，又陷於自身性格矛盾的凡人。善與惡不再像黑與白那般的分明，剛與柔與不再是男與女的代名詞，在本書中，我們可以發現古龍對人性細膩而深刻的洞察，透過本書中人物性格的觀察，我們看到了人物性格的多面向。

愛恨交織

從本書情節的發展來看，我們可以發現，書中人物的愛與恨主導了每一次情節的轉折。從故事的架構而言，我們甚至可以說，整個故事便是王夫人、朱七七、白飛飛等眾家女子因愛生恨，為恨復仇的過程。

王夫人、朱七七雖在性格上是截然不同的女人，但是她們對於愛情，卻都有著一樣的歷程。她們都是愛情至上的女人，在愛情失落之後，她們也都不約而同的走上毀滅的道路。只是王夫人毀滅的，是她曾經深愛著，卻也讓她恨得入骨的快活王；而朱七七要毀滅的，則是她自己，她三番兩次費盡苦心安排，只為了要死在自己心愛的人手中。

相對於王夫人和朱七七的愛情，白飛飛對沈浪的情感，便沉潛得多。但是在她深沉的內心中，對沈浪又何嘗沒有著澎湃的愛情？只是她並不似王夫人與朱七七。這個聰明的女子，並沒有因為愛情而喪失理性，她很清楚沈浪愛的是朱七七，她雖然得不到沈浪的心，她卻也要讓沈浪永遠記得她，而唯一能讓沈浪永遠記得她的方法，便是讓沈浪永遠恨她，因為她很清楚，在人心中，唯一和愛有著同樣地位的，便是恨。

縱觀本書中的眾女子，她們或單純如朱七七，或複雜如白飛飛，或善良如花四姑，或狠毒如王夫人，這些形形色色的女子，幾乎都不免落入愛情的羅網中，而故事中所有秘辛及悲劇的背後，其實都隱藏了一個女子的愛情故事。在眾多女子的愛情當中，雖偶有圓滿如花四姑者，但絕大多數的女子都經歷過愛情的幻滅，進而因愛生恨，即使如朱七七，最後雖終於得到沈浪的心，但她也曾屢屢因愛情得不到沈浪的回應，而幾乎做出毀滅自己的舉動，甚至還設計陷害沈浪。從朱七七、王夫人和白飛飛這些女子的身上，我們看到了愛與恨原來只有一線之隔，這愛恨交織的情緒，已成為全書女性形象的一個基調。

超脫價值判斷，直探人心

全書在人物性格的塑造上，另一個不同於以往武俠小說的地方，便在於人物的非善惡化。本書捨棄了善惡二元的行為價值判斷，直探人物行為背後的內心需求。

透過對書中人物內心的描述，我們可以知道：白飛飛的狠毒其實是緣於她心中恨意的發洩；王憐花的奸狡百出，只是為了勝過沈浪，以掩飾潛藏在他內心的自卑；其他如金不換所有的行為只在求利，快活王為的是權力，熊貓兒要的是爽快，朱七七求的是愛情，而金無望的所作所為只是為報知己。藉由對書中人物動機的闡明，我們看到的，不再只是帶著價值判斷的善人和惡人，我們看到的是一個個赤裸裸、有血有肉的凡人。

相對於這些人的追尋，沈浪應可算是真正超脫欲念的人：他與快活王有不共戴天之仇，但在未能手刃親仇的時候，他卻能淡然處之；他雖有愛的感覺，卻少有表露；他也會憤怒，卻從不報復，這種超脫於一切的態度，雖讓沈浪顯得卓然不群，卻也削弱了沈浪這個人物的個性。

完美俠女形象的幻滅

不同於以往男性獨尊的武俠故事，在本書中，女性人物一直扮演推動故事發展的主力，而全書中對女性人物的性格，也有非常精彩的描寫。雖是武俠故事，在本書中眾女性的身上，我們卻看不到一個俠女，我們只看到了一個個被愛恨糾纏的真女人。

若將本書中所有的女性人物羅列開來，我們會發現全書居然找不出一個完美的女性。原來全書中最完美的女人，該是白飛飛。她溫柔美麗、聰慧可人，集所有男人的夢想於一身，然而在最後，古龍卻將所有的人（書中人和讀者）的夢想都打破了。原來所有的優點都是她矯揉造作出來的，她的溫婉只是她施行復仇計劃的偽裝。除掉了這些偽裝，她只剩下了偏激惡毒的心腸，和不堪的身世，令人想恨都無從恨起。

當白飛飛的真面目還未顯露時，朱七七對白飛飛的態度，十足是個惡女人的嘴臉。在前段的論述中已提及，朱七七打破了一切女俠的規則。她雖然武功不錯，但緊要關頭上卻永遠派不上用場；她雖深愛著沈浪，在沈浪令她心碎時，她卻可以喜歡上熊貓兒和金無望；她雖對男女之事懵懵懂懂，在王憐花的挑逗下，卻也有著一般女人的反應（甚至過之），以傳統女俠的標準來看，似乎她只符合了「美麗」這一項，如果不去看她的功夫與萬貫的家財，則她那單純的思想、直爽的性格，以及率性的言行，便和市井女子相差無幾了。

相對於朱七七的率性、白飛飛的陰毒，七大高手中的花四姑，應可算是集智慧、溫柔及俠義於一身的正派好女人。然而她的長相卻是「又肥又醜，腮旁長著個肉瘤，滿頭雜草般的黃髮」，連謙和如沈浪者，在初見她的尊容時，都不免要皺眉。

其他女性如王夫人雖具智慧和風韻，卻心如蛇蠍，染香雖可人卻輕佻，另外如七大高手之一的柳玉茹、天魔花蕊仙、快活林中的夏沅沅、春嬌等等女性人物雖形形色色，卻獨缺一類美麗又善體人意，善良又能行俠仗義的零缺點女子。如果要在本書眾多女性群相中，找出這類在傳統武俠中比比皆是的女俠，相信定會讓許多人失望了。

相對於傳統武俠中完美無缺的俠女，本書中形形色色的女子，卻有個共同的特性：她們都有著超強的生命力，絕不向命運低頭。白飛飛雖然有一個令人同情的身世，她卻能在惡劣的環境中成長，她對快活王復仇的計劃，又何嘗不是向自己苦難命運的抗爭？而其他如王夫人、朱七七、染香、春嬌等女子，她們對自己所想所愛的人、事，不也都是勇於爭取、絕不退縮嗎？由此我們也隱約可以看出一個新俠女形象的雛型，這樣的一個女性形象，不正也是現代女性的理想典範嗎？

難得「友情人」

「友情」是古龍作品中永遠不缺席的一分子。在本書中，如果說「愛情」是眾家女子以生命追逐的夢想，那麼「友情」便是書中許多男子努力紡織的童話。在這童話中，眾英雄們付出他們的真情，不惜自己的生命，一次又一次地留下了動人的軌跡。其中，熊貓兒和金無望是最讓人難忘的「友情人」，而快活王與沈浪的惺惺相惜，則是最動人心魄的豪傑之交。

熊貓兒這個對人類充滿了熱愛的血性男兒，他與大多數好交朋友的人不同，他交朋友不挑身分，無論是雞鳴狗盜的市井無賴，或是文采風流的世家公子，只要他看得順眼，都可以做朋友。他也不似大多數為了填補寂寞才交朋友的人，他交朋友，只是為了要交朋友。唯有如他這般真性情的人，才能讓每個人都喜歡他，也才能領略到真正的友情。因此，他可算是全書中唯一真正有情的「友情人」。

熊貓兒相交滿天下，金無望卻是孤獨的寂寞人。他高傲而冷漠，在遇到沈浪之前，「朋友」二字在他的生命中根本不曾存在過。就因為他從來不曾有過朋友，他的友情才更顯得獨特而珍貴。他與沈浪彼此相知相惜，他們的論交雖不如熊貓兒熱血澎湃，然而真到危機時，為了不讓沈浪單身涉險，他竟不惜獨戰強敵而斷臂，高傲如他者，失去手臂甚至比失去生命更痛苦，他為沈浪犧牲的，又豈是生命而已？

全書中另一段動人心弦的友情，發生在沈浪與快活王之間。沈浪與快活王這兩個不世出的人物，一個是仁慈的少年英雄，一是辣手的一代梟雄，他們似乎命中注定要相互對立，但在他們的內心又同樣流著豪傑的血，因此，當這兩個絕世的豪傑交會的時候，快活王雖驚豔於沈浪的奇才，沈浪又何嘗不為快活王雄渾的氣魄所折服？當他們訂下了生死之搏後，各自舉杯，一飲而盡，自此是敵非友。所有的豪情與傲意，都隨著這杯酒流入了心中，他們的唏噓與感慨，又有幾人能了解？這樣的友情，相信是所有男子可望而不可及的童話。

綜觀本書中的人物，無論是陰險狡詐的「惡人」，或是直爽善良的「好人」，在本書中他們都還原成了真實的凡人，壞人並非只是一味的為惡，好人也不只是渾然忘我的行善，在他們的行為背後，我們在書中看到了他們的快樂、悲喜、仇恨、嫉妒、憤怒、恐懼等等真實的情感，透過這些人類共有情感的體驗，我們看到了書中人物的內心。

三、電影手法的運用

除了在情節、人物性格上力求突破之外，古龍在表述的手法上，也多所突破，最明顯之處在於他將電影手法運用到文字的表述上，讓他的小說充滿了動感。

在本書中，古龍大量運用了剪輯的手法，利用兩線或多線主題的同時進行，增加了情節的豐富性，也藉由多線主題交錯的呈現，達到增加緊張氣氛的效果，而因剪輯造成的情節轉接，也為故事平添了許多的懸疑。本書中剪輯手法的運用不勝枚舉，且以金無望遭到仁義莊三老圍攻一節為代表，在本段情節中，一面是金無望為朱七七陷入苦鬥，一面卻是朱七七巧遇熊貓兒，將金無望拋諸腦後，兩相對照，朱七七善變的情感如在眼前，而在同一情節中，金無望那一條主線，又在金無望開始與眾高手對招的剎那戛然而止，為故事的發展增加了無限的懸念。

本書中古龍表述手法的另一特色，在於電影運鏡手法的借用。最具代表者，便在本書開頭，對「仁義莊」的描述上。古龍由「仁義莊」外觀寫到大門，再由大門進到門廳、沿著門廳旁的迴廊進入大廳，再從大廳進入內廳，其中每一個場景，都各有不同的人物，正發生不同的事件。除了寫景之外，在本書中，古龍也以旁觀者的角度來看人，藉由對人物（尤其女性）的小動作的描寫，來表達人物內心的情感（例如朱七七常常口裏嚷著要沈浪走，她的手卻又拉住了沈浪的衣袖）。如此以旁觀者的寫法，達到了將書外的讀者拉進書中情節的效果。

利用剪輯的手法和書畫式的表述方式，古龍就像一部實驗電影的導演，小說就是他導出來的作品，讀者在古龍獨特的文字技巧，以及獨具匠心的情節剪裁下，欣賞到了一部與眾不同的紙上電影。

四、結語：突破武俠窠臼的創新實驗

《武林外史》作為古龍邁入成熟期的作品，本書中，我們可以看到古龍力求突破在早期受到的傳統武俠的影響，而他獨有的特色也漸漸成熟，由於他在表述手法、關照的層面與情節的鋪陳上均自成一格，為他在武俠的天地中，創出了獨特的地位，在新派武位中，他可稱得上新派中的新派。

人將金庸、古龍、梁羽生並列為新派武俠的三大家，其中只有古龍的武俠是脫離背景，全然悠遊於虛幻的空間中，也由於他的武俠不受限於時代背景，反而更能貼近現代人的所思所想。此點可自本書情節將主線放在情感的衝突上明顯看出，書中人物的愛欲糾纏，在現實的生活中又何嘗不存在呢？而書中眾女子不向命運低頭，勇於追求自己所想所愛，不正是現代都會女子的寫照嗎？

古龍勇於嘗試新的表述技巧，也是讓他的作品充滿了現代感的原因之一，本書中除了剪輯技巧的運用之外，在塑造白飛飛與王憐花等人物性格時，回溯到他們的生長背景，也可看出他運用心理分析技巧的端倪。

運用現代的表述手法，加入現代人的情感，寫超越時空的故事，這便是古龍和他的作品。

資深武俠文學評論者 葛迺瑜

風格的形成是艱苦的：《絕代雙驕》

在新武俠的百花園裏，《絕代雙驕》是一部大得稱許、讀者眾多的書；在古龍寫作史上，其又是一部承前啟後、風格一新的書。

細細閱讀一遍，筆者的感覺卻有些複雜：太多的人物與太多的情節讓人難理端緒（有時作者似乎也顧此失彼），然在隨意開合轉換的表象下又分明暗蘊著人性的思考。

《絕代雙驕》是古龍作品中的名篇，卻不是古作中的精品。然書中畢竟有許多令人難忘的精彩筆墨，畢竟有幾個鮮活真摯的人物形象，仍是一部漸脫舊武俠窠臼的值得一讀的書。

一、用愛和恨挽結的故事

《絕代雙驕》是一部逾百萬字的長篇，其間也有武功秘笈與藏寶圖，也有門派之爭與血腥捕殺，也有珍寶洞與秘窟絕境，也有瞞和騙、嫖與賭，有賭鬼也有癡漢……通常的武俠書套路在本書中無一不存在，則其超拔出俗之處又何在？

曰：在其敘事，在其以愛和恨挽結故事，推動情節。

整部《絕代雙驕》可看作一連串的愛情故事。對移花宮兩宮主，這是一曲愛的悲歌。該書的序幕打開時已是兩宮主愛情的落幕，緊接著上演的則是瘋狂變態的報復。對小魚兒和花無缺，其愛之曲也常常被彈奏出變徵之音，常出現令人痛惜的誤解和絕望。「願普天下有情人都成為眷屬」，《西廂記》的結局並不是該書的終局，最後一章中「雙驕」擁「雙嬌」，英雄伴美人，紅綢繫寶刀，卻仍是錯綜交纏，仍有著不少遺憾。

應設問：以邀月、憐星二宮主之美麗冷傲，以其蓋世武功與財富，以其愛意之濃密熱烈，為何竟遭遺棄？

邀月宮主其來何自？作者未作交代，但聊聊數筆，已寫出移花宮大宮主在武林中至高無上的地位與聲名。她不需要官位權力，不需要金銀珍玩，世間的一切財富和名譽她可說應有盡有，這一切也養成了她的冷酷與專斷。然她也渴求愛情，其冷冽外表也包藏不住心中的寂苦和愛的奔突。她救下了江楓又愛上了江楓，愛得癡迷且專橫，武林的地位使她的愛也充滿專橫，予與予取。古龍用工筆描摹了這種專橫的愛是多麼凶殘悍厲，這是一幅由愛轉恨的血腥畫卷。

憐星宮主則不同，她愛上江楓時不敢與姐姐爭風，將愛私藏心底，千方百計為遮掩迴護，是「雙驕」的另一位真誠保護神。她的愛雖不夠果決和堅定，沒能在危難關頭挺身而出，然到底沒釀成恨和殘暴。

情分七色，色色入妙。作為性情與行為，邀月與憐星的愛情觀都是無足取的；作為文學描寫，又皆有一段動人警人。愛與恨常是相反相成、相追相隨的。愛到極處，恨也到極處。縱恨到極處，也不應泯絕人性。古龍寫愛的扭曲變態，寫變異後邀月的人性泯絕，卻不寫天地與武林同此泯絕，演繹出了一曲迴腸蕩氣的人性之歌。

這曲長歌的主人公是小魚兒與花無缺，他們是一母同胞，又是兩種教育環境養成的不同品類。「絕代雙驕」，既可稱風華絕代、武功絕代，又可說身世之悲慘絕代。世事如棋，兩兄弟則長期為棋盤上的卒子，相隔著楚河漢界，自覺地或曰被迫地準備著殊死的對決。古大俠作此書時正神州大動亂之際，其設物賦形，有深意否？

二、大俠·君子·浪子

作為一部武俠小說，又應將友情與義氣當做一書之主線。是以該書以濃墨寫燕南天，寫燕南天的坦蕩襟懷與錚錚鐵骨，寫其對於友情的深摯和對友人之後的愛惜呵護，燕南天是俠客中的君子，是大俠。

正因為是君子，燕南天才對故人的骨血珍視如己出，才對賣友求榮之敗類必欲除之而後快，才對踏入悍徒聚集的「惡人谷」如入平川，也才會為一句虛言放了千辛萬苦捉住的江別鶴……「高尚是高尚者的墓誌銘」。在龍蛇雜處、宵小叢生的江湖，君子之途必也荊榛遍佈、虎狼環伺，燕大俠的際遇便是一例。

或也正如此，方成就了「大俠」的一世英名。大俠有超絕的武功，大俠有高尚的靈魂，大俠不懼怕也不能忍受公然的邪惡，其總是人間正義和公道的擔荷者，總是陰暗歹毒輩流必欲加害的目標。大俠是亂世和濁世中的一面旗幟。燕南天是所謂「俠之大者」，正在於這種旗幟的作用。若論武功心智，他不如邀月宮主，甚至也強不過魏無牙之輩；論機巧敏捷，他不如小魚兒，不止一次上當受騙，如江琴之騙、十大惡人之騙；論財富及門派，他更是無從談起。就這樣一人一劍，縱橫於天地之間，俠骨柔腸，浩然正氣，燕南天是真正的大俠，是有君子風的大俠。

大俠是受人崇敬的，像十大惡人之輩算是惡名昭彰，其心底對燕大俠除懼怕外，恐怕還有掃除不去的崇敬。他們對燕南天曾有過殘害，卻不曾有過鄙夷。這是一種人格魅力的證明，凡大俠，都是具有一種卓然而立的獨立人格的。

真正的大俠必然是真正的君子。然現實生活是如此之嚴酷：無論廟堂與市井，武林與江湖，君子常孤寂獨存，是一個稀有物種。小人常戚戚，君子徒耿耿。更多的則是扯起俠義道與君子大旗的偽君子，《絕代雙驕》中便塑造了這樣一個典型形象。

曾幾何時，這個以數千兩銀子便出賣了主人兼朋友的江琴，風雲際會，竟成了名傳遐邇的「江南大俠」。他奸狡陰狠，富於機心，好話說絕，壞事做盡，一時也蒙蔽了不少人。魯迅論《金瓶梅詞話》「摹寫世情，盡其情偽」，則偽君子是俗世的寵物，在滔滔偽情中常如魚得水。看書中之江別鶴，到處是名流簇擁，到處得如潮好評，財富與名聲齊飛，陰謀共濁世一色，讀來令人觸目驚心。

生物鏈的法則在人類中亦存在。武林中偽君子、偽大俠常是大俠客、真俠士的剋星，而他們也自有一剋，其剋星便是浪子。《邊城浪子》中的馬空群是一位有大俠之名的偽君子，他設謀殺死了結拜兄長白大俠，最後卻敗落在葉開手中。葉開是武林中的浪子，是一位萍蹤俠影的武林奇才，然與古龍筆下「不要命的小方」比較，他身世顯赫，師從高貴，做事表面上放蕩形骸，實則有明確的目的性，應說小方更是武林浪子。我們只知道他是江南人，家中有一位困苦清貧的母親，其他就更無所知了。

古大俠筆下的浪子可謂各具神韻，即如本書而言，那一襲黑衣，飛簷走壁，倏忽去來的黑蜘蛛是浪子，痴心暗戀著慕容家九姑娘，讓人嘆息；動輒豪賭、逢賭必輸的軒轅三光也是浪子，是老一輩更多頑劣本色的浪子。而大俠燕南天也不乏浪子的許多特徵，其率性而為，其喜怒隨心，其碌碌於人生長途，其為義氣而不計後果，都像浪子之所為，算是一位修得了正果的浪子。小魚兒是浪子麼？是。就「雙驕」而論，花無缺是君子，是心無纖塵的真君子；小魚兒是浪子，是出污泥而不染的真浪子。造化弄人，真不可說。

三、綠林中有多少禽獸

自西漢末荊州農民嘯聚綠林山起事，「綠林」一詞便常見於書史。漢臧洪《報陳琳書》：「光武創基，兆於綠林，卒能龍飛受命，中興帝業。」是綠林竟也通向廟堂。韋莊《自孟津舟西上雨中作》：「百口寄安滄海上，一身逃難綠林中。」是綠林竟也供士子逃難。綠林與「山林」、「士林」、「儒林」大不同，屬於「好漢」，屬於俠客，當然也屬於強盜和賊人。《絕代雙驕》中的「十二星相」，就是這樣的強盜和賊人。或因其行為中更多地帶有禽獸特徵，作者便各予以一種美稱：司晨客（雞）、黑面君（豬）、金猿星（猴）、碧蛇神君（蛇）……這些綠林中人物各成團夥又相互勾連，翦徑劫財，心狠手辣，也令行走江湖之人聞風喪膽。至於其傑出者魏無牙（鼠），雖已開山稱派，廣招門徒，儼然武林一宗，到底凶殘貪酷之本性無改，作惡仍多。

「十二生肖」是中華文化中頗有幽默色彩的一筆。肖者肖也，以人肖物，大得物趣，亦覺物種相通、生機盎然。再深求之，老祖宗們是否發現了人自身所殘存深埋的禽獸習性，各以賦人，使相戒懼？《絕代雙驕》中以形象展示：雞之詭異，豬之貪酷，蛇之陰毒，猴之乖戾……共構成一幅恐怖長卷。以往的作品中常以「衣冠禽獸」指斥士林敗類，此則以之指斥武林敗類，綠林中有多少這般禽獸？所寫又不獨「十二星相」，如峨嵋洞窟中的灰蝙蝠和貓頭鷹，桀桀咯咯，聲如梟鳥，亦非善類；如五臺山雞鳴寺的黃雞大師和鷹爪門的王一抓，雖稱出之名剎名派，行事卻不地道；再如頗有幾分俠氣的黑蜘蛛，行為詭秘怪僻，也不可愛。古龍作文常用諕筆，以物擬人，因人賦物，也算一諕。

以「十二星相」寫武林中「禽獸」，是以側鋒明寫。然武林中禽獸又何止「十二星相」？如「不吃人頭」的李大嘴，雖有誇張，到底是吃過人肉的，一死難洗其罪。再如深鷙險刻、害人取譽的江別鶴，如以男童為嬪妃的蕭咪咪，如到處挑唆生事、害死人看出殯的羅氏兄弟，雖無禽獸之名，皆可謂得禽獸之實也。

《絕代雙驕》的結尾雖真相大白，兄弟相殺的場面一變而為兄弟相擁，到底是一齣悲劇，是愛情與家庭的悲劇。而悲劇的製造者便是邀月宮主，她是禽獸麼？至少，她在變態後的殘酷狠辣是禽獸不如的。

四、風格的形成是艱苦的

古龍是一位極具個性光采的新武俠作家，長期的寫作使他形成了獨具的文風，其作品構思之奇與情節之幻，其文筆之清暢諧趣，均讓讀者愛重。久而久之，一展讀而能判為是否「真古龍」矣！以《絕代雙驕》為標誌，應說是古龍漸形成獨特風格的創作期。

然風格的形成也是長期和艱苦的，能洗卻俗氣，脫離舊武俠的窠臼，更非易事。《絕代雙驕》正也呈現了這種轉型期的特點；精采紛呈，敗筆和破綻亦紛呈；主要人物形象鮮活，草率匆促造作的扁平角色亦所在多有。這也是閱讀時應注意的。

武俠小說常用一種極寫筆法，「文革」中那一度被奉為金科玉律的「三突出」創作原則，或也與「極寫」大有淵源。《絕代雙驕》已致力於寫複雜的或曰雜色的人，致力於寫複雜性格和複雜事件，然整個故事的設置打理，仍用「極寫」。我們看邀月宮主因愛生恨，恨到消滅所愛之人的肉體還不夠，還要其遺孤兄弟相殘。繞指柔情化為百煉鋼刃，愛恨本一線之間，然凶殘至此，哪裏還是一位曾經海誓山盟的女人？還有燕南天大俠，結拜兄弟遺孤在抱，嗷嗷待哺，卻要聽金猿星哄騙之語，闖入惡人谷去搜尋江琴，豪爽乎？愚蠢乎？要之為塑造燕氏之大俠胸襟，為鋪設小魚兒這生存環境，一切都在所不惜了。

正由於此，類型化的寫作傾向便不可避免。主要人物如邀月之冷酷、燕南天之粗豪筆致尚細膩，尚存回護；而狀「江南大俠」之偽則既偽且貪、陰毒狠辣，常又缺乏內在依據，如何會為數千兩賞銀背叛恩主？又何以不數年後而成「江南大俠」？寫惡人無一處不惡，亦似覺牽強。

武林本來就是男性叱吒縱橫的地方，雖常寫到女俠女傑有超絕之功法，到底為點綴和副線，且多惡謔之筆。如金庸《鹿鼎記》中韋小寶揚州之行的「七女大床」，是一種俗惡筆墨矣。

古龍筆下亦不免。本書中開篇便寫逼娶，逼娶不成還要追殺；後寫強嫁，如狂獅硬要將女兒嫁與花無缺。作者還反覆寫及女性之裸：慕容九妹為名門俠女，卻要一裸再裸，自迷迷人，成為花癡；鐵萍姑為繡花谷之婢，相隨小魚兒逃出，不久便成了江玉郎的玩物，一裸竟高掛樹梢，任人觀覽；白夫人要佈置陷阱，用的是溪中裸遊之策，與鐵萍姑（好在已裸過一回）大呈天體之美，小魚兒飽餐秀色，卻不上當；鐵心蘭似也不甘衣飾遮掩，盡褪入水……此類戲謔之筆，書中甚多。

然這些畢竟是作者「不經意處」，而非大旨所在。《絕代雙驕》畢竟是一部成功的作品，作者信筆塗寫雖散見各處，整個故事則見構造結撰的精緻和苦心。這是一部寫情感且展示了複雜和變異情感的小說，是一部寫人性且濡染了性善與性惡雜糅交纏的小說，是一部以無情鋪寫真情，以背叛襯寫友情，以江湖險惡映照人間親情摯愛的小說，稱其為世情書亦可矣！風格的形成是長期和艱苦的，以《絕代雙驕》為標誌，古龍已開始形成自己的風格。

中國武俠文學會會長、南京大學教授　卜鍵

藏在霧裏的劍：《三少爺的劍》

一、倫理的抉擇

在黃昏的霧氣中，醫生簡傳學向神劍山莊三少爺謝曉峰解釋，自己為何不能遵守「天尊」的命令，用毒藥害死他。簡傳學說道：

我跟他不同，他學的是劍，我學的是醫。醫道是濟世救人的，將人的性命看得比什麼都重。我投入天尊只不過幾個月，學醫卻已有二十年，對人命的這種看法，早已在我心裏根深蒂固。所以不管天尊要我怎麼做，我都絕不會將人命當做兒戲，我一定會全心全力去為他醫治。

殺手和醫生的生命觀當然不同。而這種不同，不僅指人對自己生命的看法，人對自己的權利與義務，也包含了人對他人的權利與義務、人對他人生命之看法及倫理態度。

從醫生的角度說，人有權利也有義務積極地維護自己的肉體生命，以衣、食、住和醫藥來存養；也有權利及義務消極維護自己的肉體生命，不自殺也不白我殘傷。死亡是神或命運的事，人並無自主權。由此延伸出來看，人對他人亦不得殘傷殺害。但從殺手的角度說，完全不是這麼回事，殺手必須殺人，殺人既是權利也是義務。若不殺人或殺人不成，往往自己就得被殺。因此，醫生與殺手的倫理態度恰好是矛盾的、對立的。

世上本來就有很多矛盾的事，不同的人有不同的生命觀、倫理態度也不足為奇。但假若一個人既是醫生又加入了殺手集團，那麼，在他身上便不可避免會有倫理的衝突。兩種或多種矛盾的生命觀在心頭激擾衝撞，彼此爭執。究竟該怎麼辦呢？這時，人就不免要歷盡掙扎，勉強做些倫理抉擇了。

簡傳學講的，就是這種倫理抉擇的處境。

抉擇通常都是困難而且痛苦的，必須幾經掙扎才能做出決定。但又不是一次就夠了，人生總在不斷抉擇之中。簡傳學在此處雖然已決定救活人的性命，服膺他醫者的倫理信念；但接著，他又為了要不要告訴謝曉峰一個真正能治好他絕症的去處而躊躇不已。他必須告訴謝曉峰，因為醫生總不能睜著眼睛看人走向死亡；他又不能說，因為那位能治癒謝曉峰的人，一旦救活了他，就會殺了他；若不能殺死他，則那個人必會被殺。這是個倫理的困境。在這個困境中，他矛盾極了。

夜色漸深，霧又濃，簡傳學不知如何是好。他喊謝曉峰！但霧色淒迷，看不見人，也聽不見回應。他不停地奔跑呼喊。總算最後他想出了一個方法：絕不能做見死不救的醫生，把性命看得比什麼都重的醫生，遂把刀刺進了自己的心臟。

困鬱在倫理困境中的人，若不能突圍而出，找到令自己心安的抉擇，就只能選擇自殺。雖然這也違背了他廿年來所服膺的信條，但那又有什麼法子呢？

這是《三少爺的劍》中一則小小的故事，簡傳學是其中一個小小的人物。但是，整部小說，所有的人物，不都處在這樣的倫理抉擇的境遇中嗎？

二、存在的困境

古龍在《三少爺的劍》裏，講的是一個並不太曲折的故事：神劍山莊的三少爺謝曉峰，劍法通神，天下無敵。但他厭倦了殺戮比劍的生涯，詐死逃世，隱姓埋名，藏身於市井之中。人人都以為他是沒用的人，喚他「沒用的阿吉」。他從事的也都是最卑微最低賤的工作。直到有一天，他為了保護市井中被欺凌的弱小婦孺，不得不挺身而出，以致被惡勢力追殺，並挖掘出他的身世來。為了應付無盡的追殺，並維護他家族以及「謝曉峰」這個名字的名譽，他只好一再與人對劍。最後，他遇到了燕十三。

燕十三也是一位要找他比劍的人，彼所創之奪命十三劍固然尚不足以與他抗衡，但此人就是箭傳學所不能說出的那位「一旦救活了他，就會殺他；若不能殺死他，則會被殺」的人。謝曉峰若不自殺，只能殺他。可是，奪命十三劍的劍招卻又有了發展與變化，變化出了第十四招以及燕十三自己也無法控制的第十五招。這是必殺的絕招，謝曉峰也無法破解。燕十三眼看就可以把他殺了。但燕十三並不想殺他，所以，只好迴劍自殺。

謝曉峰逃名棄武，是書中主軸。這個倫理抉擇雖被客觀環境打斷了，逼使他不得不恢復謝家三少爺的身分，繼續與人比劍；但跟燕十三決戰完畢後，他就乾脆把兩隻手的大姆指都給削斷了，讓自己終生不再能使劍。別人覺得驚訝，他卻說如此才能獲得心中的平靜。

為什麼平靜？因為這才符合他的理想，這才是他所要的人生。「一個人只要能求得心中平靜，無論犧牲什麼都是值得的」（四七章），所以他做了這樣的選擇。

燕十三的選擇與他不同。謝曉峰詐死騙過他時，他便把劍沉入江中了，「因為他平生最大的願望，就是要和天下無雙的謝曉峰決一死戰。只要願望能夠達到，敗又何妨？死又何妨？」（四五章）謝曉峰若已死，他的人生也就如秋風中的殘葉，即將枯萎。這種人生，也是他選擇的。

但燕十三「最後的抉擇」卻不只是與謝曉峰決一死戰，而是決戰之後所面對的勝敗問題。在從前，燕十三自知必敗，故只考慮到敗與死。不料劍招的發展連他自己也不能控制。奪命十五劍出現時，他極度驚懼。因為他不但發現了一條自己都無法掌控的毒龍，也面臨了前所未有的倫理情境：此招必殺，必可勝過謝曉峰，也一定可以殺死他，但該不該、能不能、願不願殺他呢？燕十三迴劍自殺，就是他選擇了的答案。做了這樣的抉擇之後，「他的眼神忽然變得清澈而空明，充滿了幸福和平靜。」（四六章）

他的抉擇與謝曉峰不同，但一樣求仁得仁，一樣求得了心中的平靜。也就是說，倫理抉擇不僅是權利與義務的問題，也涉及個人幸福與否的問題、人生之目的問題。

倫理學上對於幸福的看法，向來有「客觀幸福」與「主觀幸福」兩派。謝曉峰、燕十三，和許許多多這本書中的人物，他們所追求的，應該是主觀的幸福吧。就像妓女娃娃，嫁給了殺害她一家而後來瞎了眼的仇人竹葉青。旁人看著難受，甚至覺得不可思議，娃娃卻覺得很好：「只有陪在他身邊，我才會覺得安全幸福。」（四七章）幸福感，是別人無法衡量的。

三、無奈的命運

他們都追求到了他們的幸福。

是的。

但真是這樣嗎？

謝曉峰逃名避世，乃至削指棄劍，卻一再被迫出手。縱使已無劍、已不再能使劍，仍然不能避免別人要求找他比劍。因此，全書最後一句話，是「紅旗鏢局」總鏢頭鐵開誠說的，他說：「只要你一旦做了謝曉峰，就永遠是謝曉峰。就算你不再握劍，也還是謝曉峰。」（四七章）

個人確實可以做倫理抉擇，但是抉擇能否實現、是否有效，能不能獲得我們所想追求的幸福，通常並不由我們決定。

對於生活的境況，我們固然可以有「渴望的境況」（world of desire）；然而我們卻不能不存活在一種「限度的境況」（world of limits）中。一切都是有限度的，年齡不能久長，體力、金錢、智識，什麼都有其局限。這個局限，便限制住了我們，讓我們的渴望永遠只能是渴望。

而且，「限度境況」不只是一種消極的限制，使我們的渴望無法達成而已。更是積極的，可以把你的渴望扭轉到你所根本不願、不忍、不敢的那一方面去。你抉擇甲，放棄乙，但在人生的限度境況中，你卻偏偏得到乙，或根本就只能去抉擇乙。

而對這般限度壓力，人能怎麼辦呢？

燕十三，「燕十三是個寂寞而冷酷的人。一種已深入骨髓的冷漠與疲倦。他疲倦，只因為他已殺過太多人，有些人甚至是不該殺的人。他殺人，只因為他從無選擇的餘地。」

謝曉峰，「謝曉峰從心底深處發出一聲嘆息。他了解這種心情，只有他了解得最深。因為他也殺人、也同樣疲倦。他的劍和他的名聲，就像個永遠甩不掉的包袱，重重地壓在他肩上，壓得他氣都透不過來。」（三六章）

他們面對這種無可抗拒的壓力，確實都應付得十分疲倦了。所以，謝曉峰想逃，想把他的劍和他的名聲甩掉。燕十三大概也是。說不定，燕十三最後選擇自殺，其實算不上是一種選擇，而也是逃避。想逃避他一再殺人的命運。

但命運對每個人都是個無從逃避的限制，而像他們這樣的人——江湖人，可能對「限度境況」會有更深刻的體會。不是說了「人在江湖，身不由己」嗎？據謝曉峰的體會：

> 江湖中本就沒有絕對的是非，江湖人為了要達到某種目的，本就該不擇手段。他們要做一件事的時候，往往連他們自己都沒有選擇的餘地。沒有人願意承認這一點，更沒有人能否認。這就是江湖人的命運，也是江湖人最大的悲哀（四一章）。

在體會到這一點時，謝曉峰正站在黃昏的霧中。

「黃昏本不該有霧，卻偏偏有霧，夢一樣的霧。人們本不該有夢，卻偏偏有夢。謝曉峰走在霧中，走入夢中。是霧一樣的夢，還是夢一樣的霧？」夢，就是人的渴望；霧，則是那把人籠罩裹住且無所遁逃的江湖或命運。夢本來不是霧，可是當人在霧中，霧看起來也就像夢了。

四、夢霧的江湖

一切倫理行為或道德態度，都必須在「自由」的情況下才有意義。只有行動者的身心都在不受任何壓力的情況下，人的行為才能對自己負倫理責任，才能被判斷為道德或不道德。

這所謂自由，包括理解、意志的決定、行動以及選擇的自由。理解是對事物理性的判斷，例如燕十三自知去神劍山莊赴約乃是送死，但他有與謝曉峰一戰的強烈意願，所以意念仍然決定他要赴約。他赴約也無人能予阻止，這就是行動的白由。依此來看，燕十三是自由的，他也準備承擔所有後果。

然而，燕十三為什麼要去找謝曉峰比劍呢？燕十三要去找謝曉峰，就像其他許許多多劍客也不斷來找燕十三一樣。「他的名氣和他的劍，就是麝的香、羚羊的角」（一章），不斷會有人來殺他。若殺不死他，就要被殺。

這個邏輯，就是江湖人的命運。表面上看起來，燕十三和其他許多死於劍下的劍士相同，都是自由的，都追尋到了自己的夢。但深一層看，那些夢其實只是霧，燕十三的自由，乃是命運之不得不然。

燕十三的命運，其實也就是謝曉峰的命運，是所有江湖人基本的命運狀況。但謝曉峰的情形又有所不同，他比一般江湖人要面對更複雜的處境。因為燕十三只是一個人，他的倫理抉擇或困境都只是他一個人的事，謝曉峰則不。謝曉峰是神劍山莊的三少爺。這個身分，迫使他必須背負著自己對家族的權利與義務。

個人對自己或對他人的權利與義務，屬於個人倫理學的範圍。人對家庭或家族，則構成社會倫理學的議題。在《三少爺的劍》中，並沒有涉及人與國家社會的權利義務問題，卻以極大的篇幅在處理人與家庭的難題。

在婚姻的條件與責任方面，夏侯星與薛可人、謝曉峰與慕容秋荻、竹葉青與娃娃，都是不同的案例，各有不同的處理與抉擇。薛可人選擇了逃避，但逃不了。慕容秋荻與謝曉峰愛恨交織而不曾婚配，娃娃則選擇了與竹葉青廝守而不逃避。

其中，謝曉峰的問題最複雜，因他未與慕容秋荻結婚，所以有一個私生子謝小荻。他們的父子關係，與鐵中奇和鐵開誠迥然不同。鐵開誠為了維護父親的英名，寧受冤屈而死，也不願父親的名聲受損。謝小荻面對父親愛怨交織，為了父親不能認他而怨；對於父親的威名，自己既覺榮寵又希望能超越他，以證明自己，所以他其實一直處在極矛盾的境況中。

謝曉峰比謝小荻更糟，他一方面要處理他與慕容秋荻、謝小荻的關係，一方面又背負著神劍山莊的榮辱。「也許他並不想殺人。他殺人，是因為他沒有選擇的餘地」（九章）。翠雲峰下、綠水湖畔、神劍山莊的三少爺，號稱「天下第一劍」。這樣的名聲，這樣的謝曉峰，怎能不繼續與人比劍，為了他的名聲和劍而戰？他雖然極度厭倦這種生涯，但只要他是謝曉峰，他就不能敗。「這就是江湖人的命運，生

活在江湖中，就像是風中的落葉，水中的浮萍，往往都是身不由己的。」（四一章）

五、殺人或自殺

身不由己，無法掌控的，除了命運，還有劍。

古龍這部小說最精采處，就在寫這種人與劍的關係。江湖人使劍用劍，生命寄託在劍上，「他們已將自己的一生奉獻給了他們的劍，他們的生命正與他們的劍融為一體。因為只有劍，才能帶給他們聲名、財富、榮耀；也只有劍、才能帶給他們恥辱和死亡。劍在人在，劍亡人亡。對他們來說，劍不僅是一柄劍，也是他們唯一可以信任的伙伴。」（四十章）

但是，劍真能信賴嗎？

燕十三的奪命十三劍，在十三劍之後，他又找出了劍招的第十四個變化。這個變化，乃是「他已將他生命的力量注入了這柄劍裏」（四四章），所以這柄劍變得有了光芒、有了生命。可是，劍在這時，卻起了奇異的變化，出現了他根本沒有料到的第十五劍。

看到這一劍，燕十三並沒有為之欣喜。相反地，他驚懼莫名。那是「一種人類對自己無法預知，也無法控制的力量所生出的恐懼。只有他自己知道，這一劍並不是他所創出來的。」（四五章），那像是藝術家神來之筆，得諸天機、生於造化、出於劍招本身的韻律，根本非人力所能測度、所能理解、所能掌握。而也正因為如此，人對之才會驚恐莫名，猶如面對無法掌握的命運那樣。

在人不能對劍負責時，它的倫理抉擇，就是棄劍，或者自棄。於是，燕十三乃選擇了自殺。武俠小說寫人與劍的關係與感情者多矣，能如此深刻觸探這個困境與抉擇者，唯古龍而已矣！

佛光大學創校校長、中華武俠文學會會長 **龔鵬程**

明暗雙線，畫龍點睛：《大人物》

古龍的《大人物》出版於一九七一年，屬於他整個創作歷程中的成熟期作品。《大人物》雖然並非古龍的代表作，但確實是一部上乘之作。

古龍的武俠小說創作進入成熟期以後（以《武林外史》為標誌），開始了力圖突破傳統武俠小說創作窠臼，在內容和形式諸方面另闢蹊徑的時期。古龍在他的一些作品的序中曾指出：武俠小說不應該再寫神和魔頭，應該寫活生生的、有血有肉的人；武俠小說的主角應該具有人的優、缺點，更應該具有人的感情。人性是小說中不可或缺的，人性並不僅是憤怒、仇恨、悲哀、恐懼，其中還包括愛和友情、慷慨與俠義、幽默與同情。

武俠小說雖然寫的是古代的事，但未嘗不可注入作者的新念。此外，他還主張應重視製造事件衝突，營造肅殺氛圍，以此強化、烘托動作描寫的衝擊力，而不是一味渲染血和暴力的刺激效力。依照古龍的這些創作理念，考察其創作實踐，不難發現《大人物》正是貫穿了古龍理論主張的一部探索性作品。

整部小說暗喻女性的成長

古龍的小說往往淡化歷史背景，不注重對歷史事件或歷史人物作現代思考或文學闡釋；他注重的是在作品中折射現實生活中各種人物的生存狀態，從而抒寫他自己的人生思考。《大人物》故事的時代背景極其模糊，僅從其中「世襲鎮遠侯」的爵位和「大名府」地名，根本無法準確判斷故事發生的朝代。《大人物》凝聚筆墨，敘寫癡情少女為了愛情勇闖江湖、歷經風險，在生活的磨難中，真正懂得了生命的意義；整部小說是暗喻人生從幼稚走向成熟的艱難歷程的一種文學象徵。因此，故事發生的時代並不重要——朝代更迭，社會變遷，但人生的過程卻總是相似的。

古龍通過塑造不同的人物形象，通過演敘不同人物形象之間的喜怒哀樂、悲歡離合，表達了他對人生與人性的深入思考。

首先，圍繞著女主人公田思思的江湖冒險經歷和情感發展過程，作家細膩入微地抉剔其心理狀態，勾勒其思想嬗變軌跡；其間，既有大小姐所特有的情感和心理，也有青春女性成長過程中所共有的心態和問題。田思思的思想和情感變化，隨著她的涉險江湖，經歷了三個階段：春情萌動階段；思想覺醒階段；愛情成熟階段。

這三個階段既是田思思的獨特情感歷程，又是作家對人生，特別是女性感情生活與思想變化的一種逼真類比。

田思思出走江湖的初始動因，是她堅定地要嫁給聞名江湖的幾位大英雄之一，特別是其愛慕已久的大俠秦歌。傾慕英雄，追求愛情夢幻中的偶像，這是青春女性所共有的心態；但作為中國古代大家閨秀的田思思，能夠衝破禮法的束縛，女扮男裝，不顧一切地追求夢中情郎，這就不僅僅是「癡情」二字所能全部說明問題的，這還是她獨特的大小姐的性格使然。田思思的思想情感不同於一般的懷春少女，她具有當時一般少女所缺乏的敢做敢當的勇氣。這就是她敢於獨闖江湖的基本原因。

當田思思像金絲雀一樣飛出禮法與習俗編織的「鳥籠」時，生活的博大和多彩使她眼界頓開，「一個人若總是待在後花園裏，看雲來雲去，花開花落，她縱然有最好的享受，但和一隻被養在籠子裏的金絲雀又有什麼分別呢？」（第三章〈金絲雀和一群貓〉）這種看似平淡無奇的生活感受，實際上具有一種跨越時空的思想穿透力：「花園裏被養在籠中的金絲雀」，這正是對千百年來像田思思這樣生活優裕、安逸，卻又平淡、狹隘的大家閨秀們生存狀態的形象描摹，而這樣的「金絲雀」，在《西廂記》、《牡丹亭》、《紅樓夢》等大量的古代通俗文藝作品中，確是屢見不鮮。從更深層的含義來理解她的這種感受，又未嘗不可以看作是對現代社會中醉心於安逸享樂、不思獨立進取的女性的一種警示。田思思的這種思想意識，是她歷經生活磨難而百折不撓的精神支柱；同時，也正是古龍對女性應該如何生存的深邃思考。

英雄崇拜與英雄解構

田思思幾經周折，屢經風險，終於見到了朝思暮想、聲震江湖的紅絲巾——這是所有江湖少女愛情夢幻中最高偶像的標識。但當田思思得以在現實生活中近距離凝視這紅絲巾時，才發現它並不總是似旗幟般威武地飄揚，它也有似髒抹布般蜷曲在骯髒的陰溝旁的時候。

田思思沒有想到她心目中的大人物秦歌是酒鬼、賭鬼，而且內心十分寂寞、淒苦；她更沒有想到，她厭惡的「豬八戒」、大頭鬼楊凡，在她對秦歌真正瞭解之際，卻時時刻刻縈繞在心頭。——田思思的愛情夢幻覺醒了。

田思思愛情夢幻的覺醒，寄寓著作家的深沉思索：無論哪種英雄都是人，不是神，甚至即使是神也不是完全沒有缺點的；時勢造英雄，英雄也為盛名所困；人們崇拜英雄，也利用英雄；英雄在人們的讚譽中揚名，也在充滿光環的傳奇故事裏倍感寂寞；英雄在少不更事的女孩的愛情夢幻中成為偶像，但在成熟的女性眼中，他也許並不可愛。田思思在思想覺醒之際，雖然認為秦歌確是大英雄，但只願做他的好朋友，而不願再嫁給他——這是她情感歷程的重大轉折。

田思思最終決定嫁給貌不驚人的「大頭鬼」楊凡，標誌著她的愛情觀念的成熟。楊凡因貌不出眾、江湖無名而遭田思思鄙視，雖然她和他的婚事已有「父母之命」、「媒妁之言」，並且他在危難時刻一再拯救過田小姐，但他與她的關係總是顯得若即若離，兩人相處時，他也是淡然無味，似乎缺乏熱情。然而，田思思卻總是在最寂寞的時候想起楊凡，在最惆悵的時候想起楊凡，在最恐懼的時候想起楊凡，在最興奮的時候想起楊凡。

在經歷了一系列生死攸關的重大事變之後，她終於看到了這位頭大體胖的「豬八戒」的英雄本色，她心中原本曖昧的感情，也終於清晰了：「因為我已找到了一個真正的大人物，在我心裏，天下已沒有比他更偉大的大人物」。田思思的最終抉擇，也是作家人生思考的生動例證：「只有經過磨難的人，才會真正懂得生命的意義，才會真正長大。」（三四章〈大人物〉）

的確，真正成熟的女性才會找到真正的英雄，而真正的英雄不一定擁有顯赫的聲名。

其次，圍繞著男主人公楊凡和秦歌的英雄故事，以及各自與女主人公的感情關聯，古龍真實地呈現出英雄的內心世界，描寫了英雄性格中的亮點和缺陷，從而表達了古龍有關人生價值取向的獨特見解：英雄與普通人、偉大與平凡之間並無不可逾越的鴻溝。

紅絲巾大俠秦歌，是古龍濃墨重彩描繪的江湖豪傑，他的紅絲巾即是英雄人格的象徵，他先後身中數百刀仍手刃歹徒的傳奇事蹟，更是令人欽佩不已。但同樣是這個江湖少女心目中偶像的秦歌，嗜賭酗酒；賭輸可以為賭場做保鏢，酒醉了可以倒臥陰溝邊過夜；賭興豪發，他可以漠視癡情少女的苦心求愛；夜靜更深，他又可以與不願再嫁給他的少女談論寂寞和痛苦。秦歌的形象，在小說中給人的深刻印象是醉酒的「思想者」。

大頭鬼楊凡，是作家以白描技法精心刻畫的江湖英雄，他貌不出眾，語不驚人，心寬體胖，平凡寬厚；但他的細眼睛永遠是明亮的，沒有什麼隱秘看不清。然同樣是這個大頭鬼楊凡，卻也是吃喝嫖賭俱全；可他又是江湖正義組織「山流」的首領，在他的心中，又分明隱藏著對田思思的熾烈情感。楊凡的形象在小說中給人的深刻印象是神秘的「豬八戒」。秦歌的形象似火紅而透明，楊凡的形象似平凡而神秘。兩相對照，差異巨大，而二人又同是江湖英雄。

江湖歷險的人性寓言

古龍如此塑造英雄，源於他對人生的深入觀察：英雄也是普通人，普通人的七情六欲和缺欠不足他都具有。醉心於將自己神化成偶像者，並不是真正的英雄；偉大即是平凡，平凡之中蘊含著生活的真諦，癡心於處處表現自己偉大不凡者，恰恰是真正的平庸之輩。但是，英雄畢竟不同於普通人，他比普通人能承受更沉重的生活壓迫，能比普通人承擔起更大的生活責任；平凡並不等同於平庸，平凡的行為是偉大的作為之量的積澱，偉大則是平凡的最高境界。

正因為如此，秦歌的紅絲巾才仍然是英雄的旗幟，他以有血有肉的普通人的思想行為，才能夠使幼稚的田思思加速成為一個成熟的女性；楊凡雖然不戴紅絲巾，雖然在江湖似乎默默無聞，最終卻能夠調集正義的力量，一舉完成剿滅江湖惡勢力的偉大行動。由此可見，正是古龍對人生的深刻見解，才使得作品中的江湖英雄的形象刻畫不落俗套，作品的思想深度不同凡響。

再次，圍繞著男女主人公的江湖歷險、愛情故事、俠義行為，作家還描寫了若干男女配角：柳風骨、奇奇、王大娘、張好兒等，通過他們與男女主人公的交往和糾葛，展示人性中的善良與醜惡，揭示生活中的陰險和黑暗。其中，尤以柳風骨的形象令人難忘。小說中出場的第一位江湖大人物就是柳風骨，但他卻戴著死人般無表情的面具，以令人恐怖的「葛先生」的面目出現。他策劃了江湖上最大的陰謀，他導演了一次次對田思思的騙局；他企圖將田思思佔為己有，他更企圖獨霸江湖；他和楊凡是兄弟，那是為了利用楊凡實施陰謀；他是江南第一名俠，也是邪惡秘密組織「七海」的老大。

明暗兩條懸念「鏈環」

最有諷刺意味的是，柳風骨這個卑鄙下流、奸惡無恥、令田思思怕入骨髓的江湖魔頭，不僅有著江南第一名俠的威譽，還有著「天下第一位有智慧的人」的美名，並且曾經是田思思堅定要嫁的大人物之一！古龍刻畫這樣一個惡魔，除了揭示人性中的醜惡之外，還在於揭露社會生活中的黑暗一隅，以昭示類似田思思式的青年人：生活中不僅有意想不到的愛情，也有意想不到的罪惡。

此外，相貌醜陋、心地善良的奇奇，貌美如花、心如蛇蠍的王大娘，裝腔做勢、助紂為虐的張好兒等人物形象，也都被古龍刻畫得栩栩如生，用以表現人性的複雜、生活的複雜。古龍曾指出，他寫作小說的目的，是使讀者在悲歡感動之餘，還能對這世上的人和事看得更深些、更遠些；而《大人物》的內容與思想，確實能達到作家預期的效果。

古龍的作品能夠在「武林文壇」上獨樹一幟，在眾多讀者中膾炙人口、廣泛傳播，除了它所表達的思想意識更貼近現實生活外，他那深厚的藝術功力、高超的敘事技巧，也是使其作品具有長久魅力的關鍵因素。

古龍的小說向以構思奇特、情節變化多端著稱，在某種意義上，可視為中國古代小說創作流派中「傳奇貴幻派」之餘韻。《大人物》的情節發展具有明暗雙線推進的特徵：明線是田思思尋覓江湖英雄秦歌，暗線是楊凡與柳風骨所代表的正、邪秘密組織的鬥爭；以明線奪人眼目，以暗線出人意外。可謂是「明修棧道，暗渡陳倉」。

此外，明暗雙線均以眾多懸念的「接力」式組合為演進動力，形成明暗兩條懸念「鏈環」；明線懸念「鏈環」屬於情感懸念，即田思思是否找到秦歌，是否嫁給秦歌，不嫁秦歌究竟嫁給誰；暗線懸念「鏈環」屬於道德懸念，即楊凡與「葛先生」的善惡身分，楊凡與「葛先生」的真面目，誰是「山流」正義的首領、誰是「七海」邪惡的老大。

明線的懸念「鏈環」貫穿小說始終，直到全書的最後一句話方化解；暗線的懸念「鏈環」在小說進入尾聲時方顯痕跡，在小說結束時突然明朗並立即得到化解。明線懸念「鏈環」初始由秦歌、楊凡明暗兩種色彩「線條」、「編織」而成，在小說進入中間階段，明亮的色彩「線條」消失，暗淡的色彩「線條」則持續到結束；暗線懸念「鏈環」卻始終由「葛先生」(柳風骨)和楊凡兩種暗色「線條」、「編織」而成，在情節發展過程中，兩種「線條」時明時暗，最後一齊變亮，一齊消失。情節的明暗雙線，及由其構成的明暗兩條懸念「鏈環」，在演進中並非平行發展、互不干擾，而是纏繞在一起，錯綜複雜，曲折有致；時而詭譎，時而驚險，常出人意料之外，卻又均在情理之中；使人目不暇給，深感精彩紛呈，充分地滿足了讀者的審美期待。

小說敘事技法之精妙

《大人物》在敘事技法方面，也深得中國古代小說敘事技法之精妙。例如，作家用「正反法」處理相同的故事內容而絕不雷同；用「草蛇灰線法」、「編織」

懸念「鏈環」而不露聲色；用「背面敷粉法」襯托不同人物形象而兩相得宜；用「白描」方法刻畫人物形象而生動傳神，凡此筆法，均顯現出作家在汲取傳統藝術資源方面的努力。

作為一部武俠小說，武打技擊的描寫是必不可少的。但《大人物》中沒有血腥的廝殺場面，除有幾處描寫使用暗器外，只有〈似真似幻〉和〈請君入棺〉兩章有武打場面描寫；前者是秦歌與少林派高僧交手，招式簡單，並未見血，更無暴力渲染；後者則是楊凡和無色大師交手，沒有正面場景描寫，而是通過不在場的幾個人物揣測、議論來轉述，更是無影無形（至於〈一百另八刀〉中秦歌手刃歹徒的故事，只是兩位少女談話中講述大俠的傳奇經歷，與武打場面描寫無關。）。本書之所以沒有古龍其他作品中獨具特色的武功描寫，既與本書的創作主旨有關，也與本書比較全面地表現古龍在探索時期的創作理念有關。

《大人物》在藝術方面的另外一個特點是善於營造氛圍，這一點同樣是古龍創作理念的具體實踐。例如，古龍以散文詩般的語言營造第一章〈紅絲巾〉和最後一章〈大人物〉的敘事氛圍，前者以短小的句式，強烈的節奏，奪目的色彩，烘托出一種熱血沸騰、壯懷激烈的情緒，使讀者開卷就感受到一種強勁而充滿激情的生命躍動；後者則以舒緩的節奏，抒情的筆調，怡人的春色，渲染出一種生命成熟的沉靜氣質，使讀者有暴風雨過後，萬物生機盎然、沁人心脾的感覺。再如〈鬼屋〉一章對恐怖氣氛的描寫，色彩暗淡，場景詭秘，死寂沉悶，讀之彷彿身臨其境，令人毛髮上指。

其他散見於各章的場面、景物描寫中，還時而可見古典詩詞中的韻味和意境，雖多只三言兩語或只是片斷勾勒，但均是畫龍點睛，生動傳神，既有助於人物的刻畫、情節的鋪墊，也有助於讀者閱讀情緒的投入，更加深刻地理解作品的內容。同時，敘事氛圍的營造成功，更是古龍語言才能的集中表現。

曾有研究者指出：古龍的小說創作大膽恣肆，不守成規，逞才品藻，力求新穎變化，此言信然。同時，筆者也補充一點：古龍能夠成為「武林文壇」之「禪宗」，看似無法，實則有法，即融合中西文學藝術傳統，百煉出新，最終卓然成家。其中，古龍受西方文學的影響屢被提及，而他對中國傳統文學精華的汲取，似言者不多；而這種汲取，至少在《大人物》中十分明顯。

當然，文學研究從本質上來說乃是一種闡釋學研究，對作品的解讀，正不妨「仁者見仁，智者見智」。筆者籲請廣大讀者在閱讀古龍這位「武林文壇」「大人物」的作品時，除仔細研讀其鴻篇巨製的代表作之外，也勿忽略《大人物》這樣奇趣盎然的「俠義短歌」。

知名文學評論家 竺金藏

破繭之作，露業奠基：《名劍風流》

直到今天，武俠小說在我們的社會裏，仍常被視為人們茶餘飯後，排遣無聊而「不登大雅」的閒書。文壇、學界人士，輒認為只是武俠小說作者憑其個人想像，超越了時空和現實而編出來的故事，不能與反映時代和生活的「文藝創作」等量齊觀。但如能平心靜氣來探討這件事，這些看法和觀念，實在偏於狹隘，因為現今的武俠小說，絕不同於「忠義武俠」說部，也早就揚棄了「公案」小說的框框。

尤其在台港興起的武俠小說，作者群遍及各階層，例如，曾經擔任台灣內閣首長的劉兆玄，當年就曾一度躍馬江湖、武林爭雄。由於這些菁英的參與，遂使武俠小說呈現了嶄新面貌，其成就與價值就遠非舊時說部所能比擬了。為此，兩岸以及海外的多位學界人士，登高倡議，發起對武俠小說的探討和研究，籲世人賦予武俠

應享有的地位與尊重。

筆者淺陋，但以為，探討、研究一部作品，必須先要了解作者寫作的時代、生活背景、寫作的心路歷程，然後才能摸索到寫作的成長過程，循此往下，才能真正發掘到作者和作品不同凡響的成功之所在。

《名劍風流》不算是古龍成就最高的作品，但卻是他多年厚積薄發之後，脫穎而出、登峰攀極前的「破繭之作」，在古龍畢生的著作中，應當是深具代表性的一部極重要作品。

當然，要研究這部作品，就必須先簡略地了解古龍這個人和他的背景，還有他寫作的歷程。

躬逢武林盛世

提到台灣的成就，掛在嘴邊的不外乎「經濟奇蹟」、「政治奇蹟」；其實如果換個角度看，說「武俠小說」也是台灣的奇蹟，應非誇張之詞。

台灣，僅是一個小島，當武俠小說最興盛，最風靡時，全台租書店就多達三千多處，而投入武俠小說寫作行列的竟高達一千數百人，這難道不是一項空前的奇蹟式紀錄嗎？

台灣武俠小說的興起，肇始於一九五四、一九五五年，大華晚報倡先刊出郎紅浣先生的作品，緊接著，伴霞樓主在聯合報登場；一九五八年，臥龍生以《飛燕驚龍》崛起大華，諸葛青雲獨霸徵信新聞，司馬翎、伴霞樓主分據民族、自立兩晚報。武林天下，形成割據的局面。同時也為武俠文壇上，群雄紛起，逐鹿爭霸揭開了序幕。

古龍躬逢其盛，就在此時試劍於台北縣的瑞芳鎮。

一九五九年，我主編大華晚報副刊，和臥龍生一見如故。因皆單身，次年春，共賃公園路巷中一樓為寓所，由於位處鬧市而又無車馬之喧，就成了三五友好談天說地和「論劍」之所。

友好中最常光臨的還是諸葛青雲、司馬翎，和後來替臥龍生「玉釵盟」畫插圖的另人，以及真善美、呂氏、明祥出版社的老闆等人，而古龍此時正初涉江湖，也有心結識這幾位在武林已享盛名的「前輩」，不時由瑞芳來訪。

此時的臥龍生、諸葛青雲、司馬翎已是各據一方的霸主，古龍的作品還只有一、二家出版社發行的單行本，論聲勢，比收入都弱了一點，大家雖然交往，古龍依然掩不住有些許鬱悒。

到了一九六〇年十月，中央日報推出臥龍生的《玉釵盟》，立即風靡台灣及東南亞一帶，這陣臥龍生旋風，儼然成了台灣武俠小說的「激情素」，刺激得讀者如癡如迷，也激發了各種人士風起雲湧的投入武俠文壇，締造出不但空前、也勢必絕後的盛況。而武俠大家的臥龍、諸葛遂成了家喻戶曉的人物，聲譽、地位、收入都相對提高，某些上流社會的應酬場合，也有了他們的俠蹤。

在社會各界把他們當名人偶像、當神奇人物看待時，他們自身的生活，也起了巨大變化，不但敦請寫稿的出版商天天登門求稿，其且到了只要給出版商一個書名，或寫一個故事「楔子」就會把花花綠綠鈔票送上門來的地步。

寫稿，已不再是「只為稻粱謀」，俠蹤已涉及歌台舞榭。興致來時，也在牌技上一較高下。他們筆下創造的豪雄，都是不惜血濺五步的要爭天下第一，絕不能容忍雙雄並存。有趣的是，現實生活中他們亦復如此。爭得最尖銳的就是臥龍、諸葛。

就麻將為例，你「買」兩百、他就要再「插」兩百，雖是逢場作戲，卻都在暗中較勁。既然大家時常玩在一起，古龍雖不愛賭，有時為了維護自己的自尊，保持「平起平坐」的論交，遇到這種場面，也只有硬起頭皮應戰。我可以體會，這種牌戲，古龍玩得絕不愉快、也不輕鬆。

在寫作路上，各大報都被他們長久盤踞，古龍很難建立創業的根據地。而後起直追的高手如：武陵樵子、古如風、蕭逸、上官鼎……又緊逼在後，對古龍構成了雙重壓力，其沉重也就可想而知。

有幾次，他來我的斗室，我也曾到過他瑞芳的小樓，聽他落寞又堅毅的傾訴心聲：以目前的環境，要想在武林出人頭地，實在不容易，所以必須「面壁潛修」，必須突破。

他小樓裏，堆了很多像「拾穗」、「今日世界」、「自由談」之類的書刊。還有他奉為經典的日本吉川英治名著《宮本武藏》。

有很長一段時間，他沒有到台北，我知道，他是在「閉關苦修」了。

一段傳奇旅程

如果你看過或喜歡古龍的小說，尤其是經過蛻變後的作品，你一定會驚歎於他對人物、人性刻畫的成功。

他那麼年輕，怎麼對「人」有如此深刻的了解？

這應當得自於他不太幸福的家庭以及此後浪子型的，多采多姿也多變的生涯。

不必為這位成功的小說名家諱，古龍的童年以至少年，過得都不溫馨，和父母姊妹處得很不好，對「家」，他是既疏離又憧憬，想擁有又想擺脫，在他短短的人生舞台上，扮演得最成功的角色就是略帶悲劇性，寂寞、蒼涼而浪漫的浪子，而且是多重性格的浪子。

他的確愛酒，那是因為他怕寂寞，也景慕劉伶、李白、東坡的瀟灑，但有時豪飲又似是為了告訴別人「古龍在飲酒了」，彷彿表示古龍的人生觀就是：「人生得意須盡歡，莫使金樽空對月」，「古來聖賢皆寂寞，唯有飲者留其名」。

除了醇酒，他也愛美人，因為浪子是不能沒有酒和女人的。

正因他的家庭、生活背景、內心世界如此的奇特、複雜，對人生、人性以及價值觀，看得更為洞澈，而了不起的是：古龍能匠心獨運的將之融入筆下，把每個人物都刻劃得躍然紙上。古龍創造了他作品中那麼多活生生、鮮跳跳的人物，而上述的諸多因素，卻為武俠文壇塑造出一位劃時代，不世出的作家——古龍。

堂皇破繭之作

了解古龍寫作的環境背景、家庭、生活及內心世界，等於拿到了一把探索古龍作品的鑰匙，而《名劍風流》正是古龍小說的分水嶺、新的里程碑，是很具探討價值、很具代表性的一部作品。

就筆者的記憶，應當是一九六一年夏秋之交。苦思突破的古龍，蟄伏在瑞芳「閉關潛修」了一陣之後，適時「破繭」而出。這時，他的作品雖未見於國內報刊。但香港「新報系」的報紙和「武俠世界」期刊，已刊出他的小說。

正在連載臥龍生《絳雪玄霜》的星洲日報，稍後也向古龍邀稿，於是他的《劍毒梅香》和《絳雪玄霜》，在同一版上平分秋色。

這對古龍當然是一大鼓舞，信心隨之大增，更激揚起他逐鹿爭霸的雄心壯圖。寫《劍毒梅香》的同時，還有兩部按月出版的單行本要陸續交稿，也就是說手上正在寫三部稿子。

既然矢志爭雄，就必須拿出「不飛則已，一飛沖天」的作品來，於是他聚集了「閉關面壁」潛修的功力，一是沒有向外宣揚，從從容容，慘澹經營，細心雕琢的寫起《名劍風流》來。而這部「破繭」的新作，既不是連載、又不急於出單行本，完全是「慢工出細活」的做法。

寫了一部分，海外傳來《劍毒梅香》的佳評，出版商又要求他開新稿，於是擱下《名劍》後，中輟了一年多才又繼續，由於事業得意，生活就有了改變，浪子更放浪形骸。朋友也愈交愈廣。就在此時，香港邵氏公司導演毛毛（徐增宏）來台發展。

交上了香港導演，尋歡作樂佔去了寫稿的時間，《名劍風流》停了將近兩年。但和毛毛「聊」的故事《絕代雙驕》卻在此刻動了筆。而《名劍風流》也在此時推出單行本，正式問世。此書一出，果然不同凡響，同時他在海外的聲譽也節節上升，一時聲名大噪，與臥龍生、諸葛青雲、司馬翎被譽為台灣武林四大天王。

踞登龍門，日正中天的古龍，天天酒相伴，夜夜溫柔鄉，陸續寫了五年多的《名劍風流》雖近尾聲，又因應書商要求另開新作而致再度中輟，無暇一鼓作氣克竟全功，出版商在讀者迫不及待的一再催促下，請擅寫「時代動作」的作家喬奇拔刀相助，匆促續寫最後萬餘字，收結全書。雖然文筆、風格仍可看出斧鑿痕跡，唯代人續稿有此成績，已很不容易了。

這部《名劍風流》寫寫停停的等於寫了六年，是朋友贊許的「破繭之作」，也是作者自許為問鼎武林的前驅力作。

在長達六年的寫作歷程裏，我們依稀可以看到作者一步一步走過來的足跡；初時仍難全然擺脫傳統敘事的框框，逐漸才有了自己的風格和唯美、詩意的句法，創出自己思維體系「古龍式」的邏輯，也汲取了電影鏡頭運用、剪輯、蒙太奇手法，融化為自己的獨特風格。

在整部書中，我們超初可以清晰地看出萌芽時的青澀，隨時間而成長，終至圓融成熟，締造出「古龍式的新派武俠小說」，而將中國武俠小說推向一個嶄新的里程和境界。

綜觀全篇，作者可能是在類似「拾穗」雜誌中看到某篇作品，或是醫學、人類學、生理學乃至心理學的某種報告中，涉及直系親屬發生亂倫關係而衍生的基因反應或病變而導致畸型、白癡、精神分裂等不幸後果，觸發他內心的敏感，遂用作故事的導引，而寫出姬氏家族幾近瘋狂的行徑，推衍為詭異情節的主軸。

揭開書頁，就是勢如驚雷的飛來橫禍，先設定出一個「大陰謀」，重量級人物紛紛登場。

而這些人物一個比一個神秘高強，以凸顯故事的震撼力。

古龍的確是金庸所稱許的「奇才」，創出一個形象生動的人物，在某些作者是非常不容易的事，但幾個照面，古龍隨即再創出一個更強的人物，毫不吝惜的就把前一個解決掉，一個比一個強，緊緊扣住讀者好奇的心。創造人物，在古龍而言，就如口袋裏的花生米，隨手一把就可以抓出好幾顆。

故事愈滾愈大，情節愈來愈奇，而本書寫的是「陰謀」，為加強氣氛，多半是在秘道、地下、石窟中進行，也是特色之一。

假設的陰謀那麼大，牽動的人那麼多，這個謎要怎樣的「巧智」才解得開？古龍的推理手段真的高絕，墨玉夫人、東郭兄弟（千萬注意，此二人出現之初，完全是毫不起眼的「過場」型的小人物）同台亮了相，故事就像抽絲剝繭，交互纏結的詭譎陰謀有待逐一解開，而前後照顧呼應，雖稱不上天衣無縫，交待得卻也鉅細靡遺。情節雖奇譎卻謹守「情理之中、意料之外」分際，不愧是他破繭而去、逐鹿武林的代表之作。

依文筆思路看，第三十九章「風波已動」的後段——朱淚兒抽刀刺向靈鬼——以後的故事，即是另一位作家喬奇所代續。

替這樣一位奇才的作家，續寫如此奇絕的故事，實在是太不容易，但續得雖然「急」了一點，卻能保有故事的完整性，實屬難能可貴了。

接下來，特摘錄幾段雋永精彩之處，與讀者來探索、並共享他文字、風格的清新甘醇，思維邏輯的縝密精蘊。

當然，我們也不必為賢者諱，有質疑、有微疵，也會客觀的予以指出。

俗語說得好「會看的，看門道；不會看的，看熱鬧」，筆者只能憑主編近卅年副刊審閱稿作的經驗，為喜愛古龍小說的讀者，提供一點「看熱鬧」的「門道」，獻出一愚之得而已！

嫵媚催眠的魅力

自這部小說開始以至以後的許多部，古龍的作品已形成明晰的風格，在書中看不到「金鐵交鳴的搏殺」，沒有「氣撼山嶽的壯烈」，看到的則是甘醇、優美、溫馨、充滿詩情、畫意、哲理、禪機以及剖析人性、謳頌人性的令人心動的佳構。表面已不像武俠小說，偏又正是獨領風騷的武俠小說。

如第七章「海棠夫人」中的：

花光月色，映著她的如夢雙眸，冰肌玉膚，幾令人渾然忘卻今夕何夕，更不知是置身於人間，還是天上？

這完全是由蘇東坡詞中化出來的幽美意境。

海棠夫人笑道：「如此明月，如此良宵，能和你這樣的美少年共謀一醉，豈非人生一快……」

俞佩玉微微一笑，走到海棠夫人對面坐下，自斟自飲，連喝了三杯，舉杯對月，大笑道：「不錯，人生幾何，對酒當歌，能和夫人共醉月下，正是人生莫大快事……」

這一段充滿李白舉杯邀月的飄逸、曹操橫槊高歌慷慨的「詩情」。

她突然拍了拍手，花叢間便走出個人來。

夢一般的月光下，只見她深沉的眼睛裏，凝聚著敘不盡的悲哀，蒼白的面靨上，帶著種說不出的憂鬱，這深沉的悲哀與憂鬱，並未能損傷她的美麗，卻更使她有種動人心魄的魅力，她看來已非人間的絕色；她看來竟似天上的花神，將玫瑰的豔麗、蘭花的清幽、菊花的高雅、牡丹的端淑，全部聚集在一身。

這已彷彿是一幅仕女圖畫，而借四種名花為喻，是既別致也雅致。

老人以「明明是山，我畫來卻可以令它不似山、我畫來明明不是山，但卻叫你仔細一看後，又似山了……」

老人話畫理、暗寓「先天無極」武功的神髓，這一段看來完全是談玄說禪，隱含禪機。」

姬靈燕微笑著，緩緩道：「……他們都說老鷹沒什麼可怕的，世上最可怕的就是人！」

俞佩玉喃喃道：「不錯，人的確是最可怕，想不到你們竟已懂得這道理，而人們自己卻反而始終不懂……」

姬靈燕幽幽道：「人們就算懂得這道理，也是永遠不肯承認的。」

這樣的對話，不是滿含深邃的哲理嗎？

接下來的第八章「極樂毒丸」中，有段描述俞佩玉和姬靈燕「一場對手戲」。

兩人走進小店吃飯，再走近「金殼莊」，一路娓娓喁喁說著鳥兒的事。

這一段，情景、文字意境，純摯、醇香、細緻，根本不像武俠小說，而簡直宛如一篇令人心醉的童話。也是所有武俠小說中絕難見到的妙筆，展現出古龍獨有的神韻。

再如第二十九章「黑夜追蹤」裏，朱淚兒跟蹤姐妹二人的一章中，有一段雋美的寫景的「小品」。

這時東方已漸漸有了曙色，熹微的晨光中，只見前面一片水田，稻穗在微風中波浪起伏。水田畔有三五間茅舍，牆角後蜷曲著的看家狗，似乎已嗅到了陌生人的氣味，忽然躍起，汪汪的對著人叫。

茅屋後還有個魚池，池畔的小園裏，種著幾畦碧油油的菜，竹籬旁的小黃花，卻似正在向人含笑招呼。

這一段看來如此的恬靜、煦和，教人一點也嗅不出武俠的味道，但筆鋒一轉，由發現這幅「農家樂」的現實中卻沒有雞。農家怎會不養雞呢？

於是又引出一串情節。

鏡頭、情、景的交互變換，是古龍作品中一大特色。

這些例子是舉不勝舉，卻代表了古龍令人耳目一新，不落窠臼的清新、雋永的風格。

古龍長於造景，而景象又與故事緊密融合，本書故事屢見秘室、地道、石窟、凶屋，他都營造出各異的氣氛，憑著這營造出的氣氛，就把讀者導入動人的故事之中。

特別要提出的，古龍塑造一種帶有病態、刁鑽精靈、古怪慧黠、有點令人吃驚，卻又極感可愛的人物——朱淚兒乃至姬氏家族，是這一類型，在與本書同一時期的《蕭十一郎》裏面，也有一個「小公子」，卻又是另一種教人又恨又憐的女性了。

朱淚兒、小公子，是古龍創造這類典型的「基因」，有了這「基因」，當然可以複製出更多「分身」，這就如同金庸創造了「東邪」、「西毒」的公式人物一樣。是生生不息、用之不竭的。

體驗悟出的邏輯

古龍在小說中，建立出屬於他特有的辯證弔詭式的邏輯。這是其他武俠小說中所罕見的。

他創出了這套邏輯，無論是對人性，對處世，對待任何事件，在他的小說天地裏，真有「放諸四海皆準」的妙用。即使是一再翻覆使用，也使讀者覺得言之成理而不嫌多餘。

寫本書之初，是這套邏輯的醞釀期，隨著時間與歷練，運用得愈來愈嫺熟圓通，在此也舉幾則例子。

第十章「同命鴛鴦」中：

但世上又有那個女孩子，在男人身旁不顯得分外嬌弱呢？她們在男人身旁，也許連一尺寬的溝都要別人扶著才敢過去，但沒有男人時，卻連八尺寬的溝也可一躍而過；她們在男人身旁，瞧見老鼠也會嚇得花容失色，像是立刻就要暈過去，但男人不在時，就算八十隻老鼠，她們也照樣能打得死。

——作者由生活中體悟出的「相當然耳」的推繹。

第十七章「去而復返」中：

挨了打不疼，原該開心才是，但銀花娘說出這兩個字，眼睛裏卻已駭出了眼淚……

這刀雖不十分鋒利，但要切下個人的手來，還是輕而易舉，誰知這一刀砍下，銀花娘的手上只不過多了道小傷口……

別人一刀沒砍斷自己的手，她本來也該開心才是，但銀花娘卻更是駭得面無人色……

——用一種尖銳的正反對比，加強效果，也是作者開始運用，以後並常援用的一種邏輯。

第二十三章「懷璧其罪」中：

俞佩玉柔聲道：「但無論多麼深的創傷，都會平復，無論多麼深的痛苦，日久也會漸漸淡忘，只有歡樂的回憶，才能留之久遠。就為了這原因，所以人才能活下去。」

朱淚兒嫣然一笑，道：「不錯，一個人若永遠忘不了那些痛苦的事，活下去就實在太沒意思了。」

——這有點作者的「夫子自道」，他「得意須盡歡」的浪子人生，正透現出他的寂寞和無奈。

第二十四章「幸脫危難」中，朱淚兒被桑二郎圍在山洞裏，她心裏暗暗叫苦的盤算：

朱淚兒也不禁緊張起來，她知道這已是自己的生死關頭，若不再想個法子，等這人來了，大家都只有死路一條。

可是落在這樣的瘋子手上，又有什麼辦法可想呢？

在這種地方，自然更不會有人來救他的。

那麼，他們今天難道就真要死在這瘋子手上麼？

——反覆演繹，是古龍獨創，也運得最妙的「古龍式邏輯」。

第三十章：

> 烏雲下的山嶽，看來是那麼龐大、那麼神秘、那麼不可撼動，他的對手卻比山嶽更強大，又如烏雲般高不可攀，不可捉摸……

——古龍很會巧妙的運用周邊的景與物，來襯托情節的氣氛，用到極致的妙處，形成了他思維邏輯的格律，而讀者都一一欣然接受。

古龍在第三十四章「刀光劍影」中說：

> 一個驕傲的人，在不得已非要誇獎別人不可時，自己總會對自己生氣的。

——這完全是他的「自畫像」，當年他剛出道，諸葛、臥龍如日中天之際，在某些場合他還是要「捧場」般的對一位名家恭維幾句，事後他會咋咋舌，哂然一笑，神情彷彿已飄然物外。這是我過去常常親見的有趣鏡頭，特附記一筆以為本節殿末。

吹毛求疵找微瑕

在全書中，發覺到一些心存疑問，有待高明指正的地方：

在武俠小說的習慣上，「在下」是男子的謙稱，但第十章「撲朔迷離」中，金燕子也稱「在下」，似乎有點奇怪。說部中道家包括「道長」、「道姑」，行禮都用「稽首」，或「口宣無量壽佛，立掌問訊」，唯佛門僧侶才「合什」，而「撲朔迷離」中的芙蓉仙子徐淑真竟以「合什」為禮，如此用法也令人存疑。

喬奇兄在代續的最後情節，可憾的是令人印象深刻的林黛羽、紅蓮花沒有顧到，而令讀者懸念不已！

而古龍在此書中設計的「回聲谷」、「應聲蟲」雖如奇峰突起，令人驚駭，後來卻並沒有大事發揮，也覺可惜。

資深主編、評論家 **胡正群**

古龍小說的第一神品：《歡樂英雄》

古龍小說排行榜，論者自是見仁見智，我獨推《歡樂英雄》為古龍第一神妙之作，排行第一名。

我以為《歡樂英雄》最能代表古龍的才氣，這部書絕不是靠「做」出來的，需要靠一點運氣。《歡樂英雄》樸素、自然、流利，發自於古龍明心見性的本性，天然玉成，境界奇高，僅僅是一個書名，就已經超然脫俗。

李尋歡和蕭十一郎是大英雄，但卻是悲劇的英雄，精神意境上不免和郭大路、王動迥然有別。楚留香有歡樂英雄的一面，但卻失之智巧，被神化，不如郭大路、王動這樣更真實可信。古龍向大哲學家尼采學習到了英雄的真義。

人生當然是有其悲痛的一面，而且這悲痛是深沉難遣的。但是歡樂卻永遠比悲

痛更為深沉和深刻！

「生命是一派歡樂的源泉，只有對於損傷的胃，對於悲觀主義者，它才是毒的。」

整部《歡樂英雄》，都洋溢著這種向上的精義。

郭大路、王動，他們把生命視為歡樂的源泉，把愛當作生命歡樂的源泉，愛化痛苦為歡樂，化缺陷為美德。這種愛可以是親情，是愛情，也可以是人與人之間的朋友之情。

這些歡樂英雄們對生命滿懷感激之情，肯定人生的全部，連同它的苦難和悲劇。

「不管現象如何變化，屬於事物之基礎的生命始終是堅不可摧和充滿歡樂的。」

古龍的《歡樂英雄》絕不是對尼采哲學的圖解，而是因為古龍本人就是這樣一個充滿生命意義的「歡樂英雄」，這就是《歡樂英雄》在境界上更勝古龍其他小說一籌的地方。

尼采探索道德源泉，發現人有自主性和奴性之分別。

古龍筆下的歡樂英雄所表現出的行為，正是這種明心見性，從心所欲，行其本心的自主道德。

所謂「人能弘道，非道弘人」，「由仁義行，非行仁義也」，郭大路、王動這樣的人物，正是頂天立地的大丈夫。

《歡樂英雄》寫的是對生活本身的認真和執著的健康態度。

的大俠們比下去。

對朋友認真，對愛情認真，對生活認真，……這種境界，可以將許多風流自許

《歡樂英雄》能為古龍第一神品，在寫朋友之情上，是一絕，超越其他。

在《歡樂英雄》中，古龍正確對待了朋友之情和愛情的態度。

郭大路是最忠於朋友之情的人，也對愛情有執著認真的追求。

而楚留香所謂「世人沒有一個女人值得我為她冒生命之險，……為了自己的朋友，大多數男人都會冒生命之險。」古龍這裏卻受了尼采的影響。尼采說：「只有男子漢才能與男子漢並肩而立，沒有一個女人可以在男子漢心目中占最親密或最崇高的地位。」

郭大路與王動、燕七、林太平之間的友情，境界自高，相互激勵，相互奮發。「嚶其鳴矣，求其友聲。」這種友情，沒有世俗的利益關係，純粹是英雄們心靈的彼此需要。

《歡樂英雄》寫武俠人物，但卻又不限於武俠，更有現實的意義。甚至用的是現實主義的筆法，沒有一般武俠小說的虛浮不著邊際之處。

古龍寫「歡樂英雄」，不是把他們視為童話或神話人物來寫，而是寫活生生的「真」人。

《歡樂英雄》為古龍作品中的第一，還在於它的風格。

古龍創造了新派武俠小說的文體，這種文體甚至影響到了一代作家——不僅只

是武俠小說作家，這種對語言的貢獻是無與倫比的。

這種文體的風格出現在《多情劍客無情劍》中，在《蕭十一郎》中得到發展，但是在《歡樂英雄》中才真正成熟。

古龍在《歡樂英雄》的語言運用，已是了無罣礙，達到了收發於心、隨心所欲的爐火純青的地步，真正自然流暢起來。

《歡樂英雄》最能代表古龍寫作風格的結構。

我有一種形象的比喻。

如果把金庸的作品比作影視連續劇，古龍的作品則是電視系列劇。

連續劇給人以一種表面化的龐大和大難度的感覺，其實系列劇同樣有另一種更為尖銳的難度。

連續劇的特點是儘管篇幅巨大，但其微觀結構上，是在故事的線索（可以是幾條並列）中時刻分佈著矛盾的焦點，無時無刻不把人物置於矛盾的漩渦中。故事中的人物緊密圍繞著這一矛盾而活動，一波未平，一波又生，環環相扣，螺旋推進。而故事的線索又是向明確的方向上發展，人物的衝突都圍繞這一利害關係，合情合理，所以這樣易於被讀者觀眾接受。

系列劇有更特殊的難點，這就是要自始至終，每一個系列都要有壓縮的激情，人物和情節的推動必須生動快捷，每一個系列實際上都是一個長篇的縮寫，必須有更高的機智，才能使讀者保持一種連續的投入。

事實上，影視界的人士都明白，長劇比短劇好拍。

古龍作品區別於金庸，正是這樣的「系列劇」。

古龍作品的結構，是系列推進，不是以大情節的發展，而是以人物的生動和高明來帶動故事的發展。

古龍這種以人物來帶動故事的例子太多了。《楚留香系列》、《陸小鳳系列》、《七種武器系列》都是這樣。

《歡樂英雄》具體而微，五十多萬字的長篇，實際上也是由系列情節構成，但系列之間又是有機聯繫的，不可分割的。

這是一種很新穎的優良武俠長篇的結構，比楚留香、陸小鳳、七種武器又高明一步。比如楚留香系列，每個故事可以獨立，但《歡樂英雄》的每一個小故事，就很難這樣獨立了，因為已構成了一個有機的整體。

《歡樂英雄》作為古龍神品第一，有以下三點創意：

一、《歡樂英雄》完全打破了以前武俠小說的江湖幫派格局，諸如少林、武當之類老套路數，盡放棄不用。這一點是比《多情劍客無情劍》、《楚留香傳奇》等別出新意之處。

二、《歡樂英雄》的武打設計是全新的新派風格，而且純粹，不像《多情劍客無情劍》、《楚留香傳奇》還殘留老套武功兵器及招數。這一點是《歡樂英雄》作為新派代表作的純粹之處。

三、古龍小說妙語如珠，是一大特色，而這一特色在《歡樂英雄》中表現得淋漓盡致。以數量和品質來說，《歡樂英雄》的妙語堪稱古龍小說中的第一，無論怎樣說，《歡樂英雄》都值得推崇為純正的古龍新派武俠的代表作。

《歡樂英雄》是古龍真正按自己覺悟的創意和世界觀方法論寫作的。

「誰說英雄寂寞？」

「我們的英雄就是歡樂的！」

《歡樂英雄》在令人喜悅的熱淚中結束，「無數酣笑的波流，終於要把最偉大的悲劇也淘盡」（尼采）。

《歡樂英雄》不愧為古龍小說第一神品。

知名文學評論家 覃賢茂

浪子、人傑與梟雄的命運之搏：《大地飛鷹》

新紀元的夏月，京城亢熱數日，懋悶已極，不得已趁周末躲往昌平境內的綠化山莊，急煎煎欲了卻幾筆文債，其一便是為古龍評本寫兩篇專論。現實生活如此煩累擠迫，古大俠小說中又多豪情逸氣，強做解人，能得其旨趣否？我頗覺惶懼。

綠化山莊，由名字即可見出其綠化基地向休假村的轉移，是個清幽宜人的寫作勝地。出門行數百步即是明泰陵，陵主弘治皇帝生母是選自西南少數民族的宮女，產子後即被加害，使弘治一生陷入尋找母族的情結，也有幾分傳奇色彩。有意思的是，《大地飛鷹》的最後也寫到主人公小方的母親，寫他為救母親而毅然入「富貴神仙」之彀。所謂「古今同情」者，信矣！

荒漠上有多少欲望

優秀的武俠小說常以意境勝。人物性格的鮮明與景物的奇絕每每共同構成故事的底色，本書亦然。作者開篇即展示一個生命的絕境：狂風，沙礫，大漠，與挺立大風暴中的「鐵血三十六騎」。這生命絕境正是武俠勝境，生命禁區正是俠客們施拳展腳的人生舞台，於是引出了一個個慘烈的故事。

儘管有一萬條理由，卻還很少有作者去寫俠客們偏愛荒漠。「大隱隱於市」，大俠便俠於市，朝廷與都市永遠都擁有俠士活躍的身姿。但武俠中的確又常寫到絕域與極邊之地，古龍書中更如此。這是磨勵意志和鍛鑄性格的需要，也是故事情節的自然延伸。

所謂「自然」，意即其必有一個令人信服的理由，如本書中開卷即見沙漠風暴，礫石擊面，饑鷹飛襲，同時也交代了「鐵血三十六騎」和駱駝隊來此的目的——運送三十萬兩黃金。

鐵翼和他的鐵血騎士死了，三十萬黃金沒了。隨後趕來的是衛天鵬與「旋風三十六把刀」，又是「三十六」，自從宋代水滸故事流行以來，這個數字便覺威武雄健、殺氣逼人，便成武俠格範。「怒箭神弓」衛天鵬也為護送黃金而來，眼下的任務則成了追蹤失去的黃金。

古往今來，黃金都是財富最簡捷有效的代表。於是冷寂的荒漠因此出現了一番鬧熱。黃金的舊主人「富貴神仙」呂三爺來了，且不知他如何搞來這許多黃金，又為何將黃金運經荒漠，但見他和他的人馬為追回此黃金拚命掀騰；名徹江湖的卜鷹也來了，還有他的藏族朋友班察巴那，也還有龐大的駝隊和眾多死士，卜鷹成了黃金的新主人。三十萬黃金成為雙方爭奪廝拚的焦點，然作者卻在行文過半時，才點明重中之重的是黃金中的神魚——那能開啟更大財富之門的「噶爾渡神魚」。故事至此也陡然一變，黃金之爭變為民族權利之爭，由是班察的形象便更覺凸顯。

黃金帶來的是欲望的瘋長，英雄、俠士、陰謀家及政客都往荒漠和邊地匯集，權欲、物欲和情慾亦糾結混雜，人性和友情都經歷著沖刷檢證，也在演變扭曲，兩大陣營你中有我，我中有你，分分合合，恩恩怨怨，至最後也未見出個輸贏。荒漠上有無數個欲望，是黃金，更是潛在其中的神魚，引發和點燃了這些欲望。

欲望帶來的又是什麼？是廝拚，是流血和死亡，是松幹般屹立的俠士之軀的摧折，是春花般嬌豔的少女笑靨的枯萎……

生當做人傑

讀這部書的一個很私人化的愉悅，是古龍摶弄出了一個很圓整的文學形象——卜鷹。

記得一九八八年在安徽蕪湖召開的全國《紅樓夢》研討會上，初入山門的我對文學巨擘曹雪芹忽生不敬，指責其在設置形象時的「惡作劇」筆法，賈甄真假爾外，如單聘仁（善騙人）、卜是仁（不是人）等。實則舉目望去，老卜家在文學作品中多為反派角色，真是吃了姓氏的虧。古大俠開創先例，以褒獎之筆為卜鷹寫像，能不大喜過望！

書中的卜鷹，是一個身穿闊大白袍、乾枯瘦小、其貌不揚的人，他的名頭傳遍江湖，也響徹藏域。作者這樣寫道：在遠方積雪的聖峰上，有一隻孤鷹，在這片無情的土地上，有一個孤獨的人，據說這個人就是鷹的精魂化身……

可設想古龍寫作至此是怎樣的心懷純淨和充滿崇敬，方能如此設色鋪彩！他寫傲骨錚錚的小方聞名後肅然起敬，寫縱橫江湖的衛天鵬相遇時的色厲內荏，筆致迴環，烘雲托月，卻都在寫卜鷹形象。

寫卜鷹卻不盡寫：書中不寫其來歷，衛天鵬口稱「卜大公子是千金之體」，可知必為大族世家之子，卻不作進一步交代，不交代而見其神秘；書中亦不寫其歸途，拉薩一役後，卜鷹便如在如不在，悠悠歲月，茫茫世事，竟然都未見卜大公子再涉入，最後也不知所終。俗諺有「神龍見首不見尾」，卜鷹這隻神鷹竟是首尾均罩在五雲中。

卜鷹幾乎是與食屍鷹一同出現的，他似乎也具有食屍鷹的稟質：堅忍、迅捷、殘酷、嗜血。這是鷹的共性，毋論禿鷹、雄鷹和聖鷹，均此一例。高翔，是為了下視，堅翅利爪常用於搏擊。

衛天鵬認定卜鷹是為三十萬兩黃金而來，可謂一語中的。

再深入求之，就會發現三十萬兩黃金雖鉅，卻也不會成為「富貴神仙」與卜大公子爭奪的焦點。黃金之戰只是表面的，黃金中那尾「噶爾渡神魚」才是開啟真正財富之門的鑰匙。呂三爺不惜血本，瘋魔般的追殺，原是為了這條神魚；而卜鷹得手後仍盤桓不去，也是要知道黃金中的秘辛。故事越到最後越有些撲朔迷離，亦不外這條神魚的魔力。

號稱劍癡的獨狐癡對卜鷹有數句定評：「不是劍客，不是俠客，也不是英雄。」「他的心中只有勝，沒有敗，只許勝，不許敗。為了求勝，他不惜犧牲一切。」作為敵手的獨孤癡對他滿含崇敬，他說：「卜鷹是人傑！」

什麼是人傑？人傑與英雄又有何區別？在古龍心中，大約人傑常是有些非常之舉的，「不惜犧牲一切」是非常之舉，這犧牲中當也包含著友誼與親情，包含著道德準則與良知，包含著一己之軀與純潔愛情。目的高於一切，手段服務於目的，目的的崇高可消解手段的卑鄙。然則這樣做就是人傑麼？這樣的人傑與惡魔還會有本質的區別麼？這是古大俠留給我們的課題。

大約古龍也是迷惘的。卜鷹在雪域的親密戰友是班察，五花箭神班察巴那。全書後半部隱約寫到卜鷹和黃金的失蹤似乎與班察相關，更明寫了班察使小方與呂三爺同歸於盡的惡毒。班察自食了這枚苦果，作者寫道：「班察巴那還是不愧為人傑」，全書至此收束，未盡的當是一聲嘆息。

咒語與酒歌

閱讀本書，給人印象極深的是貓盜，印象更深的則是貓盜時或冷喝的咒語，「石米，柯拉柯羅」。這是浸在血沫中的咒語。我沒有去過西藏，不知古龍是否到過西藏，更不知這六字咒語在藏文中是否確有存在，所強烈感受的則是其每次響起後的可怖場景。

咒語是神秘和冰冷的。咒語是一道「絕殺令」。咒語響起的地方如飈風橫掠，剩下的只是屍骨的殘骸。於是，曾橫行江湖的俠客們聽懂了這句不祥之語，可歎的是往往在生命的最後一刻才聽懂，如「鐵血三十六騎」、「旋風三十六把刀」的勇士。這是多麼可悲的事！

咒語屬於荒漠，而荒漠又似乎屬於食屍鷹。對於那些遨翔於天空的禿鷹，這六字真言應說是最美聲悅耳的歌謠。我敢說食屍鷹也聽懂了咒語，於是每當咒語冷然響起，禿鷹們便歡快地撲棱著翅膀飛來，盛宴開始了，被吃的是昔日那氣吞山河的赳赳武士。造化因緣，又誰謂「吃人的宴席」不可以由鷹來唱主角？

細味全書，鷹（禿鷹？雄鷹？）又不可能主宰著大漠，大漠的主人只能是人類，禿鷹高飛低掠，鐵喙利爪，最能做的也只是乘人之危或乘人之亡。牠的吃人宴席應說是「吃死人的宴席」，亦可憎可悲耶！在跋涉日久、饑渴交攻的小方看來，食屍鷹有幾分可畏，而在衛天鵬一箭之下，這隻「潑毛團」便直落雲端葬身沙塵，是鷹亦有侷限也。

作者寫了一位卜姓大俠士，又為什麼要以「鷹」名之？推想來也並非複雜，散散碎碎的理由也有一大堆，我卻以為與一支酒歌相關。這支酒歌與咒語在書中交替出現，詞曰：「兒須成名，酒須醉。酒後傾訴，是心言。」

酒真是人世不能或缺的寶物，生活教人深沉自閉，酒卻能讓自閉者敞開胸懷。酒能麻痹人的理性，然理智的閘門一打開，悟性的精靈便活潑潑跑出。我國文學作品中的酒歌大多攜帶著魂靈之真率，此歌亦然。卜鷹第一次吟唱這首歌，是猝逢大難後對小方的傾訴。他談到了浪子，談到浪子的精神空虛與寂寞，他向小方傾訴的正是一己之心言。

貓盜是卜鷹馴教出的武士，故知卜鷹身上也有著如食屍鷹的戾氣和嗜血，咒語傳遞的正是這種血腥殺氣。而酒歌則是一種心跡的剖白吐露，卜鷹名貫華夷，可成名又怎樣呢？卜鷹富甲海內，可鉅富又怎樣呢？也還有苦痛與哀傷，還有失敗與挫折，還有空虛與悵惘，還是渴望與摯友一吐為快……

浪子是一道風景

或許古大俠就是現實世界中的一個浪子，嗜酒好色，不重貨殖，其作品最愛寫的形象是浪子，最感人的形象亦是浪子，如小李飛刀李尋歡、葉開，本書中的方偉亦響噹噹一個浪子。

方偉有一個綽號──「要命的小方」，不要命當是浪子的標記。「一個人，一柄劍，縱橫江湖，快意恩仇」，是浪子的豪情；「孤獨，寂寞，空虛」，是浪子的悲情。這是卜鷹的人生歸納。卜鷹是浪子麼？至少，他曾經是浪子，才會對此有極深的體識，他的那支酒歌亦是浪子的歌。

司馬遷《史記》有「遊俠列傳」，遊俠即浪跡天涯的俠客，即浪子。而《水滸傳》中的浪子燕青，更為後世之浪子立下楷模：急功好義，善良忠誠，且風度翩翩，富有個性魅力。生活中的浪子往往很有女人緣，文學作品中的浪子更是擁紅倚翠，大得芳心。看本書中的方偉，先有波娃，又有陽光，最後是小燕和蘇蘇，也算交了桃花運。這些愛來路不同，來勢亦不同，卻都有一點真誠，是方偉的浪子風采吸引和打動了她們。

多管閒事是浪子的基本行為方式。《邊城浪子》中的葉開愛管閒事，實則故事進行到最後謎底揭開，葉開是白天羽真正的骨血，則他的作為便與一般浪子不同。方偉不然，作者不去寫其家世及門派，起首便是被追殺，被為兒子報仇的「富貴神仙」追殺，後來仍是被追殺，被各類不能確定的暗敵追殺。由是便得浪子之真諦。只不過凡浪子又都有些真本事和真寶貝，葉開的小李飛刀令人喪膽，方偉的寶劍能引起卜鷹濃厚興趣，當也非同凡響，他那匹「赤犬」得自關外落日馬場主人馬嘯峰的饋贈，其與關東萬馬堂的馬空群不知有否關係？

浪子也是不缺乏親情的。古龍擅寫浪子，尤擅以親情寫浪子。「慈母手中線，遊子身上衣。」江湖上的浪子如飛蓬，如風箏，則母親是浪子心底的最後家園和精神寄託。書中的方偉之母雖未出現，然作者以看似閒閒一筆，寫不要命的小方忽見如母親居室之設置，便五中如焚，束手就縛。浪子最難忘母愛，最珍惜母愛，全是因為空虛寂寞麼？

在武林和江湖，在廟堂和都市，都會有浪子活躍的身影，浪子是一道永恒的風景線。

中國武俠文學會前會長、著名文學評論家 卜鍵

水深波浪闊，無使蛟龍得：《碧血洗銀槍》

《碧血洗銀槍》在古龍的作品中是相當特別，甚至相當突兀的一部。

這是因為：古龍在創作了許多部風格超逸、境界高遠的代表作之後，居然回過頭來抒寫一個在歸類上應是屬於「傳統武俠」的故事。

對於眾多熱愛古龍小說、也熟悉古龍風格的人而言，古龍在塑造出像小李飛刀、葉開、傅紅雪、楚留香、陸小鳳等超凡入聖的俠士形象之後，竟藉由本書中馬如龍這個角色的艱苦經歷，重新刻畫一個具有俠氣的人物在塵世間、在江湖上，可能遭遇到無窮無盡、無休無止的陷害與打擊，以致經常處在生死一線的孤絕情境中，或許會感到相當費解。

古龍太過超前了時代

問題是：古龍為何將他本已提昇、點化臻於藝術審美境界的武俠傳奇，拉回到風塵漫天的險惡江湖，去接受人間煙火的薰炙與焚煉？

其實，古龍在武俠創作上的這一次迴轉，是有來龍去脈可循的，而且此事與筆者本人有關，值得在此作一交代。事緣一九七四年古龍正在創作生涯的高峰時期，於發表了一連串膾炙人口的經典名著之後，他為了更求創新突破，殫精竭慮，言人之所未言，特意以散文詩的語言、蒙太奇的手法，寫出了一新耳目的《天涯・明月・刀》，於該年四月在當時台灣兩大報之一的「中國時報」副刊連載。詎料因風格太新奇，讀者不習慣，而該報老闆又過於急功近利，竟在連載兩個月後即下令「腰斬」，另以水準在二三流以下的武俠作者東方玉取代；此一猝然而至的打擊，讓古龍深感痛苦，久久未能釋懷。

如今回顧，在哲學、文學、藝術等領域，天才過於超前了他的時代，以致被庸眾誤解或羞辱的事件，所在多有；現今古龍的武俠作品在兩岸三地均受到尊重和肯定，讀者反應之熱烈尤其令人印象深刻，而《天涯・明月・刀》則早已被評論界推崇為古龍最有創意、且最精彩的作品之一。古龍的委屈得到報償，可謂天道好還。而就在《天涯・明月・刀》被腰斬之後一年半，本人受聘主編該報副刊，乃直接向報老闆言明，古龍是台灣最傑出的武俠作家，一定要重新請他為副刊撰寫連載稿，否則本人寧可放棄主編之職；經本人據理力爭，報老闆終於答應正式宴請古龍，重新邀稿。古龍覺得多少已討回公道，故而同意復出，本人也因此機緣而得以和古龍進一步結為知交，由於意氣相投，經常在一起衡文論藝，飲酒暢敘。

回筆借用傳統武俠的模式

但古龍「一朝被蛇咬」，認為該報副刊的讀者對過於創新突破的技法或情節恐怕不能欣賞，此次重新出發，寧可在表面上援用「傳統武俠」的寫法，而在理念內涵上注入他所體會的俠義精神。於是，古龍藉由傳說中神秘奇異的「碧玉珠」為引子，以武林聖地「碧玉山莊」的掌權老夫人要為愛女擇婿，以致引發激烈競爭的陳舊套路為敘事模式，展開他那「點石成金」、「化腐朽為神奇」的寫作技法。為了照顧到仍只熟悉傳統武俠故事的讀者，古龍煞費苦心，將本書寫成了表裏雙重結構的故事情節，以達到讓「內行的看門道，外行的看熱鬧」的閱讀效果。正因如此，內容一方面顯得奇詭紛呈，目不暇給，另方面卻又悲憤莫名，意義深沉。

設局陷害是人間世的常態

故事如此展開：武林四公子杜青蓮、沈紅葉、馬如龍、邱鳳城齊赴「碧玉夫人」之約，其中邱鳳城雖也依時到來，卻因早有互相矢誓生死不渝的紅顏愛侶「小婉」，故寧可在雪谷中挖坑自戕，亦不願被碧玉夫人選中。四人到齊時，杜、沈二人倏忽中毒身亡，邱鳳城竟也突遭殺手掩襲，若非中劍處恰佩戴著其愛侶小婉所贈的玉件，也已身亡。算來兇手必為馬如龍，實屬一目了然，而動機自是想要獨占鰲頭，膺選為「碧玉山莊」的乘龍快婿。

適時趕來的彭天霸、馮超凡、絕大師等「急公好義」的大俠們立即要馬如龍對此等慘劇作出交代，馬如龍根本無言以對，只能製造脫身機會，亡命奔逃。

這樣的開場情節，當然只是個幌子，然而古龍真正要抒寫的，又豈只是迫害者與逃亡者的「角色逆轉」？

在亡命奔逃途中，馬如龍忽然見到深雪中露出一堆黑髮，稍加檢視，發現埋在雪堆下的女人仍有一口氣，他如今自身難保，背後多名高手在苦苦追殺，但內心天人交戰下他仍決定設法救治此落難的女人。接著，古龍進而描寫此女自稱名叫「大婉」，不但奇醜，而且脾氣古怪，極難相處；馬如龍眼見「大婉」亦是被人追殺，似已走投無路，故不忍中途離去，只得捨命助她逃難。不料彭天霸等高手追到，反而是大婉助他暫脫困境。從此，馬如龍一路遭到兇險與患難，被人再三設局陷害，他的人格、勇氣、膽識、器度也再三受到淬煉。

探索俠義人物的精神內涵

顯然，古龍是要藉由馬如龍不斷經歷生死一髮間的嚴酷考驗，來凸顯「俠義」二字的真髓。換言之，在已寫出了楚留香、陸小鳳、沈浪、李尋歡等無數超凡入聖、悠遊無敵的名俠典範之後，古龍重新將生具俠氣的人物（像馬如龍）置身於陰謀迭出、殺機瀰漫、骯髒險惡的江湖世界，挑戰他的人性極限，試探他的正義感、自尊心、同情心是否經得起最嚴格的衝擊與考驗。

這當然是在對俠義人物的精神內涵、乃至武俠小說的本質意義，進行所謂「後設」的探索與發掘。但在表層上，古龍畢竟仍需寫出一個緊張熾烈、高潮疊起的戲劇化故事，才能支撐他所要表達的深層意蘊；於是，過多的情節壓縮在相對有限的篇幅裏，節奏便不免顯得過於快速。

雖然如此，古龍在他所擅長的故事情節「大轉捩」、「大逆變」方面，仍賦予了充分的鋪墊和線索。邱鳳城從偽裝多情純良、不惜對摯愛的小婉以死殉情的形象，搖身一變而為心機周密、層層設局去陷害馬如龍的正兇，甚至不惜親手將小婉揑死滅口，情節推展固然快速緊湊，古龍所佈下的伏線卻也歷歷分明。

至於大婉的身分，更是一路佈下伏筆，從她竟能與俠名久著的「江南俞五」、神妙莫測的前輩奇女「玲瓏玉手玉玲瓏」為友，而且能將這些神龍見首不見尾的傳奇人物引介給馬如龍，便可看出她絕非泛泛之輩。因此，她的「奇醜」顯然也只是考驗馬如龍的手段之一。

而古龍將俞五、玉玲瓏等傳奇人物帶入書中，分明是在向傳統武俠經典致意，因為他們可以影射前代武俠名家筆下的某些鮮活形象。同時，古龍在本書中不時也淡淡地提及他自己在先前的名著中所塑造的一些傳奇人物，諸如小李飛刀、沈浪、上官金虹、葉開，當然亦不無從以古人為師到已自成一家的寓意。若回想到古龍因為《天涯・明月・刀》事件在心理上所遭受的壓抑與挫傷，便可多少理解他在此一新作中，幽微曲折地表達的自我療癒意向了。

永憶江湖，永憶古龍

正是為了重新彰顯與詮釋「俠」的精神內涵，古龍在抒寫馬如龍於歷盡各種難關和絕境而仍堅持人性尊嚴之餘，還刻畫了另一被人布局陷害、業已離死不遠的「大盜」鐵震天。他同樣遭到絕大師等名門正派的「大俠」們圍捕，身受重傷，奄奄一息，處境比馬如龍還悲慘；經玲瓏玉手易容後的馬如龍明知前來圍捕鐵震天的「大俠」們並未發現自己的身分，只要稍為忍耐，等他們處置了「大盜」便會離去，自己即可乘機脫身。但他熱血上湧，挺身而出，寧可與萍水相逢的鐵震天同生共死。

這便是古龍所要表彰的俠氣，大婉、俞五、玉玲瓏等人正因肯定馬如龍的這種俠氣，才不惜重出江湖助他破解邱鳳城及其背後的龐大黑暗勢力，使馬如龍終於洗清冤屈，得還清白！

至於大婉設計讓「碧玉夫人」的愛女謝玉崙在暗中長期親身觀察馬如龍的為人，終於使她體認到馬如龍狂狷孤傲，有所不為，卻也有所必為，絕非大俠們眾口鑠金所指稱的兇手，從而芳心暗許；不消說，大婉自己或許也傾心於馬，故而才一再試探馬的品格，凡此男女相悅又相試的情節，則不妨視古龍信筆拈來的花絮而已。

由於筆者邀請古龍重新開筆寫武俠連載稿，當時與「中國時報」競爭正酣的「聯合報」亦跟進邀古龍提供武俠連載稿；於是，古龍同時在台灣兩大報副刊發表武俠連載，一時聲勢高漲，與《天涯・明月・刀》遭腰斬時形成鮮明的對照。風氣所至，香港各報亦跟進向古龍邀稿，已擱筆不寫武俠的金庸更邀請古龍長期為其明教系統供稿，古龍儼然成為武俠創作的中流砥柱！

筆者如今回想與古龍的這段患難之交，其間種種意氣相投、肝膽相照的情景，猶自歷歷在目。

然而好景不常，斯人已逝，寧不令人黯然神傷？再想到，其實《天涯・明月・刀》乃是為武俠小說開新境的曠世之作，而其時人們不知珍惜，古龍竟因此一傑作問世時知音者稀而飽受傖夫之氣，世事顛倒錯亂至此，如今卻見謬附知音者大不乏人，撫今追昔，豈不令人啞然失笑！

知名文學評論家 **陳曉林**

以復仇始，以情愛終的詩化武俠：《風鈴中的刀聲》

《風鈴中的刀聲》講述的是一個與復仇有關的武俠故事，但表現的卻是友愛與容忍的主題。

美麗的少婦「因夢」獨坐在小屋的風鈴下，等待著久去未歸的丈夫，然而她等到的卻不是自己期盼已久的歸人，而是殺害自己丈夫的仇人——丁丁。於是，一個為夫報仇的故事便由此拉開了序幕。

在一次比武勝利後，丁丁在小屋旁發現了昏迷倒地的因夢，並把她抱在懷裏。這時，令人意想不到的是，溫柔的因夢竟把一雙纖纖玉手伸向了丁丁致命的穴道處。為了發泄心中的仇恨與怨氣，因夢對丁丁施行了殘酷的「手術」，將其雙眼與舌頭縫死，並請來狡黠陰險的慕容秋水和心狠手辣的韋好客進一步摧殘折磨丁丁，對他使用酷刑，使其欲活不能、欲死不成。當慕容秋水和韋好客發覺丁丁竟是他們年輕時的好友時，他們並沒有挺身相救，而是準備借刀殺人，置丁丁於死地。天下第一劊子手姜斷弦便是他們請來行刑的殺手。然而，機警過人的「姜一刀」識破了慕容秋水和韋好客借刀殺人的詭計，在法場上與牧羊兒、柳伴伴巧妙配合，救出了丁丁。

慕容秋水和韋好客繼續追殺丁丁，企圖加害於他。關鍵時刻，想不到反而是因夢忽然出現，救下丁丁，使其免於一死。最後，歷經磨難癡情不變的柳伴伴終於用真心換來了愛心，一頭撲進了丁丁的懷裏。

仇恨與寬容的辯証

故事以復仇始，以情愛終，比較真實地反映了作者的愛憎是非觀念。美與醜、善與惡，正直與邪念，寬容與仇恨，始終是作品的思考對象和表達的主題。正如古龍自己所說：「武俠小說裏寫的並不是血腥與暴力，而是容忍、愛心與犧牲。」而所謂容忍、愛心與犧牲，就是能夠容忍別人的傷害，培養寬厚仁愛之心，以此來消除人類之間的冷漠與仇恨，化干戈為玉帛。所以，儘管這部武俠小說帶有很強的幻想、烏托邦式的色彩，但還是鮮明地亮出了道德理想這一具有永久魅力的主題。

作者的道德思考，主要是通過具體人物形象的塑造來完成的。這部武俠小說中的人物，如果以道德的標準來區分，則大致可以分為兩類：一類是代表邪惡的，其主要人物是慕容秋水和韋好客。另外像牧羊兒、田靈子也都可以歸為這一類。這些人雖也武功高強，武藝超人，但行為乖舛，暴戾凶殘，常以害人為樂，甚至其武功也時時盡充滿邪氣。他們行蹤所到，常常伴隨著血腥與殺戮。值得注意的是，作者在對這些人物進行刻畫的時候，並沒有把他們簡單地臉譜化、道德化，而是深入到人物的內心世界中，從人物性格的把握上入手，細緻入微地刻畫人物。所以像慕容秋水的狡詐虛偽，韋好客的凶狠殘忍，牧羊兒的怪異乖謬，都描畫得栩栩如生，各具個性，毫無雷同之感。

另一類人物以丁丁、美斷弦和柳伴伴等為代表，表現的是人類善良美好的一面。這些人不僅武功卓特，正直不阿，而且有極好的武道精神。在他們身上，處處體現著同情與愛心、慷慨與正義、俠義與豪爽的品格和個性，是作者心目中人格理想的化身。

正像道德的區分沒有取代人物自身性格邏輯的發展一樣，古龍筆下的人物，有時常常是複雜多義的。尤其是當作者從人性的角度去描寫人物時，其人物性格就更加突出、更加鮮活了。

《風鈴中的刀聲》裏的人物，在這方面給人的印象尤其深刻。在小說裏，作者常賦予他筆下的人物以多重人格，多重人性，甚至是截然對立的人性態度，使之成為立體化、血肉化的人物形象，從而給人以更多的思考空間。因夢就是其中比較典型的一位。在她的身上，溫柔與凶狠，繾綣與怨毒同時並存。所以，她有時是嫵媚的，有時又是殘忍的；有時是虛偽的，有時是又真誠的。即使是對丁丁的恨，也偶爾有愛的成分。因夢是全書中性格最為複雜含混的人物形象。

由於能夠從複雜多變的人性角度去理解人物，把握人物，所以古龍小說中的人物大多帶有怪僻、奇異和神秘的特徵。本書中的牧羊兒就是這樣一位性格怪誕的人物。《風鈴中的刀聲》裏比較成功的人物形象，幾乎都來源於作者對於人性的細微體驗。我們甚至可以這樣說，從道德上區分人物，是出於結構故事、組織情節的需要，而從人性的角度去描繪人物，才是真正的人物塑造。

奇異而回轉的情節

追求故事情節的奇異性是這部小說的又一個特點。武俠小說一般都有比較強的故事情節，這部小說除具備這個因素外，在情節的設置上還突出了詭異新奇這個特點。所謂「奇」，就是情節的發展常常超乎人的想像，出人意料。這不僅增加了故事的可讀性，也使情節的轉換加快，既環環相扣又旁岔歧出，看似不可思議，可卻又在情理之中。有時，古龍甚至是靠奇特的情節轉變來安排事件的發展，來解決矛盾衝突的。如在小說中，當丁丁進入「雅座」，即將陷入萬劫不復的痛苦深淵時，神秘的「班沙克」出現了，他的出現，使故事起伏回轉，呈現出較大的彈性。再比如，當丁丁和姜斷弦落入屠夫式的人物「勝三」手中時，想不到竟是仇人因夢及時相救，才使他們逃離兇險與災難。小說處處設伏筆，懸念層出，極大的滿足了讀者的好奇心。

但有時由於過分追求性節的神秘詭奇，不免缺少必要的交待與鋪陳，所以奇特的情節設置有時往往顯得缺乏邏輯力量和說明力。

古龍小說語言上的最大特點，就是他那獨特的語言句式，這一點給讀者留下了很深的印象。從這部作品看，小說的句式較短，語句簡練、俐落、乾脆，毫無拖泥帶水之感。在本書中，我們一般很難看到大段大段的段落出現，也很少有成段地描繪環境或介紹人物的語言，代之以跳躍性很強的簡潔句式，它常常表現出恣縱、躍動的特點。

這樣的語言方式決定了它的基本功能。它也許不太適合那種從容舒曼的敘事格調（儘管古龍對此駕馭得也頗為嫻熟）或具體描摹的風格樣式，但它對於快速轉換語言話題和人物，迅速推進情節展開，無疑有著極大的優勢。除此而外，這種語言方式還在以下兩個方面比較明顯地影響了小說的特點。

首先，它對古龍小說的武功描寫發生了深刻的影響。我們知道，古龍小說裏的武功描寫，最大的特點是虛擬性即虛化，一般情況下不對「武功」做實實在在的描繪，不追求一招一式的逼真效果，也不細緻再現武打的具體過程，而是化實為虛，從側面突出「武功」的效果，誇大武功招式的虛幻性。所以，在這部小說中，我們很少看到武林高手精湛武藝的具體表演，更多的情況下是目睹了武功的神奇效果或意念化的武俠身手。如小說開頭寫牧羊兒神鞭的那一段：

丁丁立刻就聽到一陣極奇異的風聲，開始時苑如遠處的蚊鳴，忽然間就變成了近處的風雷，忽然間又變成了天威震怒下的海嘯。

好像是一條隱藏在滾滾烏雲中的靈蛇一樣，忽然間在破曉日出的萬道精芒中出現了。

這萬道精芒就是那一堆閃動的火焰。

這種武功，只有靠想像去體會了。因此我們說古龍「武功」的神妙之處，不是用眼睛觀察的結果，而是靠心靈感應的產物，訴諸感覺與想像。這些特點，在很大程度上來自於古龍簡潔跳躍的語句變化。

愛與恨一線之隔

其次，簡短的句式變化更適於人物間的對話。古龍在這部小說中較多地使用了人物對話，通過對話來推動情節，展示人物的內心活動。其實，這也是古龍小說的一貫特點。既要語句精短，又要表達豐富的內容，所以就要求作者把許多次要的背景材料省去，而將主要的內容通過對話表現出來。這與戲劇的對白有些類似。古龍小說的故事情節常出現跳躍性的變化，與這種對話方式關係很大。在本書「冬筍燒雞酒」一節，情節轉換迅速，人物命運變幻莫測，殺機處處，這些躍動不定的戲劇性變化，幾乎都是通過對話來完成的。

語言充滿機趣和暗示，是這種對話方式帶來的又一個特點。由於人物對話負載著推動情節發展、展示人物心理活動的功能，所以它必須具備極強的暗示性，既要能夠說明事件發展的前因，又要預示事件發展的後果，並且能夠反映出人物特定情景下的心理活動。如柳伴伴和她的朋友在談到因夢對丁丁的恨時的一段對話：

「我恨牧羊兒，和因夢恨丁丁是完全不一樣的。」伴伴說：「我恨牧羊兒是真的恨。」

「因夢恨丁丁難道是假的？」

「不是假的，而是另外一種恨。」伴伴說：「因為我跟她一樣也是女人，所以我才能瞭解這一點。」

「哪一點？」

「恨也有很多種，有一種恨總是和愛糾纏不清的；愛恨之間，相隔只不過一線而已。」

這段對話機趣含蓄，比較傳神地反映出伴伴作為一位女性所特有的微妙心理和敏感心態，同時也暗示出因夢與丁丁關係轉變的可能性，為以後事件的進一步發展埋下了伏筆。

總之，《風鈴中的刀聲》是一部主題深刻，情節曲折，人物形象生動活潑的優秀武俠小說。同時，小說在思想哲理以及抒情性方面也做出了可貴的嘗試。

知名文學評論家 李明生

神秘而美麗的變奏：《圓月彎刀》

如所周知，古龍在創作生涯進入成熟期之後，不斷在開發新題材、探索新境界，銳意從事求新求變的努力。《圓月彎刀》是古龍在武俠文學創作上又一次別開生面的嘗試。

在這部作品中，古龍開發的新題材，是有關中國民間傳說和古典文學中一個神秘而活躍的異類世界；而他所成就的新境界，則是將武俠小說帶進了神秘和美麗的靈異領域，卻又能放能收，能入能出，以充分自圓其說的敘事藝術，再將此靈異領域回歸到人世滄桑與江湖歲月中。

古龍喜歡以鮮明而具詩意的形象，來為武俠故事賦予審美的趣味，甚至連所取的書名都往往要凸顯美感與詩意，例如《流星・蝴蝶・劍》、《天涯・明月・刀》，不但深具美感與詩意，甚至兩者間還形成漂亮的對仗。可是，既然《天涯・明月・刀》已將月與刀作出意象上的聯結，而抒寫了一個全然推陳出新、極富人文意義的武俠故事，且幾已公認具有經典地位；然則，古龍何以又將「圓月」與「彎刀」作出意義上的聯結，而另行投入於一個迥然不同的新嘗試？

神秘而美麗的魅力

當然，古龍是永遠不會重覆自己的。他這次以月與刀的意象，作為這個新嘗試的引子，用意之一，應是在測試自己能否將這樣的意象運用到神秘、詭異的氛圍中，而仍能彰顯其美感與詩意？所以，古龍在本書起筆時就強調：這個故事充滿了神秘而美麗的吸引力，充滿了神秘而美麗的幻想。

在月圓的晚上，一柄青青的彎刀，上面刻著一行很細很小的字「小樓一夜聽春雨」，如果一對含情脈脈的戀人，在圓月下共同欣賞這行纏綿的詩句，這是何等盪氣迴腸的美麗記憶？

但物換星移，若干年後，這柄詩意盎然的彎刀卻被江湖人物渲染為匪夷所思的魔刀，持刀人也被逕指為妖魅一般的異類；那麼，除了美麗而神秘之外，故事情節中分明又充斥著詭異而邪祟的意味。這個詭異而邪祟的異類世界，就是「狐族」棲居的所在。

此次，古龍莫非為了擺脫武俠寫作的既有窠臼，執意要探索美麗而神秘、詭異而邪祟的異類世界，要寫出狐族與世人之間的恩怨，以及狐族內部的鬥爭？無疑的，古龍既以歷歷如繪的精緻筆法，抒寫如夢似幻的狐族傳奇，當然確有尋求意境上、技法上再一次突破的雄心；不過，他顯然認為將狐族傳奇收編到武俠作品的範疇內，以武俠邏輯對民間傳說及古典文學中的「狐仙」逸事作出合理化、除魅化的詮釋，並以此來豐富武俠小說的情節主體，增添武俠小說的變化模式，其實更為有趣。

而古龍也以他曲折動人的敘事技巧，充分印證了這一點。因此，《圓月彎刀》在創作上的突破，並不是顛覆了武俠故事，而是證明武俠故事可以涵納各類神話與傳奇，以增添它的廣度、深度，以及吸引力。

人心可怖，江湖險惡

超現實的武俠故事，乃至悠邈的神話與傳奇，為什麼永遠對勞苦而善良的芸芸眾生，具有某種「與我心有戚戚焉」的吸引力？不容諱言，是因為勞苦而善良的人們，在梟叫狼嗥的現實社會，經常會遭到無端的欺凌而只得忍氣吞聲；正如本書中那位心志純良而涉世未深的少年丁鵬，在機謀重重的江湖道上，只因身懷武技，遭致覬覦，三兩下就被出身名門正派的當代「大俠」柳若松設局惡整得身敗名裂，走投無路，受到各派各家圍攻，終於不得不咬牙奮身，自行迎向死亡。

就在這哀苦無告的絕望時刻，美麗的「狐仙」出現了，丁鵬的命運自此發生逆轉。他從美麗的女狐「青青」及她的家族手中，得到了威力可堪泣鬼驚神的神奇彎刀「小樓一夜聽春雨」，也得到了足以發揮無上威力的刀訣。當然，無論是出於感激，抑或情投意合，他與「青青」成為一對情侶，自是順理成章的情節發展。

同樣順理成章的情節，是丁鵬對柳若松一步步展開的針對性復仇，藉由神通廣大的青青從旁協助，丁鵬以牙還牙，也設局將柳若松逼到走投無路的地步，並在各大門派的名家耆宿面前，將柳某的惡行劣跡如實揭露，一舉剝下了後者盜名欺世的假面具。

就武俠的傳統模式而言，這樣暢酣淋漓的報復乃是事理之所必然；但古龍的高明處，卻是讓情節在此高潮時刻急轉直下，推出了一波又一波出人意料的詭變，使得整個故事呈現了與前截然不同的色調與旨趣。

魔教、狐族、劍神家族

先是臉面喪盡的柳若松竟然當眾下跪，聲稱願痛改前非，拜丁鵬為師，而自信滿滿的丁鵬竟坦然接受。然後，令江湖上正邪各派聞之喪膽的魔教護法鐵燕夫婦突然現身，有意無意地抖露了圓月彎刀的秘密及「小樓一夜聽春雨」的隱私。接著，關於當代劍神「三少爺」謝曉峰之女謝小玉究竟是「誤殺」了鐵燕夫婦的獨子，抑或是故意設局狙殺，形成撲朔迷離的爭議，並將丁鵬捲入必須出面與謝曉峰一決勝負的處境。

至此，《圓月彎刀》故事進入到魔教、狐族、劍神一派互爭霸權的新階段，一幕幕堪稱驚心動魄的情節，猶如天風海雨，迫人而來。

不過，古龍雖然早已構思了整個故事的結構與重大轉折的關鍵，卻因後來恰值他的作品改編為影視後大紅大紫之際，影劇界人士紛紛上門洽談，他終日忙於應付編劇事宜，加以其時尚有另兩個長篇連載在進行中，所以，他在《圓月彎刀》約寫到五分之二時，委託當時另一武俠名家司馬紫煙接續完成，並將整體構想及所餘情節詳細向司馬紫煙作出說明。

當時筆者因主編副刊而邀古龍撰寫長篇連載之故，與他幾乎每天見面，有緣在旁親自聽到他所作的說明。後來閱覽司馬紫煙所代撰的後續故事，發現大體上確與古龍交代的主要情節若合符節。

其實，司馬紫煙本身亦為台灣武俠文壇的重鎮之一，著作等身，自成風格，國學素養甚佳，思維恢詭譎怪；《圓月彎刀》集古龍與司馬之力接續而成，若從古今通俗文學較慣見的成書模式的角度而言，或亦未嘗不可視為武俠寫作界的一項美談。

魔刀與神劍，對決與昇華

古龍在其《三少爺的劍》中，創造了翠雲山、綠水湖中的神劍山莊，以及令神劍山莊綻放出萬丈光芒的一代武學奇才謝曉峰；既然古龍在構思《圓月彎刀》之時有意讓謝曉峰的神劍與丁鵬的魔刀作一較量，司馬紫煙在續寫時便將丁鵬挑戰神劍山莊當作本書下半部的重頭戲，分別從正面、側面、反面入手，濃墨重彩地加以鋪陳和呈現。

事實上，古龍寫謝曉峰之女謝小玉與魔教的衝突時，暗暗已落下了謝小玉企圖爭霸江湖的伏筆；於是，司馬順此伏線大力發揮，將神劍山莊與魔教的鬥爭刻畫得波譎雲詭，一方面局中有局，另方面卻步步生變。然後，再將丁鵬與謝曉峰的會晤與較量，抒寫得天馬行空，不落言詮，讓一路不斷烘托和累積的緊張氣氛，到最後關頭卻在一種「技已晉乎藝」的精神交融中自然昇華；持平而論，這不失為「古龍風格」的擬彷表現。至此，由狐族苦心栽培的丁鵬已晉升為絕頂高手，而謝曉峰則淡出為傳奇人物了。

而隨著丁鵬的崛起，所謂「狐族」之謎也逐漸撥雲見日。青青的爺爺和奶奶，刻意隱匿自己的行藏，卻以「狐族」的形象惑人耳目，原來自有苦衷：爺爺其實本是天縱奇才的魔教教主仇小樓，雖早有髮妻，仍與天生媚骨的江湖奇女「弱柳夫人」孫春雨陷入熱戀，從而產生了「小樓一夜聽春雨」的美麗傳說。然而孫春雨後來移情別戀所生的女兒「天美宮主」卻勾引魔教三大護法，趁仇小樓與謝曉峰比劍受傷，發動叛變，奪取魔教大權，並追殺仇小樓及其髮妻。功力大減的仇小樓偶然發現孫女青青救回的丁鵬潛力絕佳，乃授以刀訣，並贈予上刻「小樓一夜聽春雨」的彎刀，寄望丁鵬一旦成為絕頂高手，可代為掃蕩魔教的叛徒。

小樓一夜聽春雨

野心勃勃的柳若松利用魔教內鬨的機會竄起，在天美宮主與仇小樓夫婦火併的局勢下，與同樣野心勃勃的謝小玉結合，布建神秘而詭異的殺手組織，突襲暗算了仇小樓，也消滅了天美宮主的勢力。「小樓一夜聽春雨」的美麗傳說，至此變調為流血殺戮的宿命仇怨。

然而，「狐族」雖然瀕近絕滅，圓月彎刀的傳人畢竟已經成長為一代高手。久歷人世滄桑的丁鵬洞察了柳若松與謝小玉的種種圖謀與布局，覺得一切恩恩怨怨終須作一了斷，遂偕同痛失祖父母的青青重訪神劍山莊，與柳、謝展開最後的決戰……

如同古龍在《圓月彎刀》起筆時所言：這原本是一個美麗而神秘的故事。然而，隨著故事的展開與情節的轉折，它又呈示著詭異而邪祟的色調，並由此而呈示了古龍成熟期作品的複雜性與多樣性。而雖然是與司馬紫煙接力完成，古龍所經營的美感和詩意畢竟主導著整個敘事模式，「小樓一夜聽春雨」作為時隱時現的主題曲貫穿全局，便是鮮明的例證。

資深媒體人、知名文學評論家　陳曉林

江湖世界的表象與眞相：《七星龍王》

《七星龍王》是古龍創作晚期頗為費心經營的一部作品，與同一時期的力作《英雄無淚》一樣，也是古龍試圖突破既往的寫作成就，朝向全新境域或另類風格進行試探的代表作。

眾所周知，古龍是一位永不以既有成果為滿足的作家，在已寫出了眾多膾炙人口的武俠名篇，塑造了無數躍然紙上的俠義典範之後，他仍不斷嘗試新的題材、新的技法，經常懷著新的憧憬，攀向新的高峰。《七星龍王》即是例證之一。

古龍生前與筆者頗為投緣，燈前酒後，偶而心血來潮談及寫作心得和近況時，曾慨然表示，在寫過了像楚留香、陸小鳳、小李飛刀、傅紅雪等諸多武俠傳奇人物之後，他想要再一次大幅度地求新求變，計畫中的方向有二：

一是準備開始淡化武俠故事的傳奇色彩，而強化紅塵人世的生活情致，且看是否能為武俠寫作再闢一新徑；二是從傳奇或詭異的情節出發，進一步導向於玄虛境界，即是賦予武俠創作以「神秘」這個新向度，以豐富武俠的內涵。

顯然，古龍晚期的兩部風格迥異於全盛時期諸名篇、但同樣值得探索與玩味的作品，說明了他當時所設想的兩個新創作方向，均已落實為情節緊湊、文字優美的武俠作品。從傳奇導向神秘、而神秘中隱含俠氣的新書，便是《英雄無淚》；而從詭異回到平淡、但平淡中寓有真趣的新書，即是《七星龍王》。

正因如此，《七星龍王》雖然篇幅不大，卻是古龍晚期的特殊成品，它承載了古龍為武俠創作探索新路徑的重要思維，當然，純就小說寫作的技法而言，它也自有獨樹一幟的藝術魅力。

首先，《七星龍王》敘述的是一個情節繁複、人物紛雜的故事，反映的是江湖世界機謀百出、變化無窮的情狀；然而，古龍在敘事上擱置了傳統武俠小說娓娓道來的模式，將整個故事壓縮在短短五天的時程內，從而使敘事節奏顯得相當緊湊，但緊湊中卻能繁而不亂，一氣呵成。

這樣的敘事技法，在晚近較受推重的西方驚悚小說，如丹・布朗的《達文西密碼》等，已是屢見不鮮；但在當年的中文寫作界實屬聞所未聞，更遑論有意識地引進到武俠小說的創作技法中。

其次，《七星龍王》的故事情節雖然複雜紛紜，但在古龍導傳奇入平淡的創作意向驅使下，巧妙地區分為兩個「雙層結構」：一個是「表象與真相」的雙層結構，另一則正是「傳奇與平淡」的雙層結構。結構如此繁複，而節奏卻仍起落自如，猶如行雲流水，這正是古龍作品之所以能夠沁人心脾、豁人眼目的魅力所在。

此處所謂「表象與真相」，一方面指的是故事的外緣與內核背離。故事一開始，江湖大豪孫濟城為了避仇，自布遭到情殺的偽局，然後化裝為委瑣的小商人「吳濤」重入濟南城，觀望風向。

從表象看，濟南各大江湖勢力如花旗門、鷹爪門、丐幫等窺破這個偽局，故而要查明案由，追緝「吳濤」，自亦各有各的理由；但其實他們所謂主持江湖公道只是藉口，真相是有人為了攫取孫濟城的巨額財富，有人收受酬金甘為格殺「吳濤」的刺客，還有人心懷禍胎意欲尋仇雪恨。進而言之，如只看表象，則「吳濤」隱諱自己身世，出手狠辣無情，自是生怕身分一旦暴露將會成為眾矢之的；但真相卻是，他挾巨資隱身通都大邑經商牟利，卻是為了賑濟貧苦無告的孤兒寡婦；他躲避仇家追殺，躲的其實只是自己的妻子。他的真正身分也不是孫濟城，而是當年威懾江湖的兩大高手「天絕地滅」中的郭滅，他的妻子正是與他齊名的高天絕。

又如只看表象，則高天絕理直氣壯不擇手段地追殺郭滅，而郭滅不惜偽裝已死來逃避，應是其咎在郭；然而，真相卻是另一回事，其中大有冤情孽債，高天絕未必有理，郭滅則是有口難言。

本書的另一個雙層結構，當然是由主角「元寶」的行徑來揭示與彰顯的江湖世界。「天生福星，點鐵成金」，手裏持有一顆不起眼的小星星，元寶突兀地進入波譎雲詭的濟南城，以狀似莽撞的偷兒手法掏走「吳濤」的腰包，得以與後者結識，進而共處患難，顯然是為了暗中考察「吳濤」的為人。

正因元寶是懷著赤子之心的大孩子，初次踏入花花世界，觸目所見，處處驚奇，從而古龍便透過他的眼睛來描摹紅塵情事、人間煙火；對比於「吳濤」背後的滔天巨案與武林傳奇，元寶則像一位心存善念的導遊，讓人得以體會到平凡人世的市井百態與生活情調。

表象與真相之間的對比與糾葛，當然以「李將軍」與「天絕地滅」之間的恩怨情仇，最為扣人心弦；然而，藉由元寶的抽絲剝繭，故事還呈現了另一樣態的表象與真相：高天絕追殺郭滅，猶如螳螂捕蟬；花旗門算準高、郭必然兩敗俱傷，故布局要坐收漁利，一舉攫取龐大財富，儼然黃雀在後；殊不知，元寶所代表的龍氏家族早已洞燭其間奧妙，三言兩語便逼得花旗田家知難而退。然則，「七星龍王」家族究竟有多麼厲害、多麼精采，已盡在不言中！

這個龍氏家族的故事，應是古龍構想中一個系列長篇的題材，《七星龍王》則是長篇的起手式。可惜天不假年，古龍未有機會再著墨這個導傳奇入平淡的新試驗。

資深媒體人、知名文學評論家　陳曉林

古龍後期最重要的作品：《英雄無淚》

眾所周知，古龍在其創作成熟時期推出了甚多膾炙人口的傑作，諸如《陸小鳳系列》、《小李飛刀系列》、《楚留香》、《七種武器》等，均是風格獨特、且雅俗共賞的名篇，早已確立了他在武俠文學上堪與金庸分庭抗禮的大師級地位。

然而，古龍從不以既有的成績為滿足，一直想要尋求進一步的突破，他這種不斷求新求變的「衝創意志」，有時對他自已不免構成相當沉重的心理壓力，其情其景，倘持以與約莫同時代的世界級文學名家如美國海明威、日本三島由紀夫、川端康成等人的遭際與命運並觀，實大有可供未來的文學史家咀嚼玩味之處。

後期的古龍，顯然不只以風格的凸現、審美的鋪陳或情節的轉折為重點，他意欲突破的，主要是在人性挖掘方面的深度和廣度；尤其，作為要在艱苦環境下自覺地扛起武俠文學大纛的作家，人性中的「俠義」究竟具有何等的意蘊和潛質，更是古龍念茲在茲、亟欲追究的核心命題。在《英雄無淚》中，他對這一核心命題作了堪稱是暢酣淋漓的探索和闡發。

權謀無盡，俠氣崢嶸

「一個沉默平凡的人，提著一口陳舊平凡的箱子，在滿天夕陽下，默默的走進了長安古城」。古龍起筆以這樣簡明扼要的場景揭開序幕，最終又以此人「默默的離開了長安古城」收尾，儼然完成了一個週而復始的循環。

然而，紅塵裏的榮辱與哀樂、人世間的恩義與仇怨、無數的鬥爭與殺戮、無盡的掙扎與顛仆，以及男人與女人間永遠描述不盡的纏綿與怨懟、俠者與霸權間天生不能妥協的對立與衝撞，卻在這個狀似循環的輪迴中，展演了一幕幕扣人心弦的熾烈劇情。

古龍以「大鏢局」與「雄獅堂」的對立爭霸為背景，以少年劍客高漸飛（小高）的入世歷練為軸線，抒寫的主要卻是梟雄與英雄的區別、俠氣與權謀的對照，以及詭譎莫名的命運、生死不渝的真情。

心智與武功均屬一世梟雄的卓東來，為了奠立「大鏢局」總鏢頭司馬超群的江湖霸業，不惜藏身幕後，事事以司馬的聲譽與利益優先，為了凸顯司馬的英雄形象，他設計由司馬親手鬥垮「雄獅」朱猛。其步步設伏的心機與手段，委實匪夷所思，令人不寒而慄。

甫入江湖的小高偶遇朱猛，意氣相投，當即義結金蘭；而小高為了成名，逕向號稱第一劍客的司馬超群挑戰，亦屬理所當然。但卓東來豈容任何高手有與司馬公平決鬥的機會？他巧妙安排了一位美少女進入小高的生命，然後在決戰前夕讓少女無端消失；於是，心神大亂的小高在面對司馬超群時毫無抗衡之力，若非開場時那「一口箱子」的神秘主人蕭淚血突然出現施救，小高勢必死於司馬的劍下。

義無反顧，生死一搏

小高無法從蕭淚血口中得知蕭何以對他另眼相看的原因，心情寂寥之下，赴洛陽去找甫結識的義兄朱猛，卻發現「雄獅堂」已成一片瓦礫，而朱猛竟在卓東來的陰謀算計下陷入眾叛親離的絕境；更嚴重的是，由於心愛的女人被卓東來俘去，朱猛業已灰心喪志，奄奄一息。小高義憤填膺，熱血上湧，孤身前往「雄獅堂」叛徒集中的絕地，捨死忘生，當眾刺殺叛徒首領。

其實，小高何嘗不知這是卓東來為一網打盡朱猛的殘餘勢力而佈下的陷阱，但他義無反顧——這自是「俠氣」的表現。朱猛又何嘗不知自己才是卓東來刻意要狙殺的目標，但他怎能讓與這場江湖火併無關的小高為他涉險？於是，朱猛與他身邊剩下的唯一親信「釘鞋」也趕往絕地赴死——這是小高的「俠氣」激發了朱猛的血氣。殺搏時，朱猛、小高固然屢仆屢起，「釘鞋」更是渾身浴血，英勇犧牲。正是「釘鞋」慨然赴死的壯烈行徑撼動了「雄獅堂」徒眾的良心與血性，他們奮身倒戈反擊卓東來派遣的殺手集團，重新與朱猛站在一起。然後，他們以「死士」的姿態與心情，隨同朱猛潛回長安，誓要與「大鏢局」決一死戰。

另一方面，司馬超群對卓東來為協助自己建立霸權，動輒以詭計對付江湖同道，早已深惡痛絕；在朱猛與小高率八十六位「死士」反攻長安時，他卻隻身遄赴洛陽，意欲單挑朱猛，了結雙方仇怨。但在此時，卓東來為查明司馬行蹤，與司馬之妻吳婉發生衝突，後者竟攜二子自戕。至此，卓東來知道他與司馬已瀕臨決裂。神秘的蕭淚血忽然出現，成為卓東來最頭痛的問題；但城府深沉的卓竟能臨機應變，反而制住蕭；甚且，由於蕭受制，卓已無所顧忌，故悍然殺死了他長期羈縻的一位睿智老人。表面上，這殆為本書情節的一大逆轉，實際上，這是古龍留下的一個「活扣」，為後來的再逆轉埋下伏筆。

卓東來面對朱猛、小高率「死士」們的攤牌行動，居然能一舉破解。原來，小高念念不忘的美少女，與朱猛魂縈夢繫的意中人，竟是同一人——蝶舞，而且被掌握在卓東來手中。攤牌時刻，卓命蝶舞在眾人面前翩翩起舞，畢生唯知追求美姿與真情，對世間權謀險詐一無所悉的美少女蝶舞，面對同樣為她憔悴的朱猛與小高，又怎忍傷任何一者的心？她唯有以最婉約的舞姿酬謝兩位平生知己，然後引刀自斷雙腿。行文至此，古龍對蝶舞的腿作了如下的特寫：「多麼輕盈，多麼靈巧，多麼美」，若與蝶舞那無奈而淒愴的命運並觀，堪謂字字驚心動魄！

神秘元素，武俠新境

「釘鞋」的壯烈殉身、蝶舞的從容自殘，乃至八十六死士的求仁得仁，其實，都是俠義與俠氣的展現；比之朱猛與小高的意氣相投、生死與共，以及後來司馬與朱猛的惺惺相惜、臨危受命，更顯得難能可貴。而古龍抒寫這些令人熱血沸騰的情節時，表現得舉重若輕，直指本心，可見此時古龍對「俠」之意蘊與潛質的理解，已然提昇到更高的境界，所以能夠信筆所之，皆有可資玩味的情節和意趣。

小高的劍名為「淚痕」，據稱握有此劍者必會使最親近的人死於劍下。卓東來最終在蕭淚血的監視下與小高對決，他以為小高是蕭淚血之子，故應會被「淚痕」所剋，詎料機關算盡的他卻反而被「淚痕」刺殺。然則，莫非卓東來才是蕭淚血的至親？但因那位原先為卓東來所羈縻的睿智老人之死，這問題永遠得不到答案了。古龍在本書中之所以安排這些相關的情節與「活扣」，顯示他在後期創作中，除了對人性與命運的複雜關係深入挖掘之外，並開始重視神秘主義（mysticism）在小說情節可能發生的作用。

從《英雄無淚》中那些靈光一閃的神秘亮點來評估，倘若天假以年，古龍在這方面的探索與呈現，或亦可為武俠文學另開一片柳暗花明的新境！

資深媒體人、知名文學評論家 陳曉林

古龍的遊戲之作：《神君別傳》

《神君別傳》算是一個武俠中篇。在《劍毒梅香》由上官鼎接手去寫之後，古龍另外撰作了多部長篇武俠，聲名逐漸蔚起，竟回頭再切入《劍毒梅香》的情節，以《神君別傳》對辛捷的故事作出了迥異於上官鼎的表述。

筆者曾為此詢問過古龍：是否因讀者對上官鼎接寫的反應不差，心高氣傲的你為了讓武俠出版界「小吃一驚」，故意再另闢蹊徑，出來別別苗頭？古龍的回答是：當初對清華出版社只因他略為耽擱了交稿時間就逕自找人代筆，確有不滿；但既然上官鼎接得不差，他也就樂觀其成了。後來是華源出版社老闆故意激他，並出重酬要他就《劍毒梅香》的故事另出機杼，但篇幅不能長，且須自成格局；古龍認為這是一項挑戰，又看在重酬份上，便花了十天時間寫成《神君別傳》。

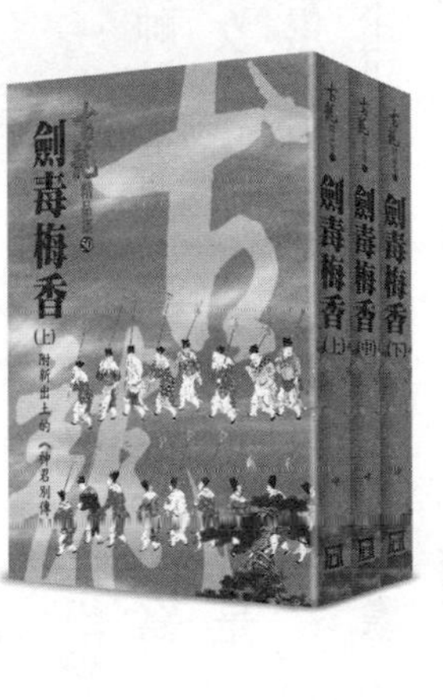

事實上，古龍寫的《劍毒梅香》於一九六〇年出版，而《神君別傳》在三年後才問世，確可印證他不是對上官鼎續寫的部分有何挑剔，而只是在偶然的機緣下接受挑戰，遂有了《神君別傳》之作。離奇的是，此書出版後立即熱銷至絕版，華源老闆卻改行離開了出版界，以致到古龍大紅大紫之時，讀者遍覓此書都告罔然，連古龍自己都找不著了。

如今，這部湮沒了幾近半世紀的古龍作品得以出土，且與《劍毒梅香》並呈，應可澄清關於《劍毒梅香》這部接力而成的著作，古龍究竟寫到何處的問題。居然有評論者自以為熟悉古龍的文字風格，據以判定古龍只寫到第五章，約只為全書的十分之一。《神君別傳》出土，卻證明古龍在《劍毒梅香》中，已寫到辛捷被「世外三仙」之無恨生所擒，囚於船上，該船隨即遭遇海盜，猝然翻船，辛捷落入海中；稍作估計，全書至此在篇幅上已超過三分之一，古龍的諸般伏筆確已安排停當，可見上官鼎按圖索驥之說，洵非虛言。

上官鼎寫辛捷落海後漂流到大戢島，與「世外三仙」之首平凡上人結緣，武學和識見得以更上層樓，從而鋪陳開一番新的情節。而《神君別傳》則另起爐灶，寫辛捷漂流到一個蕞爾荒島，島上只有一位天真未鑿的少女「咪咪」，而此少女竟是當年殘殺辛捷父母的「海天雙煞」——天殘焦化、天廢焦勞兩人刻意培養長大。

於是，辛捷與仇人在荒島及大海上殊死對決，勢不可免；古龍在此書中只處理辛捷與「咪咪」相互呵護的情愫，及他與「海天雙煞」不共戴天的深仇如何了結，卻仍能隨時出現奇峰突起或峰迴路轉的情節。甚至，在短短的島上歲月中，還插敘了一段關於前輩奇才「上大人」可驚可怖的命運悲劇，頗足顯示此時的古龍在敘事藝術上已能收放自如。

由《神君別傳》書名，即可看出古龍對「七妙神君」這位亦正亦邪、我行我素的人物有其鍾愛，但《劍毒梅香》一開場，「七妙神君」即遭暗算而失去武功，只能栽培身世淒慘、背負血海深仇的辛捷作為替身，為自己雪恥復仇，並以行俠天下來補贖既往的過咎。此一設定，當然是為了使辛捷成為新一代的「神君」，而以辛捷的事蹟作為七妙神君重新入世的表徵。因此，《神君別傳》對復仇這個主題的處理，有別於《劍毒梅香》原先的設定及上官鼎的處理。辛捷縱使面對以極殘酷手法殺害其父母，令他椎心泣血矢誓復仇的「海天雙煞」，在關鍵時刻，仍不願採取非屬光明磊落的手段。及至雙煞在茫茫大海中奪船不成，作惡多端，終告自行殞滅，古龍不啻已對傳統武俠小說的復仇模式，另闢了一扇可避開命運糾纏的窗戶。

成熟時期的古龍說道：「人性並不僅是憤怒、仇恨、悲哀、恐懼，其中也包括了愛與友情、慷慨與俠義、幽默與同情的，我們為什麼特別強調其中醜惡的一面呢？」早在寫《劍毒梅香》和《神君別傳》時，他其實已體會到人性的複雜，而著意於發掘其中的光明面了。

資深媒體人、知名文學評論家
陳曉林

別開生面的神來之筆：《絕不低頭》

《絕不低頭》是古龍的創作生涯進入成熟期之後，所推出的一部非常特殊的作品，它的特殊之處至少有三：

首先，它是古龍刻意以民國初年上海黑社會的龍爭虎鬥為背景的「時代小說」，形式上與他業已風靡廣大讀者的武俠小說迥然有別，雖然精神上、氣韻上仍一脈相承。

其次，它基本上一部是以女主角的心理活動與具體行徑來呈現俠義理念的作品，諸男角們那些獷悍而神奇的表現反而顯得只是陪襯，這在古龍小說中也是獨一無二的實驗。

其三，以「蒙太奇」式快速的、跳躍的敘事節奏，來鋪陳愛恨生死一線的情節張力，在本書中展演得格外嫻熟。

龍蛇雜處的大上海

令人不得不嘆為觀止的是：古龍在武俠小說創作上雖一向慣於抽離實際的時空背景，而以古典、浪漫、寫意的筆觸來書寫那個象徵性的江湖世界；但如今改以十里洋場的上海灘為背景，他居然能以極細膩而寫實的手法，藉由一連串的場景跳接，在短短的篇幅內即把外表堆金砌玉，內裏藏污納垢的舊上海刻畫得栩栩如生，連法租界的氣勢、霞飛路的氣味、百樂門的氣派，都躍然紙上，使讀者如臨其境，如聞其聲。這正是古龍作品的迷人之處，《絕不低頭》堪為有力的例證。

開場時，女主角趙波波是以鄉下姑娘跋涉數百里到上海尋父的姿態登場，於是，藉由她的視角與觀感，古龍對大上海的情景作了對比式的掃描。而當波波正迷眩於豪華車呼嘯而過、霓虹燈不斷閃爍的大都會風情時，她卻迅即看到了碼頭區幫會械鬥、血肉橫飛的酷烈場景。然後即是她與兒時伙伴「傻小子」的重逢，但此時的「傻小子」早已不復是淳樸憨實的鄉野少年，而變身為剽悍深沉的幫派殺手「黑豹」。隨著重逢後男女相悅的自然發展，青梅竹馬的稚戀演變為情慾合一的燃燒，也是意料中事。

「黑豹」成為黑道大幫會的得力打手，受到幫會大亨「金二爺」的器重，波波並不感到奇怪，因為她和「傻小子」及另一男孩「小法官」羅烈三人從小一起長大，她知道這兩個出身貧寒、苦練武術的少年終會在人海中脫穎而出；而她也知道，既然要出人頭地，就必須付出代價。黑豹浴血打拚，打出了自己的一片天，那個一向規行矩步、守正不阿的「小法官」離鄉後又如何？此時的波波，既然已決心與黑豹立足在上海灘，面對逼人而來的江湖風暴，自也準備付出她的代價。

爾虞我詐的大背叛

黑豹所屬的大幫會「老八股」受到新崛起神秘勢力「喜鵲」的強力挑戰，大幫會碩果僅存的首腦金二爺、張三爺、田八爺敵愾同仇，黑豹身為金二爺最倚賴的親信，際此危急存亡之秋，當然面臨生死關頭，必須既鬥智，又鬥力，以求保住金二爺的基業。但古龍果然擅寫波譎雲詭的「逆轉」，場景稍一跳躍，情節立即丕變：原來金二爺暗中聯合田八爺，藉由「喜鵲」來逼戰的壓力施計調虎離山，瞬息間置張三爺於死地，併吞了後者的地盤與金脈。接著，金二爺又指令在此役立了重大戰功的黑豹再利用「喜鵲」的名義反戈一擊，扳倒田八爺。江湖風波的兇險與詭詐，於此表露無遺！

金二爺霸業在望，詎料轉瞬間整個情勢又逆轉，「螳螂捕蟬，黃雀在後」，黑豹在對付田八之後立即反撲，金二爺瞠目結舌之餘，頓時成為階下囚。此時主掌整個局面的黑豹命手下帶波波進場。切莫以為黑豹是因大局已定，要讓波波同享勝利滋味；原來，黑豹早已佈局要摧毀金二爺，「喜鵲」即是他的化身，而他對金二爺的最殘酷一擊，正是讓波波當場認出金二爺乃是她的父親，卻全然無可奈何！滿心喜悅的波波來到上海才僅三天，便遭受如此怵目驚心的人間慘劇。

但黑豹對金二的背逆和羞辱，卻也並非只是爾虞我詐、爭奪江湖霸業的行徑而已，原來黑豹在嶄露頭角後曾有未婚妻沈雪春，卻被金二因覬覦美色而奪愛，沈春雪一方面愛慕虛榮，另方面也是為了保護黑豹，被迫長期侍奉金二；故黑豹向金二奪權，誘波波入彀，自是有計畫的報復。

然而，古龍一直認為高明的小說應反映人性的複雜度和深度，黑豹自小和波波青梅竹馬，如今他滿懷怨毒，為了報復而折磨、摧殘波波，但心底深處，難道沒有一絲真正的愛意？

人生境遇的大對比

波波一向熱愛陽光，熱愛生命，雖遭遇到最殘酷的背叛，處身在最絕望的困境，但她仍不肯對命運低頭，因為，她相信倘若久已失去音訊的羅烈得知她的現況，一定不會忌憚黑豹的權勢，而會趕來營救。

古龍趁羅烈尚未現身的空檔，閒閒落筆，抒寫金粉繁華的大上海，在暗巷中卻充斥著衣不蔽體、面黃肌瘦的卑微庶民，他們被生活的壓力驅迫著，男人去做打手，落得殘體斷肢，女人去做娼妓，淪為溝邊餓殍，這些受欺侮、後傷害的人們，唯有靠著一些虛罔的希望才能活下去；對比於珠光寶氣的官場或勢焰薰天的黑道，到底何者才是大都會的真相？

古龍不斷讓波波回憶兒時，回憶鄉間的青山綠水，回憶人與人真誠相處的情景，顯然是為了與大都會中那種冷漠、殘酷、虛偽的情狀和氛圍作出對比，以凸顯人世的不同層次。先前羅烈的德國友人，也是著名的神槍手高登被黑豹逼迫自戕，已為羅烈的登場作過足夠的鋪墊；果然，在黑豹擊倒金二後忙於接收地盤而建立自己的江湖霸業之際，經由暗巷中一些不受矚目的小人物所提供的訊息，來到上海的羅烈已盯上了他；而黑豹基礎未穩，幫內有力人物暗中窺視，企圖奪權，自也是意料中事。

這是又一回合「螳螂捕蟬，黃雀在後」的態勢，先前金二、張三、田八那種爾虞我詐的權力鬥爭，莫非又要重演？

人性深度的大逆轉

其後的情節，再度顯示了古龍對人性深度的探索確有獨到之處。他一方面敘述羅烈佈局暗算黑豹得逞，且讓波波於最緊要的關鍵時刻在場，儼然實現了她要親眼看到黑豹遭報應的希望；而羅烈以高明但不光明的手段勝出，準備接收黑豹的地盤和勢力，也不啻刻畫了另一個反諷式的江湖權鬥與「暴力循環」。但更重要的是，愛恨生死的一瞬間，古龍寫到羅烈在搏鬥中落於下風，黑豹正要踢出致命一腳時，卻只因波波驚呼「你不能殺他」而臨時止住，以致反遭羅烈驟下殺手，受到致命重創，已無力起身。然而，當黑豹的手下正以巨斧取其性命時，波波竟猝然撲在黑豹身上意欲救他，終於兩人雙雙殞命。

黑豹以殘忍手段鬥倒波波之父金二爺，在波波面前冷酷地踐踏她心目中的偶像，甚至他與波波發展出那種介乎情與慾之間的關係，也有相當成份是出於策略性、工具性的算計；而此時的羅烈，則是波波脫困和報復的唯一希望，然則，羅烈眼看已全盤取勝，波波竟寧可殉身黑豹之死，而放棄與從小亦是青梅竹馬心心相繫的羅烈共享勝利之榮耀。或許，這正是人性的複雜和弔詭之處。古龍對這些情節突變的鋪陳和扭轉，堪稱筆力萬鈞，顯示此時在創作上確已臻於宗師的境界。

古龍引領了「上海灘」

垂死的黑豹緊抱著波波，波波忽然輕輕呻吟了一聲，說出了最後一句話：「扶我的頭起來，我不要垂著頭死！」黑豹扶起了她的頭，讓她面向著陽光。古龍動情地寫：「陽光如此燦爛，大地如此輝煌，可是他們……」。這樣的情節，令人油然聯想到海明威那始終緊扣的主題：「人可以被毀滅，但不可被打敗」。值得玩味的是，在《絕不低頭》中，這個古龍素來很認同和嚮往的「海明威主題」，不是由強項如黑豹者所體現，反而是由美麗的陽光少女波波以她令人動容的情懷與意志，具體展示出來的。

除了《絕不低頭》之外，古龍稍早時還曾寫過另一部以大上海黑幫故事為內容的時代小說《黑雁》，也以明快的節奏、酷悍的對決、驚人的逆轉等為其特色，只不過《黑雁》是諸多中篇小說的組合，不像《絕不低頭》這般一氣呵成而已。而明眼人應能看出，後來風靡兩岸三地的港劇「上海灘」，許多設定、情節和橋段，其實即是借鏡於古龍的《絕不低頭》，劇中周潤發所飾演的許文強與趙雅姿所飾演的馮程程愛恨生死糾纏，緣與其父黑幫首腦馮敬堯與許文強的恩恩怨怨，這與書中黑豹和波波的情仇糾纏何其酷似？然則，即使暫擱武俠創作，隨興另寫現代黑社會小說，信筆揮灑間，卻也儼然成為別開生面且引領港劇經典的指標之作，古龍實也足堪自豪了！

資深媒體人、知名文學評論家 陳曉林

特載

人在江湖：夜訪古龍

人在江湖，有許多事是身不由己的，譬如喝酒與聊天。

酒是劣酒，劣酒傷喉，所以今天古龍來時沙啞著嗓子：「喝多了紹興！」

昨天，只因昨晚「多情環」殺青，拍攝人員向老闆古龍敬酒，他當然要喝。「我也是個江湖人！」雖然喉嚨壞了，也要撐著來聊天。

記得嗎？劍無情，人卻多情！

有一個世界，奇麗而多情，那是古龍的世界。

無論小說或人生，它都代表著一種探索和追尋，在酒與劍與女人之間。

劍？是的，它沒有固定的形狀或效用，它只代表尖銳而富刺激的人生境域衝突。唯有在劍光的映射下，人性最深沉、最真實的一面才能迸顯，剝開偽飾，照見本然。

或貪婪、或自私、或驚懼、或狂傲。

這紛雜而有多樣性呈現的眾生相，就構成了江湖。

只有江湖人才懂得江湖！

因為只有他們才能真實體會到自我生存經驗，或情感歷程與它相呼應、相接合的樂趣，並享受那一番生與死的悸動與震撼。

所以我們請古龍來談談他的「江湖」。

與他小說一樣尖銳的人生衝突，穿在他身上：黑衫白褲，鮮明的對比存在著，還有一臉詭譎而溫厚的笑意。聲音很大，卻沙啞得幾乎聽不清楚；慣作哲學性的思考與咀嚼，卻又是個無比情緒化的人；鬆散中夾滲著忙碌的緊張，浪蕩而又深沉，一點也不像他小說中手足白皙、指甲修剪得十分平整的少年俠客。

古龍當然不再少年，三十八歲原也不大，但在他精力充沛的神采裏，看來卻似半百。稀疏微禿的頭髮，順著髮油，平滑地貼在腦後；走起路來搖搖晃晃的骨架，撐起他微見豐腴的身軀。沒有刀光，也沒有殺氣，坐在綳椅上，他像個殷實的商人，或漂泊的浪子。

浪子也曾年輕過的，他是江西人，卻生在香港、長在漢口，直到今天還不曾去過江西。從六、七歲時在漢口看「娃娃書」起，就與武俠結下了不解之緣，凡屬武俠，無所不看，早期的還珠樓主與後來的金庸、司馬翎、諸葛青雲、臥龍生……等，看了又看，雖也不免有嗜好之殊，但在他日後的創作生涯中，都有著一定的影響與作用。

這時的古龍還未縱身投入江湖，他寫新詩、寫散文、雜文、短篇小說、辦刊物（例如《中學生文藝》、《青年雜誌》、《成功青年》等，都是高中時的事跡）。第一篇發表的文藝小說是：〈從北國到南國〉，約三萬字；覃子豪編《藍星詩刊》時也發表過許多新詩。

當時正逢武俠小說倡行，市場需要量既大，人人都可提刀上陣，寫它兩篇。古龍又因離家工讀、生活清苦，遂在友人慫恿下，寫出了他第一本武俠小說：《蒼穹神劍》，第一公司出版，稿費八百元。自此以後，登門邀稿者絡繹不絕，稿費飛漲，且多預支稿酬。

在他三天一冊的速度下，錢愈賺愈多，幾乎連自己的尊姓大名都忘了。二十餘歲的古龍開始浪蕩，買了一輛車，開著去撞個稀巴爛，臉撞壞了，書也不寫了；等錢用完了再寫。很任性吧！這時的古龍正在淡江讀英文系。

任性的浪蕩與職業性的忙碌，自此與他相伴。

浪蕩與忙碌，他笑著說：「做我的妻子很難！」——忙於拍片、忙於喝酒、聊天，也忙於看漂亮的女人，古龍現在已經停筆了。

停止，未必即是終結，它可能是另一段長征的開始。因為每一次停頓，都必在生活與心境上更有番新的體認與探索，正像那位性格怪異的傅紅雪，在殺人生涯中，偶然一次停止了殺生而替孕婦接生，接生後，刀法卻更加精純了，古龍的筆也是如此。

從二十歲時開始創作第一本武俠小說開始，這樣的停頓與遞進共有四次：最初的《蒼穹神劍》、《飄香劍雨》、《遊俠錄》、《月異星邪》等，只是不自覺的隨筆，寫來賺錢，沒有特殊的創作反省或藝術要求，人寫亦寫而已。故事散漫、結構冗雜，且多未寫完，惹得讀者火起，拒看之後，古龍只得擱筆。

再拾筆時，風格即開始轉變，《武林外史》、《楚留香》、《絕代雙驕》、《大旗英雄傳》等名作，都是這個時期的產物，人物鮮明而突出，結構瑰奇而多趣，從熱衷於財寶祕笈，回到人生經驗與人性表現之中。這種寫法與風格，大致上已形就了古龍特殊的面貌，此後第三、第四期的轉變，都是順著這條線而發展的，意在打破固有武俠小說的形式，建立他自己的世界。

第三期的作品以《多情劍客無情劍》和《歡樂英雄》、《蕭十一郎》等最為成功，他融合了英文和日文的構句方式與意境，鍊字造句迥異流俗。他不但創造了新的文體，整個形式也突破了以往武俠小說的格局，企圖在武俠小說中表達一種全新的意境與思想。

其中《歡樂英雄》以事件的起迄做敘述單位，而不以時間順序為次，是他最得意的一種突創。同時，人物的塑造，也是他這個時期極重要的創獲和貢獻：英雄即在平凡之中，平凡得可能像條狗，但狗是最真實，也是與人情感最深密的。

真實、再真實，是他自認為第四期的特色，「純寫實的」！是情感的真實！故事可能很久遠，人物和感情卻在你我身邊手上。例如《英雄無淚》裏自己砍下雙腿的舞蝶，代表了多少人性情感的掙扎和無奈！

當然，有人會直覺地認為武俠小說與寫實了不相涉，但這也不妨：虛構與想像本來就是小說的特徵；且杜斯妥也夫斯基就曾被批評家稱為：「在真實世界的基礎上創建一個個人的世界，是高一層次的寫實主義藝術。」它表達作者對人生的一些看法和體認，而不在作品中確定其時空位置，乃是因作者想得到較大的創作自由，以便貫徹自己對生存經驗的感懷和批評，呈現自己對人性的洞觀與悟解。

古龍說：

「我希望能創造一種武俠小說的新意境。」

「武俠小說中已不該再寫神、寫魔頭，已應該開始寫人，活生生的人，有血有肉的人！」

「為什麼不改變一下？寫人類的感情、人性的衝突，由情感的衝突中，製造高潮和動作？」

是的，武俠小說是該寫感情和人性。然而，人性的挖掘和情感的探討也許永無止境，作為一個作家，他的思考與表達終究有其限度，未來的旅程將再是一片怎樣的風光爛漫？「我不知道！」他說。

目前的停頓，究竟是觀望呢？還是思考？再舉步時，會再帶給我們一次新的驚羨嗎？古龍凝思著，眼前不再是梅花上的雪花、雪花上的梅花。

傳奇似的小說，傳奇似的人。

一種是劍光飛爍的世界，一種是金錢堆砌成的人生。古龍從他自己經歷過的事件中，紬繹出對於人生的詮釋，形象化地表現在小說裏。但是，他的經歷較為奇特，武俠小說又多充滿著一種詭異的氣氛，以此來表現人生真相，是否不易為大眾所認同？人物與情感呈扭曲形態地出現，又是否能與我們的真實感受相印證？

「我所寫的人物，都是被投擲到一個人生最尖銳的環境中去的！呈現的是人生最尖銳的選擇與衝突，這種選擇往往牽涉到生與死、名與利、義與鄙等等人生問題，它雖不經常發生於我們真實的人生裏，但卻必是最能凸顯人性與價值的一種境況！」

「我寫的事件也很平常，例如夫妻吵架等家常瑣事，打一耳光會感到辣痛等永恆的經驗，是每個人都『可能』遇到的，但卻不一定會遇到！」談起自己的作品，古龍眼中就興奮得發光。

如此說來，在古龍的感覺裏，以武俠小說這種形式結構來負載這種內涵時，是有他特殊的目的或效果要求囉？「是的！」，因為所謂「人在江湖」以及色、貪、自私、死亡等等人性之追索，其他各種類型的小說也能表達，不一定非要寫武俠小說不可呀！

武俠小說的內涵既然和其他小說沒有太多的差異，古龍詭譎而自負的笑了笑：「你們認為古龍是寫武俠小說的；我卻認為古龍是個寫小說的！」

可是，我們如將武俠小說視為文學作品中的一類，則此種作品與其他類型的文學（詩、散文、戲劇）或小說有何不同？通常，特殊的組織與結構型態，也是區分文學類別的重要因素，所以西方把文學類型（Literary Geners）稱之為「機構」（Institution），代表一種秩序，一如戲劇小說和抒情詩等不同的類別，即有其結構上的差異那樣，每個文學類型，事實上包含了各個不同的美學傳統，形成它的特色。

武俠小說也是有著悠久傳統歷史的文學體類，它的美學傳統和結構特色又是些什麼呢？古龍否定了武俠小說在內在形式（題材與主旨等）上，曾與其他類型小說不同的說法，也不承認它在外在形式的結構上與其他小說有何差異，是否會喪失一般武俠小說那種表現中國人獨特生命情調的特色？是不是也因為如此，他的小說才被認為是武俠小說裏的偏流而非正宗？

「什麼是正宗？什麼是邪魔歪道？寫得好就是正宗！做為一個流派的創始者，最初都會被看成是非正宗的，鄧肯的舞蹈不也是這樣嗎？純文學的作品可以沒有任何結構，甚至也沒有故事，只在探索一種心理狀態。武俠小說誠然與通俗文學較為接近，但我所著重的毋寧是在此而不在彼！」

似乎在沉思，又似乎十分激動。

「那麼您寫小說不太注意它的技巧和結構囉？」

「注意啊！」

「那麼，在一篇武俠小說裏，您如何架設它的結構呢？」

古龍大笑：「以往寫小說也沒有特別完整的故事或結構，只是開了個頭，就一直寫下來，有時同時寫三、四本小說；有時寫得一半停了，出版社只好找人代寫，例如《血鸚鵡》、《吸血蛾》就是；又有時在報上連載，一停好幾十天，主編只好自己動手補上，像《絕代雙驕》就曾被倪匡補了二十幾天的稿子。這些作品通常只有局部的結構，並不是在動筆之前先有了一個完整的脈絡或大綱之後才開始經營的。至於現在，現在已經不寫長篇了，像《離別鉤》就很短，《絕代雙驕》那種一寫四年又六個月的情形不會再有了。短篇是比較能夠照顧到它的結構和主題的！」

雖然經過作者精細嚴密的處理，但武俠的世界較現實奇麗，讀者會不會落在層層詭設的表象中，迷失或不易掌握住作者所欲表達的主題？

想一想，古龍說：「會的！但這個責任不在作者而在讀者，每一個作家都會引起讀者的幻覺，《少年維特的煩惱》出版時，很多人去跳萊茵河，能怪罪歌德嗎？像我寫《七種武器》，主要講的並不是武器的厲害或可貴，而在點出誠實與信心等等的重要，可是讀者能從我的文字中領略到多少，則不是我所能測知的。這要靠讀者的努力才行！」

的確，有的人看武俠小說只為了消遣，為了尋找一個刺激大腦的夢，墮在詭異興奮的故事情境中，激動而滿足；對作者苦心呈現或追探的主題並無興趣。但是對一位作家而言，面對這種情形，他將如何？古龍是否常因讀者易於迷失，而被迫於站到幕前來點明主旨？這樣，對小說的傳達效果和藝術成就來說，是否為一斲傷？

「不錯，我的小說最惹人非議的就是這點，或褒或貶，尚無定論。我經常在敘述中夾以說理，使整個小說看起來太像是我自己哲學的形象化說明，違背了小說表現重於自我說明的特徵。但這種情形恐怕是中國小說的傳統特色，歷來的平話小說和章回小說都是如此的。因此，這個問題不但評論家們還在爭論中，我自己也為此而爭論：當我要站出來講一句話的時候，我都會考慮再三，可是，我為什麼會這樣寫呢？這種情形對藝術性的戕傷是必然的，但我總認為小說不僅僅是個藝術品，它還應該負起一些教化的社會功能；我在站出來講話時，總希望能令讀者振奮、有希望。有次我到花蓮去，有個人找上我，一定要請我客。他說他本來要自殺，就是看了我的小說才能活到今天。這是我的寫作生涯中最值得欣慰與稱道的一件事。我這個人也像我的小說那樣，充滿了尖銳的矛盾衝突，我的思想中有極新潮的，也有極保守的。這一部份可能就是我保守的表現吧！」古龍又大笑。

這樣說來，那些新潮而又大膽的書中女人，豈不成了古龍新潮思想的表現了？

「哈哈！誰也不曉得古代女人是不是那樣呀！」

他寫小說並不考慮真實的歷史時空，從這句話裏就可以看出。他說金庸最反對他這一點，但這卻是他的堅持，他寫的是人類最基本而永恆的情感或形態。

側過身，換了個姿勢，又接了一通電話，古龍開始談他小說中的人物。在他塑造過的人物中，小李飛刀是被人談論得最多的，有許多人認為那是他小說中最成功且最突出的人物；但也有人認為「他」太矯情。

「您的小說，似乎自成一個系列，例如小李飛刀，然後又有他的徒弟葉開；甚至陸小鳳、楚留香等，也都各代表一個系列，為什麼這樣寫呢？有意創造一個武俠世界嗎？像有關葉開的《九月鷹飛》，情節和人物都是《多情劍客無情劍》的延續，又為的是什麼呢？代表什麼樣的構想？」

「這只不過加深讀者的印象並重複其經驗罷了，《九月鷹飛》也許不是很成功的小說。對人物的塑造與安排，我總在努力求新求變，儘量使人物的性格凸出，但因有時寫得太多了，自然免不了會重複，這是沒辦法的。」古龍搖搖頭，他似乎對自己以往同時進行三、四本小說連載的情形也有許多感喟。

由於他堅拒討論當代的武俠小說作家，所以我們只好談談他的電影。

小說與電影的結合，奇妙而新鮮，從楚原拍成「流星•蝴蝶•劍」、「天涯•明月•刀」之後，中國的電影進入了新的紀元，古龍的小說更成了搶手貨。改拍的武俠電影十之八九都與古龍有關，不僅是原著，古龍還從顧問而策劃而導演而老闆，扶搖直上，顧盼自雄。

但是，這種景況並未刺激古龍的創作慾，他直截坦率地認為拍電影只是為了賺錢；別人拍成他的電影他也不看，對楚原的改編尤多不以為然。

這種現象倒是很奇怪的，他對電影似熱衷又冷漠，是偏愛文字語言的表達呢？還是……

「其實我很早就注意到小說和電影的關係了，我在寫作時就曾利用電影『蒙太奇』和『場次』的觀念，以簡短、緊密，且矛盾衝突性極高的語言分割片斷，一組一組地跳動連接。所以我的小說和電影的距離最近，改拍也較容易，甚至可以直接拿小說去拍。當然，早期我還無法調和形象和文字間彼此個別的特殊要求，但現在可以了，像《蕭十一郎》就是為了拍電影才寫的。」

寫小說而同時思考到改拍成電影的效果，以前似乎只聽說瓊瑤是這樣的，原來古龍也曾從電影中汲取靈感。然則傳說中瓊瑤寫小說時，連電影男女主角的人選都已想好了的情形，不知在古龍身上也發生過否？

「電影中人物的造型當然不合於理想，因為小說可以縱容讀者的想像，電影則不行；繁冗的打鬥也易破壞其形象。另外，人選也是很難找的，譬如某個人物，我認為最好能找三船敏郎來演，但客觀環境卻常不容許我們做這種要求，所以電影所能達成的效果其實是很有限的。像《碧玉刀》裏，大眼睛、鼻子笑起來會皺成一條線的華華鳳，到了電影裏就變成了夏玲玲；而孟飛飾段玉也並不全然理想，但這部片子卻是今年夏天最賣座的電影。」他無可奈何的語調裏，當然也有無可奈何的表情。

從二十歲時開始，寫過多少本小說，又有多少被改拍成電影，恐怕連他自已都搞不清了。對片酬，他諱莫如深，自稱是軍事機密，絕對不能也不願公開。但對自已已比電影明星還要有名一事，卻有些尷尬而自負。

他認為早期的武俠小說如《七俠五義》等，只有事件而無思想，所宣揚的也只是一種奴性的英雄。後來的平江不肖生《火燒紅蓮寺》等，又毫無結構。電影這種藝術對結構安排與形象的掌握都很獨到，結合這樣的藝術以創造他全新的小說世界，是件值得稱道的事。

就整體結構上說，情節的「懸疑」是他小說與電影一貫的特色，在最後以揭穿一切作結，偵探的意味很重。但懸疑拆穿後往往了無足異，讀者或觀眾長期面對這種追逐與愚弄，是否會形成一種心理上的疲乏與厭煩？而且在我們看來，格局相類似的小說和電影太多了。這是否代表一種局限？或另有原因？

古龍說：「我也在思考！」

在思考時，古龍總需要酒。

他賺來的錢，多半花在和朋友喝酒上。

藏書雖然比酒多，但只有酒才能真正代表古龍。

你若認為酒只不過是種可以令人快樂的液體，那你就錯了。

你若問我：酒是什麼呢？

那我告訴你：

酒是種殼子，就像是蝸牛背上的殼子，可以讓你逃避進去。

那麼，就算別人要一腳踩下來，你也看不見了。

這是古龍的話，那麼，古龍逃避的是什麼呢？是寂寞嗎？

我不知道，就像我們不易知道女人一樣。

有酒的地方，就有女人。古龍創造了許多千姿百態的女人，也欣賞各式各樣的女人，「我是個大男人主義者！」

與女人在一起總是麻煩的，譬如趙姿菁事件。

對於古龍，這是大家最感興趣的問題——

突然落入了久遠的記憶與沉思中，他以一種哀悼而又鎮定的聲音說：

「對於這件事，自始自終，我沒有發表過一句話。因為，無論我說什麼，都有人會被傷害。如今，事情已經過去了，也沒有什麼可談的。簡單地說，我與她的確有感情，這事如果不是第三者插入，絕不會弄得如此糟。」

這是古龍的態度，若事情與他人有關，即努力避免談論；尤其是牽涉到他的朋友時。也許，這就是他小說中刻劃友情最多的原因吧！

如此詭幻的江湖，友情當然是他唯一能夠抓握住的了。

沒有友情的人生是寂寞的，自詡「有中文處即有古龍小說」的古龍，也會寂寞嗎？或者，他畏懼孤獨與寂寞，才努力去護衛友誼，才更深刻地體會友情。

酒經常是用來溝通友情的，從這裏，他探觸到人性的隱陲：愛恨的糾葛、挫敗與叛逆、死亡與新生。武器與人物並不重要，甚至搏鬥也是多餘，生活在刀光劍影中的人，將更能體會出殺伐的可怕與可厭。古龍筆下難免有打鬥，但他從不將搏殺的具體過程繪聲繪影地寫出來，是否也是基於這層認識？殺人最多最快的西門吹雪，殺人時永遠有種說不出的厭倦。古龍對搏殺也厭倦了吧？

搏殺只是種生存的掙扎，處在人生無可奈何之境，而又必須日日為生活而掙扎奮鬥的人們，什麼是他所能真正掌握的？

「他只有躺在自己的冷汗裏，望著天外沉沉的夜色顫抖，痛苦地等待著天亮；可是等到天亮的時候，他還是同樣痛苦、同樣寂寞。」（《多情劍客無情劍》）

他是厭倦搏鬥，意圖擺落痛苦和寂寞的侵蝕吧？

古龍不語，忽然起座告辭，飄然遠去。

明日，明日又是天涯。

佛光大學創校校長、中華武俠文學學會會長 龔鵬程

訪古龍談他的《楚留香新傳》

重見古龍，他顯得比以前清瘦了。

古龍不得不清瘦。

因為「楚留香」轟動台北，鄭少秋在「來來」做秀，中視播完轉到華視，連立法院也談論楚留香的時候，沒有人問過古龍的意見。

「楚留香」是古龍創造的，大家在談楚留香時，竟忘了他是古龍筆下的人物，以為鄭少秋生來就是楚留香。

在我們這個社會裏，彷彿任何人都可以決定楚留香的命運，除了古龍。

清瘦並沒有減少古龍的豪情，他還是朗笑震屋瓦，一口可以乾一大杯烈酒。

但是他說：這一次我要讓楚留香死！

你要害死楚留香？別開玩笑！你會受人唾罵的。

「人總有一死，遊俠不例外，浪子也不例外。」古龍說。

「楚留香不會死的，因為他在千千萬萬人的心中活過。」我說。

「這一次楚留香一開始就是個死人。」

古龍又笑了。

笑得爽朗，也笑得神秘。

在古龍重寫楚留香傳奇的《午夜蘭花》中，楚留香真的會死嗎？

古龍乾掉一杯白蘭地，說：「這要看了小說才知道。」

對於楚留香，雖然他有時變成理髮廳的招牌，他有時化成各種廣告，古龍對他還是自豪的。

他說：「楚留香是這幾年來，虛構的小說人物裏最受注目的。他有一段時間，幾乎每天出現在報紙影劇版上，還上過第二版和第三版。」

古龍說：「近年來坊間有哪一個小說人物像楚留香一樣讓人爭論不休呢？」

我們一起喝酒的那天，飯館廚房的師傅們正在為楚留香爭論不休。

一群人說：香帥會和蓉蓉結婚。

一群人說：香帥會和沈慧琳結婚。

爭來爭去沒有結論，飯館經理說：「古先生在這裏吃飯，我們何不去問他？」

古龍聽了哈哈大笑！

一位朋友說：「人家說第一次結婚是好奇，第二次結婚是愚蠢，第三次結婚是瘋狂。」

「楚留香是天才，不是瘋子。」古龍回答得很特殊。

喜歡楚留香的人，總不免要問：古龍是怎麼創造楚留香的？

「創造？」古龍說：「楚留香是自然存在這個世界的，遊俠的典型每一個時代都有。」

「如果說我的思想是一個雞蛋殼，楚留香就是一把錘子。」古龍又說。

總有個動機吧？

動機是在許多年前了。

那時〇〇七的史恩康納萊，正像一陣狂風吹擊台灣，而受影響最大的是古龍。

〇〇七殘酷但優雅的行為。

冷靜，但瞬息的爆發力。

神經，但時時自嘲的幽默。

微笑，但能面對最大的挫折。

這幾種品質，使古龍創造了楚留香。

許多人都誤以為武俠的世界是一個暴力的世界，血濺五尺，干戈七步。楚留香是個異數，也是個藝術，他從來不殺人，他免不了暴力，但古龍說他是「優雅的暴力」。

什麼是「優雅的暴力」呢？

剛開始楚留香的故事時，古龍寫的一張短箋最能表達！

「聞君有白玉美人，妙手雕成，極盡妍態，不勝心嚮往之，今夜子正，將踏月來取，君素雅達，必不致令我徒勞往返也。」

這就是「優雅的暴力」，這種「優雅」，是中國古代英雄裏缺乏的，為了讓中國的英雄也有這樣的人物，古龍創造了楚留香。

楚留香的優雅，古龍認為不是英雄年輕瀟灑的那一類。他心目中的楚留香，是經過層層的挫折，層層的考驗，層層的奮鬥，層層的奇情激盪，自然在外表上有了看透人世的「優雅」，因此，他對楚留香的搬上螢幕，要求就比一般人更多了。

「小說中的人物往往比電視的影像還要豐富，因為它可以聯想。就像我們看一張風景畫片，總是比實景來得美。楚留香在電視出現，就失去了他許多可貴的特質了。」

古龍對出現在楚留香身邊的幾位人物也不滿意，尤其是胡鐵花。

看過古龍小說的人都知道，胡鐵花是他極鍾愛的人物，甚至不亞於楚留香。胡鐵花和楚留香一樣，喜歡酒，喜歡女人，喜歡管閒事，喜歡打抱不平。

問題是，喜歡他的女人，他都不喜歡，他喜歡的女人，都不喜歡他。

「如果說楚留香是遊俠，胡鐵花就是個浪子了。」古龍說。

因為胡鐵花的內心有一種「悲天憫人而又無可奈何的沉痛」，這種沉痛往往使他的行為走上極端，他看不慣這個世界的許多事，但是無力改善，於是終日縱酒。

但是，在古龍心中，胡鐵花絕不是電視上那位只會喝酒的傻子。

我們如果說，古龍的所有小說，最中心的目的是在寫朋友的義氣。

寫朋友的兩肋插刀。

寫朋友的蹈火赴湯。

寫朋友的萬死不辭。

寫朋友的皇天后土。

那麼我們可以說，楚留香和胡鐵花是最令人難忘的一對朋友。

「遊俠」和「浪子」有許多相同的地方，他們行蹤飄泊，四海為家，策馬天涯。

然而，「遊俠」和「浪子」本質是不同的，一個天天都是早上的晨曦，一個日日都是黃昏的彩霞。

楚留香與胡鐵花正是如此。

他們是最好的朋友，即使是完全不同的兩個人，還是最好。

就像溪山各異，但雲月相同。

古龍筆下的朋友，都是可以互相燃燒自己成一把火，來照耀對方前路的，都是可以橫刀亮出赤紅的肝膽，為對方犧牲的，都是可以一聲應諾，千金不換的。他這條理由可以追索到傳統的背景，就是士為知己者死的義氣，是延陵季子掛劍的浪漫，是伯牙鍾子期斷琴的絕唱！

這是古龍小說最珍貴的地方。

也是楚留香和胡鐵花最令人遐想的地方。

武俠人物的義氣平常是看不出來，只有在他們面臨大節大事大是大非時，才像火山突爆，表現了不是常人可以達到的決心和勇氣。

「決心和勇氣」是江湖人的氣質，也是楚、胡令人難忘的氣質。

楚留香在古龍的江湖裏出現了許多年。

然而古龍只為他寫過七個故事：《血海飄香》、《大沙漠》、《畫眉鳥》、《借屍還魂》、《蝙蝠傳奇》、《桃花傳奇》、《新月傳奇》。目前要連載的《午夜蘭花》是楚留香的第八個故事。

「我還要寫更多楚留香的故事。」古龍說：「像楚留香這麼精彩的人，他有許多寫不完的故事，有時候不寫都不行。」

「既然他這麼精彩，為什麼停這麼多年不寫？」

古龍陷入了一個小小的沉思。

他幾年不寫楚留香，有三個原因。

一是吟松閣風波。

二是離婚，妻子和情人都遠去了。

三是他拍的「劍神一笑」和「再世英雄」賣座不佳。

古龍是個江湖人。

江湖人也是人，免不了喜怒哀樂，竟使他無心寫楚留香。

重寫楚留香，心情是怎樣的？

「我從楚留香之死寫起，頗有置之死地而後生的意思。我心情和生活上的變化，影響到楚留香的心情和生活的變化，所以這個故事是和以前都不一樣的。」

古龍認為，一個小說家如果打不破自己的限制，在灰爐裏重生，那麼這個小說家就死了。古龍不願做個「死」的小說家，因此他要和楚留香一起重生。

《新傳》裏的楚留香，寫的仍是楚留香和他的朋友們，只是風格變了。

唯一不變的還是朋友的義氣。

談到吟松閣風波，古龍撩起腕上一道鮮紅的刀痕，卻哈哈大笑，說：「我受傷的時候，家裏賓客盈門，朋友都來看我，真是一段快樂的日子。」

這就是朋友。

這也就是古龍，任何事成為過眼雲煙，在他也只是一杯酒，一串笑聲。

能把這些事看淡，是一種藝術。

他的小說也是這樣，他寫盜帥楚留香，寫的不是小偷，是藝術家；他寫醉貓胡鐵花，寫的不是酒徒，是藝術家；他寫殺手一點紅，寫的不是屠夫，是藝術家；他寫女易牙甜兒，寫的不是廚子，是藝術家——他有一個大的企圖，即使是寫普通的人物，也用藝術的手段。

古龍的小說是他的夢想世界，也是許多人的夢想世界。

許久不見古龍，他的酒量已經有一點不如從前了。

我問他是什麼原因。

他說：「我的身上有二千八百CC的血液，在吟松閣一刀以後，恐怕有二千CC是別人輸的血，別人的血怎麼能像我一樣會喝酒呢？」同樣的，讀過古龍原著裏的楚留香，就會發現這個香帥和電視、電影裏的都不一樣，因為其中流動的是古龍的心血。

這一次，古龍走到一個風的嘯聲中，來到一條死寂的老街上，為我們帶來新的楚留香，無論他走到哪裏，都會遇到一些與眾不同的人，發生一些不同凡響的事情的——盜帥楚留香！

名作家、文學評論家 林清玄

古龍的最後境界與願望

古龍的桌子上擺著一幅昨夜練的字。上面寫了兩句：

陌上發花，可以緩緩醉矣！
忍把浮名，換了淺斟低唱。

這幅字的最下方蓋了一個古龍自刻的印章，上刻「一笑」兩字。古龍說，這個印章很久以前送給另一位武林朋友倪匡，最近突然覺得自己的心境很到了「一笑」的境界，才向倪匡要了回來。

「其實，這幅字很能表現我現在的心情轉變，過去開懷痛飲是要掩飾內心的空虛，是『忍把浮名，換作了淺斟低唱』，裏面有忍才能換；後來不能喝酒了，是看到陌上的花也可以醉了，境界高了一層。現在呢！現在只有一笑，對任何事都一笑置之了。」古龍說。

我站在那幅字前玩味半天，彷彿看到多年老友心情的轉變，而，就是一笑，是經過多少大痛苦，才有的大解脫呢？

家中依然滿架是酒

去看古龍的那一天，台北正下著極細極細的小雨，天氣陰。

看到老友時，心中實在感慨，這個當年一口氣可以喝一瓶白蘭地的鐵錚錚的漢子，現在滴酒不沾，每天靠打點滴過日子，想起來再蓋世的英雄都會引人心酸。

依然是滿架的酒，瓶上微佈著灰塵。

當年我到古龍家，總是走著進去，躺著出來，大醉一天。

依然是滿架的酒，架前的吧台冷清。

當年我到古龍家，不論何時總有人坐在吧台放飲高歌。

依然是滿架的酒，卻沒有可口的小菜。

當年在古龍家比酒，總有一些可口的小菜，如今做小菜的女主人早就離去了。

依然是……

古龍不飲酒，我也不飲酒了。

古龍不飲酒是因為渾身是病，一年內吐血吐了三次，喝杯酒成了生死攸關的大事；我不飲酒是因為在這個世界上，大俠凋零的凋零，退隱的退隱，一個人寂寞的喝著酒有什麼意思呢？

「其實，我不是很愛喝酒的。」古龍說：「我愛的不是酒的味道，而是喝酒時的朋友，還有喝過了酒的氣氛和趣味，這種氣氛只有酒才能製造得出來！」

這點我同意，但是過去我們不免喝得太多，古龍一次喝最多是喝了多少酒呢？「我喝得最多的一次，是一夜裏喝了二十八瓶白蘭地，但不是我一個人喝，是五個人一起。」那麼是一個人喝了五瓶半，對與古龍相熟的朋友來說，這不是大數目，他過去每天平均喝兩瓶。

最奇怪的是，這樣縱酒二十年的人竟沒有酒精中毒，古龍說：「醫生覺得是奇蹟，因為我腦子還這麼清醒，手也不抖。」

對於酒，古龍的談興仍然很濃，他說：「想到酒，就想到過去一起喝酒的朋友。」

後悔嗎？

古龍一笑。

他的心被砍了一刀

這一笑的含義很深，因為再豪放的大俠，在生死邊緣上滾了幾趟，即使笑一笑都是複雜的。

幾年前，他在吟松閣被砍了一刀，腕上鮮血，如泉噴湧，一個人身上有二千八百CC的血，他竟噴掉了二千CC，躺著的時候，聽到醫生說：「可能沒救了，我們盡力試試。」

不久後，他的心裏被砍了一刀，妻子帶著小孩離開，古龍如同死過一回，他說：「每天好不容易回到家裏，總是轉身又出去。每天做的只有一件事：喝酒！」

無酒竟已不能成眠，喝完酒還要吃鎮靜劑才能睡著，醒來時要吃興奮劑才能清醒。古龍平日就以酒代飯，有很長的時間，他每天吃得最多的是酒、鎮靜劑、興奮劑！

然後，是肝硬化，是脾臟腫大，是胃出血，第一回住院就吐了兩臉盆的血。出院三個月，以為沒事了，再喝，再住院，推進醫院時醫生量血壓，高血壓只有八，古龍看到醫生搖頭說：「沒救了，推到別家去看！」再出院四個月，忍不住又喝，又住院的時候，一口血吐出來竟把整張床滿滿的染紅了，護士都被嚇得跑出去，後來醫生對他說：「沒看過人一口氣吐出像你這麼多的血！」

經過這三次，古龍才真正連一滴酒也不敢喝了，他說這幾年，不只是身體，連心情都是在生死邊緣上掙扎，「一個人死了五次再活過來，還有什麼事看不開呢？」

只不過真正不喝酒的時候，倒使古龍吃了一驚：原來一天有這麼長！

過去除了睡覺，他大部分時間都在喝酒，每天有十二小時泡在酒裏，不喝酒的時候，他說：「好像一天多出了十二小時，長得不得了！」

十二小時做什麼呢？

還是回到武俠的世界來吧！好久沒有認真的寫小說了。

他想要一個全新的開始，創造一個新的武俠世界。

計劃寫一系列短篇

「我計劃寫一系列的短篇，總題叫做『大武俠時代』，我選擇以明朝做背景，寫那個橫的時代裏許多動人的武俠篇章，每一篇都可以獨立來看，卻互相間都有關連，獨立的看，是短篇；合起來看，是長篇，在武俠小說裏這是個新的寫作方法。」

之所以想到這種改變，是一來自己的體力也無法熬著寫長篇；二來是時代變了，現代人的生活已經沒有人有耐心看連載的長篇。

「以前寫連載，有時寫到八百多天才登完一個故事，寫的人有稿費可拿都很煩了，何況是看的人呢？武俠小說不得不變，短篇可能是一條路，它可以更講結構，更乾淨、更俐落。」

最近讀古龍的短篇，發現他的境界和層次比以前更高，文字的使用也更淳了，去除了幾年前的那種煙火氣。

古龍覺得他是刻意使文字平淡單純一點，他說：「我十七歲開始做職業作家，到現在卅年了，什麼文字不會耍呢？但是卅年了還在耍文字有什麼意思呢？文字技巧還是有的，只是爐火更純青了。」

而且，他強調現在比較走寫實的路線，古龍是外文系出身的，他受到西方寫實技巧的影響，尤其在病後讀了不少西方小說，使他改變了武俠小說的觀念，他說：「過去寫武俠都是憑空捏造，一出劍，劍還沒有看清楚就死了幾個人，身形一拔，就是幾十丈，現在我把這些不要了，盡量寫一些人力可及的事物，不耍花招，注意氣氛的醞釀營造，講求結構的一氣呵成，合乎武俠的精神境界，同時又落實到寫實的世界。」

喜歡古龍小說的人，最近看他的小說，應該都發現了自從金庸與倪匡入侵後，這個台灣僅存的武俠小說的大家，是如何在尋求新的突破！

古龍已經陸續完成了幾篇小說，他感慨的說：「我希望至少能再活五年的時間，讓我把〈大武俠時代〉寫完，我相信這會是提昇武俠小說地位的作品，也會是我的代表作之一。」

像最近他為時報周刊寫的〈獵鷹〉和〈群狐〉就是他自己頗為滿意的作品。

酒色財氣都戒掉了

古龍不喝酒的生活是十分平淡而安靜的。

他每天五點半起床，看過早報，再喝杯牛奶，吃幾片餅乾，休息一下，構思正在寫的小說。

八點開始寫作，一直到十二點，工作四個小時。
中午到外面吃個飯，散步一個半小時。
下午靜養或讀書，偶有朋友來聊天。
晚上練毛筆字。

看這份時間表，簡直不像古龍，像是一個和尚，古龍說：「我現在的生活與和尚沒有兩樣，酒色財氣、吃喝嫖賭、聲色犬馬，這些我過去最喜歡的東西，現在都戒掉了，現在連脾氣都不發，你信不信！閒來無事，讀讀禪宗的書，看一點佛經，這不就是和尚的生活嗎？」

據古龍說，他回到這樣單純寧靜的生活，反而找到真正心靈的平安，即使在寂寞的時候，也感覺是充實的。尤其是腦筋清晰明淨，可以寫出真正有代表性的、好的武俠作品。像這幾天，離散了卅年的父親登報來找兒子，他也能淡然處之，他說：「我自己也離過婚，深知破碎的婚姻都有苦衷，經驗婚姻的失敗，每個人都會痛苦。那麼做兒子的，有什麼資格對上一代人的婚姻提出看法或評論呢？」

古龍形容自己遇到這件事的心情，就像走在路上，空中突然落下一個花盆打在你頭上，你有什麼選擇呢？你只能說幸好掉下來的是陶盆，不是鐵盆，甚至，幸好是花盆，而不是個起重機。

「要是以前遇到這樣的事，一定激動不已，喝幾天幾夜的酒，幾天幾夜睡不著覺，哪裏還能靜靜的坐在這裏聊天呢？」對於自己心境的改變，古龍言下頗有欣慰之意，「一笑」不只是他現在的心情，也幾乎是他現在的人生態度。

他最感慨的是：「有這麼高遠的心情，有這麼深刻的徹悟，唯一遺憾的是失去了健康。」

其實，古龍雖比舊日清瘦，精神還是很健旺，笑起來仍然是聲震屋瓦，有當年的氣概和豪情，憑這股氣，〈大武俠時代〉應該可以寫得相當精彩的。

告辭的時候，我破了兩年來的例，喝乾了一大杯伏特加才走，離開的時候我緊緊握著他的手說：「龍哥，保重！」

記得以前我告辭的時候，說的總是：「過兩天，再來喝酒。」

天母的黃昏不如從前那麼美了，走在路上，突然想起了柳永「鶴沖天」的整個後段來：

未遂風雲便，爭不恣遊狂蕩。
何須論得喪，才子佳人，自是白衣卿相。
煙花巷陌，依約丹青屏障；
幸有意中人，堪尋訪。
且恁偎紅依翠，風流事，平生暢。
青春都一晌，忍把浮名，換了淺斟低唱。

名作家、文學評論家 林清玄

古龍天才燦爛的光芒

《多情劍客無情劍》是古龍的脫胎換骨。

古龍寫出《絕代雙驕》和《鐵血傳奇》之後，境界突然拔高到一個輝煌的高度，他的創作進入了第三階段，即輝煌階段。

物理學博士歐陽瑩之，後研究文史與哲學，曾對古龍小說做以下評述：說：「古龍的作品到了《大旗英雄傳》、《武林外史》、《絕代雙驕》等，已可與港台任何一位武俠小說作家的作品並列比較了。」

這種說法，平心而論是誇張了一點，但並不離譜。

僅憑《大旗英雄傳》、《武林外史》、《絕代雙驕》這些古龍第二階段的作品，要想與金庸這樣的舊派集大成者的武俠小說大宗師相比，還是嫌嫩了點。

古龍真正成為古龍，成為真正天才的巨星，還是要靠他創作史上第三階段的作品。在這個輝煌的時期，古龍經過了像蛹化蝶那樣痛苦的蛻變，終於在煎熬中得到了一種突破，變成了一隻美麗的蝴蝶。

大約在一九六九年前後，古龍不論在意境或風格上，均發生了出人意料的大突破，從此他的小說進入了一個海闊天空的全新境界。

古龍的創作進入第三個階段，在這個階段的第一年，就發表了一部或許是他一生寫得最精采的重要作品。

這就是一九六八年開始連載的《多情劍客無情劍》。

許多的讀者和研究者，也都幾乎習慣於把古龍的這部《多情劍客無情劍》看作是古龍的代表作。甚至許多人還公推它在古龍七十二部作品中排名第一。

這些看法當然都很有道理，也很有見地。但是如果一定要這麼堅執一面，卻未免有些失之偏頗了。

在這部書中，我將要在很細緻的地方講清楚我的意見，讀者當然可以見仁見智。

《多情劍客無情劍》，最初是分為兩部分發表的，一部是《多情劍客無情劍》，另一部是《鐵膽大俠魂》。現在流傳的《多情劍客無情劍》版本，基本上都是將這兩部合起算一個大部的。

《多情劍客無情劍》和《鐵膽大俠魂》的故事有很強的連續性和繼承性，所以合在一起出，也理所當然。這兩部作品的主人公都是「小李飛刀」李尋歡，以及阿飛、林詩音、林仙兒、龍嘯雲、龍小雲等。

《多情劍客無情劍》的故事是寫破獲梅花盜疑案；《鐵膽大俠魂》則主要寫李尋歡戰勝金錢幫幫主上官金虹，正義戰勝邪惡的故事。

這兩部作品的故事情節，則是以李尋歡與林詩音的愛情悲劇為線索而展開的。

李尋歡早年在一次身臨險境中被龍嘯雲所救，兩人惺惺相惜，結為兄弟。不料龍嘯雲卻愛上了李尋歡的未婚妻林詩音。李尋歡發現這個秘密後，為了友情而忍痛割愛，故意放浪形骸，令詩音死心，然後將全部家財贈給他們，自己離家出走。

這是前話，小說中真正的故事，是十年後李尋歡重返家園後發生的。

龍嘯雲表面上很歡迎李尋歡，其實是假仁假義，屢設陷阱，又利用其他的惡勢力來達到陷害李尋歡的目的。在《多情劍客無情劍》中，龍嘯雲是借用林仙兒的惡毒和陰謀，在《鐵膽大俠魂》中，則是投靠上官金虹，想借刀殺人。

《多情劍客無情劍》細膩地寫盡了情感糾葛，恩恩怨怨，曲曲折折，古龍因此也被人看作是寫情聖手。其實縱觀古龍總體的作品，並不是都像《多情劍客無情劍》這樣淒愴動人，這樣纏綿悱惻。

李尋歡這樣一個人物，是古龍小說中的特例。

《多情劍客無情劍》讀起來很感人，很動情，我們仔細分析，就能看出古龍在這部作品的寫作時，是充滿了自哀自憐的自戀情結。

古龍簡直是照著對自我美化的形象去塑造李尋歡這樣一個人物的。古龍將自己的情結、寂寞和痛苦寫進了書中，書中很多描寫李尋歡的話，實際上是古龍的自況。

比如一開始寫李尋歡的寂寞：

他不但已覺得疲倦，而且覺得很厭惡，他生平最厭惡的就是寂寞，但他卻偏偏時常與寂寞為伍。

人生本就充滿了矛盾，任何人都無可奈何。

古龍自己又何嘗不是這樣疲倦和寂寞呢？

李尋歡「是個很孤獨很可憐的人」，李尋歡的愛喝酒，都是古龍的自況。

古龍寫李尋歡「每個練武的人，武功練到巔峰時，都會覺得很寂寞，因為到了那時，他就很難再找到一個真正的對手」。古龍此時境界奇高，內心感受到一種超越眾人巔峰狀態，和李尋歡這種「獨孤求敗」的感受又是一致的。

小說中借孫老先生的口說：

一個真正的高手活在世上，必定是寂寞的，因為別人只能看到他們輝煌的一面，卻看不到他們所犧牲的代價，所以根本就沒有人能瞭解他。

這正代表了古龍在這一段時間奮發向上的思想狀態，古龍自己在鼓勵自己「要好好的活下去」。正因為古龍有這種要好好做人的慘澹勇氣，才會創造出他寫作史上的輝煌階段。

《多情劍客無情劍》無疑具有極高藝術價值，因為這部小說中有古龍砥礪向上的激情。

我認為《多情劍客無情劍》有以下幾方面既有的武俠小說不能企及的地方。

首先是語言上，古龍真正創造了一種全新的寫作方法。

古龍寫武俠小說，幾乎像是在寫詩了。而且所有詩意描寫的地方，都是情景交融，非常貼切地和小說的故事有機結合在一起。

對於有人批評古龍這種獨特的行文和排列方式，胡正群先生有一段話為古龍辯解：

有人批評他行文和排列的方式。

但我卻認為這些地方正是他的「變」和「新」所在。在此試舉《多情劍客無情劍》第四十五章《千鈞一髮》中的一段：

他希望郭嵩陽沒有遇到荆無命和上官金虹。

他只希望自己趕去還不太遲。

現在的確還不太遲。

秋日仍未落到山後，泉水在陽光裏閃爍如金。

金黃色的泉水中，忽然飄來一片楓葉，接著是兩片，三片——無數片。

楓葉紅如血，泉水也被染紅了。

秋尚未殘，楓葉怎麼會落呢？

這種寫法，已冶景於化境。你能說他沒有「詩意」嗎？

這樣的排列，又有什麼不好？

而除了古龍，誰有如此匠心妙筆？誰又作過如此的嘗試？

古龍真的是開創了一種新的寫作文體，在古龍之後，不僅是武俠小說的作家，許多純文學的作家，都開始學習和吸收古龍這種文體的寫作技巧。

古龍從《多情劍客無情劍》的寫作開始，可以說是在寫作的文風上影響了整整一代人。比如現在在大陸很流行的一個寫純文學的作家林清玄，他就崇拜古龍，公開承認自己的語言風格完全是受古龍的影響，得到古龍很大的益處。

僅就這一點來說，我們無論如何給古龍以重要的評價也不過分。有一句形式主義的老話說：重要的不是表達什麼，而是怎樣表達。

對語言的掌握上，古龍的確是華人文學界的一個大天才。

《多情劍客無情劍》的第二個獨創之處，是寫出了一種文化中的「俠之風流」，直接繼承了中國古代俠文化中的這一傳統，具有主體的自覺意識。

李尋歡這樣的大俠風采，是金庸小說中絕對沒有出現過的。而李尋歡這樣俠的形象卻是平民化的，表現是個體的覺醒，對自由的追求，對人性枷鎖的解放。

李尋歡無疑有種種缺點，不能與郭靖這樣的理想化大俠相比，但李尋歡卻更讓我們覺得親切，有一種缺陷的美感。

換一句話說，金庸筆下的大俠表現的是「階級的理解」，而古龍筆下的俠開始出現了一種更能撫慰人民大眾受創心靈的「個人的雅望」。

僅僅是金庸的那種大俠形象是不夠的，殘缺的。

自有古龍起，中國文化上俠的含義才真正地充實自洽起來。

我一直感到奇怪，許多文化人極高地推崇金庸，卻輕易地看過古龍，他們難道沒有認識到金庸的那種局限性？如果是那樣，這些人對金庸的推崇就要打上個問號，他們的推崇就有媚俗之嫌了。

《多情劍客無情劍》的第三個獨創點，是打破了金庸小說的那種大一統的江湖格局。

自金庸獲得巨大成功，金庸小說的那種江湖格局成了一種模式，東南西北，大一統江湖，面面俱到。從《射鵰英雄傳》一直到《笑傲江湖》，金庸的小說幾乎都是這種寫法。而金庸的這種寫法，又是上承平江不肖生、王度廬、還珠樓主等民國武俠小說路子並加以改良發揚光大的。

古龍寫《大旗英雄傳》、《武林外史》、《絕代雙驕》，還是不脫金庸的這種大江湖格局。

到了《多情劍客無情劍》，古龍已經另闢蹊徑，已開始脫離東南西北中的面面俱到的寫法了，因此《多情劍客無情劍》顯得尖銳、生動、精緻、細密。

《多情劍客無情劍》的第四個獨創之點，是武打設計的大變化。

在此之前，包括金庸的那些武打場面，實在是已經氾濫了，金庸只不過是以他博大的才氣掩飾了這一點。

古龍曾調侃地摹寫了金庸式的武打設計：

「這道人一劍削出，但見劍光點點，劍花錯落，眨眼間就已擊出七招，正是武當『兩儀劍法』中的精華，變化之奇幻曼妙，簡直無法形容。」

「……」

「這大漢喝一聲，跨出半步，出手如電，一把就將對方的長劍奪過，輕輕一擗，一柄白練精鋼製成的長劍，竟被他生生拗為兩段。」

「……」

「這少女劍走輕靈，劍隨身遊，眨眼之間，對方只覺得四面八方都是她的劍影，也不知哪一劍是實？哪一劍是虛？」

「……」

「這書生曼聲長吟：『勸君更進一杯酒，西出陽關無故人。』「掌中劍隨著吟聲斜斜削出，詩句中那種高遠清妙、淒涼蕭蕭之意，竟已完全溶入這一劍中。」

古龍的這種批評和諷刺妙極了。

古龍並不是寫不來傳統的武打套路，如果願意，也許他可以寫得像金庸那樣好，但是古龍以他的天才，敏銳地看出這樣的寫法已經走進了死胡同。

古龍說：

武俠小說中當然不能沒有動作，但描寫動作的方式，是不是也應該改變了呢？

鄭證因派的正宗技擊描寫「平沙落雁」、「玄鳥劃沙」、「黑虎偷心」、「撥草尋蛇」，還珠樓主派的奇秘魔力裸裎魔女……這些，固然已經有些落伍，可是我前面所寫的那些「動作」，讀者們不是也已經看過多少遍了麼？

應該怎樣來寫動作，的確也是武俠小說的一大難題。

我總認為「動作」並不一定就是「打」。

小說中的動作的描寫，應該是簡短有力的，虎虎有生氣的，不落俗套的。

小說中的動作描寫，應該先製造衝突，情感的衝突，事件的衝突，讓各種衝突堆積成一個高潮。

然後再製造氣氛，肅殺的氣氛。

武俠小說畢竟不是國術指導。

古龍後來在《天涯・明月・刀》的序中，也有類似的議論。

小說中的動作和電影畫面的動作，可以給人一種生猛的刺激，但小說中描寫的動作就是沒有電影畫面中這種鮮明的刺激力量了。

所以「用氣氛來烘托動作的刺激」是一條很高明的路子。

在古龍之前，沒有哪一個武俠小說作家這樣來處理武打設計，難道我們還不能為古龍的天才所嘆服?!

《多情劍客無情劍》中，小李飛刀是後來流傳最廣，知名度最大的特殊武功（武器），也許小李飛刀的知名度只有金庸寫的「降龍十八掌」可以與之相比。

李尋歡的小李飛刀從不輕易出手。但只要他一出手，就絕不會落空，所謂「小李飛刀，例不虛發」。

古龍自稱一向很少寫太神奇的武功。但小李飛刀卻是絕對神奇的。

在《多情劍客無情劍》中，古龍並沒有描寫這種飛刀形狀和長短，也從未描寫過它是如何出手的，如何練成的。沒有人看見小李飛刀如何出手，也沒有人能形容它的威力。

古龍只是作了一點提示，李尋歡總是在用小刀雕刻人像，古龍暗示李尋歡是用雕刻來訓練他的手。

有些人批評古龍的小李飛刀太誇張，不實在，讓人不可信。

這是一種膚淺的意見。

古龍自己有一段話很能說明這個問題。

> 武俠小說的武功，本來就是全部憑想像創造出來的。
> 因為他的刀本來就是個象徵，象徵光明和正義的力量。
> 所以上官金虹的武功雖然比他好，最後還是死在他的飛刀下。
> 因為正義必將戰勝邪惡。
> 黑暗的時候無論多麼長，光明總是遲早會來的。
> 所以他的刀既不是兵器，也不是暗器，而是一種可以令人振奮的力量。
> 人們只要看到小李飛刀的出現，就知道強權必將被消滅，正義必將伸張。
> 這就是我寫「小李飛刀」的真正用意。

古龍寫的不僅僅是武器，而是精神力量。

古龍的這一主題在小說中經常出現，而且後來在《七種武器》系列中，古龍專門來闡述這個主題。

古龍在《多情劍客無情劍》中還有很多獨到之處，如對友情的描寫，也是以往的武俠小說中不多見的，也比以往的這類題材處理得更為深刻。

「男人間那種肝膽相照，生死與共的義氣，有時甚至比愛情更偉大，更感人！」

李尋歡對阿飛的友情就是這樣，李尋歡對阿飛只有付出，從不想收回什麼。

對《多情劍客無情劍》優點的介紹，就暫到這裏。因為如果要繼續詳細寫下來，幾乎可以專門寫一本小書了。

現在我要說的是，儘管《多情劍客無情劍》有如以上所說的這麼精彩絕倫，但如果把它作為古龍作品的第一排名，卻是並不妥當的。

我以為下面的幾條理由，可以說明《多情劍客無情劍》一書的美中不足之處。

首先是小說的格局，雖然已不是大一統的大江湖，但還是沒有脫離那種舊派武俠小說的幫會門派模式。少林、金錢幫、藏劍山莊……這些都還沒有完全脫去舊派武俠小說的模式痕跡。

這當然已是苛求，但如此寫法卻有不純粹之嫌。

後來古龍的一些小說，如《歡樂英雄》就要純粹得多，完全出現了一種全新的江湖格局寫法。

其次是小說中走過場的人物不少。

特別是《多情劍客無情劍》中，一串串人物打打殺殺，不過是走走過場，占點篇幅字數，其實與骨幹線索的關係不大。

這種人物走過場的毛病，古龍後來的一些小說中改正得比較好。像《歡樂英雄》、《大人物》等作品，就乾淨俐落，書中出現的配角，就不是游離狀態而是緊緊扣住情節的發展。

從一般角度看，這點瑕疵在《多情劍客無情劍》並不算什麼，但如果要推它為第一品，則就要先考慮考慮了。

再次，李尋歡這個大俠的形象如果仔細分析，就有點經不起推敲。最起碼來說，李尋歡有很多矛盾情結，常自尋煩惱。

李尋歡表面看上去很重情，但他卻難謂是真心愛林詩音。如果他真心愛林詩音，那麼他就不應該把林詩音當成禮物一樣送給龍嘯雲。李尋歡沒有考慮到林詩音的願望和林詩音的幸福。他只為了求自己心安，不負朋友，把林詩音讓給龍嘯雲，這豈不是把他和林詩音的愛情當兒戲？李尋歡這樣做，使他們三個人都活在痛苦之中，他不僅侮辱了林詩音，還侮辱了自己。

李尋歡對待朋友的態度也值得商榷，他不相信龍嘯雲，看不起龍嘯雲。如果他把龍嘯雲擺在自己對等的位置上，他應該和龍嘯雲正視和面對事實，解決問題。李尋歡的做法是使龍嘯雲無從做人，使龍嘯雲有受到施捨之感。

龍嘯雲明白了自己的妻子是別人讓給他的，他只有一輩子抬不起頭來，在痛苦中自己看不起自己。

小說中阿飛有一次曾一針見血地對李尋歡指出：「林詩音一生的幸福已斷送在你手裏，你還不滿足？還想來斷送我的？」

李尋歡既然已經離去，二十年後偏偏又要回來，終於重揭別人的傷疤，實際上破壞了林詩音的安寧和幸福。

小說中已經說得很清楚：

「你留在這裏，只有增加她的煩惱和痛苦……」

李尋歡自己也知道「自己非但不該再見她，連想都不該想她」，但李尋歡還是去了。李尋歡這樣欲行又止，當然是心理矛盾的表現。

李尋歡對阿飛的友情，也有過份而不正常的地方。

阿飛受林仙兒欺騙，李尋歡不正面讓阿飛面對這一事實，總帶有一種居高臨下的感覺，自以為是地認為阿飛面對不了這樣的事實。李尋歡做出貌似高尚的舉動，犧牲自己去求呂鳳先，要呂鳳先偷偷去殺了林仙兒，這種做法也是幼稚可疑的。

小說中阿飛倒是頗有頭腦，厲聲責問李尋歡：

「你認為你是什麼人，一定要左右我的思想，主宰我的命運？你根本什麼都不是，只是個自己騙自己的傻子，不惜將自己心愛的人送入火坑，還以為自己做得很高尚，很偉大！」

李尋歡太關心朋友，卻缺乏一種對朋友的尊重，所以連阿飛也要煩他。

歐陽瑩之指出：

「與李尋歡相交真是非常危險，因為他走火入魔，完全忽略了朋友的自主和尊嚴，以為只要一味委屈自己，犧牲自己去干涉朋友的行徑，便偉大啊偉大！性格弱一點的人如龍嘯雲遇上了他，被他毀了一生還得感激他偉大的恩惠，真倒了八輩子的窮楣。阿飛脫穎而出，不止在他能擺脫林仙兒，還在他接近李尋歡的同時，阻遏了李尋歡的侵蝕，這才是阿飛最堅強之處。」

這是一針見血的話。

李尋歡作為《多情劍客無情劍》的第一主人公，如此一再讓人感到迷惑和懷疑，不免影響了全書的整體水準。

古龍後來的許多作品，在這一點上就處理得很好，所以《多情劍客無情劍》要排名第一，是不能服眾的。然而古龍自己卻超乎尋常地喜歡李尋歡這樣一個人物。

前面我已經說過，這可能是與古龍的情結有關，古龍把李尋歡的寂寞按照自己的寂寞來寫了。

古龍自稱他所寫過的人物中，自己最為喜歡的有三個人物，就是鐵中棠、李尋歡、郭大路。

古龍說：

鐵中棠、李尋歡、郭大路……都不是喜歡流淚的人。

但是他們寧可自己流血，也不願別人為他們流淚。

他們的滿腔熱血，隨時都可以為別人流出來，只要他們認為他們做的事有價值。

他們隨時可以為了他們真心所愛的人而犧牲自己。

他們的心裏只有愛，沒有仇恨。

這是我寫過的人物中，我自己最喜歡的三個人。

但他們是人，不是神。

因為他們也有缺點，有時也受不了打擊，他們也會痛苦，悲哀，恐懼。

他們都是頂天立地的男子漢，但他們的性格卻是完全不同的。

鐵中棠沉默寡言，忍辱負重，就算受了別人的冤屈和委曲，也從無怨言，他為別人所作的犧牲，那個人從來不會知道。

這種人的眼淚是往肚子裏流的，這種人就算被人打落牙齒，也會和著血吞下肚子裏去。

但郭大路卻不同了。

郭大路是個大叫大跳，大哭大笑的人。

他要哭的時候就大哭，要笑的時候就大笑，朋友對不起他時，他會指著這個人的鼻子大罵，但一分鐘之後，他又會當掉褲子請這個人喝酒。

他喜歡誇張，喜歡享受，喜歡花錢，他從不想死，但若要他出賣朋友，他寧可割下自己的腦袋來也絕不答應。

他有點輕佻，有點好色，但若真正愛上一個女人時，無論什麼事都不能令他改變。

李尋歡的性格比較接近鐵中棠，卻比鐵中棠更成熟，更能瞭解人生。

因為他經歷的苦難太多，心裏的痛苦也陷藏得太久。

他看來彷彿很消極，很厭倦，其實他對人類還是充滿了熱愛。

對全人類都充滿了熱愛，並不僅是對他的情人，他的朋友。

所以他才能活下去。

他生平唯一折磨過的人，就是他自己。

李尋歡和鐵中棠、郭大路還有幾點不同的地方。

他並不是個健康的人，用現代的醫學名詞來說，他有肺結核，常常會不停的咳嗽，有時甚至會咳出血來。

在所有的武俠小說主角中，他也許是身體最不健康的人。

但他的心理卻是絕對健康的，他的意志堅強如鋼鐵，控制力也很少有人能比得上。

他避世，逃名，無論做了什麼事，都不願讓別人知道。

古龍對李尋歡的評價恐怕是太高了，高得讓人有些懷疑。李尋歡絕不像古龍自己所以為的那樣「心理絕對健康」。反而郭大路才是真正的本色，聽從的是內心良知的召喚。

當我有機會談《歡樂英雄》時，我會比較仔細地分析郭大路這個藝術形象。其實《多情劍客無情劍》的結尾，悲劇的主題已經開始轉移。結尾的幾句話寫道：

這一笑，使他驟然覺得自己又年輕了起來，對自己又充滿了勇氣和信心，對人生又充滿了希望。

就連那凋零的樹葉，在他眼中都變得充滿了生機，因為他知道在那裏還有新的生命，不久就要有新芽茁長。

他從不知道「笑」竟有這麼大的力量。

他不但佩服李尋歡，也很感激，因為一個人能使自己永保笑音，固然已很不容易，若還能讓別人笑，才真正偉大。

「畫蛇添足」不但是多餘的，而且是愚蠢得可笑。

但世人大多煩惱，豈非就因為笑得太少？

笑，就像是香水，不但能令自己芬芳，也能令別人快樂。

你若能令別人笑一笑，縱然做做愚蠢的事又何妨？

這個主題已經過渡到《歡樂英雄》的主題上了。
古龍寫《歡樂英雄》就比寫《多情劍客無情劍》自然本色得多了。所以《多情劍客無情劍》雖然是一部絕對高品位不容忽視的作品，但還算不上古龍作品的第一排名。

古龍的作品中，究竟哪一部作品才真正能算得上第一極品呢？請讓我們下面慢慢談到。

《蕭十一郎》鞏固了古龍新派風格

一九六九年古龍發表《多情劍客無情劍》獲得巨大成功之後，緊接著在一九七〇年又發表了同樣獲得巨大成功的《蕭十一郎》。

《蕭十一郎》是一個奇蹟，也是一個契機，通過這部作品的寫作，古龍創造的新派武俠小說的風格得以進一步的成熟和發展。

如果古龍在《多情劍客無情劍》之後不是馬上寫《蕭十一郎》，也許他的創新風格還要漸變一些。《蕭十一郎》的寫作，使古龍印證了他創造的那一種獨特的新派武俠小說風格是可行和成功的，而且還可以進一步發展和推廣。

這個契機是由於《蕭十一郎》寫作方式本身的獨特性。

《蕭十一郎》是由電影劇本改寫成的武俠小說，這種獨特的方式很大程度上說明了古龍的那種新派簡潔的風格已經成型。

古龍自己也認識了這一點。

一九七〇年台灣春秋出版社出版的《蕭十一郎》，有古龍寫的前序「寫在《蕭十一郎》之前」。

古龍說寫劇本和寫小說，在基本的原則上是相同的，但是在技巧上不一樣。小說可以用文字來表達思想，而劇本的表達一般只能限於言語（對話），動作和畫面，一定會受到很多限制。

一般情況下是先有小說，然後再改編成劇本。《蕭十一郎》卻是一個特例，是先有劇本，在電影開拍後才有小說的。

古龍說：

「寫武俠小說最大的通病就是：對話太多，枝節太多，人物太多，情節太多。……就因為先有了劇本，所以在寫《蕭十一郎》這部小說的時候，多多少少總難免要受些影響，所以這部小說我相信不會有太多的枝節、太多的廢話。」

古龍在寫作《多情劍客無情劍》時，其實已經將新派武俠的語言風格形成規模。簡潔、生動的散文詩體的語言風格，在《多情劍客無情劍》中已是俯拾皆是。《蕭十一郎》由劇本改寫還原成小說，本身就有簡潔、生動的要素，近於「敘事詩」一體，所以顯得更貼切，更為可行有效，印證了《多情劍客無情劍》的寫作風格。所以古龍自《蕭十一郎》始，新派風格完全成熟，運用自如了。

台灣著名武俠小說評論家葉洪生先生尤其看好古龍的《蕭十一郎》，他甚至將《蕭十一郎》拔高到了古龍小說排名的第一部。

葉洪生先生說：

「《蕭十一郎》則是揉合新舊思想，反諷社會現實，謳歌至情至性，鼓舞牛命意志的一部超卓傑作，具有永恆的文學價值。」

葉洪生執此一家之說，與其餘幾位名家胡立群、曹正文、江上鷗所言各異，讀者可自行分辨。

我認為《蕭十一郎》雖然確是一部古龍小說中的上品，但如果要把它列為榜首，則有些勉強。

葉洪生稱《蕭十一郎》的人物和故事為雙絕，是有一定道理的。

《蕭十一郎》是一個結構嚴謹的悲劇，寫至情至性，敢愛敢恨，讀起來確實驚心動魄，頗具煽情作用。但是我認為古龍小說的最大特色並不在於悲劇煽情，而在於對於生命歡樂的熱愛。古龍寫古典式的至情至性，感情纏綿，當然不如金庸，金庸在這方面處理得更好。

如果強行把《蕭十一郎》當成古龍的代表作，恐怕就會得出古龍不如金庸的結論。

古典式情感上的驚心動魄，金庸當然拿手，《蕭十一郎》的人物和故事不能與金庸相比。蕭十一郎人物的形象，不如金庸筆下的喬峰；連城璧這種偽君子的形象，又遠不如岳不群。

《蕭十一郎》這種寫法，根本不是古龍的勝場獨擅。

縱觀古龍輝煌時期的幾十部作品，《蕭十一郎》其實是特例。

古龍自己說得很清楚：

有人說：悲劇的情操比喜劇高。

我一向反對這種說法，我總希望能為別人製造些快樂，總希望能提高別人對生命的信心和愛心。

假如每個人都能對生命充滿了熱愛，這世界豈非會變得更美麗得多？

有一次在花蓮，有人介紹了一位朋友給我，他居然是我的讀者。

他是個很誠實，很老實的人，這種人通常都吃過別人的虧，上過別人的當，他也不例外。

一夜微醺之後，他告訴我，有一陣他也曾很消沉，甚至想死，但看了我的小說後，他忽又發現生命還是值得珍惜的。

我聽了他的話，心裏的愉快真像得到了最榮譽的勳章一樣。

古龍不愛悲劇，古龍想寫的是像《歡樂英雄》這樣的喜劇。

古龍早期寫的一部作品《孤星傳》，本來是一個悲劇，但是古龍最後卻寫成了一個大團圓的結局，使悲劇變成了喜劇。

「人生就是這樣的，只要你有決心，有信心，就可以將悲劇化為喜劇。」

然而古龍寫《蕭十一郎》是個例外，寫了一個悲劇。

古龍說：

但人生的確有很多悲劇存在，所以任何作者都不能避免要寫悲劇。

《蕭十一郎》就是個悲劇。

一對武林中最受人尊敬的夫妻，妻子竟然愛上了個聲名狼藉的大盜。

在當時的社會中，這無疑是個悲劇。

有很多寫作的朋友在談論這故事時，都說蕭十一郎最後應該為沈璧君而死的，這樣才能給讀者留下一個雖辛酸，卻美麗的回憶，這樣的格調才高。

我還是不願意。

在最後，我還是為這對戀人留下了一條路，還是為他們留下了希望。

古龍寫了悲劇是個特例，而且古龍在這個悲劇中還留下了尾巴，留下了一條路，為這個悲劇留下了希望。

三年之後，古龍終於還是要將《蕭十一郎》的悲劇變成喜劇，但他畢竟不是寫一個大團圓的結局。

這就是古龍在一九七三年發表的《火併蕭十一郎》。

在《火併蕭十一郎》中，蕭十一郎終於重新出現，沈璧君也敢於承認：「我當然要嫁給他，我為什麼不能嫁給他？他喜歡我，我也喜歡他，我們為什麼不能永遠廝守在一起？」

在《火併蕭十一郎》中，蕭十一郎終於戰勝了險惡的偽君子連城璧，成為最後的勝利者。

然而《蕭十一郎》的悲劇本來是結構嚴謹的，到了《火併蕭十一郎》，古龍若強要寫大團圓結局，當然難得很，所幸他最後還是讓風四娘、沈璧君都悲劇性的消失了。

《火併蕭十一郎》逞險逞奇，多有勉強之處，甚至有落入炫奇弄險的話柄之虞。所以《火併蕭十一郎》並不算很成功的作品。

《蕭十一郎》雖然不能算是古龍代表作，但也確是有許多可取之處。

葉洪生對此書評論很多，多有精采之處：

此書寫蕭十一郎與沈璧君的愛恨衝突，寫蕭十一郎與風四娘的真摯友情，無不煥發人性光輝。全篇故事雖極盡曲折離奇之能事，但前後照應，環環相扣，皆在「情理之中、意料之外」！絕不「荒唐無稽」，也不「鮮血淋漓」。書中雖有小公子、連城璧這些「反面教員」存在，但黑暗永不能戰勝光明！最妙的是，一個原係「邪不勝正」的主題卻偏偏是由一個「聲名狼藉」而被眾口鑠金成「大盜」的蕭十一郎來執行。這不是奇絕武林麼？

《蕭十一郎》主要是敘述江湖浪子蕭十一郎因特立獨行不苟於當世，乃為一大陰謀家逍遙侯設計陷害，成為武林公敵，人人得而誅之。惟有奇女子風四娘與他交厚，亦友亦姊，還雜有一絲男女之情。不意蕭十一郎寂寞半生，卻因仗義救助有夫之婦沈璧君，而與沈女產生了奇妙的愛情。其間幾經周折，沈女始認清其夫連城璧「偽君子」的真面目，而蕭十一郎才是一條鐵錚錚的好漢，值得傾心相愛。然而蕭十一郎卻已為了替沈女報私仇並剷除武林公害，決計與無惡不作的逍遙侯決一死戰而走上了茫茫不歸路……故事沒有結局，餘意不盡，予人以無窮想像的空間。

但因其後傳《火併蕭十一郎》在相隔三年才能出版，吾人方知蕭十一郎不但沒死，而連城璧更已取代了逍遙侯的地位，成為「天宗」接班人；然後是一連串的鬥智鬥力，終沒見血，卻將「俠義無雙」四字反諷無遺。

比較《蕭十一郎》的本傳與後傳可知，本傳是有奇有正，曲盡名實之辨，合理合情，而後傳則是奇中逞奇，險中見險，難以自圓其說。

《蕭十一郎》在古龍的書目中，尚屬平易的格局，三十萬字左右的長篇，故事情節並不算複雜，而且脈絡條理都十分清晰。

葉洪生先生介紹說：

本傳故事有五大關目可述：一是爭奪「割鹿刀」；二是小公子劫美；三是蕭十一郎與沈璧君患難；四是連城璧唆使武林高手追殺蕭十一郎；五是沈、蕭二人失陷「玩偶山莊」。

作者先以風四娘「美人出浴」弄引，輾轉將「聲名狼藉」、「無惡不作」（皆江湖傳言）的「大盜」蕭十一郎引出來，目的是聯手劫奪天下第一利器「割鹿刀」。接著展開一連串曲折離奇卻肌理綿密的故事情節。全書文情跌宕起伏，張弛不定；特別是寫小公子（逍遙侯弟子兼姬妾）的連環毒計，層出不窮；寫蕭十一郎重傷後，分別用聲東擊西、苦肉計、空城計與美人計將來犯高手一一殲滅或驚退；以及寫逍遙侯「玩偶山莊」的玄妙佈置，奇幻人間！均匪夷所思，但卻入情入理，令人叫絕！

《蕭十一郎》中的重頭戲，當然是蕭十一郎和沈璧君由陌路人變成有情人，著眼點全在於由「患難見真性」這種感情的細膩描寫，在古龍的作品中也是不多見的。由此看來，古龍也是寫情聖手，只不過古龍不願意在寫「兒女情長」這一方面縱深發展而已。

葉洪生稱此部作品寫情「層層轉進，頗費匠心，而運用虛、實、伏、映對比這妙，亦為古龍其他作品所罕見，堪稱第一！」這是具洞察力之見。

古龍曾熟讀王度廬的作品，將王度廬的「悲劇俠情」派的精髓是完全學到家了，已是青出於藍而勝於藍了。

然而古龍最後並沒有沿著這條「悲劇俠情」的路繼續發展。

古龍畢竟是古龍，古龍是不可代替的。他要走自己的道路，創下自己的大好江山。

《流星．蝴蝶．劍》揮灑自如毫無黏滯

一九七〇年前後幾年，是古龍一生中創作上的黃金時期。

這時的古龍，幾乎隨便寫的一篇作品，都是精彩絕倫，可以傳世。

從發表《多情劍客無情劍》之日起，古龍已經創立了一種穩定成熟的風格。

緊接著寫《蕭十一郎》，使這種新派風格鞏固和圓滿自洽，然後一九七一年古龍發表了《流星．蝴蝶．劍》。

古龍至此剛剛進入他的輝煌階段，雖然他已創立了一種全新的風格，但此時他正是靈感橫溢、天縱英才的時候，於是此時的特點是，他創立了全新的風格，卻又不完全為這種全新的風格所拘束。這時古龍的新派風格更多地是發自於靈感和激情

的需要，而古龍更後來一些的作品，則是有了觀念的束縛，落於為新而新，為變而變之嫌了。

特別是古龍創作中心力衰退的階段，往往只是對自己既有的風格延續和因襲。《流星·蝴蝶·劍》是具內在激情的，如行雲流水的，自然自如的，毫無黏滯的。

這就是《流星·蝴蝶·劍》足可列為古龍寫得最好的精品行列之一的原因。

這時對於古龍來說，主導他創作的只是他要創造的欲望，要寫的欲望，所以這時他對「怎樣寫」就考慮得少些。

古龍天才橫溢，意氣風發之際，卻差一點受到批評者毀滅性的抵制，因為古龍的《流星·蝴蝶·劍》在部分情節上受到西方暢銷小說《教父》的影響，雖然他已作了充分的轉化。

小說一開始的許多細節，是從《教父》中借用過來的。

「老伯」儼然就是「教父」，猶如《教父》小說中的黑手黨首領。老伯慷慨仗義，幫助歸屬於他的人，這些細節在《教父》中是相同的。萬鵬王的愛馬最後被砍下了頭煮在他自己的鍋裏，這一細節也是《教父》中已有的。

古龍在開始寫《流星·蝴蝶·劍》時並沒有去多想，他只是要寫，只是要寫那些首先已經打動了他自己的東西，即使這東西別人已經先用過。

古龍自信就是「炒陳飯」也會炒出一盤美味，比當初的還要好，還要誘人。況且古龍覺得這並不是什麼問題，他的許多前輩都這麼做過，例如梁羽生借用過《牛虻》中的情節。

但是《流星・蝴蝶・劍》發表之後，批評的苛求的呼聲還是高得讓古龍沒有想到。

許多年以後古龍還不得不為自己一再辯護。

古龍說：

> 模仿不是抄襲。
>
> 我相信無論任何人在寫作時，都免不了要受到別人的影響。
>
> 《米蘭夫人》雖然是在德芬・杜・莫里哀的陰影下寫成的，但誰也不能否認它還是一部偉大的傑作。
>
> 在某一個時期的瓊瑤作品中，幾乎到處都可以看到《蝴蝶夢》和《咆嘯山莊》。
>
> 《藍與黑》這名字，也絕不是抄襲《紅與黑》的，因為他有他自己的思想和意念。
>
> 你若被一個人的作品所吸引所感動，在你寫作時往往就會不由自主的模仿他。
>
> 我寫《流星・蝴蝶・劍》中的老伯，就是《教父》這個人的影子。

他是「黑手黨」的首領，頑強得像是塊石頭，卻又狡猾如狐狸。

他雖然作惡，卻又慷慨仗義，正直無私。

他從不怨天尤人，因為他熱愛生命，對他的家人和朋友都充滿愛心。

我看到這麼樣一個人物時，寫作時就無論如何也丟不開他的影子。

但我卻不承認這是抄襲。

假如我能將在別人的作品中看到那些偉大人物全部介紹到武俠小說中來，就算被人辱罵譏笑，我也是心甘情願的。

實際上古龍並不需要這樣長篇大論地辯解，真正有見識的讀者早已接受了他這部小說之優異與深刻，認可了他的這種「改寫」。

事實上，《流星．蝴蝶．劍》無論從思想性、藝術性，還是可讀性上，都遠遠不是《教父》所能比的。

《教父》中的教父，當然不能和「老伯」相比。

「老伯」的形象是中國文化傳統的「本色」之俠。

教父的性格是被扭曲的，而「老伯」的處事言行，無一不是發自於他自我內在的人性的本然特色。

老伯不是聖人，不是完人，也不是社會意義上的正面人物。但老伯是莊子筆下的「真人」，超逸灑脫，不拘於外界的一切戒律，唯求能明其本心，盡其本性。

古龍的筆下成功的俠客形象，迥異於金庸筆下的「俠之大者」，古龍筆下的是「俠」之風流和風采，追求的是人性的自由，人性的解放。

老伯有一種人格的偉大力量。

古龍無疑是欣賞老伯這樣的人物的，也為這樣人物的人格力量所感動。所以孟星魂最終改變了立場，與老伯站到了一起。

孟星魂人稱江湖第一冷血殺手，本來是奉自己的恩人——又像是母親又像是情人的高老大之密令，要去取老伯的性命的。老伯卻非但放過要殺他的高老大，還把她一心想奪取的地契送給她。但老伯這並不是為了「行義」，或為了「收買」，更不是為了「愛他的仇敵」。老伯拉高老大一把，只因為他自己內在的本然人格力量。

孟星魂厭倦了殺人的孤獨寂寞生涯，終於在生活中找到了真愛，開始了覺醒，走上了向善向上的一面。

律香川的陰險狡詐是超群的，他不僅嫁禍於十二飛鵬幫的萬鵬王，還背叛了老伯，幾乎陷老伯於死地。律香川能夠欺騙老伯，正所謂「君子可欺以其方」。

老伯雖不是君子，但他光明的一面卻使他自己看不到陰暗。

孟星魂終於站到老伯這一方來了。邪惡終於還是不可能戰勝正義，律香川背叛了老伯，最後他也嘗到了被人背叛的滋味。

「死也許並不是很痛苦，但被朋友出賣的痛苦，卻是任何人都不能忍受的！」

「黑夜無論多麼長，都總有天亮的時候。」

和古龍的所有作品一樣，《流星·蝴蝶·劍》謳歌的還是光明的力量！英雄情懷，武俠膽色，真是寫得轟轟烈烈，可歌可泣。

《多情劍客無情劍》寫得纏綿，《蕭十一郎》寫得悲壯，《流星·蝴蝶·劍》則是寫得英豪，寫出了一種男兒的膽色。

「只要你有勇氣，有耐心，就一定可以等到光明。」

「你致命的敵人，往往是你身邊的朋友。」

這一尖銳殘酷的斷語，在《流星·蝴蝶·劍》中第一次正式明確表述，其後古龍的小說開始經常出現這一主題。

《流星·蝴蝶·劍》後來改編成電影，獲得了巨大的轟動，古龍的武俠電影也因此風靡一時。

楚留香系列是有始以來第一個「俠之風流」

在古龍的武俠小說創作中，楚留香的系列故事無疑具有相當特殊的地位。

楚留香系列故事一共有八部，出版的時間跨度很大，各部作品的風格也不完全統一，前期的楚留香小說與後面的甚至相差很大。

八部楚留香作品，甚至分跨了古龍創作的三個階段，即成熟、輝煌和衰退三個階段。

最早的三部作品《血海飄香》、《大沙漠》、《畫眉鳥》統稱為一個大部頭《鐵血傳奇》，發表於一九六七年，是屬於古龍成熟階段的作品。

這種劃分是古龍首肯的。

也就是說，古龍自己其實也並不全然滿意《鐵血傳奇》這三部作品，因在這三部作品中，還沒有真正顯現出古龍的那種獨特的新派風格來。雖然如此，但《鐵血傳奇》已是令當時廣大的武俠小說讀者耳目一新，再加上影視改編的推波助瀾，楚留香這個藝術形象變得相當有名，廣受歡迎。

隨後古龍的創作進入了一個輝煌的時期，寫出了《多情劍客無情劍》、《蕭十一郎》、《流星‧蝴蝶‧劍》等真正代表新派風格的作品，古龍的天才得以充分體現。

一九六九年，古龍又發表了《借屍還魂》（又稱為《鬼戀俠情》），作為楚留香新傳系列之一。隨後在一九七〇年發表《蝙蝠傳奇》為楚留香新傳系列之二。一九六九年十一月四日至一九六九年十一月八日新加坡《南洋商報》曾短暫連載。一九七一年發表《桃花傳奇》，為楚留香新傳系列續集之三。

這三部作品列入《楚留香新傳》，是古龍在創造力達到頂峰之時的作品，比《鐵血傳奇》的境界更上一層，對語言、技巧、結構的把握上更為爐火純青，再一次引起了轟動。

然而古龍自己也覺得有漸入熟套之感，這些作品雖然成功，但在藝術境界上，與同期的《多情劍客無情劍》、《歡樂英雄》、《大人物》相比，還是略遜一籌。所以古龍暫時沒有繼續寫楚留香的故事，轉而去寫一個與楚留香相似的人物故事，那就是陸小鳳的系列故事。

古龍想在寫《陸小鳳》之時，彌補自己對楚留香系列的一些遺憾。所以一直到六年後，古龍才發表了新的楚留香故事，即是《新月傳奇》，是為楚留香新傳系列之四。

這時古龍的創作已進入了衰退階段，創造力和精力不如以前了，古龍自己多有不能得心應手的感覺。

古龍寫《新月傳奇》，正是要祭楚留香這個法寶，讓讀者鍾愛的人物再度出場，以此來挽回自己日暮西山的局面。

《新月傳奇》再一次成功，佳評潮湧，古龍受到了鼓舞，又緊接著在一九七九年發表了最後一部楚留香系列小說《午夜蘭花》，這是楚留香新傳系列之五。

《午夜蘭花》再逞古龍奇才，但終究給人以英雄末路的衰微和陰氣已盛的感覺。

楚留香系列的八部作品到此畫了個句號。

除此之外，古龍再也沒有第九部楚留香故事出現。

我認為楚留香系列小說的成功，主要是楚留香這個人物的成功，這個藝術典型的成功，這一點，應該與小說本身的藝術價值分開來看。

楚留香變成了視覺效果，活靈活現，所以楚留香的形象更為流傳廣泛，為人所喜愛。楚留香這個藝術形象甚至已經超越了小說本身的文字語言，而讀者和影視觀眾又靠一種文化背景來豐富了小說中本身的楚留香的內涵。這就是楚留香系列故事的獨特之處，情節和人物的成功，超越了小說本身的成功。而小說本身的語言技巧，就要比古龍其他許多巔峰之作要稍遜一籌了。

從小說的技術角度上來說，結構和人物都相似的《陸小鳳》系列其實比《楚留香》系列小說要圓滑成熟一些，但是為什麼楚留香的名氣和影響要比陸小鳳大一些呢？這是因為楚留香是第一個表現出了「俠之風流」的大俠形象。

我在本書中詳細談過中國俠文化的傳統具有兩種不同的傾向。一種是儒家化的俠文化傳統，表達建功立業、「修身、齊家、治國、平天下」的「俠之大者」的文化內涵；另一種是禪道化的文化傳統，表達的是個人對自己的追求、人性的解放、自我意識的覺醒等「俠之風流」的文化精神。

金庸先於古龍成功，寫出了一種緊密代表了儒家俠文化傳統的「俠之大者」的藝術形象；然而這是不完整的，沒有真正體現出中國的俠文化傳統。

古龍寫出了楚留香這樣一個人物，第一次正式而較為完滿地解決了這一難題。楚留香是典型的「俠之風流」的形象。楚留香的出現，彌補了上層文化傳統和下層民眾精神的一種隱性缺陷，這就是楚留香的形象受到歡迎的真正原因。

古龍自己雖然對諸如《鐵血傳奇》的小說藝術本身諸多不滿意，但卻是非常喜愛楚留香這個人物的。

古龍對自己小說中的人物，恐怕也只有對楚留香談得最多。

古龍說：

因為他冷靜而不冷酷，正直而不嚴肅，從不偽充道學，從不矯揉造作，既不會板起臉來教訓別人，也不會擺起架子來故作大俠狀。

所以我也喜歡他。

所以我一直都想把他的故事多寫幾個，讓別人也能分享他對人生的熱愛和歡樂。

他這一生中本來就充滿了傳奇，有關他的故事本來就還有很多還沒有寫出來，每一個故事中都充滿了冒險和刺激，充滿了他的機智與風趣，也充滿了他對人類的愛與信心。

金庸小說中，絕對找不出像古龍筆下的楚留香這樣一個人物形象。

楚留香顯然談不上「俠之大者」，甚至他還是一個「盜」，但楚留香卻比絕大多數名門正派的君子和英雄要讓人喜歡得多。楚留香的「盜」並不是強取豪奪，只不過他不是常人，不能以常理衡量，他是一個真正的自我意識覺醒的人，明其本心，行其本性，不為外在的一切清規戒律所束縛，他追求的是一種真的人性的自由，人性的革命和解放。

他劫富濟貧的「盜」只不過是一種手段而已，「一種使人間更公平合理」的手段，而且他已經將這件事化作一種藝術。

「一種極風雅的藝術。」

楚留香小說的第一部《血海飄香》，一開始就有一張楚留香寫的短箋，正表明了楚留香的那種風流和優雅。

「聞君有白玉美人，妙手雕成，極盡妍態，不勝心嚮往之，今夜子正，將踏月來取，君素雅達，必不致令我徒勞往返也。」

古龍對此評價說：

這是他要去「取」一尊白玉美人前，先給那個主人的通知。

他要取一樣東西之前，一定會先通知對方，要對方好好防備。

他甚至還會告訴你，他要來取此物，只不過因為你已經不配擁有它。

所以就連他的對頭們也不能不承認，這個人是獨一無二的。

江湖中永遠都不會有第二個楚留香，就好像江湖中永遠都不會有第二個小李飛刀一樣。

另一件事也充分表現了楚留香的風流優雅。

楚留香的鼻子不太好，但卻最喜歡香氣。每當他做過一件很得意的事情之後，就會留下一陣淡淡的，帶著鬱金香花芬芳的氣息。

古龍筆下的「俠之風流」，鬱金花香無疑是其外在化和顯性化。

在楚留香心裏，「這個世界上根本就沒有什麼不能解決的事，所以也沒有什麼真正能令他苦惱的問題。」

只不過他也是個人，有人性中善的一面，也有惡的一面。

可是他也會做出很傻的事，傻得連自己都莫名其妙，有時他甚至會上別人的當。

幸好他總是很快就會發覺，而且就是上了當之後，也能一笑置之。

他總認為，不管在多麼艱難困苦的情況下，能夠笑一笑總是好事。

沒有事的時候，楚留香總喜歡住在一條路上。

一條很特別的船，潔白的帆，狹長的船身，輕巧快速，甲板光潔如鏡，通常都停泊在岸邊，船弦下通常都吊著一瓶剛從波斯來的葡萄酒，讓海水把它「鎮」的剛好冷得適口。

他不在這條船上的時候，也有人替他管理照顧這條船。三個女孩子，聰明而可愛的女孩子。

蘇蓉蓉溫柔體貼，負責照料他的生活衣著起居；李紅袖是才女，對武林中的人物典故如數家珍；宋甜兒是女易牙，精於烹飪，蘇蓉蓉和李紅袖都很怕她，怕她說「官話」。

宋甜兒說的官話確實很少有人能聽得懂，可是人與人之間如果心意相通，又何必說話？

古龍對楚留香談得最多，我們在這裏已經可以清楚看見了楚留香的「俠之風流」。

楚留香像天外高客，不食人間煙火，代表了俠文化傳統的另一面：對自由的嚮往和對風流的雅望。楚留香的形象是全新的，所以儘管小說的本身還有一些缺陷，但僅僅是這樣一個人物，已滿可以擊節讚嘆了。

古龍自己談到楚留香的出名，古龍說：

我想楚留香應該是一個相當有名的人，雖然他是虛假的，是一個虛構的小說中的人物，可是他的名字，卻「上」過台灣各大報紙的社會新聞版，而且是在極明顯的地位。

他的名字，也在其他一些國家造成相當大的震盪。

對於一個虛構的武俠小說的人物來說，這種情況應該算是相當特殊的了。

一般來說，只有一個真實存在於這個社會中的人，而且造成過相當轟動的新聞人物，才能上得了一家權威報紙的第三版。

楚留香，很可能是唯一的例外。

江上鷗先生力推楚留香系列小說為極品，也許正是看中楚留香這個藝術人物的全新面貌「不同於前輩和後人」。

《鐵血傳奇》三部，是古龍緊繼《絕代雙驕》之後推出的力作

在這三部楚留香的故事中，古龍最大的成功便是把楚留香這個人物寫活了。而且古龍第一次把推理小說的形式引入武俠小說，可以說是前無古人，讓讀者耳目一新，所以《鐵血傳奇》取得了巨大成功。

很多讀者都要發問，古龍是怎樣創造出楚留香這個人物形象來的呢？

古龍說：

「楚留香是自然存在這個世界的，遊俠的典型每一個時候都有。」

古龍又說：

「如果說我的思想是一個雞蛋殼，楚留香就是一把錘子。」

古龍的意思是說，楚留香這個人物構成了他成功的一個契機，借此他實現了繼承中國俠文化傳統中「俠之風流」傳統的偉績。

台灣名作家林清玄在一篇古龍訪談錄中談到，他追問古龍寫作楚留香「總有個動機吧？」

古龍坦露了他寫楚留香的動機，確有許多是以前看〇〇七系列電影時受到的啟發。

那時〇〇七的史恩康納來，正像一陣狂風吹擊台灣，而受影響最大的是古龍。

〇〇七殘酷但優雅的行為；

冷靜，但瞬間的爆發力；

神經，但時時自嘲的幽默；

微笑，但能面對最大的挫折；

這幾種品質，使古龍創造了楚留香。

許多人都誤以為武俠的世界是一個暴力的世界，血濺五尺，干戈七步。楚留香是個異數也是個藝術，他從來不殺人，也免不了暴力，但古龍說他是「優雅的暴力」。

藝術是觸類旁通的，古龍絕不是模仿〇〇七，他只是被觸動，而創造出更為高境界的人物來。

《鐵血傳奇》第一部《血海飄香》，寫的是楚留香與妙僧無花之間的鬥智鬥力。無花是一個最為優雅和聰慧的高僧，然而卻是一個沒有人能想像得到的凶殘殺手。

《血海飄香》初步定下了楚留香的調子，出手不凡。

緊接著《大沙漠》寫楚留香與石觀音的驚險鬥爭。石觀音武功奇高，機謀過人，楚留香本不是對手，但楚留香終於靠自己的機智戰勝了這個大魔頭。

在《大沙漠》中，值得注意的是，古龍第一次正式將現代思想觀念引入武俠小說，寫了石觀音這樣一個自戀情結相當嚴重的性變態人物。

這種寫法是過去沒有武俠小說作家嘗試過的，古龍卻成功地引入了。石觀音以鏡中的麗影為自戀對象，將性力指向自身的影像。楚留香在與石觀音決戰時，本來必敗無疑，但是最後機智地打碎了鏡子，使石觀音的精神支柱崩潰，楚留香這才取得勝利。

如此看來，楚留香儼然是一個懂得佛洛伊德精神分析理論的，修養有素的心理學家了。但是古龍這樣寫，卻寫得合情合理，並無生硬之處。

從這時開始，以後古龍便經常甚至頻繁地在武俠小說中大寫精神分析的情節：自虐，手淫，潔癖，虐待狂，被虐待狂等等，不一而足。

《鐵血傳奇》第三部是《畫眉鳥》。

在這部小說中，古龍繼承了《大沙漠》寫變態人物的寫法，寫自戀症，寫同性戀，寫性變態，也頗有可觀之處。

《畫眉鳥》的故事有兩條線索，一是寫楚留香與柳無眉及她的丈夫鬥爭；一是寫楚留香大戰水母陰姬。

《鐵血傳奇》三部之中，數《畫眉鳥》最為流暢，已經預示了古龍的創作正要進入一種全新的輝煌。

從小說的藝術風格上看，《鐵血傳奇》是古龍過渡時期的作品，還有少許不夠成熟的生澀之處，結構的緊湊性也不很理想，語言上也不夠簡潔明暢，所以古龍自己也認為這三部楚留香傳奇是他的中期作品，不能代表他成熟期的新派武俠風格。

古龍寫楚留香系列小說，實際上有三個階段。

第一個階段就是《鐵血傳奇》三部。

第二個階段是《借屍還魂》、《蝙蝠傳奇》、《桃花傳奇》這三部。

第三個階段是停筆八年之後的《新月傳奇》以及《午夜蘭花》。

第二個階段的楚留香新傳系列，明顯在語言和技巧上比《鐵血傳奇》高明了許多，而且寫得更為驚險，奇詭，逞奇鬥勝。

《借屍還魂》是古龍後來寫驚魂六記《血鸚鵡》的先聲。

古龍此時的創作力到達了頂峰，構思佈局上明顯更勝一籌。

《借屍還魂》一開始寫的是一個鬼故事，擲杯山莊出現了傳說中「借屍還魂」

的離奇事件。當然這其中必有隱情，不可能真的是鬼故事，因為古龍要遵守一種遊戲規則。

《借屍還魂》又名《鬼戀俠情》，其實是莎士比亞的羅密歐與茱麗葉的中文翻版，寫的是世仇和愛情。

「楚留香遇到了一件平生從未遇過的，最荒唐、最離奇、最神秘，也最可怖的事。」

楚留香以他的機智，聰慧和高超武功最終解決了問題，而且有情人終成眷屬，皆大歡喜。

《蝙蝠傳奇》也寫得乾淨流暢，神秘可怖。

古龍在這裏把推理武俠小說的寫法發揮到了極致，這部小說不折不扣是純粹正宗、典型的推理武俠小說。

《蝙蝠傳奇》上半部主要寫在茫茫大海中船上的兇殺案，將活動環境規定在一艘船上，這樣就更充分地發揮了推理的功能。而在古龍前面的推理武俠小說，尚沒有將推理的重要性提得如此之高。

在《蝙蝠傳奇》中，推理成了真正帶動情節的重要技巧了。小說的下半部寫楚留香與蝙蝠公子的交鋒，語言上已經是新派風格，與《鐵血傳奇》有明顯區別。

但是《借屍還魂》和《蝙蝠傳奇》都還有拘謹之處，未完全擺脫最初的《鐵血傳奇》模式和語言風格的影響。

到了《桃花傳奇》，才真正是擺脫俗套，寫得可喜可親。

《桃花傳奇》在藝術性上達到了楚留香系列的高峰。

楚留香不僅在行動上優雅從容，在《桃花傳奇》中，最值得稱道的是，小說的語言也是優雅、從容、舒緩，與楚留香這個人物的風格相一致了。

《桃花傳奇》和《蝙蝠傳奇》雖然已開始採用新派風格，但還不夠熟練。而《桃花傳奇》中，古龍的新派風格才真正完全進入了楚留香的小說中。

《桃花傳奇》打破了古龍推理武俠小說的模式。

古龍從《血海飄香》開始了推理武俠小說的寫作，一直寫到《蝙蝠傳奇》，這種觀念和方法論愈演愈烈，已有走火入魔的危險。

《桃花傳奇》的出現，使我們為古龍鬆了口氣。

古龍開始不拘一格地寫楚留香了，頭腦中不再固執於方法論，只是聽從藝術靈感的召喚，隨心所欲。

《桃花傳奇》寫的是愛情的力量，楚留香這個人物也更真實和生動起來，開始食人間煙火了。

從《桃花傳奇》的語言風格上看，更接近於《歡樂英雄》、《大人物》這些作品，可以列為經典之作，精品之作。

楚留香以自己的勇氣和機智及對愛情的執著，真正贏得了張潔潔的芳心，讓讀者看到了生命和愛情的美好。這種境界是熱愛生命的高尚境界，是真正能打動讀者心靈的境界。憑此一點，《桃花傳奇》已超越了前面五部楚留香的故事。《桃花傳奇》生動、簡潔、流暢，如行雲流水，毫無罣礙，自然樸素，又處處有天才的閃光，沒有斧鑿的「做作」痕跡，希望讀者不要輕易看過這部作品。

寫完《桃花傳奇》之後，古龍有八年時間沒有再寫楚留香的故事，可以說是見好就收。

但是一九七六年之後，古龍創作滑坡，進入衰退的階段，有時力不從心。古龍當然能認識到自己衰退的創作，心中不免有些著急。渴望再現當年的風采，於是再祭起當年成功的法寶，把已經得到讀者認可極為成功的人物故事，搬來再用。

《飛刀，又見飛刀》是祭李尋歡小李飛刀的法寶。

《劍神一笑》是祭陸小鳳的法寶。

一九七九年發表《新月傳奇》，便是祭楚留香這個法寶了。

《新月傳奇》在份量、字數上當然不如以前的楚留香故事，但此時古龍精力雖差，對文字和技術的掌握和領會卻更上一層樓了。

《新月傳奇》又一次成功，再次掀起讀者對楚留香的狂熱。

《新月傳奇》的藝術水準也明顯有所突破。

《新月傳奇》中古龍的語言變得更簡潔明暢，更生動有力，感覺上也更為尖銳，節奏的推進則更緊湊快速。

在《新月傳奇》中，楚留香顯得更為成熟和飽經滄桑了。

《新月傳奇》之前的楚留香系列中，楚留香給人還有那種英俊年輕瀟灑的感覺。

林清玄在古龍訪談錄中談到：

「楚留香的優雅，古龍認為不是英俊年輕瀟灑的那一類，他心目中的楚留香，是經過層層的挫折，層層的考驗，層層的奮鬥，層層的奇情激蕩，自然在外表上有了看透人世的『優雅』。」

實際上古龍說這話時，是在《新月傳奇》發表之後談到的。

在《新月傳奇》中，楚留香的確是有了一種成熟男人的氣質，而這種氣質是以前的小說沒有表現出來的。

這種情況當然與古龍的心境有關。此時古龍已漸有英雄遲暮的感覺，多發蒼涼感慨之語。

一九七九年，古龍發表《新月傳奇》，並計畫要寫四部《楚留香新傳》，然而只見了這一部和後來的《午夜蘭花》。

古龍還在求新求變，還想再現奇蹟。

古龍說：

每一個作家，寫稿的經歷都是有轉變的，風格有轉變，文字有轉變，思想有轉變，名聲有轉變，稿費當然也有轉變。

能活在這個世界上的作家，不能轉變的，就算還沒有死，也活不久了。

——就如一個作家寫了一部很成功的小說後，還繼續要寫一部相同類型的小說，甚至還要寫第二部，第三部，第四部。

——如果一個作家不能突破自己，寫的都是同一類型同一個風格的小說，那麼這位作家就算不死，在讀者心目中，也已經是個「死作家」。

逆水行舟，不進則退。退就是死。

新就是變。

我寫楚留香「新」作，當然一定要變，只不過我寫的「楚留香新傳」，寫的還是「楚留香」。

對於古龍來說，不求變，勿寧死，這是一個真正的藝術家的態度。《午夜蘭花》的確又大有變化，和以前七部楚留香迥然有別。

古龍說：

在「楚留香新傳」中，我準備再寫有關他的四個故事。

四個故事都是全新的，而且完全獨立。

我要寫的這四個故事，第一個故事我相信大概是大家都想不到的故事，而且是會讓大家都大吃一驚的。因為這個故事在一開始時，楚留香就已經是個死人。

能夠讓大家大吃驚，豈非正是一個作家的最大目的之一。
所以這個故事我想不寫都不行。

台灣名作家林清玄在「訪古龍談他的《楚留香新傳》」一文中提到：

重見古龍，他顯得比以前清瘦了。
古龍不得不清瘦。
因為「楚留香」轟動台北，鄭少秋在「來來」做秀，中視播完轉到華視，連立法院也談論楚留香的時候，沒有人問過古龍的意見。
「楚留香」是古龍創造的，大家在談楚留香時，竟忘了他是古龍筆下的人物，以為鄭少秋生來就是楚留香。
在我們這個社會裏，彷彿任何人都可以決定楚留香的命運，除了古龍。

從林清玄的談話我們可以看出，古龍寫《午夜蘭花》，還是大有不甘寂寞之意，決心再現輝煌，讓自己的天才再次照亮楚留香這個人物。
然而古龍此時創作的精力和精神已經頗為衰退了。
因為吟松閣風波和離婚事件，使他的身心受到雙重重大的打擊。古龍幾乎為此送命。再加上古龍投拍的「劍神一笑」和「再世英雄」賣座不佳，也影響了古龍的心情。

所以林清玄說古龍看上去清瘦了。

但古龍的英雄氣概猶存，「清瘦並沒有減少古龍的豪情，他還是朗笑震屋瓦，一口可以乾一大杯烈酒」。

古龍這次對林清玄說，這次寫《午夜蘭花》，他要讓楚留香死！

林清玄大吃一驚，叫古龍別開玩笑，因為如果古龍真的這麼幹了，讀者是一定不會接受的。

古龍有些蒼涼地說：「人總有一死，遊俠不例外，浪子也不例外。」

林清玄說：「楚留香不會死，因為他在千千萬萬人的心中活過。」

古龍當然不是真要讓楚留香死，只是在《午夜蘭花》中，「楚留香一開始就是個死人」。

在《午夜蘭花》中，楚留香一直到小說的結尾才出現。

古龍在這部小說中又更進一步地逞險逞奇，讓讀者讀起來驚心動魄。

《午夜蘭花》中，古龍對語言和技術處理已是爐火純青，信手拈來，小說中有的情節是以一個後世講故事的老者和少年的對話來交代，這也是一種旁人難及的大手筆，是舉重若輕的處理。

但是《午夜蘭花》的語言卻有一種衰微的暮氣，不祥地預兆了古龍創作和生命的結局。

楚留香的形象在《桃花傳奇》中是一個有血有肉、敢愛敢恨、且現實可信的風流青年，在《新月傳奇》中已見蒼涼心緒，而到了《午夜蘭花》中，則已帶了幾分暮氣，不是我們生活和現實中的風流之俠了。

古龍本來想寫楚留香新傳，寫四個故事，但僅是《午夜蘭花》一部，就把古龍自己逼進死胡同中去了。

「蘭花先生」到底是誰？《午夜蘭花》沒有明確點出，但無疑是楚留香身邊一個關係最密切之人。楚留香已帶暮氣，只能到《午夜蘭花》為止，再勉強寫下去，恐會走火入魔。

所以古龍終於沒有完成他想再寫四個楚留香的故事的計畫。事實上，古龍寫了《午夜蘭花》之後，幾乎也快到了他創作史上的末期，他的身體和精力，都不足以承擔那樣龐大的計畫了。

《楚留香》的系列故事搬上了影視，古龍雖然滿足於影視為他帶來的巨大榮譽，但對於影視對他作品的處理還是諸多微辭的。

古龍自己也承認，楚留香是這幾年來，虛構的小說人物裏最受注目的。他有一段時間，幾乎每天出現在報紙影劇版上，還上過第二版和第三版。

「對於楚留香受害，他有時變成理髮廳的招牌，有時化成各種廣告。」

但是古龍卻認為在影視中楚留香失去了他許多可貴的品質。

「小說中的人物往往比電影的影像還要豐富，因為它可以聯想。就像我們看一張風景畫片，總是比實景來得美。」

所以古龍並不滿意影視對小說人物的處理，特別是對胡鐵花。

古龍自己特別鍾愛他小說中胡鐵花這個人物，甚至不亞於楚留香。

古龍說如果楚留香是遊俠，胡鐵花就是個浪子。

古龍把胡鐵花稱為浪子，是以胡來自況，所以特別另眼看待，古龍對胡鐵花有過大段的評價，其實也正是他自己心語的披露。

古龍說：

遊俠沒有浪子的寂寞，沒有浪子的頹廢，也沒有浪子那種「沒有根」的失落感，也沒有浪子那份莫名其妙無可奈何的愁懷。

遊俠是高高在上的，是受人讚揚和羨慕的，是江湖大豪們結交的對象，是「胯下五花馬，身披千金裘」，是「騎馬倚斜橋，滿樓紅袖招」的濁世佳公子。

浪子呢？胡鐵花不是遊俠，是浪子。

他看起來雖然嘻嘻哈哈，稀哩嘩啦，天掉下來也不在乎，腦袋掉下來也不過是個碗大的窟窿，可是他的內心卻是沉痛的。

一種悲天憫人卻無可奈何的沉痛，一種「看不慣」的沉痛。

……這個世界上有很多人，很多事是他看不慣的，而且非常不公平，可是以他一個人的力量，他能怎麼辦呢？

他只有坐下來喝酒。

這種心情當然不是別人所能瞭解的，別人愈不瞭解他，他愈痛苦，酒喝得也就愈多。

他的酒喝得愈多，做出來的事也就更怪異，別人也就更不瞭解他了，到後來，有些人甚至認為，他已經變得像是以前傳說中的「酒丐」、「瘋丐」那一類的人物了，有些人甚至索性認為他已經變成了瘋子。

只有楚留香知道胡鐵花絕不是個瘋子，所以胡鐵花為了楚留香也可以做出任何人都做不到的事，甚至可以把自己像火把一樣燃燒，來照亮楚留香的路途。

有很多讀者都認為楚留香這個人是一個可以令大家快樂的人，可是在我看來他這個人自己是非常不快樂的。

其實古龍不是在說胡鐵花，是在說他自己。

古龍的內心有著浪子的沉痛，也這樣坐下來喝酒。

酒喝得愈多，做出的事愈不合常理，別人愈不能理解。

但是古龍卻是隨時願意燃燒自己來照亮他人的，像胡鐵花那樣。

古龍這樣喜歡胡鐵花，但遺憾的是他並沒有寫好寫活這樣一個人物。

在楚留香系列小說中，古龍把胡鐵花臉譜化了，外在化了，所以不夠深刻。

在《鐵血傳奇》中古龍寫胡鐵花動輒就要「怒道」，「怔了怔，大叫起來」，

「比烈火還烈，比野馬還野，比騾子還拗的脾氣」，讓人感到胡鐵花的粗莽和魯莽，而不是浪子的深沉猛烈的痛苦。

一開始古龍自己把胡鐵花寫成了唐吉訶德身旁的「桑丘」，責任在古龍自己。

在後來的楚留香故事中，大概古龍自己也覺得胡鐵花這個人物不好處理，所以在《借屍還魂》中乾脆直到末尾才讓胡鐵花出現。

在《蝙蝠傳奇》中，胡鐵花的形象有所改觀，頗有可愛之處，但是前幾集的烙印還是一時半會兒消不了。

寫《桃花傳奇》，也是基本上沒有胡鐵花的戲。

到了《新月傳奇》，胡鐵花幾乎是以最好的形象出現，特別是一開始的戲，簡直表現得有勇有謀，智慧超群。

古龍抱怨說，影視中的那個胡鐵花的形象就像一個只會喝酒的傻子。這種抱怨其實要由他自己的小說中找原因。古龍自己都沒有充分處理好這個人物，又怎麼能指望導演、編劇、演員去處理好呢？

知名文學評論家 覃賢茂

古龍名著在，光焰萬丈長

將來，不僅是研究台港武俠小說興衰史的人，甚至包括所有關心過台灣通俗文學發展歷程的人應會發現：作為一位極具自覺意識和獨立思想的天才寫作者，古龍在文學史上的地位，竟遠在他那時代中絕大多數正統小說家之上。

我甚至認為，未來有宏觀視境的中華文學史撰作者或許終將發現：古龍在現代華文小說史上的地位，其實正如李白在唐代詩壇、乃至在整個華文詩史上的地位。只不過，那當然是在人們已揚棄所謂「純文學才是正統文學、主流文學」的傳統刻板觀念之後，而將任何文類中的優秀作品都放在同一的文學天平上衡量了。

我深信，倘若有那一天，古龍作品的重要性與前瞻性，必將獲得遠較目前深入的探討與闡發。

古龍與金庸

而即使在目前，海峽兩岸的網友們對古龍作品的討論之頻繁，及爭辯之熱烈，已殊堪令人感動。討論頻繁，是因為古龍作品時常縈繞在閱讀者心頭，爭辯熱烈，則是因為古龍作品往往有多面向、多層次的寓意，容易引發見仁見智的議論。

雖然，無論就學術會議、媒體報導或網路討論而言，古龍的「能見度」仍比不上金庸，但這是因為金庸很長壽，而且其人本為媒體老闆，畢生擅於造勢，不但將作品輪流推上影視屏幕，且動輒修訂作品，讓自己可以長期成為各界聚焦的核心之故；唯古龍只憑他作品本身的魅力，卻能在逝世廿餘年後，仍撼動一代又一代讀者的心靈，儼然與金庸相埒；在中國大陸由於與金庸作品同步進入，受到歡迎及欣賞的程度亦與金庸分庭抗禮。即以這一點而言，古龍實也足以自豪了。

武俠全盛期

熟悉戰後台港通俗文學潮流者大多同意，八〇年代之前台港武俠小說基本上是各自獨立發展的。香港的金庸、梁羽生等名家作品不能正式在台出版，雖然盜版滋甚，但朱紫莫辨。而從郎紅浣等早期渡海文人撰寫武俠小說謀生以降，台灣的武俠小說曾出現名家蔚起、百花爭妍的盛況；所謂諸葛、臥龍、司馬、古龍「四大天王」等稱號，在當時亦確有管領一時俠壇風騷之概。

然而，驀然回首，若從作品的「文學素質」著眼，稍為認真檢視當時流行的武俠作品，試想：倘若抽去了古龍的一些主要著作，豈還有多少經得起時間淘煉而兀自可以昂然流傳後世的傑構？

最大的亮點

從這個角度省思，則古龍分明是台灣武俠文學的扛鼎人，古龍作品分明是台灣武俠文學的最大亮點。而從形式到內涵，從主題到寓意，古龍作品均不斷創新突破，對當時的武俠書寫注入了令人耳目一新的清流，自覺地拓展了武俠這個文類的精神境界與人性深度；固不僅文字精美、節奏明快，以「蒙太奇」技法引領了通俗文學的蛻變而已。所以，在關於何為「新派武俠」的爭議中，有人直指「古龍之前無新派」，若就「文學素質」的標準看，其實是切中肯綮的論點。

轉型與創新

古龍自十三歲隨家人播遷來台後，即從未離開過；他的生活、成長、寫作、成名，皆始終以台灣為安身立命之地；然而，對這樣一位不世出的重要作家，在本社推出「古龍三書」之前，台灣竟未出現過一本差堪參閱的傳記。反而中國大陸因市場需要，出版了多種關於古龍的「評傳」、「正傳」、「新傳」之類，卻均是以訛傳訛，只從古龍生前友人處聽聞一些片斷的訊息，即率爾操觚，以致連個真確而完整的「古龍著作年表」都付之闕如。

古龍那浪漫而率性的生活方式，沉痛而難言的家庭隱私，豪爽而真摯的交友熱情，對女人與美麗的無盡追求，以及內心深處對文學創作永不止息的探索與突破，構成了外人津津樂道的「古龍之謎」；但縱有相關文章提及，亦多止於皮相之談，未曾將他的生涯與他的作品進行過完整的論述，找出其間可能存在的辯證互動關係。

準此而言，翁文信的這部《爭鋒古龍》，無論在綜述古龍生平重要的活動軌跡、考訂古龍諸多作品的發表狀況、抉發古龍主要作品的文學深度，抑或析論古龍作品在當時台港武俠小說發展過程中所展現的嶄新形象與意境、所發揮的深遠影響與指向，均可看出其宏觀的識見與紮實的功力。有了這部《爭鋒古龍——古龍新派武俠的轉型創新》，兩岸的現代文學研究、通俗小說評論在提到古龍作品時，乃至古龍迷在網路上討論古龍其人其書時，便不致漫漶失焦，迷失在錯誤的資料與主觀的揣測中，而看不清古龍作品的創新成果與恆久價值之所在。

古龍的魅力

本書所提古龍成熟期創作中，「孤狼自況的浪子俠客」及「自我放逐的歡樂英雄」為兩個主要的原型，透過小說情節的層層轉折，與對人性內涵的層層揭示，由這兩個原型呈現了古龍式江湖的特殊風貌與俠義理念，確是對古龍作品之所以能在眾多武俠小說中別開生面，而又深具藝術魅力，作了相當具洞察性的闡釋。

古龍生前視我為忘年交，並認為我是他的知音，故我常有機會與他交換關於文學、武俠、藝術、人生及人性的看法。我印象最深刻的是：古龍對武俠小說的文學地位受到輕藐，始終有強烈的委屈感，從而更「自覺」地要進行寫作技法和作品境界的突破。他筆下的沈浪、楚留香、陸小鳳、李尋歡、蕭十一郎⋯均已成為讀者極喜愛的偶像人物，但他絕不願停留在已成功作品的模式上，而不斷要追尋新的表述、新的逆轉、新的意境。

突破與超越

別的武俠作家在成名後，往往重複自己原來受到歡迎、肯定的情節模式與寫作風格，古龍卻不斷要完成「超越」，不但超越前人，超越同輩，也要超越自己最成功的作品。因此，他不但在意念上「解構」了傳統武俠小說那種業已約定俗成的刻板敘事模式，更以他精益求精的創新轉型，為武俠這個文類留下了極多新意紛呈的典範。「突破」→「解構」→「形成新典範」→「再突破」→「再追尋」，大抵可視為古龍創作的主要動線；但也正因為不斷尋求突破，又不斷要建立新典範，所耗費的心力過於鉅大，所以古龍後期的苦悶與酗酒，與他在創作上自我要求完美的心態之間，實有密切的關聯。

像海明威、三島由紀夫、川端康成等諾貝爾級的文學名家，亦均為作品無法再突破、再創新而苦悶至於自殺，前二者恰是古龍欣賞的外國作家；然則，古龍那流星般的猝然殞落，其實並非沒有其脈絡可循。

猶憶當年在古龍又一次尋思新的突破契機時，曾和我談到，他想同時開拓兩條創作上的新徑，一是將武俠的傳奇性扭轉，而將整個意境重新回歸到「人間世」；二是將武俠的傳奇性昇華，使其與「天道」、「命運」、「天意」等具神秘主義傾向的情節相融合。

人世與天道

記得當時我還建議他參考馳譽廿世紀西方詩壇的愛爾蘭詩人葉慈（Yeats）後期的詩篇，因為那是現代文學形式與古典神秘主義結合的成功典型。後來，古龍同時在當時台灣兩大報副刊撰寫長篇連載，其中《碧血洗銀槍》即是著重在將武俠傳奇帶回到人間煙火處的嘗試，而另一部《大地飛鷹》便是深具藏密傳承、天人感應與劍道修行等神秘主義意味的作品。可見古龍不僅坐而言，更勤於起而行。

雖因嗣後古龍的生活多經變故，時間與體能所限，於創作上不時要展現突破創新的成果，已呈心有餘而力不足的窘態；但他勇於挑戰自我、超越自我的才華與勇氣，於並世作家中實屬傲視群倫的異類，不啻在孤峰頂上燭照紅塵情事，其寂寞可想而知。他筆下的劍神西門吹雪，永遠白衣如雪，一塵不染，不屑參與紅塵俗事，只想追求最純粹、最高深的「劍道」，莫非恰反映了古龍自己內心的孤傲與寂寞？

曠代一古龍

已酣眠於濱海孤峰上的古龍，若得知他的作品竟已成為此間文學系所的熱門研討課題，如今更有本身也具武俠創作才華與經歷的新一代學人，以他的生平與作品為研究專題，而完成了博士論文，想必會深感欣慰。

在我看來，今後兩岸三地的文史學界勢將有更多不受傳統成見束縛的新銳，會投入對現代通俗文學作品的研究與探討，而古龍作品，又必將是其中有識之士極重視的題材，且必可再發掘出極多新意；這是因為古龍作品無論就文學質量或流行數量而言，都已構成一座不容學界漠視的金庫。甚至可以說，錯失了對古龍著作的品嘗與欣賞，就是錯失了對當代一個相當重要文類之代表性成就的認知與理解。

過去有很長一段時間，人云亦云的文史學界及傳媒界逕以金庸小說當作武俠作品的極致成就，甚至將金庸小說當作武俠的全部，聲稱「百年一金庸，金庸說不完」。其實，古龍作品的創新突破與大開大闔，早已為武俠小說別開生面，且提供了足堪與金庸並峙分流的大量精采作品。

所以，人們可以理直氣壯地宣稱：「曠代一古龍，古龍讀不盡」！

資深媒體人、知名文學評論家 陳曉林

品鑒古龍—古龍名著 光焰萬丈

策劃：陳曉林
主編：秦懷冰
發行人：陳曉林
出版所：風雲時代出版股份有限公司
地址：10576台北市民生東路五段178號7樓之3
電話：(02) 2756-0949
傳真：(02) 2765-3799
編輯：劉宇青
美術設計：許惠芳
校對：許德成
圖片提供與說明：程維鈞
行銷企劃：林安莉
業務總監：張瑋鳳

初版日期：2020年12月
ISBN：978-986-352-877-7
風雲書網：http://www.eastbooks.com.tw
官方部落格：http://eastbooks.pixnet.net/blog
Facebook：http://www.facebook.com/h7560949
E-mail：h7560949@ms15.hinet.net
劃撥帳號：12043291
戶名：風雲時代出版股份有限公司
風雲發行所：33373桃園市龜山區公西村2鄰復興街304巷96號
電話：(03) 318-1378　傳真：(03) 318-1378
法律顧問：永然法律事務所 李永然律師
　　　　　北辰著作權事務所 蕭雄淋律師
行政院新聞局局版台業字第3595號 營利事業統一編號22759935

定價：480元

國家圖書館出版品預行編目資料

品鑒古龍—古龍名著 光焰萬丈 ／ 秦懷冰主編. -- 臺北市：風雲時代，2020.09-　面；公分

ISBN 978-986-352-877-7（平裝）

1.古龍　2.武俠小說　3.文學評論

857.9　　109011482